LA TROISIÈME HEMINGWAY

Diplômée en poésie de l'université du Michigan, boursière du prestigieux National Endowment for the Arts, Paula McLain est l'auteure de deux recueils de poèmes, d'un essai et de plusieurs romans, dont les biographies romancées *Madame Hemingway*, *L'Aviatrice* et *La Troisième Hemingway*.

Paru au Livre de Poche :

L'AVIATRICE

MADAME HEMINGWAY

PAULA McLAIN

La Troisième Hemingway

ROMAN TRADUIT DE L'ANGLAIS (ÉTATS-UNIS)
PAR FLORENCE HERTZ

PRESSES DE LA CITÉ

Titre original :

LOVE AND RUIN

Publié chez Ballantine Books, Penguin Random House, New York.

ISBN 978-2-253-93449-3 – 1re publication LGF

À Julie Barer

« There is nothing else than now. There is neither yesterday, certainly, nor is there any tomorrow.
How old must you be before you know that[1] ? »

Ernest HEMINGWAY,
For Whom the Bell Tolls

1. « Il n'y a rien d'autre que maintenant. Il n'y a ni hier, certainement, ni demain non plus. Quel âge faut-il que tu atteignes avant de savoir ça ? » (Ernest Hemingway, *Pour qui sonne le glas*, traduit par Denise Van Moppès, Éditions Gallimard.)

Prologue

Juste avant l'aube, le 13 juillet 1936, alors que je dormais dans une petite chambre de Stuttgart, au seuil de mon existence, trois tueurs escaladaient le mur d'enceinte d'un jardin de Tenerife, espérant prendre les gardes armés par surprise.

Les assassins étaient des professionnels. Ils se déplaçaient sans bruit, et grimpèrent furtivement à leurs cordes sans se jeter un regard, sans autre idée en tête que leur action. Légers comme des chats, ils sautèrent au bas du mur et avancèrent dans l'ombre, invisibles, vers leur objectif.

La manœuvre était réglée comme du papier à musique. Ils tueraient les gardes les uns après les autres en leur tranchant la gorge. Ensuite, ils forceraient la porte de la véranda à l'arrière et monteraient l'escalier de marbre jusqu'à la chambre de la petite fille. María del Carmen, c'était son nom, dix ans, innocemment endormie jusqu'à ce qu'un oreiller l'étouffe en s'écrasant sur son petit visage. Puis viendrait le tour de la chambre parentale, devant laquelle ils régleraient leur compte aux derniers gardes. Pas un seul coup de feu ne serait tiré. Le général et sa charmante épouse ne seraient pas dérangés dans leur sommeil de l'autre côté de la porte, aussi immobiles que dans une peinture de Velázquez, avant que la mort les surprenne.

Tout se passa comme prévu jusqu'à ce qu'un garde se retourne soudain et qu'une rafale de mitraillette troue le silence. Les tueurs déguerpirent, sauvant leur peau de justesse. Le général se réveilla au bruit, mais après avoir appris ce qui s'était passé par ses hommes, il se recoucha. Les attentats contre lui n'étaient pas rares, surtout ces derniers temps, à la veille du bouleversement qu'il attendait tel un tigre dans l'ombre.

Quelques jours plus tard, l'insurrection éclatait au Maroc. Le général lança un message sur les ondes pour appeler les officiers de l'armée à rejoindre la rébellion et à renverser le gouvernement espagnol. Il commença par envoyer sa femme et sa fille en lieu sûr en France, puis il fut conduit à travers les rues de Tenerife, sous les premiers échanges de tirs, jusqu'à la piste où l'attendait un De Havilland Dragon Rapide. Portant vêtements civils et lunettes noires, il avait rasé sa moustache bien connue afin de parfaire son déguisement.

Après cela, le joli petit avion n'eut plus qu'à prendre son envol pour emmener en Afrique du Nord son passager parti lever l'armée destinée à envahir l'Espagne continentale. Pendant le trajet, le général endossa un uniforme kaki propre et net, écharpe rouge et or en ceinture. Et c'est ainsi que, sortant de son exil, il s'autoproclama *generalísimo* Francisco Franco sans autre forme de procès. Prêt à commencer une guerre que le reste du monde allait devoir finir.

Et moi, où en étais-je, à vingt-sept ans, alors que

Franco tentait de s'emparer de l'Espagne ? Je vivais sous une ombre de plus en plus noire, tout comme le reste du monde, et rien ne servait de se voiler la face.

Les troupes allemandes avaient été envoyées en Rhénanie, et les lois de Nuremberg étaient entrées en vigueur, interdisant aux juifs de se marier et d'avoir des enfants avec les « purs » citoyens du Reich. Leur accès aux écoles publiques et à certaines professions était strictement restreint, et les nazis, en les désignant ennemis du *Volksgemeinschaft* avec les Afro-Allemands et les Tsiganes, fondaient leur État raciste sous prétexte de protéger le sang aryen. Tout cela était profondément choquant, abject. Et pourtant, on pouvait presque vivre comme si de rien n'était, et continuer à se raconter que l'on n'était pas concerné.

J'habitais par intermittence à Paris depuis plusieurs années, m'essayant à l'écriture, tombant beaucoup amoureuse aussi, sans réussir terriblement bien ni dans l'un ni dans l'autre domaine. Je mourais d'envie de donner vie à une héroïne aussi brillante et incisive que Lady Brett dans *Le soleil se lève aussi*, mais, n'en étant pas capable, je me contentais de me mettre dans la peau du personnage. Je portais des jupes longues et des pulls en tricot, et passais le plus clair de mon temps au café à trop fumer et à prendre l'air malicieux en lançant d'allègres « Bonjour, chéri » à de quasi-inconnus. Je commandais des cocktails beaucoup trop forts pour moi, riais des sujets les plus graves, et me jetais à corps perdu dans toutes sortes d'expériences – je veux parler d'aventures avec des hommes mariés. Le plus dur était de rentrer seule ensuite sous un ciel cerné de mauve, ne me sentant aucunement comme

Lady Brett, mais triste et abandonnée et complètement perdue, ne sachant ni que faire, ni qui être.

Il manquait quelque chose à mon existence – ou plutôt en moi – et il me semblait que l'écriture allait m'aider à combler ce vide, ou à le colmater, ou à me guérir de moi-même. Rien ne me prouvait que cette idée marcherait, mais je l'avais assidûment poursuivie de Saint Louis à New York, de New York à Paris, de Paris à Cannes, à Capri, et pour finir à Stuttgart, où j'étais venue me documenter. J'avais récemment commencé un roman dont le sujet était un jeune couple de Français qui allait prendre beaucoup de risques au nom du pacifisme – faire la grève avec les mineurs de charbon, s'exposer aux coups des matraques en acier des gendarmes pour défendre la justice sociale.

Quand j'étais penchée sur mes carnets à la Weltkriegsbibliothek, mon sujet me semblait courageux et sérieux. Et puis venait le moment où je devais sortir de la bibliothèque, et où je me retrouvais face au monde réel. Comme l'idée du pacifisme me semblait alors naïve et impossible dans ces rues fourmillant de chemises brunes !

Un jour que j'étais au cinéma, deux soldats du Reich entrèrent dans la salle, firent lever une jeune femme juive de son siège devant moi, et la traînèrent dans la rue par la peau du cou, comme un chien. Les lumières s'éteignirent et la bobine se mit à tourner, mais je ne pouvais plus rester tranquillement dans mon fauteuil devant mon film. En retournant à ma pension de famille, je sursautai plusieurs fois en apercevant mon reflet dans les vitrines. J'avais une tête d'Aryenne : ondulations blondes, yeux bleu clair et nez droit et fort. J'avais hérité mon physique de mes parents, qui, après tout, s'étaient fait passer sans mal pour des protestants à Saint Louis, ville notoirement antisémite, mais il y avait du sang juif dans ma famille des deux côtés.

De Stuttgart, je me rendis à Munich, où la situation empira. Je lus l'annonce du coup d'État de Franco dans les journaux nazis qui relataient les événements avec une ironie réjouie. Le régime républicain en difficulté était traité de bande de *Schweinhunden*, « salopards » de rouges, tandis que Franco était dépeint en termes flatteurs, et devenait le prince du peuple espagnol. Et peu importait que le gouvernement qu'il renversait avec l'aide de ses hommes de main soit né de la première élection démocratique depuis soixante ans. Peu importait que des innocents soient massacrés pour que quelques-uns puissent s'arroger le pouvoir et régner en maîtres absolus.

À mon retour à Paris, Franco avait déjà instauré la loi martiale et juré d'« unir » de nouveau l'Espagne coûte que coûte, même si, pour y parvenir, il fallait assassiner la moitié de la population. La grande majorité de l'armée espagnole avait rejoint les nationalistes, tandis que des civils sans entraînement s'efforçaient de défendre les villes et les villages. Avant la fin du premier mois, Pampelune, Avila, Saragosse, Teruel, Ségovie et toute la Navarre tombèrent comme des dominos. Toute personne s'exprimant contre le coup d'État était un ennemi à abattre. À Badajoz, ancienne cité maure, les nationalistes rassemblèrent près de deux mille personnes – des miliciens et des paysans, des femmes et des enfants – sur la Plaza de Toros et ouvrirent le feu à la mitraillette, abandonnant les corps là où ils étaient tombés pour poursuivre leur avancée vers Tolède, où ils comptaient bien recommencer.

De plus mauvais augure encore, des alliances terriblement inquiétantes se formaient. L'Allemagne nazie envoya les meilleurs bombardiers de la Luftwaffe et trois mille soldats en Espagne en échange des ressources – minerais de cuivre et de fer – qui devaient permettre à Hitler de mener ses objectifs meurtriers. Des sous-marins suivirent, et d'autres bombardiers, du matériel par cargaisons entières. Des officiers hautement compétents allèrent perfectionner les soldats de Franco dans l'art et la manière de tuer et de torturer.

Mussolini se porta lui aussi au secours du généralissime. Il lui « prêta » quatre-vingt mille soldats, refermant le troisième côté de l'effrayant triangle fasciste. Et c'est ainsi qu'après des années de sinistres intrigues, et presque du jour au lendemain, l'Europe changea de visage et devint un lieu dangereux. N'importe quoi, on le sentait, pouvait arriver.

En Union soviétique, Staline se fixait d'autres objectifs, mais pour l'heure il avait tout intérêt à s'allier à l'Espagne républicaine. Il pensait être rejoint par les grandes démocraties occidentales, qui avaient des armes à vendre, mais il n'en fut rien. La France souffrait de graves dissensions politiques, et la Grande-Bretagne semblait s'intéresser davantage aux histoires d'alcôve du roi Édouard VIII et de Wallis Simpson. Aux États-Unis, Roosevelt se préoccupait surtout de remonter la pente après la Grande Dépression et était en pleine campagne de réélection. D'ailleurs, l'Amérique n'était pas très favorable aux demandes d'aide de l'Espagne. Des bruits préoccupants circulaient : les républicains armaient les anarchistes et les milices des syndicats en échange de leur ralliement à la cause. Une mesure difficile à approuver dans un pays où la peur du communisme était déjà si grande.

Roosevelt décréta un embargo sur les armes, et promit de préserver la neutralité des États-Unis le plus longtemps possible. Mais pour ceux d'entre nous qui voyaient les ombres gagner du terrain en cet automne 1936, il n'y avait pas de neutralité possible. Les troupes nationalistes ravageaient des villages et tuaient des dizaines de milliers d'innocents sur leur passage. Alors que Madrid, assiégé sur trois côtés, était pilonné, nous ne pouvions nous défausser de notre responsabilité. La république espagnole qui avait voulu instaurer la démocratie était attaquée et torturée. Comment ne nous serions-nous pas sentis concernés ?

D'abord tout doucement, et puis d'un seul coup, très vite, des milliers de personnes se portèrent volontaires. Les Brigades internationales furent constituées de contingents venus de France et d'Amérique, du Canada, d'Australie, du Mexique. Les hommes n'avaient pour la plupart aucune formation militaire. Ils n'avaient même le plus souvent jamais tenu une arme de leur vie, et pourtant ils n'hésitèrent pas à se munir de toutes celles qui leur tombaient sous la main – revolvers légués par leurs pères, fusils de chasse, pistolets, masques à gaz de la quincaillerie du coin – et ils montèrent dans des trains, des bateaux, des avions-cargos pour se rendre en Espagne.

C'était une très belle cause, et même si, sur le moment, je ne sus pas très bien quel rôle j'allais pouvoir jouer dans cette épopée, plus tard, je me dis seulement que c'était peut-être une grande chance, et la plus pure des manières de voir le temps se focaliser en un seul point. L'occasion de sentir le monde se lever et vous secouer pour vous contraindre à bouger, vous aussi. Vous obliger à vous réveiller, à vous arracher à votre torpeur. À changer complètement et irrévocablement – par tous les moyens possibles – pour vous réaliser.

En ce qui me concerne, la guerre d'Espagne brillera toujours de la beauté des transformations durement acquises. Ce fut comme de tomber amoureuse. Ou de lever les yeux vers le ciel et de voir passer une flèche de feu indiquant le chemin à suivre. C'était à la fois tout simple et très compliqué. Même si ma décision m'entraînait plus loin que je n'étais capable de le prévoir, ou de l'imaginer, j'étais prête à me lancer. Et si je devais perdre mes illusions totalement et pour toujours, perdre absolument tout, j'étais prête aussi. La vie exigeait de moi que je prenne ce risque. C'était un appel impossible à ignorer. Je n'avais pas le choix. Il fallait que j'y aille, en pleine connaissance de cause, les yeux grands ouverts, le cœur aussi, même s'il y avait un prix à payer.

PREMIÈRE PARTIE

La chasse aux ombres

Janvier 1936-mars 1937

1

Pour le meilleur et pour le pire, je suis née voyageuse, avide d'aller partout et de tout voir. Mon souvenir le plus clair, j'avais cinq ou six ans, est celui du matin où j'ai écrit avec application, sans dévier, sans bâcler : *Ma chère maman, tu es vraiment jolie. Tu es très gentille avec moi. Au revoir. Martha.* J'ai trouvé une punaise, j'ai fixé ma lettre au poteau de la rambarde en haut de l'escalier, et puis j'ai passé la porte et je suis sortie sans rien emporter et sans faire de bruit. J'ai trotté jusqu'au carrefour et je me suis glissée dans la carriole du livreur de pains de glace – j'avais bien prémédité mon coup –, espérant qu'il m'emmènerait loin de Saint Louis, à la découverte du monde.

J'ai passé cette longue journée d'été cachée au fond de la remorque, dans un état de jubilation intense. La clandestinité avait son charme, et j'étais enchantée d'être partie seule, en secret. Le plus beau, c'était l'étrangeté de ce que je voyais à travers les planches disjointes – des usines, des quartiers et de grandes étendues de ville que je n'avais jamais vus et dont je n'avais pas même soupçonné l'existence. J'étais heureuse et oubliai que j'avais faim jusqu'à ce que, à la tombée du jour, je reconnaisse Forest Park et que je comprenne que nous avions seulement décrit une large boucle en terrain connu.

Ce premier périple en solitaire m'avait déçue mais m'avait indiqué la voie. J'étais bien une voyageuse, aucun doute là-dessus. À l'âge de vingt-six ans, j'avais déjà visité presque toute l'Europe, nagé nue dans trois océans, et rencontré des diplomates et des bolcheviks. L'université ne parvenant pas à m'intéresser, j'avais abandonné mes études et commencé à travailler. J'avais un besoin intense non seulement de bouger, de sentir les choses, mais aussi de faire ce dont j'avais envie, de vivre ma vie, ma vie à moi et pas celle des autres.

Mais en janvier 1936 ma mère m'envoya une dépêche pour me demander de rentrer à Saint Louis parce que mon père était malade. Je pris le train, déchiquetant de mes doigts inquiets le télégramme dans la poche de mon manteau. Du plus loin que je me souvienne, ma mère avait toujours pris soin de ne jamais montrer son anxiété. Cette fois pourtant, la tension et l'angoisse transparaissaient même dans les quelques mots de son message, et je me demandais dans quel état je les trouverais en arrivant, elle et mon père, et si j'aurais la force de le voir malade et fragile. De faire face à cette réalité-là.

Ma mère, Edna, avait toujours été mon étoile du Berger. C'était aussi la personne la plus gentille du monde. Elle était chaleureuse et intelligente, merveilleuse, et, bien qu'elle ait passé sa vie à lutter inlassablement pour les droits des femmes, toujours prête à se battre pour la bonne cause, à défendre gens et idées, elle s'arrangeait pour que ni les campagnes, ni les défilés, ni les interventions publiques ne l'empêchent de jouer son rôle de mère et d'épouse. Le soir, elle arrêtait net ce qu'elle était en train de faire dès qu'elle entendait la clé de mon père dans la serrure. Elle se précipitait pour arriver au pied de l'escalier juste au moment où il franchissait le seuil, plantait son feutre gris sur la patère en bois et se tournait vers elle pour l'embrasser.

Ce rituel du soir était une tendre complicité et leur plus vieille habitude. Mais c'était aussi une sorte d'assurance sur l'avenir. La promesse d'une fiabilité absolue qui se perpétuerait à jamais. Le symbole de tous les baisers qui restaient à donner. Je me souviens que, enfant, j'avais l'impression qu'il n'en coûtait rien à ma mère d'être à ce rendez-vous du soir. Le temps, de toute évidence, se pliait à ses besoins – ralentissait pour lui permettre d'arrêter ce qu'elle faisait juste à temps et d'être en bas de l'escalier exactement au moment où la porte s'ouvrait. Bien évidemment, je me trompais. Cela lui demandait d'immenses efforts, et beaucoup de volonté, aussi. Des sacrifices, de la détermination. Pour être à son poste, elle laissait tomber des choses importantes, bien sûr, même si je n'avais jamais rien entendu choir.

Mon père, George Gellhorn, était un obstétricien reconnu et respecté avec une grosse clientèle, professeur dans deux hôpitaux, un homme à la position bien assise, occupant brillamment sa place dans la société. Il était de ces piliers sortis tout droit d'un roman de George Eliot, père efficace et attentif, aussi précis qu'un système d'horlogerie suisse, gérant sa famille, ses patients. Et tout le reste.

Dans son bureau s'alignaient des milliers de livres classés par ordre alphabétique, tirés au cordeau. Et il les avait tous lus. Quand j'étais petite, je croyais qu'il savait tout sur tout, et tout sur moi aussi. Peut-être était-ce pour cette raison que j'essayais si fort de lui plaire, que je quêtais sans répit son approbation, rêvant de devenir enfin la fille que je devinais dans ses yeux, pleine de promesses et de potentiel. C'était peut-être le plus difficile pour moi, cette vérité si dure à accepter. Bien sûr que cette fille n'existait pas. C'était totalement impossible.

À la gare de Saint Louis, je louai une voiture pour rejoindre McPherson Avenue, où j'hésitai devant la massive porte bien cirée, m'autorisant à imaginer que je pouvais encore m'échapper au lieu de faire face. La dernière fois que j'avais rendu visite à mes parents, je m'étais si affreusement disputée avec mon père que je ne pouvais plus repenser à ce qu'il m'avait dit sans blêmir. Et maintenant il était gravement malade, peut-être en train de mourir.

La porte s'ouvrit et ma mère apparut, semblant penser que j'avais perdu la tête.

— Marty ! Entre. Tu vas attraper froid.

Quand elle m'attira à l'intérieur et me prit dans ses bras, son odeur seule suffit à m'anéantir. Eau de lavande, poudre de riz, linge de qualité. Le moindre de mes souvenirs lui était dédié, les cours de danse de salon, les petits déjeuners du samedi, la façon qu'elle avait de chantonner pour accompagner l'eau qui coulait, ou de se réciter les fragments de discours qu'elle élaborait en permanence en pensée. Nos pique-niques rien que nous deux à Creve Cœur, près des chutes bouillonnantes, où je priais pour qu'elle ne meure jamais. Les soirs sur la véranda, nos livres retournés sur nos genoux dans la lumière déclinante, des papillons de nuit se plaquant contre la porte moustiquaire.

Les vannes s'ouvraient, là, sur ce même tapis persan incarnat où j'avais perdu d'innombrables parties de billes avec mes frères. Ici où rien ne changeait, plus rien ne comptait, ni mes grands voyages ni mes efforts pour me trouver. Ni les meubles d'acajou ni les œuvres d'art, ni les livres classés sur les rayonnages. Pas plus que le satiné blanc cassé des murs, ou que la qualité de la lumière qui entrait par le vitrail du palier. C'était la lumière de l'enfance. Je revivais tous les âges de mon passé à la fois.

— Comment va-t-il ? dis-je quand je parvins à dompter mon émotion.

— Nous en saurons plus demain.

Elle avait les traits tirés, un visage fatigué qu'il m'était difficile de regarder alors même que je ne pouvais m'en détacher. C'était encore, et ce serait toujours une belle femme, mais je voyais l'inquiétude marquer le tour de ses yeux bleu bleuet et le bas de son visage, et les nuits sans sommeil. Des mèches argentées s'échappaient du chignon plat dont elle se coiffait toujours, et son corsage bleu marine était froissé sous le rang de perles.

Je n'avais pas envie de demander si les médecins avaient parlé de cancer, et n'y serais pas arrivée si je l'avais voulu. Ce mot m'obnubilait depuis que j'avais quitté le Connecticut, mais je le retenais, trop chargé, trop dangereux, tandis que je la suivais en silence jusqu'à la chambre où il était couché. C'était au bout du long couloir, après le secrétaire et le miroir rond, le lourd chandelier, chacun de ces objets bien connus, toujours au même endroit, solides et rassurants. Sous l'escalier dépassait le piano à queue, une partition d'une des *Nocturnes* de Chopin ouverte sur le pupitre chantourné, alors que personne n'en avait joué depuis des années, pas depuis que mon plus jeune frère était parti faire sa médecine en Virginie.

— Alfred va venir ? dis-je.

— À la fin de la semaine, s'il parvient à se libérer. Il vient de commencer une nouvelle session de cours.

Je me demandai si elle allait parler de George et de Walter, mes deux frères aînés. Ils vivaient tous les deux sur la côte Est, étaient mariés, pères de jeunes enfants. S'ils venaient eux aussi, alors la situation était aussi désespérée que je le redoutais. Mais elle continua d'avancer sans rien ajouter.

Au premier étage, les chambres de mes frères avaient depuis longtemps été transformées en chambres d'amis, alors que la mienne, sous le toit, avait été soigneusement préservée, comme une capsule, témoin des temps passés. J'attendais avec impatience le moment de m'y réfugier, mais pas avant d'avoir salué mon père, d'une maigreur à faire peur, son teint presque gris contre les draps jaunes. Adossé à l'oreiller, il avait les yeux fermés mais il ne dormait pas.

Le télégramme avait précisé qu'il souffrait horriblement de l'estomac, et que les médecins voulaient l'opérer. Plus tard, j'appris qu'il nous avait caché son état pendant des années, avait tout fait pour garder secrets ses symptômes, sa souffrance, n'avait rien dit à personne, pas même à ma mère, parce qu'il pensait qu'il allait mourir. Pendant ces longs mois de silence, sa santé s'était encore dégradée.

— Marty est là, annonça ma mère.

Il ouvrit les yeux et ses lèvres formèrent une ébauche de sourire.

— Martha.

Je me sentis toute petite, soudain, et double : à la fois la fille que j'étais et celle qu'il aurait voulu pouvoir mettre à ma place. Toutes deux l'aimaient mais n'avaient jamais été capables de le lui dire. Parce qu'il y avait de la colère, aussi, à côté de l'amour, le désir de le blesser et celui de le serrer fort dans mes bras.

Ma mère me fit avancer, prendre la chaise à côté du lit, puis elle alla s'asseoir sur la banquette de fenêtre et ouvrit un journal. La main de mon père, quand je la pris, était maigre et parcourue d'innombrables veines, mais tiède. Depuis quand n'avais-je pas tenu la main de mon père dans les miennes ?

— Je vais très bien me remettre, dit-il sans me laisser le temps d'ouvrir la bouche. J'ai les meilleurs chirurgiens de Saint Louis.

— Je croyais que c'était toi, le meilleur chirurgien de Saint Louis.

Piètre plaisanterie, mais il sourit pour me faire plaisir avant d'être interrompu par un spasme. La douleur s'empara de lui et changea son visage à tel point que je dus détourner les yeux pour regarder ailleurs, n'importe où. Une fois la crise passée, la respiration laborieuse, il but un peu d'eau et dit :

— J'ai eu le temps de lire ton livre. Il est très bon.

Je vis en effet sur sa table de chevet les pages dactylographiées de mon dernier manuscrit, *The Trouble I've Seen*[1]. Je l'avais envoyé juste avant Noël, en cadeau, une décision pas facile à prendre. Mon père n'avait pas réussi à lire mon premier livre jusqu'au bout, un roman, et ne s'était pas gêné pour me le dire, le qualifiant de vulgaire. J'y avais travaillé pendant deux ans alors que je vivais en Europe, avais trouvé seule un éditeur, et même touché une petite avance. Mais à en croire la longue lettre virulente qu'il m'avait envoyée pour me signifier sa déception, on aurait cru que j'avais trempé dans des trafics douteux. Mes personnages étaient immoraux et frivoles. Il ne comprenait pas pourquoi j'avais perdu mon temps quand il y avait tant de sujets dignes d'intérêt sur lesquels écrire. *What Mad Pursuit* suivait trois étudiantes à la dérive en quête de sens, qui voyageaient beaucoup, couchaient avec des hommes, attrapaient la syphilis, et faisaient un peu n'importe quoi, ne réussissant qu'à tisser autour d'elles un triste voile de solitude. Il avait de toute évidence détecté mes propres faiblesses dans ces pages, alors que j'avais seulement voulu lui montrer la qualité de mes dialogues et la virtuosité de mes descriptions de la mer.

Furieuse, j'avais lu et relu cette lettre si dure, retenant mon envie de rétorquer toutes sortes de choses horribles. Mais derrière ma colère se cachait une profonde souffrance. Un jour, je l'avais roulée en boule et jetée à la poubelle, mais peine perdue. Elle restait

---

1. *J'ai vu la misère. Récits d'une Amérique en crise,* Les Éditions du Sonneur (2017).

en moi jusqu'au dernier mot, gravée au fond de mon cœur en révolte, fumant et tictaquant, prête à exploser.

Mon dernier livre était radicalement différent. C'était une série de récits décrivant des gens frappés de plein fouet par la crise, une tâche à laquelle je m'étais attelée en espérant changer les choses.

— Ça t'a vraiment plu ? lui demandai-je, prenant bien malgré moi un ton plaintif.

— C'est triste, bien sûr, et j'imagine que tu auras peut-être plus de mal à décrocher un contrat pour celui-ci après les critiques que tu as reçues à propos du dernier, dit-il sans mauvaise intention aucune, comme s'il parlait d'une douzaine d'œufs, ou de la pluie et du beau temps. Mais peut-être que ça ne fonctionne pas comme ça.

— En fait, si, ça fonctionne comme ça, mais je ne baisserai pas les bras. Ce serait trop dur d'avoir autant travaillé pour rien.

— J'espère bien que tu ne baisseras pas les bras ! intervint ma mère en se levant pour se poster au pied du lit. Les Gellhorn ne sont pas des poltrons. Et puis je veux que tu saches que moi aussi je le trouve très bon. Tu as réussi à donner vie à ces personnages. J'ai senti des gens totalement réels.

— Merci.

J'étais assaillie par des émotions contradictoires. Je voulais que mes parents soient fiers de moi et qu'ils me prennent au sérieux, mais, en même temps, j'avais envie de me libérer d'eux, de devenir indifférente à leur opinion et d'être capable de me juger seule. C'était en tout cas vers cet idéal que je tendais.

— Nous devons être à l'hôpital demain à six heures précises, nous rappela ma mère en m'offrant une main que je pris, soudain épuisée. Laissons ton père se reposer.

2

Le lendemain matin avant l'aube, ma mère fit descendre mon père avec mon aide, et nous l'installâmes dans la voiture, l'emmitouflant sous des couvertures comme si la préoccupation majeure était le froid et non la maladie qui le rongeait. Il commençait à neiger.

Au Barnes Hospital, il passa à l'admission puis on le fit disparaître derrière des portes battantes. Nous attendîmes toutes les deux à la cafétéria, et, une fois bu un très mauvais café, dans une salle d'attente impersonnelle. Dehors, la neige tournait à la tempête, posant sur tout un manteau blanc silencieux. Nous ne mesurions plus le passage du temps qu'à cette neige qui s'amassait sur les rebords des fenêtres et sur les toits des voitures, cinq étages plus bas sur le parking, ressemblant de plus en plus à du sucre en poudre.

« Tout va bien se passer, nous répétions-nous à intervalle régulier.

— Bien sûr. »

C'était un talisman que nous nous repassions, reprenant les mêmes mots sans variation jusqu'à ce qu'ils deviennent les maillons d'une chaîne d'espoir, ou une profession de foi, ou un peu des deux.

Et puis, tard dans la journée, l'un des chirurgiens arriva, tenant sa calotte en tissu dans les mains, et je me dis que j'aimerais mieux m'évader de ma propre peau que d'entendre ce qu'il venait nous annoncer. C'était presque insupportable de regarder sa bouche former les mots. Puis ce fut la surprise. Les nouvelles étaient bonnes.

Il s'agissait bien d'un cancer, mais la tumeur avait été facile à extraire, entière, et ne semblait pas s'être répandue. On allait garder mon père le temps qu'il reprenne des forces, mais il y avait de bonnes raisons de se réjouir.

— Ah, Dieu merci ! s'écria ma mère.

Nous nous jetâmes dans les bras l'une de l'autre. Je la sentis trembler alors que nous riions à travers nos larmes, et je sentis mon cœur s'alléger et prendre son envol, colombe de magicien soudain remise en liberté.

En rentrant un peu plus tard, après l'avoir vu et nous être encore rassurées, nous fîmes un long détour pour passer à la boulangerie allemande de Soulard Market, dont nous aimions les gâteaux aux graines de pavot. Dans notre cuisine, ma mère fit chauffer du lait et j'eus l'impression d'être à Noël, mais avec le plus beau des cadeaux. Le lait fut versé dans une grande tasse que je serrai entre mes mains, me délectant de sa chaleur, pendant qu'elle me demandait des nouvelles de ma vie. Maintenant que l'inquiétude et la tension étaient passées, nous pouvions enfin nous parler normalement.

Je lui parlai de la maison qu'on me prêtait à New

Hartford, dans le Connecticut, où je me réfugiais depuis quelque temps pour écrire. Lui expliquai le bonheur et l'incroyable luxe de disposer de cette petite chambre avec son bureau face à une longue prairie, et d'avoir des mois devant soi, sans aucune obligation ni préoccupation pressante.

Je n'avais pas remarqué que son expression changeait.

— Tu devrais revenir vivre ici, dit-elle après un silence. Ça n'est pas poli de s'imposer chez ses amis aussi longtemps.

— Ça ne dérange pas Fields.

W. F. Fields était le bienfaiteur qui m'accueillait. Je ne le considérais pas encore comme un ami : nous ne nous connaissions pas depuis longtemps.

— De toute façon, il n'est jamais là puisqu'il travaille en ville.

— Et sa femme ?

— Il est célibataire, maman, et sa maison est immense. Il ne se rend même pas compte que je suis là.

À peine eus-je prononcé ces mots que je compris mon erreur. Elle allait évidemment beaucoup plus s'inquiéter de l'absence d'une épouse dans ces circonstances que d'un éventuel abus d'hospitalité. Elle eut beau ne rien dire, ses épaules se tendirent, signifiant clairement : *Que vont dire les gens ?*

— Je t'assure que tout va bien.

Je tentai de lui expliquer qu'il ne s'agissait pas d'une comédie de mœurs sordide. Fields n'avait jamais été mon chevalier servant, ni même une conquête. C'était un bureaucrate des Nations unies, grand spécialiste de la Chine. Je l'avais rencontré à un cocktail à Washington, et nous nous étions mis à discuter de mon écriture, de ce nouveau projet, un recueil de longues nouvelles s'inspirant des personnes que j'avais rencontrées pendant ma tournée des États-Unis sous l'égide de la FERA, l'agence fédérale d'assistance d'urgence. Je n'avais pas dit grand-chose, sauf que je n'avais pas pu oublier ces gens et que j'aimerais trouver un endroit où me consacrer corps et âme à mon travail, comme Fitzgerald et Hemingway à Paris.

« Ce sera peut-être décevant à côté de Paris, avait-il commenté en m'invitant à m'installer dans sa maison de campagne au nord de New York. »

Je n'avais eu aucune raison de refuser, et c'était à peu près tout. Il avait bien essayé de me séduire une fois, alors qu'il était venu se reposer quelques jours à la neige, mais, pour sa défense, il faut préciser que c'était après trois martinis bien tassés, et je l'avais repoussé sans la moindre difficulté. Nous en avions bien ri par la suite.

Sachant que ma mère ne serait pas beaucoup rassurée par une histoire de ce genre, je me contentai de dire :

— Je me débrouille très bien toute seule, tu sais.

Et puis je changeai de sujet, passant aux articles que je venais de proposer à des magazines. Depuis plusieurs années, je tentais de mettre un pied dans le journalisme, le vrai, mais je n'avais apparemment pas les qualifications requises. Ou bien mon physique ne jouait pas en ma faveur. Si j'arrivais à décrocher un entretien, les rédacteurs en chef me détaillaient des pieds à la tête, remarquaient mes longues jambes, mes vêtements de marque, mes cheveux, et me collaient l'étiquette « fille de bonne famille » plus mondaine que sérieuse. Les seules piges qui m'étaient proposées étaient les conseils de beauté pour femmes oisives : cures de rajeunissement, techniques de bronzage, dernières coiffures à la mode. Vingt dollars les mille mots. Un créneau réducteur qui m'obligeait à pondre des articles abêtissants ne mobilisant qu'une infime partie de mon intelligence et de mes compétences. C'était usant. Mais comment faire ?

Ma mère m'écouta sans intervenir pendant que le lait refroidissait dans nos tasses. Je savais qu'elle avait de l'ambition pour moi, et qu'elle aurait voulu que je sois plus exigeante. Adolescente, j'avais écrit de la poésie tous les jours et rêvé de gloire littéraire. Et voilà que j'en étais réduite aux bains moussants et aux crèmes hydratantes, pour un salaire de misère.

— J'aimerais que tu reviennes un peu habiter avec nous, dit-elle dans le silence de fin de soirée, juste avant d'aller nous coucher. Même si c'est égoïste de ma part.

— Tu n'as jamais été égoïste de ta vie.

— Nous avons mis de l'argent de côté. Si tu veux travailler à quelque chose qui soit… enfin…

Elle laissa sa phrase en suspens, ne sachant trop comment exprimer sa pensée, mais se reprit aussitôt :

— Nous aimerions t'aider. Reviens vivre à la maison. Écris ici.

— Ah…

Elle ne m'avait pas surprise à proprement parler. Les derniers mois avaient été difficiles et épuisants pour elle, et, bien sûr, elle s'inquiéterait beaucoup moins pour moi si j'étais en haut dans ma chambre. Je sentis qu'elle m'observait pendant que je réfléchissais à ma réponse.

— C'est vraiment gentil, cette proposition, dis-je finalement. Je vais y réfléchir, tu veux bien ?

Je l'embrassai, mis nos tasses dans l'évier, et montai l'escalier en silence, mes pas étouffés par l'épais tapis, un pincement au cœur, et prise d'un vague sentiment de panique.

Si j'avais écouté mes parents, je n'aurais quitté l'université que pour remporter le prix Nobel de littérature, ou pour contracter un mariage aussi stable et durable que le leur. Au lieu de quoi, j'étais allée à Albany travailler dans un journal où personne n'avait jamais écrit de vers ou de prose impérissables, pour couvrir les potins mondains contre quatre dollars par semaine qui ne me permettaient de vivre que dans une minuscule pièce à l'odeur de choucroute. Quand j'en avais eu assez, j'avais réagi. Avec deux valises, ma machine à écrire et soixante-quinze dollars en poche, j'avais pris un bateau pour Paris.

Là-bas aussi j'avais tenté ma chance dans le journalisme, postulant pour des jobs bien au-dessus de mes capacités, comme on s'était empressé de me le faire savoir. Alors j'étais devenue aide-shampouineuse. J'écrivais quand je le pouvais, je dormais peu, et je m'offrais un bouquet de violettes en lieu et place de petit déjeuner les jours de cafard.

Pendant ce temps, mes parents s'étaient inquiétés, d'abord sans rien dire, puis ouvertement. Mon père m'avait bombardée de lettres angoissées, dans le but de me faire rentrer à la maison, sans aucun doute, ou au moins dans le rang. Il n'avait réussi qu'à me donner envie de profiter encore plus de la vie et de faire des expériences.

C'était ainsi que j'avais rencontré Bertrand de Jouvenel, un très charmant journaliste de gauche, bel homme et solidement marié. Tout alla si vite que je n'eus pas le temps de me poser beaucoup de questions. Il avait été l'amant de Colette, relation devenue quasi mythique et qui avait fait de lui un objet de curiosité. Elle était sa belle-mère, et l'avait séduit alors qu'il n'avait que quinze ans. Tout cela aurait dû me faire prendre mes jambes à mon cou, mais j'avais été d'abord intriguée, puis subjuguée par sa violente passion pour moi, et désespérée par une situation impossible qui nous empêchait d'être ensemble. Sa femme, Marcelle, refusait de lui accorder le divorce.

Notre liaison avait duré près de cinq ans. Quand il m'arrivait de prendre brièvement conscience de ce que je faisais, je m'enfuyais, le brouillon écorné de mon premier roman dans mon sac à dos, bien décidée à m'y mettre enfin sérieusement. Mais chaque fois, Bertrand me rattrapait, et nous reprenions la même existence déréglée.

Je tournais en rond. Je pleurais toutes les larmes de mon corps. Et puis je me remettais à tourner.

En toute justice, mes parents n'étaient pas les seuls à réprouver ma relation avec Bertrand. Tous ceux qui m'aimaient un peu s'inquiétaient haut et fort pour mon bonheur. Il n'était pas libre de m'aimer. Il avait beau promettre qu'il ferait changer Marcelle d'avis, elle refusait catégoriquement de se laisser forcer la main. Si je restais malgré tout, c'était sûrement, estimaient les gens, que je ne me considérais pas mieux qu'une geisha de bas étage. J'étais devenue l'exemple à ne pas suivre.

Quand Bertrand et moi avions fini par arriver à nous quitter, j'étais rentrée chez mes parents pour panser mes plaies, mais j'avais vite compris mon erreur.

— Tu te galvaudes, Marty ! me reprocha mon père un matin. Le mot « expérience » n'est en principe pas déshonorant, sauf avec toi.

— Ne sois pas injuste, papa. Je vais me remettre à mon livre, maintenant. Je veux écrire. Tu le sais. C'est ce que j'ai toujours voulu faire.

— Alors écris, répondit-il d'un ton las.

Nous étions dans son bureau, et j'avais la curieuse impression d'être une patiente sur le point d'entendre un très mauvais diagnostic. J'étais assise de l'autre côté de sa massive table de travail parfaitement en ordre, et, derrière ses épaules carrées, des dictionnaires et des textes médicaux se dressaient sur les rayonnages à côté des livres qu'il avait lus et aimés toute sa vie, comme un peloton d'exécution formé tout exprès par lui.

— Écris, et fais-le tout de suite, au lieu de te reposer sur ta jolie silhouette et tes beaux cheveux. Cesse d'être aussi charmante.

Des mots difficiles à entendre, qui me sonnèrent.

— Si je suis charmante, c'est ta faute et celle de maman.

— Tu ne fais ça que parce que tu as peur d'être seule.

Blessée, je gardai le silence. J'étais en colère, et triste surtout. Je ne pouvais pas me risquer à l'admettre devant lui, mais il se pouvait qu'il ait raison. En fait, bien que je ne l'aie encore avoué à personne, un autre prétendant m'attendait déjà dans les coulisses. Un homme marié, lui aussi.

— Il faut que tu apprennes à te suffire à toi-même sans dépendre des autres, continua-t-il. Je sais que c'est difficile. Quand tu auras appris à t'accepter telle que tu es, tu seras plus apaisée, moins fébrile. Peut-être qu'alors tu arrêteras de te jeter à la tête du premier venu.

— Tout va bien, ma vie me convient parfaitement.

Sauf que ce n'était pas vrai. Je n'aimais pas la façon dont je me conduisais, mais je n'arrivais pas à changer.

— Je ne te demande pas ton avis, ajoutai-je.

— Non, je le sais bien.

Il se détourna et regarda par la fenêtre. C'était l'automne, et les sycomores de notre rue se doraient de cette simple beauté que seule la nature sait atteindre. Ils étaient magnifiques. Il se tourna de nouveau vers moi.

— Tu collectionnes les rencontres parce que tu as besoin de savoir ce que les gens pensent de toi. Ce n'est pas un bien joli spectacle.

— Alors ne regarde pas.

Après avoir lancé ces derniers mots, je m'étais dépêchée de sortir pour éviter de lui crier tout ce que j'avais sur le cœur. Que je détestais sa perspicacité.

Que je l'aimais à en avoir mal aux tripes. Que j'étais perdue et que j'avais peur. Que je faisais absolument tout ce que je pouvais pour le satisfaire, mais que cela ne lui suffisait jamais.

3

Le lendemain et tous les autres jours de la semaine, ma mère et moi rendîmes visite à papa à l'hôpital, où il se remettait à grands pas. Son regard avait perdu son opacité. En même temps que l'opération l'avait libéré de la douleur, elle avait chassé ses peurs et ses secrets.

Maintenant que tout était rentré dans l'ordre, je me sentais aussi plus légère. Il allait guérir, reprendre des forces, retrouver ses patients. Il allait vivre. Une petite voix me murmurait pourtant que notre bataille sur mes choix de vie allait se ranimer. Je ne voulais pas qu'il meure, bien sûr, cette pensée était inimaginable, mais j'aurais voulu que des rapports plus simples s'établissent enfin entre nous.

Inutile d'espérer : ma mère se sentit obligée de lui raconter mon arrangement avec Fields et de lui parler de la maison dans le Connecticut. Depuis son lit d'hôpital, il entreprit alors de faire pression pour que je revienne vivre à la maison, m'opposant des mots comme *indécent* et *égoïste* et *infantile*. Son intention était de me présenter un miroir, pas de m'attaquer à la massue. Mais moi, je ne sentis que des coups.

Je finis par lui signifier – et à maman – que, quoi qu'ils en pensent, j'allais retourner sur la côte Est pour reprendre mon existence sans rien y changer, et que je ne voyais absolument pas en quoi ma façon de vivre pouvait les déranger. Entendant cela, il se cramponna aux côtés de son lit d'hôpital pour se grandir. Cela me fit mal de le voir autant peiner pour se redresser.

— Marty, dit-il, il y a deux sortes de femmes. Et pour l'instant, en tout cas… eh bien, pour l'instant, tu es l'autre sorte.

Je ne sais plus exactement ce que j'ai rétorqué, seulement que je ne voyais pas comment je pourrais jamais lui pardonner cette insulte.

Crucifiée, humiliée, des guêpes plein la tête, j'avais couru faire ma valise et j'avais pris le premier train pour la côte Est.

Une fois à bord, j'étais allée dans la voiture-salon. Elle était remplie d'hommes d'affaires, précisément du genre que mon père m'aurait avertie d'éviter. Rien qu'en m'installant au bar, en enlevant mon manteau, en commandant un martini, aurait-il dit, je les provoquais et demandais à me faire aborder.

Je commandai un whisky-soda tandis que Saint Louis s'éloignait, et cela ne manqua pas : très vite, un homme, chemise de chez Brooks Brothers et cravate en tricot, vint s'asseoir en face de moi.

— Je peux vous offrir un verre ?

— Je suis déjà servie, merci.

— Je vous l'offre, alors. Ou vous pouvez en prendre un dans chaque main.

— Ça paraît dangereux.

Il sourit.

— On vous donnera une serviette. Où allez-vous ?

— New York.

— Une fille de la ville, alors.

— D'adoption.

Je ne voulais pas en dire plus, pas lui expliquer qui j'étais, cela ne le regardait pas.

Il avait le visage un peu rouge, comme si son col était trop serré, mais sa chemise était de bonne qualité. Ses chaussures de beau cuir brillaient comme un sou neuf, et il portait une épaisse alliance patinée, ce qui n'avait d'ailleurs aucune importance. Je ne voulais strictement rien de lui à part un instant de distraction.

Quand le steward m'apporta mon deuxième verre, il oscilla dangereusement sur l'étroite table, menaçant de se renverser, aussi je le bus vite, à la suite du premier. Il était « dans les obligations », me dit-il. Je ne me souviens pas du reste de notre conversation, sauf qu'il élevait des lévriers. Plus tard, quelque part au milieu de la Pennsylvanie, il me compara à l'un de ces sveltes et légers animaux puis essaya de m'embrasser.

J'étais allée aux toilettes et il m'avait suivie comme s'il répondait à un signe de ma part. Ce n'était pas le cas, et pourtant je m'accommodai sur le moment de sa proximité parce que cela me permettait de ne pas penser au reste. Plaquée par ses épaules à la paroi tressautante du couloir, je fermai les yeux, trouvant à sa bouche un goût d'olives vertes et d'alcool pur. Mais il se mit à m'écraser, devint de plus en plus lourd, la respiration haletante. Il m'attrapa par la taille, pressant son ventre contre le mien, puis prit mes seins dans ses mains.

— Mais qu'est-ce qui vous prend ? demanda-t-il quand je l'arrêtai.

— J'aime seulement embrasser.

— Vous êtes une drôle de fille.

Il avait l'air étonné et assez mécontent.

— Alors pourquoi êtes-vous là avec moi ?

Je ne suis pas avec vous, me dis-je, sentant les brumes de l'alcool se répandre en moi comme de la fumée.

— Comme ça, sans raison. Je suis heureuse, c'est tout.

— Vous n'en avez pas l'air. En fait, je n'ai jamais vu personne d'aussi triste. C'est pour ça que je vous ai remarquée.

Un porteur passa, s'appliquant à regarder droit devant lui et à se rendre invisible. Je m'adossai à la paroi vibrante du couloir, étouffant, gênée d'avoir été percée à jour. Les reproches de mon père me revinrent.

— Pensez-vous qu'il y ait deux genres de filles ? demandai-je à l'homme quand le porteur se fut éloigné.

— Je ne sais pas. Il faut de tout pour faire un monde. D'après moi, il y a plus de deux genres de n'importe quoi.

Il me dévisagea avec curiosité.

— À quoi vous jouez ?

— Fermez-la.

— Pardon ?

— Vous pouvez m'embrasser, mais, par pitié, fermez-la.

Le lendemain matin, je sortis discrètement de la couchette Pullman avec un regard furtif à droite et à gauche, comme une espionne. Je ne savais pas où était passé l'homme des obligations, et je ne voulais pas le savoir. J'avais d'ailleurs fort à faire pour traverser le train l'air de rien sans avoir à me préoccuper de quelqu'un d'autre. Une suite confuse de flash-back me ramenait à ce que je lui avais dit pour l'impressionner, à ses mains sur mon corps, aux miennes sur le sien. Espérant que la lecture de Keats me calmerait, je me plongeai dans mon livre toute la journée, la tête ailleurs pour commencer, puis retrouvant de plus en plus la maîtrise de mes pensées et de mes souvenirs.

Le train poursuivit sa route, et nous arrivâmes enfin à Penn Station. Je retrouvai l'air froid, plus pur et plus sain que celui de Saint Louis parce qu'il laissait plus de liberté. Je trouvais merveilleux que tous ces gens autour de moi ne me connaissent pas et n'attendent rien de moi. Je pouvais être qui je voulais. Je pouvais brûler la chandelle par les deux bouts si cela me chantait, ou par le milieu, ou bien la flanquer à la poubelle.

Je m'étais invitée chez une vieille amie pour une ou deux semaines avant de retourner dans le Connecticut. Elle habitait un petit appartement dans un immeuble sans ascenseur de Grove Street, dans le quartier de West Village, et avait caché une clé à mon intention dans son philodendron. J'avais complètement oublié que j'avais donné son adresse à ma mère. J'avais en fait tout oublié après ce voyage, si ce n'est la brûlure de ses joues sur les miennes, et le sentiment euphorisant d'être de nouveau maîtresse de mon sort. Mais à peine eus-je franchi la porte que je vis, sur la table branlante achetée par mon amie dans un vide-grenier, un nouveau télégramme qui m'attendait.

Pendant que je traversais la Pennsylvanie dans les

bras d'un inconnu, le cœur de mon père avait cessé de battre. Il était mort dans son sommeil.

Oh, Marty. Je suis désolée que tu n'aies pas pu lui dire au revoir. Rentre à la maison, s'il te plaît.

4

Pendant les douze mois qui suivirent, je crois avoir vieilli de douze ans. Je vivais telle une parente pauvre dans ma chambre du haut, ne voyant que les membres de ma famille, et ne sachant rien de l'état du monde à part ce qui en filtrait par les journaux. Cette vie d'ermite aurait pu être idéale pour écrire si je n'avais pas été aussi traumatisée par les dernières paroles que m'avait dites mon père, et par la réalité de sa mort. J'avais eu tort, je m'en rendais compte à présent, de penser que sa disparition pourrait résoudre quoi que ce soit, et encore plus tort de l'avoir désirée, ne fût-ce qu'une seconde.

Je voulais qu'il revienne à en hurler. J'avais besoin de rattraper mes erreurs, de lui pardonner et d'être pardonnée, une réconciliation devenue impossible. J'aurais eu besoin de temps pour lui prouver que mes failles n'étaient pas si profondes et irréparables qu'il le pensait, et que je pouvais encore le rendre fier de moi. Mais on ne peut pas remonter le temps. Ni le laisser s'écouler, du moins c'était ce qu'il me semblait dans l'état qui était le mien.

Mon frère Alfred avait interrompu ses études pour revenir vivre lui aussi à la maison quelque temps.

Nous prenions tous nos repas ensemble dans la cuisine et écoutions la radio après le dîner, pantoufles aux pieds. Pendant la journée, je m'efforçais de me lancer dans un nouveau projet d'écriture, mais je rongeais surtout mes crayons en regardant par la fenêtre, prête à répondre aux moindres demandes de ma mère.

Elle était très courageuse, aussi courageuse qu'on peut l'être, mais mon père avait été son étoile du Berger tout comme elle avait toujours été la mienne. Un jour, alors que je descendais poster une lettre, je la trouvai en bas de l'escalier, immobile. C'était presque l'heure du dîner, l'heure bleue. La lumière tombait de biais, jetant des ombres sur la porte et sur la silhouette statique de ma mère, et quand je compris ce qu'elle faisait là, mon cœur se brisa pour elle. Elle guettait le bruit de la clé de mon père dans la serrure. Elle attendait de recevoir son baiser du soir.

Je la pris dans mes bras. Elle était légère comme l'air, assez frêle pour être emportée par un souffle.

— Je ne sais pas quoi faire, dit-elle contre mon épaule. Je me demande sans arrêt qui je suis maintenant.

— Je peux faire quelque chose ?

— Tu fais déjà beaucoup. Je sais que tu préférerais être ailleurs, t'amuser.

— Ça me fait plaisir d'être ici.

C'était vrai, mais pas entièrement. J'aurais donné n'importe quoi pour lui faciliter cette période, mais je me sentais mal dans cette maison, comme si je vivais dans un mausolée ou exposée dans une vitrine. La plupart du temps, j'arrivais à peine à respirer, et puis le spectacle de son visage malheureux m'anéantissait. Pendant trente-cinq ans, elle avait été l'épouse d'un homme. Comment pouvait-on supporter ce bouleversement, se remettre d'un tel vide ? Comment pouvait-on s'éviter ce genre de peine, si ce n'était en n'aimant personne et en vivant seul ?

Au bout d'un certain temps, je me remis à écrire, et à chercher un éditeur qui voudrait bien publier *The Trouble I've Seen*. J'envoyai le manuscrit à plusieurs maisons d'édition, me rongeai les ongles en attendant les réponses. Je reçus des refus au compte-gouttes, qui firent fondre mes espérances comme de l'eau sur du sucre. En fin de compte, je me dis que si je ne voulais pas me manger les doigts jusqu'à l'os il me fallait agir. J'entrepris donc de poser ma candidature dans des journaux de la côte Est, et fis pleuvoir sur Manhattan des lettres enthousiastes accompagnées de mon CV maigrichon. Après d'innombrables refus, *Time Magazine* accepta de me proposer un papier à l'essai. Je m'y attelai, bien décidée à les subjuguer, et travaillai douze heures par jour pendant une semaine entière. Le résultat, d'après moi, était personnel, informatif et poignant tout à la fois. L'article racontait un voyage au cœur du Mississippi que j'avais entrepris quelque temps plus tôt avec Bertrand à bord d'une voiture de location, et un lynchage auquel nous avions bien failli assister.

Je fus puissamment inspirée pendant sa rédaction et mis dans ce texte le meilleur de moi-même. L'ayant fini et posté, je passai une semaine à tourner en rond, désirant plus que tout au monde décrocher ce job. Et puis le rédacteur en chef de *Time Magazine* m'envoya un refus qui tenait en quelques lignes décourageantes. Le ton que j'avais choisi ne correspondait pas au journal, à la fois trop sérieux et pas assez. Il espérait que je tenterais de nouveau ma chance un jour, quand j'aurais plus d'expérience.

— Je ne comprends pas, me lamentai-je auprès de ma mère. Trop sérieux et en même temps pas assez ? Je ne vois pas comment c'est possible.

— Il veut peut-être seulement dire que tu as encore des choses à apprendre. Ça n'est pas un mal en soi…

— Mais j'aurais pu apprendre ce que je ne sais pas chez eux. Je ne vois pas pourquoi ils ne veulent pas de moi.

— Peut-être que si tu essayais un endroit un peu moins prestigieux, tu pourrais gravir les échelons et leur proposer de nouveau tes services.

— Je n'ai pas de temps à perdre ! Je veux vivre quelque chose de fabuleux tout de suite. Je suis prête à travailler dur. Ça ne me fait pas peur.

Elle me regarda avec gentillesse, semblant peser ses mots avec soin.

— C'est important de ne pas brûler les étapes, ma chérie. Il faut être patient, dans la vie.

— Ce serait peut-être plus facile si au moins quelque chose marchait. Qui sait si je vais trouver du travail et mon roman est au point mort.

Je parlais du nouveau livre que j'avais mis en chantier sur un couple de pacifistes français et leurs nobles aventures. Je travaillais, écrivant scrupuleusement mes scènes et développant les dialogues, mais le plus souvent j'avais l'impression que l'histoire n'avait rien à voir avec moi, qu'elle m'avait suivie un beau jour, comme un chien perdu.

— J'ai l'impression de ne pas connaître mes personnages, et je ne sais pas comment me rapprocher d'eux. Peut-être que cela irait mieux si j'étais en France, si je pouvais aller voir les champs de bataille de la Grande Guerre, ou seulement aller m'asseoir au bord de la Seine pour réfléchir.

— Qu'est-ce qui t'en empêche ?

— Ne dis pas de bêtises. J'irai à un autre moment.

J'avais voulu la rassurer, mais je vis combien je l'avais perturbée. Elle avait l'impression d'être un obstacle.

— Ne sacrifie pas tes projets et ta liberté pour moi. Ce serait mauvais pour nous deux.

— Je ne reste pas par pitié, ni par devoir.

— Mettons que ce soit par amour, alors, mais l'amour peut être lourd à porter aussi. Tu dois vivre ta vie.

— Je sais.

J'en avais pleinement conscience en effet, mais alors que je la serrais de toutes mes forces dans mes bras, et que sa bonté se répandait en moi comme une transfusion, je me rendis compte que je ne savais pas dans quelle direction me tourner pour la vivre, cette vie.

L'hiver ne laissa que lentement place au printemps cette année-là. J'errais de pièce en pièce, fumant trop et me couchant tard, si bien que certains jours je dormais jusqu'à une ou deux heures de l'après-midi. Puis un jour je reçus une lettre d'un éditeur de chez

William Morrow qui proposait de prendre le risque de publier *The Trouble I've Seen*. L'à-valoir était ridiculement peu élevé. Il m'avertit aussi très clairement, par courrier et par téléphone, qu'il pensait que le livre se vendrait peu, voire pas du tout. Tout cela était difficile à entendre mais, au moins, le livre allait voir le jour. J'acceptai, reconnaissante, tout en espérant que l'avenir prouverait que l'éditeur avait tort, mon seul grand regret étant de ne pas pouvoir partager cette bonne nouvelle avec mon père.

J'avais honte en me remémorant ma colère et mes réactions épidermiques devant ses critiques. Peut-être avait-il été trop dur avec moi, mais il avait sans doute seulement voulu m'aider à devenir quelqu'un de bien, et me pousser à me dépasser pendant qu'il en était encore temps. Tout ce que je savais, c'était qu'à la place de ma rage et de ma révolte il ne me restait qu'un grand vide. Cette phrase qu'avait prononcée ma mère – « Je me demande qui je suis maintenant » – aurait aussi bien pu s'appliquer à moi. Je ne savais plus ce qu'il fallait faire, ni comment trouver ma voie.

Finalement, je dis à ma mère que je songeais de nouveau à aller en Europe.

— J'espérais bien que tu changerais d'avis, approuva-t-elle. Considère ce voyage comme une cure de travail. Vas-y, plonge-toi dans ce livre.

Elle aurait aussi bien pu dire : *Vas-y et trouve-toi vite, je t'en prie.*

Je pris le bateau au mois de juin 1936, m'arrêtant en Angleterre avant de continuer vers la France. Je trouvai les deux pays plus mal en point, plus ternes que lors de mon dernier séjour, pourtant à peine deux ans plus tôt. Le chômage touchait toutes les couches de la société, les tensions sociales étaient exacerbées. Comme des grèves paralysaient Paris, j'allai en Allemagne pour me lancer sérieusement dans mes recherches. C'est ainsi que je me retrouvai devant la Weltkriegsbibliothek à regarder les soldats nazis défiler et faire les matamores en cherchant à terroriser une population déjà tremblante, comme frappée de malédiction.

L'influence de Hitler s'était progressivement étendue sans que, dans mon éloignement, j'en aie vraiment conscience. À présent, je voyais les événements sous un autre jour. Il y avait des conflits, des tensions partout. Un nombre inquiétant de pays européens – la Grèce et le Portugal, la Hongrie et la Lituanie et la Pologne – vivaient sous le joug de juntes militaires ou de dictatures. L'Espagne seule tentait de résister, et son gouvernement démocratique nouvellement élu s'employait à mettre en place des mesures révolutionnaires. Et puis, Franco avait frappé.

Je me souviens de n'avoir pas été étonnée en lisant la nouvelle du coup d'État dans les journaux nazis. Quantité de signes inquiétants s'étaient succédé qui ne présageaient rien de bon. La situation n'en était pas moins choquante. Je retournai à Paris, ne souhaitant que me cacher la tête dans le sable et ne m'occuper que de mon livre, mais autant courir après son ombre. Les grèves se poursuivaient et la moitié des restaurants étaient fermés. Il y eut des affrontements au Parc des Princes, des fascistes étant venus s'en prendre à un rassemblement communiste. La France me semblait très vulnérable. Beaucoup trop proche de la gueule du dragon.

Je rentrai me réfugier en Amérique, où j'arrivai juste après la sortie de *The Trouble I've Seen*. À ma grande surprise, non seulement le livre se vendait bien, mais il recevait d'excellentes et nombreuses critiques. Ne m'étant attendue à rien, je n'en revenais pas. Le *Boston Evening Transcript* disait de mon écriture qu'elle était audacieuse. Le *New York Herald Tribune* publia un long article avec ma photo, dans lequel on encensait le livre de la première à la dernière ligne. Lewis Gannett, dans sa chronique littéraire reprise par toutes les publications de son groupe de presse, dit que mon style brûlait d'une « poésie provocante » et prédisait que ce serait l'une de ses lectures préférées de l'année.

Je devais me pincer pour m'assurer qu'il ne s'agissait pas d'un rêve. Après l'échec de mon premier roman, c'était grisant et flatteur d'être considérée comme un auteur à part entière – le rayon de soleil tant attendu perçait enfin les nuages. J'étais heureuse, et justice m'était enfin rendue. Il manquait pourtant quelque chose à mon bonheur. Je lisais et relisais tous ces articles, me demandant pourquoi ces louanges ne me suffisaient pas tout à fait. Je retournais alors aux pages politiques. Le *St. Louis Post-Dispatch* publiait des reportages sur l'Espagne, ainsi que le *Times* et le *Chicago Tribune*. De plus en plus de journaux envoyaient des correspondants de guerre sur place parce que le besoin d'informations quotidiennes se faisait sentir, et que l'Espagne intéressait tout le monde.

— Ça n'est pas possible, vous avez vu ça ? dis-je à Alfred et à ma mère en agitant les pages comme un terrifiant drapeau.

Au bout de soixante-huit jours de siège de l'Alcázar, les rebelles de Franco avaient réussi à reprendre la forteresse du XIVe siècle, et à remporter Tolède, assassinant des centaines d'otages et de soldats républicains. Partout ailleurs en Espagne, les forces nationalistes gagnaient du terrain de jour en jour, fusillant à tour de bras.

— C'est épouvantable, dit maman. Je ne sais pas ce que Roosevelt peut bien penser de tout ça.

— Il pense surtout à sa réélection, rétorqua Alfred. Je te parie qu'il ne va pas envoyer une seule arme là-bas, même pas des pistolets à eau.

— J'espère bien que si, intervins-je. Et si c'était comme l'engrenage des Balkans ? C'est ce que tout le monde redoute. La guerre pourrait bientôt se généraliser, et personne ne veut intervenir.

L'angoisse s'accrut pendant l'automne, tandis que le nombre de morts augmentait, ainsi que le rapportaient les grands journaux. Les nationalistes avaient atteint Valence, puis Madrid au début du mois de novembre, attaquant par le nord et le sud-ouest, tandis que des centaines de milliers de réfugiés républicains déferlaient dans la ville par l'est. Les tirs d'artillerie devinrent quotidiens, et l'aviation allemande bombardait la place centrale.

« Je détruirai Madrid », avait déclaré Franco au monde entier, mais les premières Brigades internationales de volontaires arrivèrent et défilèrent dans la Gran Vía sous les acclamations de la foule des Madrilènes. On pouvait encore espérer que les Brigades parviendraient à conserver la ville et à arrêter Franco. Ou bien que Franco connaîtrait une nouvelle victoire écrasante. Nous ne pouvions rien faire d'autre qu'attendre la suite des événements.

5

Cette année-là, en décembre, la perspective de l'anniversaire de la mort de mon père rendit très pénible l'approche de Noël. Maman descendit du grenier le carton contenant les fragiles décorations, mais ne put se résoudre à les déballer. La magnifique crèche de Forest Park semblait destinée à d'autres gens plus heureux, tout comme le spectacle des patineurs évoluant deux par deux sur la rivière gelée, et tous les symboles des fêtes de fin d'année. Nous chargeâmes Alfred de choisir un endroit sur la carte, n'importe lequel, peu importait du moment que ce soit au soleil. Puis nous abandonnâmes la maison au fantôme de papa après avoir mis un bon coussin sur le meilleur fauteuil près du poêle, là où il avait aimé lire Robert Browning, et nous prîmes la fuite. Comme tant de veuves et d'orphelins.

Miami était notre destination. Nous n'y restâmes pas longtemps. Dès midi le lendemain de notre arrivée, nous n'en pouvions déjà plus des tournois de palet et des jeux de mime. Un plat sur trois au restaurant de l'hôtel était accompagné de sauce Mornay.

— Ça n'est pas très sauvage, hein ? grommela maman devant un classique présentoir de cartes postales parfaitement huilé. Nous n'avons qu'une semaine…

J'étais comme elle : j'avais l'impression que nous n'avions pas encore pris assez de distance. Nous n'avions pas encore vraiment échappé à ce que nous voulions fuir.

— On peut sûrement trouver mieux, renchérit Alfred.

Il nous fallut moins d'une heure pour récupérer nos affaires dans nos chambres encore à peine utilisées, payer la note et traverser la ville chargés de nos bagages pour nous rendre à la gare routière, heureux tous les trois d'avoir – enfin – le sentiment de partir à l'aventure.

Une fois que nous fûmes sortis de la ville, le soleil de Floride couleur de jus d'orange s'arrondit, et la chaleur devint délicieusement intense. Une seule route fatiguée s'étirait vers le sud à travers les plaines humides et les marais tel un python géant digérant la longue file de véhicules qui se succédaient lentement. Une odeur vivante de sel et de terre montait des marécages et des mangroves aux racines tortueuses et, au bord de la route, les panneaux de vente de *bonefish* et de viande de tortue de mer prête à cuire alternaient avec de sinistres citations de la Bible.

Tout, où que l'on se tournât, dans les moindres recoins, était étrange et mystérieux, aussi différent de chez nous que je l'avais espéré, et j'étais difficile.

Trois heures plus tard, après bien des secousses, nous arrivâmes tout au bout des États-Unis, à sa pointe la plus méridionale. Key West la languide, l'indolente, Key West la splendide.

La ville, pas plus grande que le fond d'une vieille tasse à thé, était délabrée et étouffante. Les rues poussiéreuses étaient abandonnées aux poules, qui se précipitaient sur les miettes et les cailloux sans distinction. Après avoir pris des chambres dans un hôtel de Petronia Street, nous allâmes jusqu'à la place Mallory pour manger une glace devant une vue dégagée de la mer. Nous ne fûmes déçus ni par l'une ni par l'autre. En revenant vers le centre-ville par Whitehead Street, nous passâmes devant l'arbre le plus imposant, le plus majestueux que j'aie vu de ma vie. J'aurais voulu l'épouser, ou alors seulement pouvoir m'asseoir jusqu'à la fin des temps dans le cercle de son ombre, mais maman avait une autre idée en tête. Ses jolis cheveux collaient à sa nuque, et elle avait besoin de boire un verre. Elle nous entraîna plus loin, jusqu'à un bar blanchi à la chaux dans une ruelle au bout de Duval Street.

C'était le milieu de l'après-midi, et l'intérieur de l'établissement était sombre comme une caverne et presque vide. On marchait sur un lit pas très frais de sciure et d'épluchures de cacahuètes, et le comptoir s'appuyait à un bout au mur du fond, et à l'autre sur la panse d'un barman colossal. L'homme s'appelait Skinner, nous dit-il, et nous étions les bienvenus au Conch Bar parce qu'il voyait bien que nous étions perdus et que nous ne savions pas ce que nous faisions là.

Maman sourit.

— Nous ne sommes pas perdus.

— Ou si nous le sommes, corrigeai-je, c'est parce que nous le voulons bien.

Skinner eut un rire, puis entreprit de nous préparer des daïquiris agrémentés d'une montagne de glace pilée et de citron vert, pendant qu'un type aux tempes grisonnantes à l'autre bout du comptoir nous jaugeait des pieds à la tête. Je portais ma robe d'été de coton noir et des nu-pieds, une tenue qui mettait en valeur mes cheveux et mes mollets, et de façon générale ne manquait jamais de plaire au sexe opposé. Mais il ne sembla pas s'intéresser à moi plus que par politesse, et d'ailleurs je cessai de penser à cela dès l'instant où je le reconnus.

Il était vêtu d'un tee-shirt déchiré et d'un short rescapé d'un fond de caisse à poissons – ce qui ne le mettait pas particulièrement à son avantage. Quoi qu'il en soit, c'était bien lui. Une mèche de cheveux châtain foncé, presque noire, tombait d'un côté de ses lunettes rondes à monture d'acier. Il me surprit en train de le dévisager, et nos regards se croisèrent un dixième de seconde, puis il lissa distraitement sa moustache et reprit la lecture d'une pile de lettres.

Je n'avertis ni Alfred ni maman, mais m'autorisai à l'observer un moment, comme une touriste étudierait un plan de la ville. Il avait des jambes bronzées et musclées de boxeur. Ses bras aussi étaient hâlés, sa poitrine large, et tout en lui évoquait la force physique, la santé, et dégageait une sorte de grâce animale. Ce que je voyais m'impressionnait, mais je n'avais pas l'intention de me jeter à sa tête ni de lui avouer que sa photo me servait à marquer la page du roman policier que j'avais dans mon sac. Je l'avais découpée dans *Time Magazine*, ainsi que le long article sur la tauromachie qu'elle accompagnait. J'étais sûre de bredouiller si je tentais de lui dire combien son écriture comptait pour moi, et je n'avais pas l'intention de m'humilier en mentionnant que j'écrivais moi aussi.

Lorsque j'étais encore à Bryn Mawr, j'avais punaisé

ma citation préférée de *L'Adieu aux armes* au-dessus du bureau de ma chambre de la résidence étudiante : « Il n'arrive jamais rien aux braves. »

Je voulais l'avoir sous les yeux tous les jours pour me soutenir dans mon travail d'écriture, piqûre de rappel et défi, aussi, même si j'espérais secrètement qu'au contraire c'était aux braves qu'il arrivait des choses. Que la vie vous attrapait, bouillante et bouillonnante, si on se jetait bravement dans le courant.

Dans le bar sombre et confiné, j'essayai de me galvaniser pour l'aborder. C'était mon héros, et il n'était qu'à six mètres. *Il n'arrive jamais rien aux braves*, songeai-je en me creusant la tête pour trouver quelque chose d'intelligent à dire, mais rien d'assez bien ne me venait.

La gorge sèche, le souffle court, je me tournai de nouveau vers ma famille, et mon daïquiri. Le cocktail était acidulé et fort, encore refroidi par quelques petits glaçons. Au plafond, les pales du ventilateur tournaient avec des cliquetis, exhalant un souffle de lente respiration animale. Au-delà de la porte ouverte, deux mouettes se disputaient la coquille noire d'une moule. Et M. Hemingway continua de nous ignorer en lisant son courrier jusqu'à ce que Skinner, tout en pilant de la glace pour notre deuxième verre, nous demande d'où nous venions.

— Saint Louis, répondit fièrement ma mère.

Il n'en fallut pas plus. Il se leva et quitta son bout de comptoir pour venir nous rejoindre.

— Deux de mes femmes sont allées en classe à Saint Louis, dit-il à maman d'un ton amical. J'ai toujours apprécié cette ville.

Deux de mes femmes ? À l'entendre, on aurait pu croire qu'il en avait eu une douzaine – je ne me serais bien sûr pas risquée à le faire remarquer.

— La vie y est agréable, dit maman. Mais ici, le rhum est meilleur. Le soleil n'est pas mal non plus.

Il lui sourit, ses yeux bruns brillant d'un éclat chaleureux et une longue fossette se creusant dans sa joue gauche.

— Je suis né dans le Middle West, lui dit-il. Près de Chicago. J'apprécie, mais plutôt de loin – la région comme les gens.

Alfred, qui s'était tu jusqu'alors, se leva et lui serra la main, et les présentations furent faites. Je fus fière de lui, et de maman aussi, parce qu'ils ne sursautèrent pas et ne parurent pas indûment impressionnés en entendant son nom. Tout le monde en Amérique savait qui était Hemingway, comme pratiquement partout ailleurs. Mais ici, dans sa ville, on voyait qu'il voulait être pris pour un type comme tout le monde. Il suffisait de voir son tee-shirt.

— Ça me ferait plaisir de vous servir de guide pendant que vous êtes ici, nous dit-il tout en regardant uniquement ma mère.

C'était encore une très belle femme. Elle était bien conservée, comme on dit, et avait de ravissants cheveux argentés, un regard bleu ouvert, une bouche parfaite, et pas une once de coquetterie. Exception faite de notre deuil récent, j'avais toujours pensé qu'elle était la personne la plus heureuse, la plus équilibrée que je connaisse. La chance lui souriait souvent, comme ce jour-là. C'était presque comme si le cylindre d'une roulette avait été lancé à l'instant où nous montions dans l'autocar, ou même avant, et que la boule noire avait trouvé sa case ici, précisément, avec le *clic* tranquille et inévitable du numéro gagnant.

Une visite guidée de Key West par Ernest Hemingway ? Mais bien sûr. Pas de problème. Mille mercis.

À bord du coupé Ford noir de Hemingway, nous décrivîmes une boucle autour de l'île par la côte, en commençant par le point le plus au sud, marqué par une barrique peinte de bandes rouges et blanches, ressemblant à une enseigne de barbier. Il y avait là deux plages quelque peu anémiques, mais Ernest nous assura que la baignade y était bonne.

— On n'a pas l'impression d'une intense vie littéraire, remarqua ma mère depuis le siège du passager.

Son chapeau, qu'elle avait enlevé, était posé sur ses genoux. Elle sortit une main par la vitre ouverte pour sentir l'air.

— Comment avez-vous atterri ici ?

— Par le chemin des écoliers, disons, répondit-il avec un sourire. Paris, puis Piggott dans l'Arkansas, puis Kansas City. Ensuite le Montana, et puis l'Espagne, et retour à Paris. Le Wyoming, Chicago, New York et de nouveau Piggott. Ah oui, avec un passage par l'Afrique. Je ne crois pas que nous soyons restés un seul mois au même endroit pendant les deux premières années de notre mariage.

— Bigre. Comment votre femme a-t-elle vécu cela ?

— Sans aucune difficulté. C'est une championne de l'organisation. Elle s'occupe d'absolument tout, et c'est une excellente mère aussi. Nous avons deux fils.

— C'est merveilleux de courir le monde, dit ma mère.

— Oui, mais on a également besoin d'avoir un coin à soi où souffler un peu. On ne peut pas vraiment travailler quand on mène une vie itinérante. Ça n'est pas impossible, mais le résultat est marqué par la fatigue. Et par les traces de pas.

Il me sembla que cette dernière remarque m'était directement adressée. C'était justement une question qui me préoccupait. Je me trouvais trop guindée dans mon nouveau roman, mes efforts se sentaient à toutes les pages, rigidifiaient mon écriture, ou en tout cas trahissaient mon désir de bien faire.

— Entre le soleil et les daïquiris, je ne suis pas sûre que j'arriverais à travailler ici, dis-je, essayant de couvrir par une plaisanterie le malaise qu'il avait fait surgir en moi.

— Quand on s'oblige à s'atteler à la tâche avant l'aube, après ça va tout seul.

Il me jeta un regard en coin par le biais du rétroviseur, et mon sang courut plus vite dans mes veines. C'était troublant d'avoir capté son attention, fût-ce brièvement. Comme si une lumière vive était tombée sur moi au passage avant de poursuivre sa course. Mais j'avais aussi l'impression qu'il m'avait réellement vue, et qu'il avait compris ma façon de fonctionner. Ce n'était guère possible, puisque nous venions à peine de nous rencontrer – mais cet homme était un excellent portraitiste, et il voyait sûrement toutes sortes de choses, peut-être sans même y prendre garde.

Plus tard, alors que le soleil descendait derrière les palmiers, Ernest nous conduisit à un petit cimetière.

Il se gara pour continuer à pied, et nous fit entrer par une grille de fer forgé grinçante dans Angela Street. Des jacarandas fleurissaient haut dans le ciel au-dessus des stèles. Nous nous promenâmes lentement entre les tombes, jusqu'à une statue cuivrée qui se dressait au milieu d'une section. Alfred s'arrêta pour lire la plaque commémorative.

— Dites, les marins de l'*USS Maine* sont enterrés ici, dit-il, semblant ravi de sa découverte.

— Le bateau a coulé dans le port de La Havane, expliqua Hemingway. Cuba n'est pas loin, ajouta-t-il en désignant le sud derrière lui. Quatre-vingt-dix milles nautiques, et on se croirait à l'autre bout du monde.

— Il me semble avoir lu une histoire sur les conquistadors à l'hôtel, intervint ma mère.

— C'est exact. « Cayo Hueso », cela signifie la caye, ou le récif aux os en espagnol. Key West n'était qu'un amoncellement de squelettes quand Ponce de León est arrivé.

— Où les a-t-on mis pour rendre l'île habitable ? demandai-je.

— Mais est-elle habitable ? Je n'en suis pas si sûr, s'amusa-t-il. Je crois qu'on s'en est débarrassé quelque part sur les hauts-fonds. Il m'arrive parfois de remorquer un fémur pendant un kilomètre en croyant que je tiens un marlin.

— Pas possible ! s'exclama Alfred.

— Je blague. Un fémur, ajouta-t-il avec un clin d'œil, ça ne pèse rien.

6

Hemingway nous avait invités le lendemain après-midi à Whitehead Street pour rencontrer sa femme et ses enfants. Pauline, son épouse, était petite et brune, pas d'une beauté classique mais séduisante, cheveux très courts, mince, regard intelligent. Elle prépara un pichet de citronnade au rye whiskey que nous bûmes dans le jardin à l'emplacement de leur future piscine. Ce serait la première de l'île, nous expliqua Ernest, et les ouvriers allaient devoir creuser à travers une épaisse couche de corail. Il avait l'air particulièrement satisfait que l'entreprise promette d'être difficile.

Leurs fils, Patrick et Gregory, jouaient au badminton à notre arrivée, et ne vinrent nous dire bonjour qu'une fois leur partie terminée. Ils s'assirent par terre en tailleur, avec naturel, les joues rosies par l'exercice. *Cet homme célèbre est leur père*, me dis-je, le regard passant des garçons à Ernest, vautré sur une chaise longue. Mais ils étaient extrêmement bien élevés et n'avaient pas l'air d'enfants gâtés.

La maison et le terrain étaient bien entretenus ; des bananiers, des dattiers et des frangipaniers se mêlaient dans la luxuriance de ce beau bout de paradis. Le bureau où Ernest écrivait se trouvait dans une dépendance, un petit garage converti auquel on accédait depuis la maison par une passerelle de corde. Rien n'aurait pu être plus romantique et mieux pensé. D'ailleurs, où que les yeux se posent, on voyait un environnement conçu pour le bonheur, à commencer par sa charmante et spirituelle épouse et ses fils bien dans leur peau. Jusqu'à la beauté de l'ombre. Il menait une vie de rêve, songeai-je, mais cela n'avait rien d'étonnant.

Avant notre départ, Ernest partit chercher quelque chose et revint avec un exemplaire de mon dernier livre pour se le faire dédicacer. Je jetai un coup d'œil à ma mère, me demandant si elle lui en avait parlé pendant que j'avais le dos tourné. Mais non, Ernest m'éclaira vite sur ce point. Pauline et lui l'avaient lu tous les deux quelques mois plus tôt et l'avaient trouvé très réussi. En fait, il avait tout de suite su qui j'étais dans le bar, mais n'avait pas voulu m'embarrasser.

Quelle idée ! J'étais folle de joie. Ernest Hemingway avait lu mon livre et l'avait aimé. Il s'était souvenu de mon nom. Il avait suffisamment d'estime pour le livre pour vouloir que je le lui signe. Rougissante, je les remerciai tous les deux et m'assis sur un coin de chaise, l'exemplaire sur les genoux, ne sachant quelle phrase choisir pour transmettre exactement ce que je ressentais. C'était une situation étrange, une sorte de fantasme qui surpassait mes plus folles espérances.

Et puis, alors qu'il me semblait ne pas pouvoir être flattée davantage, Ernest me proposa de relire quelques pages du nouveau roman qu'il écrivait, qui parlait de pêche et de Bimini, et de « gens riches », et, dit-il, de se retrouver un peu ruiné.

J'eus du mal à croire qu'il était sérieux, ou qu'une

chose pareille puisse arriver dans la vraie vie. Et pourtant, il alla chercher les pages et me les tendit, semblant soudain timide.

Le roman était presque achevé, m'expliqua-t-il, mais il allait devoir le mettre de côté quelque temps. Il allait bientôt partir pour Madrid comme correspondant de la North American Newspaper Alliance, qui lui demandait de couvrir le conflit.

— Ne parlons pas de ça maintenant, nous pria Pauline, le regard baissé, en lissant sa simple robe blanche sur ses genoux.

— Ma pauvre vieille maman, dit-il d'un ton affectueux. Je n'irais pas si j'avais le choix. Tu le sais bien.

Il la regarda tendrement, puis se tourna de nouveau vers moi.

— J'essaie de ne pas me mêler de politique. La politique, c'est la mort des auteurs. Seulement, Franco est une brute doublée d'un assassin, et les fascistes ont l'air bien partis pour décimer la classe ouvrière espagnole. Je ne sais pas s'il est encore possible de rester neutre. En tout cas, pas si on regarde ce qui se passe.

— Il se pourrait que ce soit une guerre sans fin, intervint ma mère. Je sais que c'est un peu mélodramatique de dire ça.

— Ce serait peut-être préférable, commenta-t-il.

— Je suis contente que vous y alliez, dis-je à Ernest. J'imagine que ce n'est pas facile de quitter votre famille, mais l'Espagne a besoin de gens qui écrivent comme vous.

— L'Espagne a besoin de toutes sortes de gens qui écrivent. Cela promet d'être un carnage, ajouta-t-il sombrement.

— Pensez-vous que n'importe quel journaliste peut y aller ? demandai-je sans réfléchir, m'attirant le regard réprobateur de ma mère, et d'Alfred.

— Possible.

— Je ne travaille pour aucun magazine pour le moment.

— Tu n'y songes pas sérieusement j'espère, Marty, protesta ma mère.

— Pourquoi pas ? Justement, j'avais envie de m'engager.

— Mais c'est tellement dangereux...

— Je peux vous promettre de veiller sur elle, dit Ernest. À condition qu'elle trouve le moyen de se rendre là-bas.

— C'est très gentil à vous.

Ma mère le remerciait, mais il était clair que ce projet la perturbait. Je n'étais pas bien à l'aise non plus, et pourtant, l'idée venait de moi.

À la fin de notre visite, ils nous raccompagnèrent jusqu'à la rue en traversant le jardin, échangeant avec nous des paroles amicales et des promesses de rester en contact. J'avais passé une soirée extraordinaire, une soirée qui compterait, me semblait-il. J'aurais voulu que le temps s'arrête pour profiter de ces derniers instants le plus longtemps possible, mais il fallut bien se décider à dire bonsoir une dernière fois.

Nous franchîmes le portail et prîmes Whitehead Street dans la direction de notre hôtel.

— Je t'en supplie, ne pars pas sur un coup de tête, me supplia ma mère.

— C'était juste une idée, ne t'en fais pas. Je n'ai

pas l'intention de filer prendre un transatlantique à la seconde.

— Il me plaît, remarqua Alfred. Il n'est pas du tout comme je l'imaginais. Il est un peu comme nous, un peu comme tout le monde. Je n'aurais pas cru. C'est étonnant.

Oui, étonnant. Mais pendant que lui et maman s'extasiaient sur la gentillesse d'Ernest, et sur son humour, et sur sa belle maison, et sur sa charmante épouse, j'étais déjà ailleurs. Je ne pensais déjà plus qu'à l'Espagne, aux moyens d'y aller, et aux sacrifices de toutes sortes que cela me coûterait.

Était-ce un rêve ? Une belle illusion ? Ou était-ce, enfin, le signe que j'attendais, et Hemingway la flèche qui m'indiquait la voie à suivre ?

— Marty, appela ma mère, puis, plus fort : Marty !

J'avais dépassé l'hôtel sans m'arrêter. J'aurais probablement pu marcher toute la nuit, l'esprit ainsi occupé.

7

Le mois de janvier à Saint Louis avait toujours été pénible, mais, après Key West, le mauvais temps sembla avoir pris tout spécialement mon âme pour cible. Il y eut des chutes de neige molle, puis de la pluie verglaçante qui transforma les rues en patinoires. Le ciel pesait tristement sur la ville, rabattant dans l'air la fumée des cheminées, qui s'accrochait aux maisons et aux lampadaires. J'en aurais hurlé. Et puis Hemingway téléphona.

Quand maman m'appela pour aller répondre et que j'entendis sa voix, je fus surprise, et aussi un peu émue.

— Comment avez-vous trouvé mon numéro ?

— Gellhorn, ça n'est pas un nom très courant.

— Eh bien, je suis flattée.

Il y eut un silence, et j'eus peur de l'avoir embarrassé malgré moi. Puis, presque aussitôt, il se mit à parler avec enthousiasme de l'Espagne. La république avait pour l'instant surtout besoin d'ambulances, chose qu'il savait de son expérience de la Grande Guerre, et il ne parvenait à penser à rien d'autre. Il allait bientôt retrouver quelques amis du monde littéraire à New York, avec qui il discuterait des moyens de lever des fonds pour en acheter.

— Vous pourriez peut-être venir, lança-t-il.

— À New York ?

— Mais oui. À moins que vous ne vouliez pas vraiment aller en Espagne.

— Si, mais je ne sais pas comment m'y prendre. Il me faut des papiers, une accréditation…

— Peut-être avez-vous seulement besoin d'amis. Il est possible que je connaisse une façon de vous aider à organiser votre voyage.

J'en restai coite, puis je lui dis que ce serait formidable. J'avais du mal à réaliser. Dans ma tête, c'était le tumulte tant je trouvais étrange, inattendu et prometteur qu'il s'intéresse à moi. Au bout d'un instant, je repris :

— J'ai lu votre roman. J'en suis malade de jalousie, surtout devant vos dialogues.

— Vous savez, je ne fais rien de plus qu'écouter les gens parler.

— Si cela ne tenait qu'à ça, n'importe qui pourrait le faire. Vous avez toutes sortes de secrets. N'imaginez pas que vous me trompez une seconde.

— Peut-être, mais il manque encore quelque chose à ce livre. Je le sais très bien. Peut-être une de ces fins miracles qui relient tous les fils et vous recrachent à l'autre bout comme un noyau. Mais je ne vois pas encore bien où je vais.

— Vous trouverez.

— Quelle confiance en moi, déjà.

L'affection que j'entendis dans sa voix m'enivra.

— En l'occurrence, oui, je suis confiante.

— Venez à New York, fit-il soudain. Vous allez régler la question de votre voyage, et puis je vous offrirai un steak, et vous me montrerez une ou deux choses que vous avez écrites.

— C'est tentant. Mais je veux absolument finir le livre que j'ai en chantier avant. Je pense avoir moi aussi besoin de trouver une de ces fins miracles. Je ne vois pas encore complètement où je vais.

— Mais vous trouverez, dit-il.

— Au revoir, Ernesto. Je suis vraiment contente que nous devenions amis.

— Au revoir, chère fille, dit-il doucement.

Il raccrocha, et je restai le combiné dans la main, me demandant si je pouvais me fier à cet étrange tournant que prenait mon existence.

Pendant tout ce mois de janvier et une partie du mois de février, Ernest appela tous les deux ou trois jours pour parler de l'Espagne, bouillonnant d'énergie. Il se considérait, dit-il, comme un anticorrespondant de guerre, tout en ressentant un besoin impérieux de partir là-bas. Il n'avait plus vraiment fait de journalisme depuis des années et trouvait très bizarre de s'y remettre, mais l'idée lui plaisait. Il se réjouissait de sortir de son cocon trop rassurant. Il n'avait plus eu froid, ou mené une vie simple depuis trop longtemps. Il voulait se remettre en danger.

— Trop de confort peut vous gâcher un auteur, expliqua-t-il. Et aussi que personne ne vous dise jamais non. C'est dangereux.

— Oui, je suis bien d'accord. Après la mort de mon père, l'année dernière, je suis revenue vivre ici pour être avec maman, et je ne le regrette pas. Mais je me sens trop protégée, trop bien nourrie. Comme un phoque dans un zoo… Je dois vous sembler bien ingrate, ajoutai-je après un silence.

— Pas du tout. Je comprends ça très bien… Je suis désolé pour votre père. Le mien s'est tiré une balle dans la tête.

— Cela a dû être très dur pour vous.

J'avais lu la nouvelle dans les journaux, mais c'était autre chose de l'entendre de sa bouche, en sachant que nous parlions de lui, l'homme et l'écrivain, et pas de la célébrité.

— Plus dur pour lui, sans doute, même si j'ai tendance à l'oublier. J'avais vingt-neuf ans. Mon fils est né cet été-là, et il a failli tuer sa mère. Ensuite, en hiver, mon père s'est fait sauter la cervelle, et personne n'avait rien vu venir, sauf moi, peut-être. Je n'ai pas été surpris, mais ça m'a flanqué par terre. L'année la pire de ma vie, je pense, ou en tout cas une des pires.

— J'espère qu'on finit par se sentir un peu mieux un jour. Je souffre encore en me rappelant certaines choses que nous nous sommes dites. Et puis toutes celles que nous ne nous sommes pas dites. Pensez-vous qu'on puisse un jour être en paix avec son passé ?

— Ah, ça ! On peut essayer, pourquoi pas. Mais je ne suis pas sûr qu'on se pardonne jamais.

Nous nous tûmes un moment, la ligne téléphonique s'étirant entre nous, distendue par le poids de nos confidences. Je n'en revenais pas de me sentir aussi à l'aise avec lui, et d'arriver à lui parler aussi librement alors que je le connaissais à peine. Mais ça n'était pas n'importe qui, bien sûr.

Je lui avais récemment envoyé une nouvelle que j'avais écrite l'été précédent alors que j'étais encore en Allemagne, appelée *Exilé*. C'est l'histoire d'un Allemand qui, incapable de supporter les nazis une seconde de plus, part pour les États-Unis et se rend compte une fois là-bas que sa vie n'est pas beaucoup plus facile, qu'il ne trouve pas plus sa place en Amérique, et qu'il ne se sentira sans doute jamais chez lui nulle part. Ernest l'avait énormément aimée, et l'avait envoyée de sa propre initiative à son éditeur, Max Perkins, qui proposait de la publier dans *Scribner's Magazine* si j'acceptais d'y apporter quelques coupes et modifications. Rapidement, une correspondance s'établit entre Perkins et moi pour travailler sur le texte, et c'est ainsi que, d'un coup, je me mis à vivre une vie qui semblait être celle de quelqu'un d'autre.

— *Scribner's Magazine*, dis-je à ma mère, et ils me paient, qui plus est. Ernest est devenu mon ange gardien. J'ai du mal à y croire.

— Ça m'ennuie de devoir te dire ça, mais tu es une très jolie jeune femme. Es-tu bien certaine qu'il n'a pas une petite idée derrière la tête ?

— Mais pas du tout, maman. Nous parlons ensemble de choses qui comptent, de choses importantes. Et il mentionne tout le temps Pauline et ses fils. Il tient beaucoup à eux.

— Ce qui est bien naturel. Fais attention à toi, c'est tout.

— Tu ne penses quand même pas que je pourrais avoir des vues sur lui ! C'est mon idole, maman. Une idole lumineuse, fabuleuse, une personne rare. Je veux simplement le côtoyer un peu pour profiter de son énergie. Je ne vois pas ce qu'on peut trouver à redire à ça.

— Je ne te fais aucun reproche. Quoi qu'il arrive, je te soutiendrai, ne l'oublie pas.

— Bien sûr. Tu m'as toujours soutenue, toujours. Même quand je te décevais.

Je fis un pas vers elle et lui pris les mains en plongeant les yeux dans son regard bleu.

— Tu verras, tout va bien se passer. Je sais ce que je fais.

Je montai ensuite dans ma chambre, m'enveloppai dans une couverture en patchwork et restai à la fenêtre un long moment en pensant à New York.

J'avais beau avoir hâte de régler la question de mon départ en Espagne et de voir Ernest avant qu'il ne prenne son bateau, je tenais absolument à terminer mon livre d'abord. Je m'enfermai dans ma petite chambre pendant les deux semaines suivantes, et tapai les vingt dernières pages d'une traite lors d'une longue journée épuisante, tant physiquement que nerveusement. L'effort fut tel que je ne savais même pas si ce que j'avais écrit était bon, et j'avais très peur de me relire. Le paquet de pages était rassurant en lui-même. J'en avais méticuleusement aligné les bords et l'avais entouré de gros élastiques, puis je l'avais soupesé en silence avant de le glisser dans un tiroir de mon bureau. Un jour, je me sentirais assez forte pour regarder le résultat.

J'étais vidée, et j'avais hâte de partir, comme si j'avais été séquestrée pendant plusieurs années en Sibérie sans voir le soleil une seule fois. J'exhumai un vieux sac de voyage en toile du grenier et le remplis à la va-vite, espérant que j'aurais le temps de terminer mes préparatifs une fois à New York.

— De quoi a-t-on besoin pour aller à la guerre, de toute façon ? demandai-je à ma mère.

— De courage, je suppose. Mais je prendrais aussi une savonnette, si j'étais toi. Et des chaussettes chaudes.

— Ne t'en fais pas, il ne va rien m'arriver, tu le sais au moins ?

— Mais bien sûr.

Un mensonge qu'elle ponctua d'un baiser, puis elle me laissa finir mes bagages.

8

Avant même de descendre du train à Penn Station, je ménageais déjà mes faibles ressources, inquiète. Je m'étais renseignée sur le prix des traversées pour l'Europe, et je savais qu'il me faudrait un minimum de cent soixante dollars pour le plus petit des placards à balais. Ensuite j'aurais besoin d'argent pour vivre à Madrid, un chiffre qui variait à la baisse où à la hausse selon la longueur du séjour envisagé. À ce stade, c'était encore une des grandes inconnues. En fait, je naviguais à vue dans tous les domaines.

Je me rendis d'abord chez mon amie à Greenwich Village, ne m'arrêtant que le temps de jeter mon sac de voyage dans un coin et de me mettre un soupçon de rouge à lèvres. Puis je partis chercher Ernest au Barclay, où il m'avait dit qu'il serait, ou qu'il laisserait un message m'indiquant où le retrouver. Il n'y était pas. Je dus intriguer le réceptionniste qui me vit attendre comme une potiche sur les dalles de marbre, ne sachant que faire. Je venais de m'asseoir pour mieux réfléchir à un plan d'action quand la porte à tambour de la rue se mit en mouvement pour laisser entrer un grand groupe bruyant, et lui au milieu.

— Chère fille ! s'écria-t-il en me voyant.

Il m'enlaça de sa grosse patte et m'entraîna vers les ascenseurs sans se donner la peine de me présenter à ses amis. Les portes se refermèrent sur tout ce monde et la montée commença. Ils parlaient tous en même temps, le froid du dehors s'échappant de leurs pardessus, tandis que je me mordais les lèvres pour m'empêcher de lâcher des bêtises. Je ne sais pas pourquoi, j'avais imaginé que je trouverais Ernest seul, que nous irions au café pour parler d'écriture, et que la soirée et la conversation se poursuivraient peut-être chez l'Italien du coin. Une idée idiote, semblait-il. Il était au centre d'un tourbillon. Ou plutôt, il était le tourbillon, sa force motrice.

Dans sa suite, je me réfugiai dans un fauteuil en velours bleu pour éviter de les gêner pendant que les deux téléphones servaient à commander au service d'étage de quoi boire et du caviar. Ernest avait jeté son pardessus sur un coin du lit. Il s'assit dessus en dénouant sa cravate et me fit un sourire en coin, et nos yeux se rencontrèrent une demi-seconde avant qu'il ne tourne la tête en aboyant :

— Et trois bouteilles de Taittinger. Non, quatre !

Me faisant de nouveau face, il ajouta :

— Vous aimez le champagne, j'espère ?

Si c'était plus qu'une question rhétorique, je n'eus pas le temps d'y répondre car une femme très élégamment vêtue approchait, toutes voiles dehors, pour lui parler. Elle s'arrêta devant lui, une main posée sur la taille de sa jupe cigarette, faisant écran entre lui et moi. C'était Lillian Hellman, devais-je bientôt apprendre. Avec Ernest et les autres personnes présentes, elle avait récemment formé l'association des Contemporary

Historians, un groupe s'occupant de produire un documentaire destiné à financer l'envoi d'ambulances et autres formes de soutien aux républicains espagnols. Le cinéaste était hollandais, et il était déjà en Espagne avec son caméraman norvégien. Les autres membres du groupe des Historiens contemporains étaient John Dos Passos, Archie MacLeish et Evan Shipman, tous auteurs déjà assez connus pour m'impressionner. Ils remplissaient la pièce de leur présence tandis que du fond de mon fauteuil bleu je me demandais comment entrer dans la conversation.

Finalement, ce fut Ernest qui me sauva. Il me fit lever et me présenta à tous en disant :

— Cette charmante girafe blonde est mon amie Marty Gellhorn. Elle vient avec nous en Espagne.

— Quand j'en aurai trouvé les moyens, précisai-je à Evan Shipman pendant qu'Ernest allait ouvrir la porte à des quantités impressionnantes d'alcool. Enfin, plutôt *si* j'en trouve les moyens.

— Qu'est-ce qui vous en empêche ? s'enquit Evan en redressant la tête comme un lion à l'arrêt.

C'était un poète, mais avec un physique de vedette de cinéma. Coiffure aussi nette que sa chemise, chaussures Richelieu, pli à son pantalon de flanelle anthracite.

— Le pacte de non-intervention qui prohibe toute aide étrangère, répondis-je en me plaquant contre le mur pour laisser passer Ernest chargé d'une caisse de champagne bien frais. Il faut une accréditation et toutes sortes de papiers, or, moi, je n'ai rien. En tout cas, pas pour l'instant.

— Il suffit que vous alliez trouver un journal pour demander à être pigiste.

— Ça marche aussi pour les journalistes indépendants ?

— Mais oui, dit-il, s'arrêtant pour réfléchir en agitant boisson et glaçons dans son verre avant d'avaler ce qui restait en une gorgée. Votre atout sera d'être une femme en zone de guerre. Ça n'est pas du tout courant. À mon avis, on lira attentivement ce que vous enverrez si c'est du bon boulot.

— Ça vaut la peine de tenter le coup. Jusqu'à présent, je n'avais pas d'autre idée que de passer clandestinement dans la cale d'un bateau ou cachée à l'intérieur d'un gâteau surprise.

Dos Passos nous rejoignit, portant une énorme bouteille de Taittinger dont la mousse se répandait par terre, dans l'indifférence générale. Il remplit nos verres et désigna Ernest, qui s'était juché à cheval sur une chaise non loin de nous, appuyé à ses coudes, et parlait sans discontinuer.

— Où avez-vous rencontré ce phénomène ?

— Hem ? À Key West. J'y étais en vacances en famille, et nous sommes tombés sur lui par hasard.

— Mouais. En général, c'est lui qui tombe sur les gens.

Le sourire de Dos, lourd de sous-entendus, était tout sauf innocent. Je ne savais pas trop quoi penser de lui et il confirma ma mauvaise impression en jetant :

— Je vois qu'il vous a déjà mise dans sa poche.

— Pardon ?

— Vous l'appelez Hem. Il vous fait aussi sûrement dire Hemingstein. Ne vous inquiétez pas. Tout le monde le flatte et pratiquement tout le monde se met à parler comme lui au bout de deux minutes.

Je le fusillai du regard, me sentant mise à nu.

— Je ne cherche à parler comme personne…, commençai-je, mais il se contenta de sourire et s'éloigna pour faire le service.

Je me sentais soudain très mal, et j'avais beaucoup trop chaud. J'attrapai mes cigarettes et sortis sur le balcon pour prendre l'air. Il avait plu peu de temps auparavant, une bruine très pénétrante qui avait semé des gouttelettes de pluie froide partout. Je passai le bout des doigts sur le fer forgé pour les rafraîchir, m'autorisant une minute de fureur en pensant au commentaire de Dos. Ce n'était pas très gentil de sa part de me remettre à ma place alors que nous venions à peine de nous rencontrer, mais il avait raison, au fond. Il ne m'avait pas fallu longtemps pour répéter tout ce que disait Ernest comme un perroquet, pour entrer dans son jeu et m'imaginer que nous étions devenus amis, que notre relation avait de l'importance. Mais ses vrais amis, c'étaient les écrivains de l'autre côté des rideaux, des gens terriblement occupés, des vraies stars, contrairement à moi. Je n'avais rien à faire là.

— Vous avez envie de sauter ?

Ernest venait de franchir la porte-fenêtre et me rejoignit.

— Pourquoi pas. Je ne pense même pas que je sentirais quelque chose après tout le champagne que j'ai bu.

— Il est bon, ce champagne, non ?

— Très. Excellent. Merci.

Je parlais vite, mécaniquement, d'un ton emprunté qui trahissait ma gêne. Ernest me contemplait.

— Avez-vous terminé votre livre ?

— Oui. Pas facile : je n'ai pas eu le courage de le relire. Et vous ? Vous avancez ?

— J'ai fini, moi aussi. Du moins, c'est ce que j'ai dit à Perkins. Mais en réalité ce projet me prend tout mon temps, je n'ai pas une minute à moi. Je n'ai plus fait de journalisme depuis vingt-trois.

Je compris qu'il parlait de la date. 1923, l'année de mes quatorze ans. J'étais plus grande que tous les garçons aux surprises-parties, et timide à l'extrême. Cette différence d'âge me donna le vertige. Il avait trente-sept ans, et avait déjà accompli tant de choses, et moi, presque rien. Je fus reprise par la même pensée : je n'avais rien à faire là.

— Vous croyez que cela sera difficile de vous remettre au journalisme ? lui demandai-je. Ce sont deux types d'écriture très différents, non ?

— J'espère que c'est comme de faire du vélo. Au fond, ajouta-t-il avec un demi-sourire, je me dis que je ne me suis engagé là-dedans que pour apporter mon soutien à l'Espagne, et pour avoir l'occasion d'y retourner. J'adore l'Espagne. Les gens de là-bas sont les plus gentils et les plus généreux qui soient. Ils ne méritent pas ce qui leur arrive. Bon Dieu, pas même un chien ne mérite Franco. Dites..., reprit-il en m'observant de nouveau de près, vous vous sentez bien ?

— Oui, bien sûr. Pourquoi cette question ? Je suis fatiguée, c'est tout.

— Alors allez vous reposer. Il va y avoir beaucoup de boulot ces prochains jours, et personne ne dort vraiment, ici.

Son expression s'adoucit.

— Je suis content de vous voir, mon petit.

Après quoi il rentra, son grand corps se glissant par l'ouverture de la porte-fenêtre, et je me retrouvai seule face à la ville, brumeuse, scintillante et indéchiffrable.

Le lendemain, je me levai tard, réveillée par un message d'Ernest apporté par un coursier, m'apprenant qu'il devait filer à Key West le matin suivant, mais qu'il me verrait avant cela au Club 21 dans la soirée si j'étais libre. Il prenait le bateau à la fin de la semaine, et avait un million de choses à faire et pas une seconde à lui. Il avait signé *Ernestino*.

Je retournai m'asseoir sur le lit dont je venais de m'extraire, la dépêche entre deux doigts, pour relire ce qu'il m'avait écrit. Une lourdeur spongieuse pesait sur ma poitrine. J'étais déçue. Depuis des semaines, j'imaginais qu'il me suffirait d'aller à New York et de m'arrêter aux pieds d'Ernest pour qu'il lève sa lanterne et me montre la voie. Une illusion très bête, adolescente. Il ne me devait rien, et d'ailleurs, on était déjà lundi. Il allait embarquer le vendredi et devait d'abord faire un saut en Floride, ayant ses propres affaires à régler, et une femme et des enfants qui réclamaient son attention.

Restait que même s'il avait eu l'intention de m'aider il n'allait pas le faire. J'allais devoir me débrouiller seule sans me noyer. Comme toujours, sans doute, et il n'y avait qu'une seule solution : cesser de toute urgence de me lamenter sur mon sort, et donner un bon coup de pied au fond de la piscine. Le temps passait, et mes maigres économies fondaient. Même si je décidais de rester à New York il me faudrait trouver du travail, mais je visais plus haut. Quelles que soient les difficultés, je trouverais un passage pour l'Espagne, et je financerais seule mon voyage en improvisant en cours de route. En fin de compte, je m'étais toujours assez bien débrouillée. C'étaient les gens qui compliquaient les choses, même les compagnons de route les plus fascinants, comme Ernest.

Je me préparai deux tasses de thé très noir que je bus brûlant, puis je fis ma toilette et m'habillai. J'avais apporté un seul pull présentable de Saint Louis – un cachemire noir dont je ne saurais que faire à Madrid –, un pantalon en laine et mon manteau de Bryn Mawr. Cela ferait l'affaire. Je sortis dans Grove Street, et me dépêchai d'aller prendre le métro. Je m'étais réveillée trop tard. Il était déjà presque midi, et je devais partir à la chasse au gros gibier, ayant au moins une, si ce n'est deux cibles en vue.

Quelques années plus tôt, alors que je travaillais encore comme enquêtrice pour la FERA, j'avais rencontré le rédacteur en chef du magazine *Collier's* à une réception à Washington, et nous étions restés en contact épisodique depuis. Il s'appelait Kyle Crichton, et il m'avait récemment envoyé un petit mot très gentil pour me dire combien il avait apprécié *The Trouble I've Seen*. Je me disais qu'il ne pourrait pas y avoir de meilleur moment pour lui rappeler qu'il me trouvait douée pour l'écriture, mais je dus rassembler tout mon courage pour aller le voir à son bureau. *Collier's* tirait à plusieurs millions d'exemplaires, et ne venais-je pas de me faire blackbouler par *Time Magazine* ?

Je me lançai donc. J'achetai un cornet de marrons chauds pour soudoyer sa réceptionniste, puis entraînai

Kyle au Stork Club pour boire un verre. Je me rendis compte trop tard que l'endroit était mal choisi pour parler de guerre et de sacrifices. Un ballet de vestes blanches dansait autour de nous. La salle baignait dans le luxe et l'opulence, chaque table était une page de carnet mondain, rassemblant le gratin, notables et célébrités. Très impressionnant. Mais un peu déplacé.

— Je ne vous demande pas de me nommer correspondante, assurai-je.

Kyle avait déjà parfaitement compris que je voulais lui demander un service, mais j'hésitais, un pas en avant, deux pas en arrière, puis je pris mon courage à deux mains :

— L'ennui, c'est la police des frontières. Il va falloir que je montre patte blanche, autrement on ne me laissera pas entrer dans le pays, et encore moins m'approcher des points chauds. Je dois pouvoir présenter des papiers officiels qui tiennent la route.

— Vous voulez que je vous engage comme pigiste.

Sa main effleura le pied de son verre, faisant osciller la brochette d'olives fourrées de son apéritif qui luisait d'un reflet d'essence à briquet.

— « Engager » est un bien grand mot. Je sais que je n'ai pas encore fait mes preuves, mais j'ai l'intention de devenir journaliste. Et sait-on jamais, peut-être même que vous aimerez mes articles et que vous aurez envie de les publier.

— Sait-on jamais, répondit-il sans rien laisser paraître de ses pensées.

— Mais tout cela est encore une vue de l'esprit. Pour l'instant, j'ai seulement besoin d'une lettre ou de je ne sais quel formulaire mentionnant que je suis rattachée au magazine. Ça n'est qu'une formalité. Un bout de papier.

— Et après, vous ferez quoi ?

— Eh bien, je n'en ai pas la moindre idée. Je ne sais pas du tout comment je vais m'y prendre, mais je ne peux pas rester à me tourner les pouces alors qu'il se passe tellement de choses, surtout quand on pense à l'enjeu.

Tout en parlant, j'imaginais l'image que je devais lui offrir : un monstre à trois têtes, une écervelée romantique ayant du vent entre les oreilles.

— Vous me trouvez idiote.

— Non, seulement idéaliste. Et très jeune. Vous êtes une gamine intéressante, Marty. Si vous étiez ma fille, sans doute que je brûlerais votre passeport et que je vous menotterais à la porte de la cave. Les champs de bataille ne sont pas des lieux très recommandables pour les jeunes femmes. Mais vos intentions sont louables.

Il reprit son verre, songeur, puis ajouta :

— Si vous êtes vraiment déterminée à y aller, je ne pense pas que ça soit à moi de vous en dissuader.

Je m'emparai de son bras libre, soulagée, folle de joie.

— Oh, merci, Kyle ! Vous ne le regretterez pas.

— J'espère que non.

Il se rembrunit, et je me demandai pourquoi jusqu'au moment où je compris ce qui l'inquiétait. Il n'avait pas peur que je fasse honte au magazine ou que je me ridiculise, mais que je trouve la mort en Espagne. Parmi les victimes dénombrées tous les jours dans les journaux figuraient parfois des Américains de la brigade Abraham Lincoln, qui combattait depuis le mois de janvier. Fatalement, un correspondant de presse serait tué un jour.

Personne n'était à l'abri du danger. Je le savais, et m'efforçais en général de repousser cette pensée. Et la voilà qui s'étirait entre nous comme du verre filé, tandis que Kyle et moi échangions un long regard, nous comprenant parfaitement. Et puis le garçon arriva discrètement avec la note, glissée dans un élégant écrin de velours, et je chassai cette désagréable appréhension, bien décidée à retrouver mon insouciance.

— Tout va très bien se passer, Kyle. Vous verrez. Réfléchissons plutôt à ce qu'il faut écrire dans cette lettre.

9

— *Collier's* m'a nommée « correspondante spéciale », annonçai-je à Ernest et aux autres Historiens ce soir-là au 21. C'est tout à fait adapté, si on donne à « spéciale » le sens de « bidon ». Moi, ça m'est égal. Nécessité fait loi.

— On se fiche bien de ce que raconte cette maudite lettre, renchérit Ernest, carré sur la banquette face à moi, les épaules si droites qu'elles semblaient tenir en équilibre tout son côté de la salle. Vous avez trouvé un magazine qui vous fournit un sauf-conduit, c'est le principal. Et pour financer le voyage ?

— Je suis passée à *Vogue* il y a quelques heures, et je me suis jetée à leurs pieds. J'ai dit que j'accepterais de faire absolument n'importe quoi, et ils m'ont prise au mot. Vous avez devant vous la nouvelle experte en conseils de beauté pour les femmes d'âge mûr.

— Les femmes d'âge mûr ? Qu'est-ce que vous y connaissez ?

— Et ce n'est pas le pire. Il existe toutes sortes de traitements pour la peau, et je dois les essayer un à un pour en évaluer les effets, ricanai-je en gonflant les joues pour les faire rire. Je serais prête à traverser Central Park en dansant le french cancan si nécessaire.

— Voilà qui serait amusant, ricana Lillian Hellman.

Elle portait un rouge à lèvres rubis profond dont les contours parfaits tranchaient trop brutalement avec sa poudre de riz. Tout en elle me terrorisait, sa façon de parler, de marcher, de se tenir, de fumer, toujours intense, ironique. Sa dernière remarque m'avait fait l'effet d'une gifle, alors qu'elle m'avait à peine jeté un coup d'œil avant de se tourner de nouveau vers Ernest et des sujets plus sérieux.

— Alors, ces ambulances ?

— Laissons de côté les ambulances une minute, protesta Dos Passos. Il faut parler du film.

Le film, c'est-à-dire le documentaire qu'ils finançaient, et je compris que le contenu lui-même n'était pas encore arrêté. Les Historiens n'arrivaient pas à se mettre d'accord sur le principal. Dos Passos semblait tenir à ce que les gens ordinaires en soient le sujet central, alors qu'Ernest s'intéressait beaucoup plus aux soldats, à la stratégie et autres aspects militaires.

— Je ne vois pas comment on peut faire un film de guerre sans montrer les combats, argumenta Ernest, dont la voix s'élevait au-dessus du vacarme ambiant pour se faire entendre. Les batailles, c'est les chars, l'artillerie, les hommes dans les tranchées. C'est la mort. La tragédie dans sa dimension la plus simple, la plus absolue.

— Mais… et les gens dans les villages ? contra Dos. Ils méritent d'être vus, eux aussi. Ils n'ont rien demandé, tu sais. Ils n'ont jamais leur mot à dire sur rien.

Il transpirait et repoussait régulièrement une mèche noire et luisante qui ne voulait pas rester collée à son front bombé.

— Je veux simplement dire que leur histoire compte aussi, reprit-il. Et puis les gens auront peut-être plus envie de se mobiliser pour défendre des mères, des paysans et des enfants que des soldats.

— Mais bien sûr. Et pourquoi pas ? rétorqua Ernest. Le sang, tu ne l'aimes que dans ton filet mignon.

J'avais beau ne pas les connaître depuis très longtemps, j'avais tendance à être d'accord avec Ernest. Ce qui l'emportait surtout, c'était sa force de conviction. Quand il se passionnait vraiment pour un sujet, ses sentiments perçaient dans sa voix. Son visage expressif s'animait, et son regard s'enflammait. On voyait bien qu'il y croyait. Qu'il ressentait tout profondément et n'avait pas peur qu'on s'en rende compte. On pouvait difficilement rester insensible à ses arguments.

— Misère ! s'exclama Lillian. On ne pourrait pas dîner avant d'en venir aux mains ? Il y a peu de chances pour que vous tombiez d'accord, même si tout le monde y mettait du sien, ce qui n'est pas près d'arriver.

Elle rajusta son étole en renard d'un geste impérieux. C'était une froide soirée de février, mais, toute considération pratique mise à part, l'étole donnait à ses épaules une ampleur qui imposait le respect. Il faudrait que je m'en trouve une pour l'Espagne, me dis-je, et peut-être pour la vie de tous les jours aussi.

— Parfait, vas-y, poursuivit Dos sans tenir compte de cette dernière intervention. Flanque des scènes d'horreur sous le nez de tout le monde, et tu verras si ça n'est pas la débandade. Je ne pense même pas que ce soit le film qui t'intéresse, ajouta-t-il, rouge et véhément. C'est pour ton propre plaisir. C'est toi qui veux retourner à la guerre. C'est toi qui as besoin de voir du sang.

Ernest le fusilla du regard.

— C'est bon, docteur Freud !

L'ironie était sans doute destinée à dissiper la tension mais je remarquai la crispation des yeux et des mains d'Ernest. Dos avait touché un point sensible.

Lillian les rappela à l'ordre :

— Les enfants, voyons !

Tout le monde se tut, comme si elle brandissait une règle en bois et non son whisky-soda, puis des rires nerveux éclatèrent les uns après les autres.

Le bar était sombre et étouffant, le plafond écrasant, complice de l'humeur générale. J'étais assise au milieu de la banquette, serrée entre les autres, et, les Historiens ayant annoncé leur intention de passer au restaurant, puis s'étant levés en vidant le fond de leur verre, je dus attendre que la voie soit libre. Malgré la polémique, ils s'éloignèrent deux par deux vers le maître d'hôtel, discutant entre eux, échangeant des idées, mettant au point leur projet – unis, sérieux, et extrêmement impressionnants pour la nouvelle venue que j'étais.

J'avais récemment entendu la rumeur qu'après le film *Ils étaient trois*, la MGM avait signé un contrat avec Lillian Hellman lui assurant deux mille cinq cents dollars hebdomadaires, juste au cas où une œuvre magistrale et immortelle lui viendrait pendant son sommeil. J'avais du mal à concevoir des sommes pareilles, et la liberté qui allait de pair. Il y avait peu de temps encore, j'avais cru que pour être écrivain il fallait se pressurer l'esprit pour extraire quelques mots d'un ruisselet maigrichon, juste assez pour remplir une soucoupe ou une petite cuillère ou un compte-gouttes. Et le lendemain, non sans quelques larmes et grincements de dents, on n'avait plus qu'à trouver le courage de se lever pour recommencer.

Mais les écrivains que je venais de rencontrer semblaient sortis de couvertures de magazines. Ils brillaient comme des feux d'artifice. Je n'en revenais toujours pas d'être là avec eux, effleurée par leur lumière. Pourtant, j'avais de l'ambition. Parfois, j'avais même l'impression de n'être que cela. Comme je l'avais dit à Kyle, j'allais lui prouver, à lui et au reste du monde, que je pouvais être une vraie journaliste, un auteur admiré et respecté, et dont on se souviendrait. Je voulais me faire un nom, mais j'étais encore une apprentie, en particulier dans ce milieu, parmi ces gens, tous des maîtres du genre, des modèles. Il me faudrait du temps pour trouver ma place. Pour prouver ce que je valais et être reconnue.

— Vous n'avez aucune honte à avoir, vous savez, me dit Ernest comme s'il avait lu dans mes pensées, étant revenu s'asseoir à côté de moi pour me parler. Vous faites du bon boulot.

Quel bien cela faisait à entendre ! J'eus envie de le lui dire.

— Plus ça va, plus j'aime ça. C'est la seule chose qui compte vraiment à mes yeux. La seule chose qui ne m'ennuie jamais et ne me déçoit jamais. Vous me comprenez sûrement.

— Et comment.

Le mur derrière lui était tapissé de miroirs qui

renvoyaient une demi-douzaine de ses reflets morcelés. Chemise blanche. Moustache noire. Veste ajustée. Mâchoire carrée. Cravate trop serrée. Il n'avait pas l'air d'un maître du genre ; en cet instant, il avait seulement l'air d'un homme. Il avait des certitudes, mais pas dans tous les domaines, loin de là. Comme tous les hommes de ma connaissance. Comme tout le monde en général. Comme moi.

— Je ne sais pas au juste quand je pourrai partir, dis-je. Cela prendra peut-être plusieurs semaines. Pourriez-vous semer des petits cailloux pour m'indiquer comment vous retrouver ?

— Bien sûr.

— Je vous aime beaucoup, vous savez, Hemingstein.

Et au diable Dos, songeai-je. J'étais persuadée qu'Ernest et moi étions amis. Je sentais le courant passer, une communauté de pensée, et je voulais me fier à mes impressions.

— Je suis contente qu'on devienne collègues.

Il ôta ses lunettes à monture métallique pour me regarder. Depuis que nous nous étions quittés à Key West, c'est-à-dire depuis trois mois, toutes nos communications avaient été téléphoniques, ou écrites dans des courriers rédigés à la hâte. Les indices que pouvaient livrer ses yeux, les humeurs que trahissaient son expression, ses sourires, étaient encore un mystère pour moi. Rien n'est plus compliqué que de rencontrer quelqu'un, mais c'est tellement merveilleux. Cette nouveauté était comme un code secret à déchiffrer.

— Moi aussi je vous aime bien, chère fille.

Son regard changea un peu quand il prononça ces mots, et il me sembla qu'il était sur le point de dire autre chose. Et puis Lillian revint sur ses pas et le tira par le bras en clamant qu'elle était affamée. Sans autre forme de procès, elle l'arracha au bar obscur et le remorqua dans la salle attenante, où ils disparurent.

DEUXIÈME PARTIE

En Espagne avec les correspondants de guerre

Mars-mai 1937

10

Je ne revis pas Ernest avant son départ. Il fit son rapide aller et retour chez lui, puis partit pour Paris dans un transatlantique nommé le *Paris* (comme il se doit) pendant que je pataugeais dans la gadoue neigeuse de Manhattan, col relevé, tête haute, suant et soufflant pour m'acquitter de mes obligations.

Ernest m'avait donné pour dernière instruction d'entrer en contact avec Sidney Franklin à mon arrivée en France, au cas où lui et les autres seraient déjà partis. Franklin était un de ses amis, matador célèbre, bizarrement originaire de Brooklyn, et juif. Le Torero de la Torah était le surnom dont on l'affublait, mais son maniement de la cape ne donnait pas lieu à rire. C'était un dieu de l'arène, me dit Ernest, et, bien entendu, j'avais lu les innombrables pages admiratives qu'il lui avait consacrées dans *Mort dans l'après-midi*. Sidney avait vécu à Madrid à une époque et connaissait la ville. S'il arrivait à obtenir tous les visas nécessaires, il irait rejoindre Ernest pour lui servir de majordome, d'homme à tout faire, de concubine – autre plaisanterie qui le poursuivait –, et remplacer Pauline restée en Amérique à cause de leurs deux fils.

Je me doutais qu'il ne devait pas être facile du

tout d'être mariée à un personnage aussi important qu'Ernest. Il n'était pas que célèbre ; il était aussi profondément marquant, doué d'une force d'attraction qui agissait sur son entourage comme la Lune sur les marées. Mais Pauline remplissait son rôle avec élégance et tenait le cap à Whitehead Street, dirigeant le navire comme un bon capitaine. D'après les dires d'Ernest, quand ses amis de tous horizons débarquaient chez eux, c'était elle qui évaluait la quantité d'huîtres nécessaire, et de pâté, et de bouteilles de vin, recevant tout le monde à sa table irréprochable pendant qu'il travaillait, veillant sur le feu de la création. Et comme si cela ne suffisait pas, Pauline lisait aussi le travail d'Ernest et l'encourageait, tout en veillant à ce que Patrick et Gregory soient des petits garçons modèles et pas des bêtes sauvages. Bien qu'ils n'aient que cinq et huit ans, ils avaient, comme je l'avais constaté lors de ma brève visite, hérité de la dignité de leur mère et étaient affreusement bien élevés. Si un jour j'avais des enfants, je serais probablement une mère impatiente, incapable de maîtriser mes émotions, contrairement à Pauline, qui semblait toujours d'humeur égale. Ou bien cachait-elle très bien son jeu ?

Et maintenant, elle allait devoir faire face à une situation nouvelle : laisser Ernest rejoindre le front, d'où il était possible qu'il ne revienne pas. La position d'épouse me semblait beaucoup moins enviable dans un moment pareil que celle de compagnon d'armes. Elle allait devoir attendre chez eux un télégramme – heureux ou malheureux. Ernest tenait sur ses deux jambes, il avait des ailes et un but dans la vie. Il allait de l'avant, et je voulais faire comme lui. Et le plus tôt serait le mieux.

Paris était notre arbre à palabres, le lieu de rassemblement d'où nous prenions notre essor.

Quand j'y arrivai en mars, Ernest avait déjà repris sa route, et Sidney s'avéra introuvable. Les boulevards étaient venteux et froids, les cafés pleins d'imperméables et de cigarettes et de lumières glauques. Je m'évertuai pendant plusieurs jours à trouver d'autres journalistes avec qui franchir la frontière. Je dois avouer que j'aurais préféré ne pas faire le voyage seule, mais je dus me rendre à l'évidence : je n'avais pas le choix.

Combattant mon inquiétude, je m'occupai des formalités requises, et tâchai d'obtenir les papiers et les tampons nécessaires, mais le voyage n'était plus aussi simple qu'il l'avait été. Deux mois plus tôt seulement, il était encore relativement facile de traverser la frontière pour aller soutenir la république. Il y avait eu un train quotidien au départ de Paris, surnommé le *Red Express*, qui menait les volontaires jusqu'à la frontière espagnole, où des autocars attendaient pour les transporter jusqu'à destination. À l'époque où je partis, il n'y avait plus que deux possibilités, soit par bateau, au risque d'être torpillé par les sous-marins italiens, soit à pied par les Pyrénées, en franchissant la frontière sous couvert de la nuit et en espérant ne pas se faire arrêter.

J'étudiai les cartes et posai des questions sur le trajet à autant de personnes que possible. Un train, me dit-on, me mènerait jusqu'à Bourg-Madame, pas trop loin de la frontière. Il n'y avait pas de ligne directe.

J'allais devoir passer en Espagne à pied en empruntant un chemin détourné à travers champs pour arriver au village catalan de Puigcerdà, où je prendrais un autre train si je n'étais pas refoulée avant, ou pire.

Je quittai Paris par un pluvieux après-midi de la fin mars sous une épaisse couverture nuageuse grise et humide. L'après-midi passa et le soir vint. Malgré l'absence de lumière, je continuai le plus longtemps possible à noter mes impressions dans mon journal, mon aide-mémoire pour plus tard. La fenêtre de mon côté s'était couverte de givre, fragmentant la campagne comme dans un kaléidoscope en noir et blanc. Ce n'était pas la France que je connaissais, qui pour moi évoquait surtout les bains de mer, les vacances paresseuses au soleil, et des journées entières passées à boire du vin en contemplant les nuages. Non, ce pays-ci était tout autre ; c'était une contrée sombre et étrange, au langage totalement différent. Je ne demandais qu'à les apprivoiser.

Le printemps était encore loin, ce que je sentis dès ma descente du train, passé minuit. Je portais un pantalon de chaude flanelle grise et une veste grise censée couper le vent, mais un peu insuffisante. Dans mon sac de voyage, j'emportais un peigne, une tenue de rechange et une douzaine de boîtes de pêches au sirop et de conserves de viande. Je les sentais taper contre moi à chaque pas, me marteler l'arrière des cuisses comme des petits poings, un rappel insistant de l'existence de mon corps, celui d'une grande jeune femme blonde qui marchait seule dans la campagne gelée, bien loin de Saint Louis.

Bourg-Madame était probablement une charmante

bourgade en plein jour, me dis-je tout en avançant. Le village aux hautes murailles était accroché à flanc de montagne, et faisait partie d'une chaîne de petites communes semblables, toutes perchées autour de la vallée. Mais les volets étaient hermétiquement clos. Je changeai mon sac de main pour souffler sur mes doigts, puis pris une petite rue pavée qui sortait du village, sous le croissant d'une lune maigrelette et vernissée.

Ce que je faisais n'était pas franchement légal, et pendant le trajet l'angoisse m'empêcha même de siffler pour me tenir compagnie. Je ne savais pratiquement pas l'espagnol, et me demandais ce que je dirais si on m'arrêtait pour me poser des questions. Je ne pourrais que tendre mon passeport et ma lettre de *Collier's*, si chèrement acquise. J'avais froid, aussi. Les pierres sous mes pieds étaient glissantes de gel, et l'air perçait ma veste. Je raidis les épaules, enfonçai ma main libre dans ma poche, heureuse que seulement deux ou trois kilomètres me séparent de Puigcerdà et son train.

Cette partie des Pyrénées espagnoles n'avait pas été prise par les nationalistes, du moins pas encore. J'approchais d'une ville assoupie, et n'eus pas conscience de passer la ligne invisible de la frontière. Une minute j'étais en France, en paix, et la suivante en Espagne, en guerre. Et ce que cela signifierait pour moi, les expériences que j'allais vivre – tout cela était encore enveloppé des ténèbres de l'inconnu.

Ah, Marty, me dit soudain mon père comme s'il était perché sur mon épaule, juste sous mon oreille droite. *Tu crois que tu peux arriver les mains dans les poches en zone de guerre ? As-tu bien réfléchi à ce que tu fais ?*

Si j'avais réfléchi ? Avais-je vraiment une idée de ce

que j'allais fabriquer là-bas ? Peut-être pas, mais j'étais déterminée à poursuivre mon chemin.

Juste avant l'aube, je montai dans le deuxième train à destination de Barcelone. C'était une chaînette de petits wagons de bois glacés qui bringuebalaient à travers la campagne. Les compartiments étaient prévus pour six, mais je dus me caser entre une demi-douzaine de beaux Espagnols en civil. Ils avaient l'air tellement jeunes qu'ils auraient pu être encore au lycée. Toutes sortes de gens étaient devenus soldats du jour au lendemain, obligés d'aller se battre parce qu'il n'y avait pas le choix depuis que Franco faisait des siennes. La liberté ne tenait qu'à un fil. L'existence de tous était en jeu. Cela allait de soi : il fallait lutter.

Ils portaient leurs vêtements de tous les jours en guise d'uniforme : des chemises de paysan en coton brun et des espadrilles. L'un d'entre eux tira un long pain plat – presque noir – d'un sac de jute. Un autre déballa des saucisses piquées d'ail et de piment qu'il avait enveloppées dans un mouchoir, ainsi qu'un morceau de fromage de chèvre dur comme de la pierre. Ils partagèrent leurs provisions avec moi, posant leurs offrandes sur mes genoux sans un mot. J'aurais voulu pouvoir écrire un poème en leur honneur dans leur langue. J'allais me mettre immédiatement à l'espagnol. J'avais toutes sortes de choses à apprendre. En attendant, je ne pus que leur sourire avec reconnaissance, et manger ce qu'on m'avait donné.

Je restai avec mes compagnons de voyage toute la journée, puis toute la nuit. M'étant endormie, je m'éveillai au petit matin la tête sur l'épaule de mon jeune voisin.

Un instant, avant de reprendre totalement mes esprits, j'eus l'illusion d'être sa sœur. Il aurait pu être Alfred et nous aurions pu être en route pour n'importe où, pour Key West, par exemple, dans un bus poussiéreux mais qui nous emmenait là où nous voulions aller, nous réjouissant de ce qui nous attendait. Je me rappelai vite que c'était loin d'être le cas. Nous allions dans un endroit très différent, plus dangereux, aussi, même si en cet instant je ne voyais que la beauté du paysage. Dehors il neigeait. Tout en bâillant et en m'étirant, j'admirai les gros flocons plats qui virevoltaient dans l'aube pâle, tombant sur le sol gelé, pareils à des pétales. Les arbres étaient gainés de givre. Tout semblait fait de cristal.

Quelques heures plus tard, nous arrivâmes à Barcelone. La ville était en ébullition, ce que je vis dès la descente du train en trouvant une joyeuse pagaille de gens enthousiastes. Espagnols, Anglais, Français, Américains, tous parlaient avec animation, les yeux brillants malgré les fusils portés en bandoulière. L'un avait une gourde qui ballottait sous sa taille, accrochée par un cordon. Un autre avait préféré mettre à sa ceinture une bombonne de vin, et portait ses godillots accrochés autour du cou par les lacets, encadrant un visage à la Botticelli.

Je dis adieu à mes compagnons de voyage, espérant qu'ils comprenaient les messages que je leur communiquais avec mes yeux, faute de langue commune. Sentant encore leur présence derrière moi, je partis pour ma prochaine étape, et j'eus envie de prier pour eux, même si je n'avais jamais appris à le faire. Allaient-ils vivre pour rentrer chez eux, revoir sœurs, mère et fiancée ? Et moi ? Parviendrais-je à survivre ne serait-ce qu'une semaine en Espagne alors que déjà mon cœur était touché à vif, grand ouvert ?

Je pris une chambre dans le premier hôtel venu. Je mourais d'envie d'un bain, mais j'appris qu'il n'y avait plus un gramme de charbon en ville. Alors je me jetai à plat ventre sur le lit comme si c'était le premier que je voyais de ma vie. Tout habillée, mes chaussures aux pieds, je sombrai dans le sommeil profond et cotonneux des gens qui sont loin de chez eux. Je ne me souviens ni d'avoir rêvé ni même d'avoir bougé jusqu'à ce qu'un soleil froid passe à travers les persiennes de mes fenêtres, qui donnaient sur la place. Je me levai et les ouvris. Ébahie, je vis une énorme banderole sur laquelle était inscrit : *BIENVENUE CAMARADES VENUS DE LOIN*. Bonjour, Barcelone. J'étais enfin là.

J'avais grand besoin d'un café, mais il n'y avait qu'une poudre marron sur laquelle on versait de l'eau bouillante et que l'on buvait en tâchant d'oublier l'amertume. J'étais descendue dans le petit bar plein de monde du rez-de-chaussée, mais avant que j'aie le temps de boire assez de ce breuvage pour me remettre les idées en place, j'entendis que tout le monde parlait des événements de la nuit. Il y avait eu une attaque très violente, les sirènes avaient hurlé et la ville avait tremblé.

— Je n'en reviens pas que le bruit ne m'ait pas réveillée, dis-je au réceptionniste, qui parlait bien anglais. Je n'aurais jamais cru qu'on pouvait dormir dans des conditions pareilles.

— Vous avez de la chance. C'est un don.

— Le sommeil, ça n'est pas un don, répliquai-je en riant.

— Mais bien sûr que si, *señorita*. C'est le privilège

des innocents. On naît comme ça. Et puis, en vieillissant, ça se perd. Les soucis vous le volent.

J'allais lui expliquer que bien sûr que si, j'étais très inquiète, quand soudain je me dis que peu importait car le résultat était là. Don, privilège, accident, je n'avais rien entendu, et j'étais bien contente d'avoir dormi.

11

Je restai à Barcelone encore vingt-quatre heures, juste le temps d'apprécier l'effervescence révolutionnaire. Des drapeaux anarchistes, socialistes et communistes flottaient partout. Les rues étaient jonchées d'un tapis de confettis, fait de milliers de tracts et de manifestes colorés joyeusement mêlés. Les ouvriers et les soldats avaient saisi les maisons privées et les entreprises pour les collectiviser. La bourgeoisie avait soit abandonné volontairement ses biens à la cause et était restée pour se battre, soit avait fui en France. Tout appartenait à tout le monde, une expérience extraordinaire. Dans un taxi, le chauffeur refusa mon argent. Il s'était mis au service du peuple, insista-t-il dans une langue qui me fut difficile à comprendre car ce n'était pas de l'espagnol mais du catalan. Il nous restait les sourires. Ce fut magnifique.

Le lendemain, je repris mon sac et trouvai un camion de munitions qui accepta de m'emmener jusqu'à Valence. La route la plus sûre du moment était celle qui suivait la côte vers le sud puis remontait vers Madrid en traversant la Mancha – une situation sujette à changement car elle dépendait de l'évolution du front. Pendant deux jours, la longue caravane de véhicules longea le littoral, montant dans les collines, traversant parfois de petits villages pratiquement déserts. Au loin, j'apercevais la Méditerranée, d'un bleu dur et scintillant, plate comme un tissu amidonné quand elle n'était pas agitée et furieuse.

Au nord, de l'autre côté de l'eau, je savais qu'il y avait la Côte d'Azur, le paradis ensoleillé où, dix ans plus tôt, à mon départ de Bryn Mawr, j'avais nagé, mangé des huîtres et fait du vélo le long des routes sablonneuses bordées de cyprès. Un endroit d'une beauté incroyable, mais qui me semblait maintenant bien artificiel comparé à l'Espagne. Je découvrais un pays très différent, plus rude, plus simple, plus pur, et qui valait tellement la peine qu'on se batte pour lui que cette certitude me prenait à la gorge.

De même que les jeunes recrues avec lesquelles j'avais voyagé jusqu'à Barcelone, les hommes du camion de munitions s'étaient vite soudés. Ils chantèrent des couplets de chansons catalanes mélancoliques qui firent sortir le soleil des nuages. L'air se réchauffa pendant le trajet, et je me dis qu'au moins en cet instant, au moins en cet endroit, le printemps arrivait. Pas encore, pas tout à fait, mais il était presque là, une promesse.

Personne ne semblait s'étonner de ma présence, ni que je sois une femme. Ils me prêtaient à peine attention, d'ailleurs. Je pouvais tranquillement regarder ce qui m'entourait et absorber ce que je voyais, secouée par les cahots, tandis que le soleil coiffait le haut de ma tête, et que la lumière caressait la pointe de mes cils. J'étais dans un pays déchiré par la guerre, en plein chaos, mais je sentais déjà qu'il ne faudrait pas grand-chose pour que je l'aime.

À Valence, je m'enfonçai à pied dans le cœur de la ville pour repérer les lieux et trouver un endroit où dormir. Je pris une chambre au Victoria, sur la place de l'hôtel de ville, et, le lendemain matin, je partis à la recherche du bureau de presse où l'on m'aiderait peut-être à dénicher un moyen de transport pour me rendre à Madrid – par train ou par camion au sein d'un convoi quelconque. Mais je n'avais pas parcouru deux cents mètres qu'une voiture ralentit à côté de moi, une Citroën noir de charbon, cabossée et poussiéreuse, qui avait l'air d'avoir creusé un tunnel pour traverser la montagne.

Un Espagnol fluet et très brun se pencha par la vitre ouverte alors que la voiture s'arrêtait au bord du trottoir. Une seconde, j'eus une vive impression de danger, puis j'entendis une voix monter de l'arrière, et un autre homme avança la tête en me souriant comme si nous étions de grands amis.

— Vous êtes américaine, dit-il en me parlant par la fenêtre arrière.

Une frange droite de cheveux cendrés tombait sur son front. Il avait un grand nez caoutchouteux, un peu comme une belle patate douce, des yeux sensibles, enfoncés sous de gros sourcils. J'eus l'impression de le reconnaître.

— Martha Gellhorn, dis-je en lui tendant la main.

— Gellhorn ! Dites, c'est une chance que je sois tombé sur vous. Sid Franklin.

— Sidney ! Comment m'avez-vous trouvée ?

— Complètement par hasard, je ne vous cherchais même pas, répliqua-t-il avec un grand sourire. Tout va bien ? Vous n'avez pas eu de soucis ?

— Non. Tout le monde a été très gentil avec moi. Vous avez dû obtenir votre visa, alors.

Il secoua la tête.

— Hem a fait des pieds et des mains pour moi, mais rien à faire. Cette voiture n'est pas vraiment en règle. Et moi non plus, d'ailleurs.

— Ernest vous a trouvé la voiture ?

— Je l'ai plus ou moins empruntée, rectifia-t-il avec un sourire.

— Eh bien, c'est encore plus épatant, alors.

Il ne m'échappa pas que la Citroën était basse et chargée. Ayant passé le nez à l'intérieur, je vis qu'à l'arrière s'empilaient des cageots de provisions – des fruits, du café et du chocolat, des tomates en bocaux. Sidney s'était même débrouillé pour trouver de grandes conserves de crevettes, de la marmelade. Des oranges fraîches remplissaient une bourriche en osier. Coincés dans les espaces autour des caisses et des valises et des paniers, il y avait plusieurs jambons crus entiers enveloppés dans des étamines.

— Au moins, vous allez vous nourrir correctement, remarquai-je.

— C'est le but recherché… si nous ne nous faisons pas bombarder en route. Montez.

Je les fis passer par mon hôtel, et ne pris qu'une minute pour courir récupérer mes affaires, enchantée par cette coïncidence incroyable, heureuse de partir si vite pour Madrid. Le chauffeur de Sidney ressemblait à un portrait ancien, visage basané et étroit, sourcils épais sous une casquette marron. Il s'appelait Luis, et pendant qu'il nous faisait sortir de Valence, il nous mit au courant dans un anglais fortement accentué des récentes victoires des forces loyalistes à Guadalajara et Brihuega. Mussolini avait envoyé de l'aide à Franco, et expédié douze mille soldats, mais notre camp les avait battus. Les avait écrasés, même.

— C'est la plus grande défaite italienne à notre connaissance, annonça fièrement Luis. J'aurais voulu que vous voyiez les fiestas qui ont suivi. Chez nous, mon père est encore soûl, et cela pourrait durer encore un mois. *Viva España.*

Nous renchérîmes, aux anges :

— *Viva España !*

La voiture sortit de la ville et nous entrâmes dans la plaine valencienne vert pâle, roulant d'abord entre de saines et belles orangeraies et des oliveraies, jusqu'aux montagnes sèches à la terre rousse.

Madrid était à plusieurs centaines de kilomètres au nord-ouest, de l'autre côté de la chaîne côtière, après le grand plateau de la Mancha, où les champs bruns et plats s'étendaient à perte de vue, immenses, plantés d'arbres, avec leurs chèvres et leurs moulins à vent qui avaient subi les assauts de Don Quichotte. Le paysage était montagneux, accidenté et vaste, et on sentait l'ancienneté de ce pays, l'épaisseur de son histoire.

Nous roulâmes sans interruption pendant plus d'une journée sur des routes de terre battue, sinueuses et poussiéreuses. De loin en loin, la voie était coupée par des barrages routiers et des postes de contrôle qui faisaient chaque fois monter ma tension. J'avais les mains moites en présentant ma petite lettre de *Collier's* avec mon passeport, certaine que, cette fois, elle ne suffirait pas et que je serais refoulée vers la frontière. Sidney avait un papier qu'Ernest avait réussi à lui faire établir à Paris, d'aspect officiel, qui disait qu'il venait participer à l'effort de guerre, et qu'il était habilité à entrer dans le pays. Bizarrement, cela marchait à chaque fois, et, contre toute attente, on nous laissait passer.

Depuis début novembre, Madrid était retranché et tenait ses positions sur le front de la guerre civile. Les nationalistes de Franco s'arc-boutaient à l'ouest et au nord, tandis que les forces républicaines se battaient pour les faire reculer, bénéficiant du renfort des brigades de volontaires. La ville assiégée était bombardée à intervalles réguliers. Madrid pouvait tomber à tout instant – c'était une possibilité bien réelle – mais à cette époque il était encore possible d'y entrer par l'est et le sud-est, ainsi que nous avions choisi de le faire.

Nous arrivâmes à la nuit dans l'obscurité la plus totale. Nous traversâmes le centre-ville par la Gran Vía ravagée par les obus. Les rues défoncées et d'un noir d'encre n'étaient visibles que dans le faible faisceau de nos phares. En plusieurs endroits, la chaussée était impraticable. Des immeubles éventrés, béants, bordaient les trottoirs, et mon cœur se glaça, car je prenais soudain conscience que c'était bel et bien la guerre, et qu'il n'y aurait plus moyen d'échapper à cette réalité.

À un point de passage surveillé près d'arènes massives, on nous arrêta pour nous demander le mot de passe quotidien, que Sidney connaissait – Dieu merci – grâce à un télégramme envoyé par Ernest à Valence.

— C'est la Plaza de Toros, indiqua Sidney, désignant d'un signe de tête la silhouette circulaire qui se dressait dans l'obscurité pendant que nous attendions pour passer. J'y suis souvent venu.

— Mais pas dans ces conditions.

— Non, la ville n'est plus la même. Je ne savais pas à quoi m'attendre, mais c'était important pour moi de revenir.

Je ne pus que hocher la tête, très émue.

Ayant repris notre chemin, nous dépassâmes des bâtiments détruits et pillés, des devantures de magasins fermées de bâches et de carton. Nous roulions lentement pour éviter les trous d'obus, et parce qu'on n'y voyait pas grand-chose. Étrange traversée d'un lieu si noir et dévasté qu'il semblait le fantôme d'une ville morte. Enfant, je n'étais pas peureuse, mais si je l'avais été, ce Madrid aurait pu hanter mes cauchemars.

Nous arrivâmes enfin à l'hôtel Florida, Plaza del Callao. Le quartier avait subi de gros dégâts, mais la façade de l'hôtel était encore intacte. On se serait cru devant une starlette vieillissante, apprêtée de marbre et de garnitures de fer forgé sur un ciel noir.

À l'intérieur, le hall, d'où partait un large escalier tournant, était abrité sous un plafond voûté, mais le carrelage et la décoration intérieure étaient moins splendides. Il n'y avait pas un chat. Le portier mis à part, je ne vis qu'une seule autre personne, un homme ramassé derrière le comptoir de la réception, le visage jaspé par la lueur des bougies, penché sur ce qui semblait être une collection de timbres. Il releva à peine la tête pour nous apprendre qu'el señor Hemingway n'était pas dans sa chambre. Il était sorti dîner à l'hôtel

Gran Vía, le mess des correspondants de guerre. Nous le trouverions là-bas.

Je ressortis avec Sidney et le suivis, ne quittant pas mes pieds du regard car la rue était jonchée de décombres, sans doute projetés là par des explosions récentes. Au loin, j'entendais un grondement qui devait être celui de l'artillerie. Je serrai les pans de ma veste contre moi, ayant l'impression de flotter un peu hors de mon corps. Ainsi c'était cela d'être dans un pays en guerre où n'importe quoi pouvait arriver n'importe quand. Rien n'aurait pu être plus étrange, plus frappant, plus dérangeant.

Plus loin sur le boulevard, après avoir passé plusieurs barricades gardées par des sentinelles armées de baïonnettes, nous atteignîmes enfin l'hôtel Gran Vía. On nous fit descendre plusieurs volées de marches dans la pénombre jusqu'à une cave petite et sombre, envahie de fumée. De longues planches faisaient office de tables et Ernest était installé au bout de l'une d'entre elles, au milieu d'hommes en uniforme. Il portait ses lunettes à monture métallique et une chemise bleu clair aux manches retroussées. Nous voyant avancer vers lui, il se leva, donna une poignée de main à Sidney et m'accueillit en me serrant chaleureusement dans ses bras.

— Bonjour, chère fille, alors tu as réussi à venir.

Tout à coup, je pris conscience de tout ce que j'avais enduré pour arriver là. J'avais froid et j'étais couverte de poussière. J'avais mal aux genoux et aux épaules après le long trajet tassée dans la petite voiture. Tant de choses s'étaient passées, et pourtant, je ne trouvai à répondre que « oui ».

Il y eut du remue-ménage pour essayer de nous caser à la table, et trouver des chaises. On appela le serveur pour demander s'il y aurait de quoi manger pour nous.

— Tu vas devoir te pincer le nez, m'avertit Ernest. Ça n'est pas le Ritz.

Il y avait sur la table du poisson posé sur un riz jaunâtre agrémenté de morceaux de salami huileux et de pois chiches coriaces. Je parvins à avaler ce qu'on me servit en faisant descendre le tout avec des gorgées de gin, fort bon, ma foi.

— N'oublions pas que c'est la guerre, commenta Ernest devant ma surprise. S'il n'y avait rien à boire, ce serait vite la débandade.

— J'ai apporté des provisions, intervint Sidney, qui avait repoussé son assiette après quelques bouchées. Je vais pouvoir faire la cuisine.

— Ce bon Sidney prépare des œufs à pleurer de bonheur, me dit Ernest. C'est aussi un excellent limier. Je savais qu'il te trouverait.

Mon regard croisa celui de Sidney et nous échangeâmes un sourire complice.

— Oui, il est en effet très doué. Merci de me l'avoir envoyé et de t'être inquiété pour moi.

Je sentis le regard d'Ernest sur moi. Il me contemplait avec une sorte de fierté. Il m'avait encore appelée sa « fille ». Je n'étais pas la seule : il disait souvent cela aux femmes plus jeunes que lui. C'était un petit nom affectueux et attentionné, pas du tout possessif, qui ne me dérangeait pas. Je trouvais même agréable qu'il m'intègre ainsi dans son groupe. Mon voyage en solitaire s'était bien passé et j'en avais même sans doute eu besoin, mais je préférais de loin me retrouver entourée d'amis. De gens qui pouvaient me soutenir et me comprendre.

Après le dîner, nous rentrâmes tous les trois à pied au Florida. La ville était intensément noire et froide. Je serrais ma veste contre moi pour me tenir chaud, dos tendu et noué à l'extrême. Au loin, des tirs éclatèrent de nouveau, un staccato crachotant.

— C'est à la cité universitaire, expliqua Ernest. Le feu d'artifice dure toute la nuit.

— Les combats sont loin ?

— Un kilomètre et demi ou un peu plus. Je t'y emmènerai demain, et aussi à la Telefónica, pour te faire avoir tes tickets de rationnement. C'est l'immeuble le plus haut de Madrid, une tour construite comme un cuirassé. C'est là que se trouve le bureau de la censure. Les correspondants doivent leur soumettre tous leurs articles avant de les expédier. Il y a des lignes pour Londres et Paris. Tu verras, c'est très agréable.

Agréable, ce n'était pas vraiment le mot que j'aurais choisi pour décrire ce que j'avais vu et ce que j'imaginais, mais je me sentais en parfaite sécurité entre Ernest et Sidney, même si je me faisais des illusions.

— Tu as pris ta chambre ? me demanda Ernest alors que nous entrions dans le hall du Florida.

Devant ma réponse négative, il expliqua :

— Sidney est logé à côté de moi. J'ai deux pièces au troisième étage à l'arrière. C'est plus sûr de ce côté-là, mais on y respire mal. Toute la poussière se retrouve poussée par là et reste en suspension dans l'air. Je ne sais pas pourquoi.

Nous attendîmes au comptoir que le réceptionniste

s'occupe de moi, pendant que Sidney s'impatientait parce qu'il avait hâte de ranger ses provisions. Dans un coin, un groom épuisé s'appuyait à un canapé en rotin semblant bien fatigué lui aussi, comme s'ils ne tenaient debout que grâce à ce soutien mutuel. Un palmier en pot penchait dans un coin, les feuilles saupoudrées de résidus blancs provenant de toute évidence du plâtre du plafond. Madrid était bombardé depuis cinq mois. Il n'y avait plus nulle part de poussière ordinaire, me dis-je.

Quand j'obtins enfin ma clé, j'étais si fourbue que je ne tenais plus debout.

L'ascenseur venait d'être endommagé par des tirs de mortier, nous apprit Ernest. Je souhaitai donc bonne nuit aux deux hommes et montai mes quatre étages par l'escalier, un étage au-dessus d'Ernest et Sidney, et pris le long couloir moquetté jusqu'à ma petite chambre. Je disposais d'un lit, d'une commode, d'un radiateur et d'un cabinet de toilette pas plus grand qu'un mouchoir de poche, où l'on ne tenait que plié en deux. Près de la commode, l'unique lampe de la pièce jetait des ombres grises et sales. Je m'entrevis dans le miroir, un véritable épouvantail, et me couchai sans même me passer d'eau sur le visage.

La couverture était en laine, mais trop mince, et j'avais froid depuis des jours. Je la remontai jusque sous mon nez en écoutant les tirs étouffés des mitrailleuses. Le front était à moins de deux kilomètres, avait dit Ernest. Je tentai d'imaginer les tranchées d'après les films d'actualité que j'avais vus, mais je ne parvins qu'à évoquer l'image des six beaux jeunes Espagnols que j'avais rencontrés dans le train pour Barcelone, blottis à même la terre. Des pensées qu'il aurait été préférable d'éviter.

Je me recroquevillai en remontant les genoux contre moi, regrettant de ne pas avoir quelque chose de corsé à boire. C'était étrange d'être là, dans cette ville assiégée, où des gens essayaient de s'entretuer sans se faire tuer eux-mêmes. Dans un coin, le radiateur émit un *clac !* qui me fit sursauter. Je ressentais trop de choses en même temps, et me dis que je n'arriverais jamais à dormir.

12

Il y avait d'autres hôtels plus sûrs à Madrid, devais-je bientôt apprendre, mais la plupart des étrangers se retrouvaient au Florida – journalistes américains, photographes de presse français, cinéastes allemands, aviateurs anglais. Il y avait des prostituées, aussi – pulpeuses ou maigres, jeunes ou vieilles, certaines coiffées de longues tresses qui leur descendaient dans le dos, d'autres ayant décoloré en blond leurs cheveux noir de jais pour ressembler à des stars de cinéma américaines.

— Les «*whores de combat*[1]», commenta Ernest le lendemain alors que nous traversions le hall de la réception.

Nous sortîmes dans la Gran Vía, puis traversâmes la Plaza del Callao sous un soleil froid. C'était le milieu de la matinée, et j'avais dormi douze heures. Le brouillard commençait à peine à se lever. Ernest marchait à côté de moi d'un bon pas en balançant les bras, évitant avec agilité les piles de gravats et le verre brisé. Je me demandai comment il pouvait être aussi à l'aise, à moins que ce ne soit justement le genre de contexte

1. «Putain de guerre».

qui lui convenait le mieux. À moins que les zones de catastrophe ne lui plaisent.

Des équipes déblayaient les décombres, emportaient les gravats dans des brouettes. D'autres coulaient du béton pour remplir les trous. Au passage, je levai les yeux vers un immeuble démoli, structure affaissée, fenêtres soufflées.

— Où sont passés les gens ?

— Relogés ailleurs en ville, ou bien ils campent dans les parcs, comme des romanichels. Certains ont fui, bien sûr, mais la plupart refusent d'abandonner le terrain.

— C'est beau de leur part.

— Je trouve aussi. Mais je préfère ne pas penser à ce qui peut leur arriver ici. J'y pense le moins possible, c'est mieux.

Un tram nous dépassa, roulant le long du boulevard devant les barricades et les ruines.

— On peut le prendre pour aller jusqu'au front. Ça n'est pas incroyable, ça ?

Je lui dis que si, mais de toute façon tout était nouveau pour moi à Madrid.

Nous arrivâmes à l'immeuble de la Telefónica. C'était un bâtiment de treize étages, blanc, ou ce qui passait pour blanc dans ce quartier martyrisé. Il se dressait fièrement entre les ossements des maisons et des cafés démolis, structure de béton et d'acier, plus moderne que tout le reste. Nous entrâmes dans une cour où un homme en armes nous demanda nos papiers, puis nous descendîmes dans la cave où se trouvait le bureau de la censure. Un Espagnol sec et nerveux nous accueillit. Ernest nous présenta.

— Arturo Barea, Marty Gellhorn. Arturo, soyez gentil avec elle. C'est une de mes amies, et elle travaille pour *Collier's*.

— Elle est trop belle pour être journaliste. Et trop belle pour être avec vous ! lança Arturo avec un rire rauque qui ressemblait à un aboiement.

Je lui serrai la main, que je trouvai agréablement chaude.

— Je ne suis pas sûre d'être d'accord.

— Bienvenue à Madrid.

La collègue d'Arturo, Ilsa Kulcsar, entra à cet instant, et Ernest sortit de la poche de sa veste un cadeau qu'il lui présenta sur sa paume ouverte. C'était une orange.

— Il ne m'oublie jamais, cet homme-là, dit Ilsa.

Elle était autrichienne, jeune et très jolie, s'exprimant avec un fort accent, et généreuse de ses sourires, ce qui me mit tout de suite à l'aise.

— C'est ici que tu viendras envoyer tes papiers, m'expliqua Ernest. Il y a deux lignes téléphoniques, une pour Londres et une pour Paris. La censure est très stricte. Ces deux-là vérifient attentivement tout ce qui est envoyé, et ils abattent le travail de dix personnes. Ils ont une énergie phénoménale.

Arturo eut un haussement d'épaules fataliste.

— Il faut bien que quelqu'un s'en charge. La guerre ne s'arrête pas quand on est fatigué.

Il se percha sur l'un des deux bureaux et alluma une cigarette américaine en se plaignant que le prix était monté à quinze pesetas le paquet au marché noir. C'était encore dix la semaine précédente.

Je plongeai la main dans ma besace et lui offris l'un

de mes paquets. Le sourire avec lequel il me remercia en disait long.

— La meilleure façon de gagner son cœur, remarqua Ilsa.

— Ça, et de beaux cheveux, ajouta Arturo. Les vôtres ont des reflets d'or, comme un nuage. Vous êtes bien sûre que vous êtes journaliste ?

— Pas vraiment, j'avoue. Et si mes cheveux ressemblent à un nuage, je peux vous assurer que c'est un nuage bien crasseux. Il n'y a pas de shampooing à l'hôtel.

— Au moins, vous avez de l'eau chaude, dit Ilsa. C'est déjà quelque chose.

Nous passâmes un moment avec eux, à commenter un message qui venait d'être télégraphié. Un fort contingent de soldats italiens était arrivé au nord de Madrid et se déplaçait de vingt kilomètres par jour.

— On ne peut pas dire que ce soit d'excellentes nouvelles, soupira Arturo. Mais au moins, j'ai de bonnes cigarettes.

— Quand je serai grande, je voudrais être comme Arturo, dis-je à Ernest alors que nous repartions.

Cela le fit rire.

— Tu voudrais être un Espagnol maigre comme un coucou ? Tu voudrais priver le monde de tes belles jambes ?

— Ne te moque pas de moi. Il a l'air d'avoir tellement bon cœur, d'être tellement ouvert, même au milieu de tout ça.

— Ils sont tous pareils, ici. Sans doute parce qu'ils prennent chaque jour comme il vient. Il faudrait que tu voies les jours de fiesta. En Espagne, on sait faire la fête mieux que n'importe où ailleurs.

— C'est encore plus désolant, alors, que tout cela arrive.

— J'espère que le film pourra aider à changer les choses.

— Grâce aux ambulances ?

— Plus que ça. Si le film est réussi, il nous permettra de montrer aux spectateurs des États-Unis ce qui se passe vraiment ici, et tout le monde voudra apporter son soutien. On peut changer le monde comme ça. En disant la vérité.

— C'est un peu une idée d'écrivain, remarquai-je doucement.

— Oh, ça va. Ne me lance pas là-dessus.

Nous étions revenus à la Gran Vía. D'un côté du boulevard, de grands platanes s'élevaient vers le ciel, les branches encore nues, presque sculpturales, attendant le printemps. Sous les arbres, un long mur de pierre bordait la rue sur des centaines de mètres, troué de nombreux impacts d'obus. Et pourtant, tout le monde semblait marcher de ce côté-là, alors qu'il y avait beaucoup moins de dégâts apparents sur l'autre trottoir. Je m'arrêtai un instant pour réfléchir à ce phénomène, à nos habitudes et à ce sentiment de sécurité que l'on peut ressentir même s'il est injustifié.

— J'aurais préféré que tu ne lui parles pas de *Collier's*, dis-je. Je n'ai pas encore fait mes preuves.

— C'est un point de détail.

— Tu le penses vraiment ? Je ne te dirai jamais assez comme c'est important pour moi de savoir que tu me soutiens.

— Tu n'as pas besoin de me le dire. Nous sommes pareils. Peut-être dans d'autres domaines aussi.

Je lui jetai un coup d'œil pour voir s'il ne me taquinait pas, mais il marchait tranquillement, toujours avec ce balancement des bras, droit comme une flèche.

À notre retour à l'hôtel, nous découvrîmes un énorme petit déjeuner préparé par Sid – jambon poêlé et grosses tranches de pain revenues dans la graisse, et vrai café, pas cette poudre infâme à laquelle j'avais eu droit. Nous nous jetâmes sur la nourriture avec bonheur, trop affamés pour parler, puis Ernest bâilla et annonça qu'il allait essayer d'écrire un peu pour éviter de s'endormir et de gâcher le reste de la journée.

Je décidai de partir explorer la ville seule, munie du Baedeker parce que Ernest avait insisté. Il me recommanda aussi de me cantonner aux artères principales.

— Je fais quoi, s'il y a des tirs de mortier ?

— Tu te mets à l'abri dans l'embrasure d'une porte, de préférence en pierre. Normalement, cela devrait bien se passer. Ils ne tirent en général que la nuit.

— Il y a un signe avant-coureur ?

— On entend un sifflement strident qui vous glace le sang.

— Voilà qui me rassure !

— Tu ne serais pas arrivée jusqu'ici si tu étais du genre à vouloir être rassurée.

— Peut-être.

Je me redressai fièrement, mis le guide dans mon sac, vidai ma tasse et remerciai Sidney pour le petit déjeuner.

Je passai par ma chambre pour prendre ma veste puis descendis et traversai le hall presque vide. Dans l'embrasure de la porte extérieure, un Espagnol pas très grand, bien vêtu, journal sous le bras, avait trouvé refuge. Il jeta un coup d'œil à sa montre puis de nouveau à la rue.

— J'ai cru entendre des tirs tout à l'heure, me dit-il.

— Vous êtes sûr ?

— Non. Ç'aurait pu être autre chose.

Il regarda de nouveau sa montre, et j'attendis à côté de lui. Il pouvait se passer n'importe quoi une fois le seuil franchi : des tirs isolés, de ces obus au sifflement strident, une grenade, la mort. Mais la porte n'était qu'une bien piètre protection, et le hall aussi. Personne n'était vraiment en sécurité nulle part. Je restai là encore un peu, songeant à tout cela, voulant me montrer courageuse, ou au moins bouger, aller quelque part en faisant semblant de l'être. L'homme, lui, n'était clairement pas pressé de partir. Pour finir, je lui faussai compagnie en lui souhaitant une bonne journée, et sortis dans la rue.

13

Beaucoup de correspondants de guerre chevronnés étaient à Madrid, ainsi que des écrivains et des journalistes qui venaient prendre part aux événements, ne fût-ce que brièvement. Certains étaient déjà célèbres, d'autres devaient le devenir beaucoup plus tard, d'autres encore ne perceraient jamais. Ils avaient tous des idées intéressantes, et j'avais envie d'écouter ce qu'ils avaient à dire.

Le soir, nous nous rassemblions à l'hôtel Gran Vía pour prendre des repas assez immondes, puis nous nous repliions chez Chicote, le plus agréable de la multitude de petits bars du quartier. Nous lui préférions parfois l'hôtel Gaylord, ou bien nous allions dans la chambre de Tom Delmer, la plus grande qu'avait à offrir le Florida. C'était le correspondant du *Daily Express*, et il avait une réserve de bon whisky, ainsi que du chocolat conservé dans une boîte métallique bleue qu'il devait avoir apportée de chez lui. Je n'étais pas très sûre de l'apprécier beaucoup. Il avait les épaules lourdes et voûtées et un rire haut perché d'hyène. Quand il avait trop bu, son visage devenait rouge bordeaux. Ce qui me plaisait le plus chez lui, c'était son chocolat et les disques de Beethoven qu'il mettait souvent sur son phonographe.

Ginny Cowles travaillait pour Hearst, un groupe de presse qui soutenait les nationalistes, mais personne ne lui en tenait rigueur. Elle faisait seulement son boulot. Juste avant l'invasion de l'Abyssinie par l'Italie, elle avait interviewé Mussolini, et réussi à dresser de lui un portrait intelligent et objectif, ce qui était déjà un exploit en soi. Elle venait souvent s'asseoir avec moi quand nous étions dans la chambre de Delmer, faisant joliment tinter les joncs en or qu'elle portait au poignet quand elle changeait son verre de main.

C'était d'elle que je me sentais le plus proche, d'Ernest, et de Herb Matthews, qui écrivait pour le *Times*. Herb était un type grand et élancé, vraiment mince, qui portait des pantalons de flanelle grise et de belles chemises toujours parfaitement repassées, alors qu'Ernest donnait l'impression de dormir dans les siennes. Matthews était sérieux et intelligent, et en apportait la preuve dès qu'il ouvrait la bouche. Je l'appréciais un peu plus chaque jour, et me disais que j'avais de la chance de le connaître, que le hasard nous fasse nous côtoyer ainsi, ne fût-ce que pour quelques semaines ou quelques mois.

Un soir, Antoine de Saint-Exupéry se joignit à nous pour boire un verre. Il était venu en Espagne aux commandes de son propre avion, ce que j'eus du mal à imaginer en le voyant assis de guingois sur le lit de Delmer. Il portait un peignoir bleu canard fermé par un cordon sur un pyjama de soie, et des babouches qui avaient l'air de venir de loin, du Maroc ou d'Égypte.

— Que pensez-vous de ce pays ? demanda Saint-Ex à Tom en allumant deux cigarettes en même temps, l'une pour lui-même, l'autre pour Ginny.

— Je pense que l'Espagne est en train de vivre

le bouleversement le plus énorme qu'aucun pays au monde ait jamais connu.

Saint-Ex hocha trois fois la tête rapidement tout en secouant son allumette.

— Ils se battent pour la vérité.

— Et ils paient le prix fort, renchérit Matthews.

— La liberté ne s'est jamais gagnée qu'au prix de vies humaines, dit Tom. C'est toujours la même histoire. Il se trouve simplement que nous sommes aux premières loges cette fois.

— Je ne suis pas sûre que ce soit comparable, intervint Ginny. Je crois qu'il se passe ici quelque chose de tout à fait nouveau.

— Pensez aux gens qui viennent se battre de partout dans le monde, et peut-être mourir pour l'Espagne, dit Ernest avec véhémence. Quarante mille volontaires, à ce qu'il paraît, et ils ne luttent pas pour leur propre liberté, mais pour celle de tous.

— Ils font preuve d'un courage magnifique, commentai-je, mais pensez-vous que ces jeunes savent vraiment ce qu'ils font ?

— S'ils savent qu'ils se sacrifient ? fit Matthews.

— Il vaut mieux supposer que oui, dit Ernest.

Tom fit circuler un paquet de cigarettes. J'avais déjà beaucoup trop fumé, mais j'en repris une malgré tout. Tabac, discussions, whisky, c'était cela aussi l'ambiance de ces soirées, une façon de faire passer le temps. Je n'avais jamais été une grosse buveuse, mais je m'y mettais, surtout pour m'intégrer. Donc, quand la bouteille revint vers moi, je me resservis.

— Tu es bien silencieuse, ce soir, remarqua Ernest en venant s'asseoir à côté de moi sur le fauteuil de cretonne que Ginny venait de quitter. À quoi penses-tu ?

— À la joie que j'ai d'être ici. Je sais que ça peut sembler bête, mais je cherche depuis longtemps quelque chose qui me tienne à cœur, quelque chose qui me dépasse. Je n'ai pas envie de rentrer chez moi.

— Tu ne comptes pas partir tout de suite, si ?

— Je ne veux pas partir du tout. Je t'ai dit que c'était bête.

— Je comprends très bien. Ici, on y voit plus clair. Ces dernières années, j'étais un peu dans le brouillard. Ce nouveau roman auquel je travaille avance bien, mais il ne me donne pas assez de mal. Je n'invente rien de nouveau.

— C'est pour ça que tu es venu ? Pour recevoir un choc salutaire qui te ferait écrire un livre différent ?

— Peut-être bien. Ou alors, j'espère juste me souvenir de qui je suis et de ce qui me donne envie de me lever le matin.

Je n'en revenais toujours pas que nous puissions nous parler si ouvertement de choses importantes. Ernest m'écoutait, ses yeux bruns mi-clos, comme s'il avait tout le temps du monde et aucune envie d'être ailleurs. J'adorais me rendre compte que mon opinion comptait pour lui. Il s'en fallait de peu que je me sente assez en confiance pour lui parler vraiment de tout.

— Parfois, cela m'ennuie d'être aussi jeune, avouai-je.

— C'est très bien, d'être jeune. Quand j'avais ton âge, j'étais déjà papa, j'avais divorcé une fois, et je souffrais encore d'avoir fait du mal autour de moi.

Je me dis qu'il devait parler de sa première femme,

dont il s'était séparé avant d'épouser Pauline, mais je ne voulus pas paraître indiscrète.

— Parfois, on ne peut pas éviter de faire du mal aux autres, avançai-je.

— C'est ce qu'on a envie de se dire, bien sûr, soupira-t-il, une ombre légère passant sur son visage. Tu vois cette cicatrice que j'ai là ? (il désignait un bourrelet brillant irrégulier en haut de son front). Une rencontre douloureuse avec un vasistas à Paris, à une période de ma vie particulièrement difficile.

Je hochai simplement la tête, attendant qu'il poursuive.

— Freud aurait sans doute dit que j'avais envie de me faire du mal.

— Et c'est le cas ?

Une question difficile à poser, mais je voulais savoir s'il était prêt à me confier des sentiments aussi personnels.

— Je n'en suis pas sûr, mais ça ne serait pas impossible. Je me sentais tellement mal qu'il fallait bien que je le montre. Par un signe physique, je veux dire. Un moyen d'accéder à l'endroit douloureux.

Je ne sus pas très bien comment réagir devant une intensité pareille. Je regardai de nouveau la cicatrice, blanc argenté comme un poisson nageant sous la surface de l'eau, puis je fis l'effort de répondre d'un ton plus léger. Pour l'épargner.

Je ne connais pas très bien Freud. Tu discutes souvent avec lui ?

Il me jeta un regard perspicace et sourit un peu.

— Seulement quand je ne peux pas faire autrement.

Il était plus de minuit ce soir-là quand tout le monde partit se coucher. Dans ma chambre, je me passai de l'eau sur le visage, enfilai mon pyjama de cotonnade et m'écroulai sur mon lit comme une masse. Je m'endormis aussitôt, et je pense n'avoir pas bougé avant le milieu de la nuit, quand un vol de Junkers me tira du sommeil.

Le grondement des moteurs au-dessus de l'hôtel donnait une impression de fin du monde. Tout trembla, et les secousses vibrèrent jusque dans ma poitrine. Je me redressai dans mon lit, prise de panique, et me levai d'un bond. Puis je me figeai. Transportaient-ils des bombes ? Et, si oui, combien ? Que valait-il mieux faire ? Me cacher dans le cabinet de toilette ou sous mon lit ? Il y avait bien des règles de sécurité, mais je ne les connaissais pas encore.

Un coup rapide frappé à ma porte me fit sursauter, mais c'était Ernest. Il avait passé son trench-coat sur son pyjama et était pieds nus.

— Ça va ? me demanda-t-il.

— Oui, je crois.

Nous bougions à peine, paralysés par le vacarme des moteurs. Le bruit semblait stagner au-dessus de nos têtes comme si les avions faisaient du surplace, ce que nous savions bien évidemment impossible.

— Qu'est-ce qu'ils vont faire ?

— Rien, peut-être, répondit-il. Si on prenait un verre ?

— J'ai déjà assez bu.

— Tant pis, ça nous fera du bien.

Il alla chercher la bouteille que je rangeais dans la commode, et versa quelques doigts d'alcool dans deux verres à eau.

Je m'assis au bord de mon lit et attrapai celui qu'il me tendait en prenant place à côté de moi. Je le gardai dans la main. Le grondement des bombardiers s'atténuait enfin un peu, mais une rumeur montait du côté de la cité universitaire, le crépitement des mitrailleuses en rafale, et une série de brefs crachements métalliques. Ma main qui ne tenait pas le verre se mit à trembler sur mes genoux. Je la calai sous une cuisse.

— C'est normal d'avoir peur, dit-il.

Les rideaux étaient ouverts. La lune entrait par la fenêtre et jetait des lueurs pâles sur le plancher, sans suffire à éclairer la pièce. Le visage d'Ernest était dans l'ombre quand il dit d'une voix très basse :

— Tu veux que je reste ?

— Oh…

Il m'avait prise au dépourvu. Je n'avais pas voulu imaginer cette éventualité, bien qu'il fût un homme très viril, et moi une femme. Je l'avais placé bien au-dessus de ces considérations. Je l'admirais, c'était mon modèle, mon mentor, mon ami. Je tâchai de trouver quelque chose à dire, mais rien de bien convaincant ne me vint.

— Ça va aller. C'est gentil de t'inquiéter pour moi.

— C'est peut-être pour moi que je m'inquiète.

Même dans le noir, j'eus le plus grand mal à soutenir son regard. Les bruits du front nous parvenaient toujours, inquiétants, mais sur ce fond sonore un étrange silence se fit. Il avança la main pour la passer dans mes cheveux, les repoussa sur le côté pour exposer la base de mon cou au-dessus du col froissé de mon pyjama. Puis, trop vite pour que je réalise ce qui se passait, il posa les lèvres à cet endroit, un baiser aussi léger qu'une aile de papillon, incroyablement tendre.

— Ernest…, protestai-je en m'écartant.

Mon cœur faisait un affreux tintamarre. Je ne savais ni que dire ni que faire.

Il se pencha pour m'embrasser de nouveau, et la pression de sa bouche sur la mienne étouffa toute autre pensée. J'appuyai la paume contre sa poitrine, bien décidée à le repousser, mais mes doigts se refermèrent sur le coton de son pyjama pour l'attirer. Sa langue passa entre mes dents et sa respiration, chaude et lente, m'enveloppa d'une longue exhalaison.

— Ernest, dis-je de nouveau. Qu'est-ce que nous fabriquons ?

— Je ne sais pas. Je m'en moque.

Avant que je puisse répondre, le bâtiment fut pris d'une convulsion qui me projeta sur le plancher. L'hôtel devait avoir été touché par un tir de mortier. Tout tremblait, du plâtre pleuvait du plafond. Ernest m'aida à me relever, puis nous courûmes ouvrir la porte. Des gens se déversaient dans le couloir hors des chambres. Nous nous regardions les uns les autres, nous demandant où fuir pour nous mettre à l'abri. Au moins trois prostituées espagnoles se trouvaient là, qui semblaient aussi désemparées que nous. Sidney Franklin apparut, accompagné d'une femme que je n'avais encore jamais vue. Pull enfilé à l'envers, elle avait les cheveux ébouriffés par l'oreiller. Je devais avoir l'air aussi coupable qu'elle. Je sentis les yeux de Sid se poser sur moi, interrogateurs, mais il me fut facile d'éviter son regard dans le tumulte.

Saint-Ex surgit, drapé dans son magnifique peignoir, pareil à un mirage. L'attaque semblant terminée, il nous proposa du café. Ernest et moi suivîmes un petit groupe d'amis et d'égarés dans sa chambre. Pendant que le café chauffait, la discussion tourna autour de ce qui venait d'arriver : tout le monde se demandait si l'hôtel allait devenir une cible régulière ou si ce tir n'était qu'un accident. Je ne me sentais pas à l'aise, trop vulnérable. Je n'en pouvais plus.

Me levant maladroitement, je pris grand soin de ne pas croiser le regard d'Ernest.

— Je retourne me coucher. Bonne nuit, tout le monde.

— Prends soin de toi, me recommanda Ginny.

— Tiens, pour toi, dit Saint-Ex en me tendant un gros pamplemousse rose qu'il prit dans un cageot de sa réserve personnelle.

Je le remerciai et partis dans le couloir, tenant le pamplemousse devant moi comme une offrande, un sacrifice à des dieux inconnus. De la poussière de plâtre recouvrait tout comme une mince couche de neige. De larges fissures s'étaient ouvertes dans les deux murs, une table s'était renversée. Une lampe était cassée. Il y avait aussi du dégât dans mon âme. Je ne savais pas trop ce qui serait arrivé avec Ernest si l'obus n'avait pas touché l'hôtel, mais je m'étais sentie flancher un peu trop vite à mon goût, prête à oublier toute raison et mes bonnes résolutions. Son amitié comptait énormément pour moi, sa présence. Je n'avais pas besoin d'autre chose. Et puis, n'en avais-je pas fini avec les hommes mariés ?

Incapable de me débarrasser de mon malaise, j'entrai dans ma chambre obscure et refermai la porte derrière moi, puis je tirai le verrou.

14

Le lendemain, je m'éveillai par une aube pâle et silencieuse. Pas un bruit. Il faisait froid dans ma chambre, le radiateur ayant rendu l'âme pendant la nuit. Une bonne odeur de café montait du troisième étage par la cage d'escalier, mêlée à celle, grasse et saline, du jambon et des œufs qui cuisaient sur le réchaud de Sidney Franklin. Les senteurs qui me parvenaient avaient beau être irrésistibles, je n'avais pas envie de céder à leur appel. Ce n'était pas le moment.

J'attrapai mon pantalon, que j'avais étalé sur un dossier de chaise, pris un chemisier dans la commode, et enfilai ma veste. Une fois prête, je descendis pour aller au café d'en face, sachant qu'on ne m'y servirait qu'un petit pain rassis, du café amer, et une orange si j'avais de la chance.

La semaine précédente, par une matinée tout aussi tranquille, trois hommes attablés près de la vitrine avaient été tués par une explosion qui l'avait soufflée vers l'intérieur. L'ouverture avait été bouchée avec du papier d'emballage et du carton. À l'intérieur du bar, les gravats avaient été déblayés et le sang nettoyé. Quand je passais par là, je m'arrêtais un instant pour penser aux victimes. Ils avaient eu femme et enfants, sans doute, des habitudes et des petits plaisirs, et un avenir qui leur avait été arraché. Un malheur qui ne pouvait pas se laver, une vie qu'on ne pouvait pas leur rendre.

Je décidai d'emporter mon petit déjeuner, et ne m'arrêtai qu'une fois arrivée à la Plaza Major, où je m'assis au pied d'un des magnifiques lampadaires. Les pigeons se posaient, se dispersaient puis se reposaient, obéissant à leur propre logique. Les cireurs de chaussures s'installaient autour de la place, évitant les endroits où des tirs récents avaient défoncé le pavage. J'observais cette activité en buvant mon café, les tempes et la nuque prises dans un étau. Je n'arrivais pas à chasser Ernest de mes pensées. Le souvenir de ses mains dans mes cheveux, de l'odeur de sa peau flottant dans l'air entre nous me perturbait. Il ne s'était quasiment rien passé, mais c'était déjà trop. Que lui dirais-je quand nous nous reverrions ? Allait-il insister ? Et moi, avais-je des désirs que j'avais honte de m'avouer ?

Je n'avais aucune envie de me laisser troubler. Chassant vigoureusement toutes ces pensées, je me levai et traversai la place. J'avais donné rendez-vous à Ginny Cowles au Palace, un hôtel converti en hôpital militaire. La façade évoquait encore le vieux Madrid, blanche et majestueuse comme une pièce montée. Mais une fois les portes passées, je fus saisie par l'odeur puissante et agressive de l'éther, qui masquait les effluves plus complexes de la maladie, du sang et de la souffrance.

Ginny m'attendait à la réception, portant un élégant manteau de laine noire, de beaux bijoux en or, et les hauts talons qu'elle ne quittait jamais. Sa tenue aurait mieux convenu à l'Upper East Side qu'à cette ville en état de siège, mais je l'aimais bien, et je lui étais reconnaissante de m'avoir proposé de me présenter aux médecins et de me montrer les lieux pour que je puisse y retourner seule.

— Eh bien, quelle soirée nous avons passée hier soir, dit-elle quand je l'eus rejointe.

— Tu as réussi à dormir ?

— Pas vraiment, mais je ne dors jamais beaucoup. Trop de choses me trottent dans la tête.

— Moi c'est pareil. Même quand tout est calme.

De l'autre côté de la réception, avec ses sages meubles en rotin et ses tables gigognes, se trouvait l'ancien salon de lecture de l'hôtel, transformé en salle d'opération. Des draps tendus formaient des séparations, et on en avait recouvert à peu près tout pour donner l'illusion d'un milieu stérile. Des tables de salle à manger ordinaires avaient été promues tables d'opération. Les lustres à pampilles servaient d'éclairage opératoire, les ampoules dépolies ayant été remplacées par d'autres, beaucoup plus puissantes. Le long du mur, les rayonnages avaient été débarrassés de leurs livres et accueillaient des pansements, de la pénicilline et de l'eau oxygénée achetée au marché noir.

Ginny me présenta à l'un des chirurgiens, lui expliquant que j'étais une écrivaine américaine, et que je voulais en apprendre le plus possible sur les conditions de soins. L'homme était un Catalan d'une quarantaine d'années réservé, à la bouche triste et aux sourcils très noirs et délicatement incurvés.

— J'ai beaucoup de mal à faire mon travail ici, me dit-il, mais c'est encore plus difficile sur le terrain. Mes collègues qui interviennent sur le front à Teruel ou à la Jarama, à Brihuega, doivent non seulement faire face aux blessures les pires, mais ils sont aussi dehors, qu'il pleuve ou qu'il vente. Ils ne bénéficient pas de nos conditions luxueuses.

Il désignait un de leurs lustres bricolés qui, tout à coup, me semblait à moi aussi un petit miracle.

— Et vous, quelle était votre spécialité ? lui demandai-je par l'intermédiaire de Ginny. Avant ?

— Avant ?... Avant, j'étais orthopédiste. Maintenant, je fais de tout, et cela ne suffit jamais.

Il nous mena à l'étage des convalescents, au cinquième, où je vis des brancards souillés de sang empilés comme des bûches dans les couloirs. Les chambres étaient pleines, quatre à six lits de camp casés dans des pièces petites mais propres. Le soleil entrait à flots par les hautes fenêtres à guillotine, tombant sur le sol et paressant dans les coins, mais sans apporter de chaleur.

Un des blessés était un pilote russe barbu et maigre à faire peur. Son avion avait été abattu et il avait été piégé dans la carcasse en flammes avant d'être secouru. *Secouru*, c'était un bien grand mot, me dis-je en voyant ses mains, ses bras, son cuir chevelu. La peau s'était transformée en un cuir boursouflé et fendillé qui lui causait une douleur telle qu'il ne pouvait pas dormir sans des doses massives de morphine. J'eus envie de pleurer à sa vue, mais on ne pouvait pas pleurer pour tout le monde. Ou peut-être que si, après tout.

Un autre homme, un fantassin canadien – il s'appelait Fisher –, avait une jambe plâtrée jusqu'à la taille et occupait son temps à écrire des lettres aux familles de ses camarades de l'étage. Il s'éduquait ainsi la main gauche, car son bras droit avait été amputé au-dessus du coude. Il avait un visage rond et une tignasse cuivrée assez magnifique.

— Vous devriez faire du cinéma, toutes les deux, nous dit-il en relevant le nez de ses lettres. Je ne blague pas.

— Où avez-vous été blessé ? demandai-je.

— À deux pas d'ici… À la cité universitaire. Pas croyable, hein ?

— Vous avez suivi votre entraînement ici ?

— Un entraînement ? Si on peut dire. À notre arrivée, on nous a bouclés dans un petit village à la campagne pendant une semaine, mais nous n'avons pas fait grand-chose d'autre que nous geler. Il n'y avait rien d'autre à manger que de la viande de baudet. Vous en avez déjà goûté ?

— Non, jamais.

— Eh bien, ça ne vaut pas le coup d'essayer. On dirait du caoutchouc, et, au goût, ça pourrait être les chaussures de votre grand-mère.

Il eut un sourire désabusé, puis nous raconta qu'un jour un convoi des Brigades internationales était arrivé à la base d'entraînement, avait embarqué plusieurs centaines d'hommes, et les avait emmenés dans la plaine à l'ouest de Madrid pour apprendre à se servir de carabines à verrou Remington dans une carrière.

— J'ai tiré trois ou quatre fois. Je n'avais jamais tenu une arme à feu de ma vie. Ensuite, ils ont dit que ça suffisait, qu'il ne fallait pas gâcher les munitions, et ils nous ont fait remonter dans les camions.

— Et ils vous ont envoyés au front comme ça ? demandai-je en prenant à témoin Ginny et le médecin catalan, qui, contrairement à moi, ne semblaient ni l'un ni l'autre particulièrement surpris. Vous n'êtes pas en colère ?

— À quoi ça servirait ? Je suis volontaire. Je savais en venant que je pouvais me faire plomber. C'était même assez probable.

— Justement, pourquoi êtes-vous venu ?

— Comme tout le monde, je suppose. Parce que j'étais trop remonté pour faire autre chose. Je venais de recevoir mon diplôme de McGill, mais je me suis dit : À quoi ça pourra bien me servir si le monde devient fou ? C'est vrai. Je me suis dit : C'est le tour de l'Espagne maintenant, mais ça pourra être n'importe qui d'autre ensuite si on n'arrête pas Franco.

— C'est ce que je crois aussi, mais c'est dur de mourir pour des idées, non ?

— C'est dur de mourir tout court, dit-il, le rouge lui montant aux joues et son stylo se mettant à trembler dans sa main gauche. Au moins, c'est nous qui défendons la bonne cause.

J'entrai dans plusieurs autres chambres avec Ginny. Dans l'une, un jeune homme au crâne défoncé faisait le portrait d'un autre blessé à petits coups de crayon pensifs et appliqués. Dans une autre, un soldat français éventré par un éclat d'obus, l'abdomen disparaissant sous de multiples couches de gaze, nous montra une branche de mimosa qu'une jolie infirmière hongroise lui avait apportée. Il en avait détaché une fleur, une boule jaune et duveteuse. Tout en la caressant du bout du pouce, il nous raconta qu'il y avait un grand mimosa au bord de la route près de la maison de son enfance à Marseille, dont les fleurs devenaient collantes comme du miel une fois qu'elles étaient tombées par terre.

— Vous allez bientôt rentrer chez vous ? lui demandai-je.

— Je ne sais pas, répondit-il en clignant plusieurs fois des yeux comme pour mieux voir l'avenir. Si je me rétablis, j'ai promis de rester pour continuer la lutte. Mais je ne suis pas sûr de croire encore en la guerre. Cela ne sert qu'à fabriquer des fantômes, et les fantômes ne font rien changer.

— Je suis désolée.

Ne trouvant rien d'autre à dire, j'admirai la beauté de son mimosa.

— J'espère que vous rentrerez voir votre arbre et que vous retrouverez votre famille.

Un peu plus tard, je ressortis avec Ginny sous le soleil froid et éclatant d'avril. J'étais encore émue par ce que je venais de voir, mais Ginny semblait détachée, imperturbable, comme si, témoin des mêmes choses que moi, elle les avait immédiatement mises de côté comme on le fait des fardeaux trop lourds à porter. Je n'avais pas appris à me protéger comme elle, et doutais de jamais en être capable. J'avais envie de lui demander combien de temps il lui avait fallu pour s'endurcir à ce point, et s'il arrivait que certaines choses percent parfois ses défenses, et ce qu'elle faisait alors. Mais nous n'étions pas assez amies pour que je me le permette, du moins pas encore.

Nous nous dîmes au revoir, et elle s'éloigna d'un pas rapide vers un autre rendez-vous, ou pour rencontrer une source ou un contact secret, ou pour taper son article du jour. En tout cas, un devoir important l'appelait.

J'aurais moi aussi voulu faire quelque chose pour cette guerre, sans pourtant encore bien savoir quoi. J'étais venue pour écrire, mais il y avait des journalistes littéralement à tous les coins de rue, et tous plus expérimentés que moi. D'une certaine façon, il suffisait peut-être simplement d'être là pour être témoin de ce qui arrivait, et d'écrire ce que l'on avait vu. Mais ensuite ? Aurais-je vraiment le cran d'envoyer quelque chose à *Collier's* si j'avais un papier à proposer ? Comment allais-je me distinguer de la masse des reporters qui couvraient les mêmes batailles, les mêmes tragédies, si je n'ajoutais rien à ce qui avait déjà été dit des dizaines de fois ?

Plus tard dans ma chambre, dans la lumière déclinante, je passai un long moment assise sur mon lit à réfléchir, un exemplaire des *Chants de l'innocence et de l'expérience* de William Blake sur les genoux, du thé froid sur la table de chevet à portée de main. À un moment, mes yeux se fermèrent. Il devait être plus de minuit quand je les rouvris. Ma chambre était plongée dans l'obscurité, et j'entendis des pas hésitants s'arrêter dans le couloir juste devant ma porte. Puis on frappa. Un murmure me parvint :

— Gellhorn. Tu dors ?

Je me figeai.

— Gellhorn, c'est moi. Ouvre. Il faut qu'on parle.

Redoutant de faire le moindre bruit, je refermai les yeux, l'oreille aux aguets.

— Marty, souffla de nouveau la voix.

Après un moment d'angoisse, j'entendis Ernest

battre en retraite. J'osai enfin respirer. Me tournant sur le côté, face au mur, je posai la main à plat sur la paroi pour sentir le mouvement de l'eau dans les tuyaux, aspirée, refoulée comme le sang dans les artères.

Parfois, il me semblait que je pouvais presque me faufiler dans les autres chambres ainsi, et que je voyais leurs occupants dormir en chien de fusil, ou feuilleter un magazine, ou boire seuls dans le noir. L'hôtel était comme une ruche, nous étions tous connectés. C'était ces liens qui m'étonnaient le plus depuis mon arrivée en Espagne. Peut-être pour la première fois de ma vie, j'avais trouvé des gens qui me ressemblaient. J'étais à ma place parmi eux.

Il y avait aussi tout le reste, la noblesse de cette révolution, son importance fondamentale. Ce serait même peut-être l'événement le plus marquant que connaîtrait ma génération. Et moi, aussi incroyable que cela puisse paraître, j'étais là pour le vivre. Je ne voulais à aucun prix gâcher cette expérience alors que j'étais si près de toucher à l'essentiel. Si près de comprendre ce qui était important pour moi, ce que je voulais de la vie, et qui j'étais vraiment, profondément.

L'Espagne m'indiquait le chemin à suivre, m'offrait la chance de trouver ma voie. Non seulement ce n'était pas le moment de tomber dans les bras de n'importe qui, mais encore moins dans ceux d'Ernest. Il n'était pas question de courir le risque de perdre cette belle amitié, cette complicité qui se formait entre nous, alors que nous apprenions tout juste à nous connaître. Pas simplement pour une histoire de coucherie. Je ne pensais pas non plus possible de nouer une vraie relation avec un homme tel que lui. On le traitait comme une star de cinéma. Dès qu'il ouvrait la bouche, tout le monde se taisait. Il bâclait des dépêches pratiquement inintelligibles pour les non-initiés, qui lui rapportaient chacune cinq cents dollars. Moi, j'avais cinquante dollars en poche, et je ne savais pas si j'avais assez de talent pour en gagner plus.

Je me rallongeai sur le dos et levai les yeux vers l'obscurité nébuleuse du plafond. Ernest devait être rentré dans sa chambre. Il était assis au bord de son lit, peut-être, et enlevait ses chaussures. Ou il tendait la main vers sa flasque, déconcerté, ou simplement fatigué, se promettant qu'il en avait fini avec les femmes et tous les ennuis qu'elles lui causaient.

Je ne voulais pas lui faire de mal. Je savais seulement une chose : Ernest était un soleil qui brillait si fort qu'il m'éclipserait même sans le vouloir. Il était trop célèbre, trop avancé dans sa propre carrière, trop sûr de ce qu'il voulait. Il était aussi trop marié, trop enraciné dans la vie qu'il s'était forgée à Key West. Trop habité, trop impressionnant.

Trop Hemingway.

15

— Il va falloir courir pour passer, avertit Ernest.

Nous étions arrivés dans une partie exposée de la rue, et nous allions devoir franchir vingt-cinq mètres environ pour nous mettre à l'abri de bâtiments en ruine, dans un quartier dévasté par les bombardements.

— Les tireurs embusqués adorent cet endroit, précisa-t-il. Deux ou trois personnes sont tuées ici tous les jours.

Je me contentai de hocher la tête, le pouls précipité, pendant qu'Ernest redressait sa casquette de chasse. Il se courba en deux, le corps tellement plié à la taille que je crus qu'il allait tomber, mais il n'en fut rien. Une fois arrivé, il me fit signe de le rejoindre, et bien que n'étant pas du tout sûre de contrôler mes jambes chancelantes, je me mis à galoper.

En atteignant l'abri du mur, derrière lequel je m'accroupis, le sang battant dans mes oreilles, j'éprouvai une sorte d'euphorie. Ernest ressentait la même chose – nous avions battu la mort à la course, et même plus, nous avions dansé la gigue sur notre pierre tombale. Une énergie farouche vibrait entre nous. Nous n'avions plus été aussi proches depuis la soirée dans ma chambre, et, alors que nous reprenions notre route, le risque chargea ce souvenir d'électricité.

Nous passâmes devant un bâtiment de cinq étages dont l'intérieur était exposé à la rue, la façade arrachée net. Il y avait quelque chose d'indiscret dans ce spectacle, car on voyait tout, les vaisseliers et les lits et les fauteuils et les baignoires, les meubles de toutes ces vies bouleversées et suspendues. Certains appartements étaient encore parfaitement intacts, au détail près qu'ils n'avaient plus de mur sur la rue – comme une maison de poupée grandeur nature dans laquelle on pourrait introduire la main pour tout réarranger selon son bon vouloir. Il aurait toujours fallu être en sécurité chez soi, y trouver un refuge inviolable – c'était ce qu'il me semblait –, mais je trouvai là une preuve supplémentaire qu'il ne fallait compter que sur les relations humaines, et encore, uniquement celles qui en valaient la peine. Se lier avec des gens qui, une fois trouvés, formeraient vos murs de protection. C'était ma première guerre, je n'avais encore aucune expérience, mais c'était une chose que j'avais déjà comprise.

Nous étions sur le Paseo de Rosales, l'artère la plus élégante de Madrid, son Park Avenue, ses Champs-Élysées, à présent dévasté. Un peu plus haut se trouvait l'immeuble à moitié détruit dans lequel le cinéaste hollandais Joris Ivens s'embusquait pour filmer des images pour son documentaire sur la guerre, qui avait dans l'intervalle trouvé son titre : *Terre d'Espagne*.

Nous grimpâmes dans les étages par un escalier aveugle, mais nous nous trouvâmes à l'arrivée face à une vue totalement dégagée de la Casa de Campo et de la ligne de front. Voilà donc pourquoi Ivens avait été si content de trouver cet endroit pour planter sa caméra. On voyait parfaitement jusqu'aux collines de l'autre côté de la large vallée, avec leurs pins sinistres, et l'infanterie qui avançait sur le terrain accidenté. Par endroits, on distinguait même l'intérieur de la tranchée où les hommes, courbés sur les mitrailleuses, ressemblaient à des soldats de plomb terreux.

Juste à la lisière du balcon, Ivens et son caméraman avaient fabriqué une sorte d'affût, le téléobjectif calé sur un appui formé de meubles et de caisses. La caméra était camouflée dans des chiffons et des vieux rideaux. Le moindre reflet du soleil sur la lentille aurait risqué d'attirer l'attention d'un tireur et trahi leur présence, m'expliqua Ernest pendant que nous allions nous installer à l'arrière de l'appartement.

Au fond, à l'abri du vent, il faisait plus chaud, même si des grands pans de murs et la plupart des fenêtres étaient tombés. Je retirai mon manteau et m'assis, m'accoudant au mur entre Ernest et Matthews. Herb me tendit une cruche pleine d'eau, et nous regardâmes dehors à travers les trous laissés par les fenêtres pour observer la guerre. J'étais trompée par un faux sentiment de sécurité créé par la distance. Une grenade explosa sur le champ de bataille et fit voler des gerbes de terre et de débris végétaux. Des hommes tombèrent, soufflés par l'explosion, et ne se relevèrent pas. Je gardai les yeux sur eux, souhaitant de toutes mes forces qu'ils bougent, mais ils restèrent inertes.

Même si tout cela me rendait malade, je compris pourquoi la scène serait importante pour le film. On voyait la bataille dans son intégralité à cette distance, sans être submergé par l'action. Les nuages de fumée qui flottaient çà et là et les éclairs. Les jets de poussière délogés par les éclats d'obus le long de la crête. Le mouvement de l'infanterie qui progressait, centimètre par centimètre, puis qui reculait, repoussée, perdant des hommes, tuant d'autres hommes, ce qui finalement revenait peut-être au même.

Je récupérai mon calepin dans ma besace, ayant soudain très peur d'oublier si je ne notais pas à l'instant mes impressions. Je sentis ma main trembler un peu tant la tension était grande et remarquai qu'Ernest avait lui aussi pris son carnet et écrivait furieusement, animé par le même désir de figer le temps, de le domestiquer. Il fallait que les gens, partout dans le monde, se rendent compte de ce qui se passait ici, et c'était pour le leur montrer que nous devions tout voir avant eux. Voilà pourquoi nous étions venus.

— Reprends-en un, tu en as besoin, me dit Matthews chez Chicote ce soir-là.

Il y avait foule au bar, au point que nous étions assis les uns sur les autres ou presque.

— Dis-moi. Pourquoi écris-tu sur la guerre et pas sur autre chose ? lui demandai-je.

— Il faut bien que quelqu'un le fasse. Et puis, sans doute aussi parce que je crois que nous pouvons changer les choses. Si nous nous y prenons bien.

— S'il n'est pas trop tard. C'est ce que je n'arrête pas de me répéter. C'est maintenant ou jamais qu'il faut se battre pour un monde juste. C'est maintenant, *maintenant*, et ici. Mais qu'arrivera-t-il si, malgré nos appels, le monde refuse de se réveiller ?

Il haussa les épaules.

— Dans ce cas, on est foutus.

Je lui tendis mon verre vide et il se fraya un passage à travers le rempart des corps. Une demi-seconde plus tard, Ernest se laissa tomber à sa place et nous nous retrouvâmes écrasés l'un contre l'autre, coude contre coude, genou contre genou, entourés de toutes parts par des éclats de rire et des débats fiévreux. J'arrivais à peine à respirer, un peu aussi à cause de sa présence. Il allait vouloir discuter alors que je désirais seulement oublier. En fait, j'avais envie de l'embrasser une dernière fois, juste une, fort et longtemps, parce que je n'arrivais pas à chasser la saveur de ses lèvres. Un dernier baiser, et puis je pourrais songer à l'oublier.

— Tu m'évites, attaqua-t-il.

— Nous avons passé tout l'après-midi ensemble.

— Tu sais très bien ce que je veux dire.

— C'est vrai, admis-je, piégée par son regard. Je suis désolée. Je ne savais pas quoi te dire.

— Pourquoi ne pas essayer simplement de dire ce que tu ressens ? Ce serait déjà un bon début.

— On peut ressentir plusieurs choses très différentes à la fois.

— Pas moi. Du moins, pas dans certains cas. Pas en ce qui te concerne.

— Ça n'est vraiment pas l'endroit idéal pour parler de ça.

Mais en fait, bizarrement, j'avais tort. C'est dans la foule la plus bruyante qu'on est le plus tranquille. Tous les gens que nous connaissions étaient là, ce qui nous assurait une indifférence dont nous n'aurions bénéficié nulle part ailleurs. Nous aurions probablement pu nous mettre tout nus et danser le fandango sans attirer l'attention.

— Tu as peur que quelque chose se passe entre nous, mais il est déjà trop tard en ce qui me concerne. Peut-être même que c'est trop tard depuis le début. Depuis l'instant où tu as mis les pieds dans mon bar.

— Peut-être. Mais nous ne sommes pas obligés de céder à la tentation. Je serais très malheureuse si quelque chose changeait entre nous. Tu es beaucoup trop important pour moi.

— C'est déjà ça.

— Pour moi, rien d'autre ne compte. Nous pourrions être très amis si tu voulais.

— À t'entendre, on croirait que je suis en train de me faire plaquer. Ça ne m'est pas arrivé depuis un bon bout de temps, poursuivit-il d'un ton un peu acide, mais je me souviens parfaitement de l'effet que ça fait.

— Arrête. C'est bien la dernière chose que je veux. Tu n'écoutes pas ce que je te dis ?

— Si, je t'écoute, maugréa-t-il en plantant son regard dans le mien. Des amis, j'en ai beaucoup.

Avant que je puisse même songer à une réponse, Matthews émergea de la marée humaine et se glissa à côté de nous. Il rapportait trois grands verres de gin, pleins à ras bord, et nous regarda tour à tour.

— Je dérange ?

— Ne dis pas de bêtises, répliquai-je, mal à l'aise, mon cœur battant à tout rompre. Mais par pitié, buvons un coup.

16

Il est tard quand Ernest traverse les eaux noires du Manzanares. Il longe ensuite d'un pas rapide l'angle sud du Parque del Oeste, une zone très peu sûre, particulièrement de nuit, aux heures où se déchaînent les tirs de mortier. Parfois aussi, ce sont des bombes qui tombent, larguées par les gros Junkers et les Heinkel qui survolent la ville. Leur vacarme infernal lui fait les jambes en coton.

Le long de la rivière, l'obscure étendue du parc, d'un noir d'encre, n'est éclairée que par les petits feux de camp et les braseros qu'allument les gens pour se tenir chaud. Des milliers de réfugiés campent là avec leurs moutons, leurs ânes et leurs enfants, réunis par petits groupes autour des braises rouges et grésillantes. Ils sont là depuis des mois, depuis le début du siège, et ne peuvent rien faire d'autre qu'attendre près de leur maigre feu que la chance tourne. Mais rien ne prouve que cela arrivera.

Déjà, la guerre s'éternise. Elle dure depuis des mois, beaucoup plus longtemps qu'on ne l'imaginait, et semble ne jamais devoir s'arrêter. Derrière lui, des colonnes de fumée s'élèvent de la ligne de front au mont Garabitas. L'attaque n'avait duré que dix ou quinze minutes, mais il n'en avait pas fallu plus. Dans la tranchée, les balles perdues vrombissaient au-dessus de sa tête comme des coléoptères, et quand il avait fermé les yeux pour essayer de se concentrer sur les différentes sonorités des tirs, une méthode pour garder son calme, il s'était mis à penser à Marty et avait compris qu'il s'était mis dans de beaux draps, et que personne n'allait pouvoir le sortir de là.

Il n'avait pas voulu tomber amoureux d'elle, mais quelle importance maintenant ? Le jour où il l'avait vue à Key West, il lisait tranquillement son courrier – c'était bien le plus drôle – en buvant son daïquiri comme tous les après-midi. Et puis la porte du bar s'était ouverte, le soleil était entré, et elle avait paru.

Plus tard, il devait souvent dire à ses amis par plaisanterie qu'elle avait des jambes qui commençaient aux épaules, mais ce qui l'avait surtout frappé chez elle, c'était ses cheveux, de la couleur d'un champ de blé, et sa peau lumineuse, comme éclairée par une journée d'été resplendissante conservée en bocal pendant un siècle, puis relâchée d'un coup.

C'était une fille très belle, vraiment magnifique, mais sur son terrain, dans son bar, plongé dans sa petite vie, il s'était senti protégé et n'avait rien vu venir. Il avait mis en place des habitudes bien réglées, sachant exactement ce qu'il faisait, et pourquoi. Il avait des amis sur lesquels compter, d'autres moins, et il apprenait à faire la différence. Et puis, quoi qu'il arrive, le plus important pour lui, c'était son travail. Il avait écrit des livres, publié des choses qu'il aimait beaucoup, même si les autres ne voyaient pas toujours en quoi elles étaient importantes. Les critiques s'étaient sauvagement attaqués à son ouvrage sur l'Afrique pour avoir sa peau. Mais ils auraient beau faire, ils n'ébranleraient pas l'édifice qu'il avait construit en lui. Ils n'atteindraient pas les récits et les livres qui attendaient qu'il soit prêt, ceux auxquels il n'avait pas encore touché.

Il menait une belle vie, c'était le sentiment qui dominait ce jour-là, et il avait l'intention de boire un second daïquiri en lisant son courrier et peut-être le journal, et puis de rentrer retrouver sa femme et ses fils. Même si elle était resplendissante, et loin d'être ordinaire, cette fille splendide ne présentait aucun danger pour lui. Tout en lui parlant, il s'était autorisé à l'observer, le galbe de ses mollets, la façon dont le tissu noir de sa robe épousait sa peau, et ses yeux à la couleur si changeante qu'il fallait s'y reprendre à plusieurs fois pour en distinguer les multiples nuances.

Sa mère était une très belle femme, elle aussi. Il l'avait tout de suite trouvée charmante. Il avait apprécié toute la famille, même le frère, et s'était senti très à l'aise en leur compagnie. Ce fut seulement après les avoir quittés qu'il s'était rendu compte que la fille, elle, n'avait pas quitté ses pensées. Elle l'avait suivi chez lui, occupant sa mémoire comme les notes d'une symphonie une seule fois entendue. Elle était encore là quand il avait fermé la porte derrière lui à Whitehead Street, et qu'il s'était déchaussé sur le carrelage frais. Puis Fife était arrivée, disant qu'on lui avait gardé sa part de dîner s'il avait faim. C'était une femme très observatrice. Elle avait penché la tête de côté, comme un corbeau, et lui avait demandé où il était allé et pourquoi il rentrait si tard, et il avait tout de suite compris qu'il lui fallait mentir, et que ce ne serait pas le dernier mensonge qu'il ferait à sa femme sur cette jeune demoiselle.

Et voilà qu'au bord du parc il s'arrête et se retourne pour regarder derrière lui la colline, forme vaguement arrondie et plongée dans l'ombre. Demain, il sait qu'il apprendra précisément le nombre des victimes tombées des deux côtés, puisque dans une guerre ce décompte est l'un des dérivatifs qui permettent d'éviter de considérer les morts comme de vraies personnes. Une méthode jamais très efficace en ce qui le concerne. Boire un verre, voilà ce qui marche presque toujours le mieux pour lui. Alors il ira chez Chicote, où il espère qu'elle viendra, ce qui lui permettra de se sentir mieux avant de se sentir de nouveau plus mal.

Il ne voit ces temps-ci que ce qui est juste devant lui et rien d'autre, et elle est là. C'est la guerre, peut-être, qui le change. Parce qu'il se retrouve sur le fil du rasoir pour la première fois depuis des années. Il ne sait pas pour quelle raison elle a passé ses faibles défenses, mais il ne peut plus s'empêcher de penser à elle et de vouloir se rapprocher d'elle, quelles que soient les conséquences.

Il y avait ce que l'on avait décidé de faire et ce que l'on faisait malgré tout. Il y avait l'homme que l'on croyait être, et celui que l'on devenait, en marchant par des nuits comme celle-ci, à Madrid, dans les rues sombres et dévastées, poussé par un obscur besoin.

17

Au bout de trois semaines, il me semblait que j'étais à Madrid depuis des années, et je n'avais pas envie de partir. Jamais, au grand jamais, je n'avais connu de sensations aussi extrêmes. J'avais en permanence la peur au ventre. Quand les batteries allemandes installées sur le mont Garabitas tiraient sans répit sur la ville, la réaction était pour tous la même : la vie devenait plus précieuse, plus intense. Dans la journée, c'étaient des salves brèves – soixante ou cent obus en dix minutes, pendant que nous nous abritions sous les embrasures de porte, dans les cafés, ou au fond des baignoires dans les hôtels. Plus tard, à l'hôtel Gran Vía, chez Chicote ou dans la chambre de Delmer, nous recensions le nombre d'obus lâchés, le nombre de morts, nous nous interrogions sur les autres batailles de la journée, ailleurs, nous demandant ce qui s'était passé là-bas et ce qui allait se passer le lendemain. C'était un réconfort de ressasser les mêmes choses, encore et encore. Cela nous reliait, nous donnait l'impression de dominer la situation. Ce récit était un langage commun, et nous aimions tous le parler.

Très vite, j'avais appris à distinguer les différentes sonorités de la guerre, à courir sous les pluies de vitres pulvérisées, et comment respirer quand l'air se remplissait de fumée de mélinite et de poussière. Je fis des progrès en espagnol, et je pus ainsi parler aux femmes qui faisaient la queue pour acheter des provisions, et aux enfants dont on déménageait les classes dans n'importe quel bâtiment encore debout. Ils devaient passer à côté de traces de sang humain pour atteindre ces locaux provisoires, et s'arrêtaient parfois pour déterrer des douilles en souvenir, qu'ils échangeaient entre eux comme les enfants de Saint Louis le faisaient avec les billes et les images de baseball.

Un soir, alors que je revenais de l'hôpital militaire, je m'arrêtai sur la place Santo Domingo pour écouter un joueur de flamenco. Des couples se promenaient main dans la main, marchant tranquillement dans l'air tiède, bavardant comme si les tirs d'obus du matin n'avaient été qu'un rêve.

À un bout de la place, des pigeons essayaient de dormir, dérangés par un groupe d'enfants qui leur lançaient des gravillons. Le guitariste, à l'écart, serrait son instrument très près de son corps, jouant des notes claires et vibrantes du bout des doigts. La musique était belle. Je m'assis pour écouter, me demandant d'où vient le courage. Depuis novembre, le mois où Franco avait mis la capitale dans sa ligne de mire et entrepris de la détruire, pratiquement pas un jour n'avait passé sans que la ville subisse un déluge de feu et déplore des morts. Et pourtant, la plupart des Madrilènes avaient refusé de partir. Tant pis s'il fallait vivre avec des défenseurs armés, des barricades, et supporter le black-out, ils préféraient rester chez eux. Ils acceptaient le risque, les trous d'obus et les immeubles démolis par les tirs de mortier, les avenues coupées pour bloquer l'avancée des chars. S'ils perdaient leur logement, ils restaient quand même et sortaient se promener après le dîner si ça leur chantait, convaincus qu'il valait mieux mourir debout qu'à genoux. N'avaient-ils pas raison ?

Le guitariste venait de terminer son morceau quand un chuintement se fit entendre. Je me crispai par réflexe, rentrant les épaules. L'obus arriva dans un hurlement. Il tomba en vrille sur la place, fit exploser les pavés. Alors que tout en moi se tendait pour fuir, et que mon cœur paniqué partait au galop, je m'accroupis au lieu de courir, comptant les secondes, jusqu'à ce que le sifflement revienne, de plus en plus fort, puis que la déflagration fasse trembler toute la place.

Les enfants s'éparpillèrent, sautant comme des billes. Le joueur de flamenco s'affaissa sur sa guitare et je détalai, respirant à peine, et me faufilai sous un porche déjà plein de monde au bord de la place. La fumée de mélinite flottait devant nous comme une dentelle empoisonnée. Tout le monde comptait, mais plus rien ne venait.

— *Que Dios nos ayude*, murmura une dame devant moi.

Que Dieu nous aide. Elle portait un panier vide à son bras. Son fils, un enfant très brun, s'agrippait au bas de son châle noir, les yeux levés vers elle, surveillant la moindre de ses expressions.

Au bout de cinq à dix secondes de silence, elle le prit par la main pour traverser la place, regardant droit devant elle. Le garçonnet suivit le mouvement, ses fines chaussettes marron tire-bouchonnant sur ses espadrilles, le côté du châle devenu la ficelle d'un cerf-volant qui l'entraînait. J'imaginais ce qui se passait dans la tête de cette femme: elle voulait aller mettre l'enfant à l'abri.

Ils venaient d'atteindre le milieu de la place quand l'air se déchira. L'obus gémit dans sa chute et éclata, projetant des fragments innombrables, brillants comme le soleil. Si vite que personne n'eut rien le temps de voir, plus vite même que la pensée, un éclat de métal transperça la gorge de l'enfant. Il s'effondra, la main toujours dans celle de la femme, pendant que les obus s'abattaient autour d'eux, à quelques secondes d'intervalle les uns des autres. La femme se pencha sur lui. Elle cria, le suppliant de se lever.

Je n'avais jamais vu personne mourir ainsi, sous mes yeux, et encore moins un enfant. Ce fut atroce. Mon cœur battait si vite que je craignis qu'il n'explose. Mais je continuai de vivre, tandis que deux hommes couraient vers eux et emportaient tendrement le corps de l'enfant jusqu'au bord de la place, sa mère suivant d'un pas hagard, marchant sur le chemin tracé par un filet de sang qu'elle suivrait à tout jamais dorénavant, en poussant des hurlements qui ne voulaient pas cesser.

18

— Ça va, Gellhorn ? me demanda Ernest ce soir-là. Nous étions chez Chicote, mais j'étais encore sur la place. J'acceptai le whisky à l'eau qu'il me fourrait dans les mains.

— Je ne sais pas. Est-ce que ça fait toujours cet effet ?

— Il n'y a pas de recette pour traverser ce genre d'épreuve, mais dis-toi que pour cette fois, ce n'est pas toi que la mort est venue chercher. Ni toi ni quelqu'un que tu aimes. Ça aide, parfois.

Quel raisonnement ! songeai-je. Toutes les morts étaient horribles, et on parlait là d'un petit garçon innocent. Je savais pourtant qu'Ernest n'avait pas dit cela par cynisme, mais dans le seul but de me réconforter. Il y avait d'ailleurs quelque chose dans sa voix qui me calmait, parvenait à m'apaiser. Je me sentais mieux quand j'étais près de lui et de tous ceux qui nous entouraient. Je n'avais jamais autant compté sur mes amis.

Nous commandâmes encore à boire et fîmes de la place aux derniers arrivés. Tom Delmer avait une ombre de barbe. Matthews et lui revenaient de la vallée de Tajuña, où ils avaient interviewé des hommes de la XVe Brigade, survivants des collines du Pingarrón, *Suicide Hill*, comme on appelait à présent le lieu de ces batailles. Quatre cents Américains étaient passés à l'attaque, et seulement cent huit d'entre eux étaient encore debout. Enfin, ceux qui pouvaient encore marcher.

Les récits qu'ils nous rapportaient étaient épouvantables. L'humeur était sombre chez tout le monde, mais nous restions ensemble, sachant qu'il est bien pire d'avoir les idées noires quand on est seul. Il était plus de minuit quand nous retournâmes au Florida, à quelques rues de là. La nuit était sombre et froide, et nous marchions en groupe, serrés les uns contre les autres, épaule contre épaule, et ne nous séparâmes que sous la voûte du hall. Nous montâmes l'escalier en file indienne, nous dispersant aux étages en nous souhaitant bonne nuit à de multiples reprises, la voix pâteuse. Je me retrouvai seule, le tapis noir d'encre étouffant mes pas le long du couloir. Je ressentais une agréable décontraction des muscles du visage, et de la tête aussi. Mais je n'étais pas aussi seule que je le croyais.

Devant ma porte, sur le point de l'ouvrir, je vis qu'Ernest était là, dans l'ombre, à quelques pas de moi, attendant que je me tourne vers lui.

— Salut, dis-je à voix basse.

— Salut, répondit-il en avançant vers la lumière.

Une fois dans la chambre, nous ne prononçâmes pas un mot. Je sentais l'odeur de tabac et de whisky qui imprégnait ses vêtements. La chaleur de son corps créait comme une pression dans l'air, et sa langue contre la mienne déclencha de petites ondes de choc.

Ses mains se posèrent sur ma taille pour retirer mon chemisier de mon pantalon, puis elles glissèrent sur mes côtes puis plus haut. C'était un coup de folie. Nous allions très probablement le regretter tous les deux, mais je ne voulais penser ni à cela ni à rien d'autre. Pas à la culpabilité, pas à Pauline. Pas au peu de temps qu'il nous restait à passer en Espagne, ni à ce que nous nous dirions ou ressentirions plus tard. Il n'y aurait peut-être même pas d'avenir pour nous. C'était plus que possible. La guerre était imprévisible, après tout, et nous ne pouvions rien prédire de l'avenir.

Il me serra fort contre lui, et j'entendis mon cœur cogner contre le mur de son corps. En me laissant tomber avec lui par terre, je me sentis surtout terriblement perdue. Ce que je voulais par-dessus tout – désespérément –, c'était qu'on me retrouve.

Beaucoup plus tard, alors que nous étions allongés l'un contre l'autre dans le noir, je m'étonnai de la sensation nouvelle que me procurait la proximité de son corps, alors que nous avions passé tellement de temps ensemble sans nous toucher.

— Mais qu'est-ce qu'on a fait ? lui dis-je.

— Je ne sais pas.

Dans la pénombre, sans ses lunettes, son visage semblait jeune et vulnérable. Malgré les rides profondes qui marquaient le pourtour de ses yeux, je voyais l'enfant qu'il avait dû être. J'avais de l'affection pour ce garçon, tout en ayant aussi, soudain, envie de lui faire du mal. De lui parler de sa femme, par exemple, son épouse qui l'attendait patiemment à Key West, qui portait son nom avec la grâce d'une reine des Amazones.

Elle n'allait pas disparaître simplement parce qu'il me regarderait une ou deux fois dans le noir.

— Il vaut sans doute mieux que tu partes.

Je le sentis se crisper.

— J'aimerais rester.

Je me tus quelques secondes, puis, parce que c'était plus facile que de chercher à exprimer ce que je ressentais vraiment, je répondis seulement :

— Je suis fatiguée.

— Eh bien, dors alors. Tu as assisté à quelque chose d'épouvantable aujourd'hui. Je te trouve très courageuse.

— Je ne me sens pas courageuse. Je ne sais même pas ce que je ressens.

— Je suis là. Essaie juste de chasser tout ça de ton esprit, si tu peux.

— D'accord.

Je me retournai pour m'écarter de lui et fermai les yeux. Bien sûr, il n'était pas étranger à ce « tout ça », mais je ne me sentais pas en état d'y réfléchir. Je ne désirais qu'une chose, me retrouver seule sur l'océan du sommeil, glisser au loin alors que le lit devenait radeau et que mon esprit lâchait prise.

— Bonne nuit, Marty, l'entendis-je murmurer alors que je me laissais dériver en flottant dans le noir.

19

Quelques jours plus tard, le groupe des reporters passa me prendre car nous devions nous rendre de l'autre côté de la vallée dans les collines de Guadalajara, brunes comme du pain bis au loin. Il n'était pas facile de trouver des moyens de transport pour sortir de Madrid, mais on pouvait compter sur Ernest. Il réussissait toujours à se procurer une voiture voire deux, et des chauffeurs pour l'emmener où il voulait, avec autant d'essence qu'il lui fallait.

Après la nuit que nous avions passée ensemble, j'avais fait de mon mieux pour l'éviter, mais quand il avait proposé que je me joigne à cette expédition, j'avais accepté. Sa réputation était telle que les officiers et les soldats étaient toujours contents de le recevoir sur le terrain. J'espérais voir des choses extraordinaires, et entendre le genre de récit que je recherchais. Les femmes étaient si rares sur le front qu'il n'y en avait pour ainsi dire pas. Je n'aurais voulu à aucun prix manquer cette occasion.

Nous traversâmes de minuscules villages qui se succédaient comme les perles d'un collier, sans doute beaux autrefois, mais maintenant ternis par la défaite. Des enfants sales, affamés, se perchaient sur des monticules de gravats pour nous regarder passer. Leurs yeux, immenses, nous contemplaient d'un air un peu accusateur – non que nous ayons des torts envers eux, mais parce que nous avions la possibilité d'aller et venir ainsi, ne laissant qu'un tourbillon de poussière dans notre sillage comme signe de notre passage.

Dans les hauteurs, parvenus à un col, nous laissâmes le moteur tourner et sortîmes de la voiture. La vallée était dans son fourreau, à nos pieds, de longues étendues d'oliveraies et de vignobles et la terre retournée des champs de bataille. Au loin, la tache blanche d'un mur crépi fumait. C'était une ferme qui brûlait. Là-haut, dans un ciel plat comme une toile repassée, un vautour décrivait un large et lent cercle qui me glaça.

Nous descendîmes dans la vallée et nous garâmes au bord de la route poussiéreuse. Nous étions encore à plusieurs kilomètres, mais déjà nous entendions l'artillerie, la toux répétée des mitrailleuses, le martèlement sec et progressif des mitraillettes. Continuant à pied sur un terrain violemment bouleversé, nous arrivâmes à un bourrelet de terre, la tranchée. L'instant suivant, nous avions sauté au fond.

Elle était assez large pour que deux personnes puissent s'y tenir debout côte à côte, ou agenouillées sur un fond de terre sèche et fissurée, entre des parois de terre nue verticales. Ici et là, ces boyaux s'élargissaient pour former une sorte de « pièce » carrée. Nous en visitâmes une, où je vis une table ordinaire sur laquelle étaient posés une carte et un téléphone de campagne. Plusieurs lits de camp étaient pliés dans un coin, indiquant que les hommes dormaient là, quand ils dormaient. Il y avait aussi un petit feu et du café qui chauffait. Il sentait le brûlé, et pourtant, j'avais très envie d'en boire, ne fût-ce que pour m'occuper les mains.

Tous les hommes que nous rencontrâmes – très jeunes, des adolescents pour la plupart – me regardaient avec stupéfaction, comme si venait d'apparaître devant eux un gâteau de mariage, ou une gazelle. Certains étaient espagnols, d'autres américains, d'autres canadiens, d'autres mexicains. Ils étaient au front depuis quarante-cinq jours, m'apprit l'un d'eux, et s'attendaient à une attaque à tout moment. On leur tirait dessus sans arrêt, bien sûr, mais une vraie offensive, ce serait différent.

Nous continuâmes à avancer dans la tranchée sur un sol de plus en plus dur et si accidenté qu'on avait l'impression de marcher sur le lit à sec d'une rivière caillouteuse. Les soldats tenaient pour la plupart leur fusil en position de tir. Certains les avaient couchés à terre, et parfois étaient allongés à côté d'eux, comme avec un chien endormi à leur côté. Je fus frappée par le nombre de livres qu'il y avait partout, dans les poches arrière, sur des étagères creusées dans la terre, dans la paille, entre les mains des soldats. Je vis *Candide* et aussi *Feuilles d'herbe*. Quand nous tombâmes sur un jeune homme qui lisait *Walden*, je ne pus que m'arrêter. Il était grand et élancé, la tête couronnée d'épais cheveux blonds qui me firent penser à un champ de jeune chaume. La peau de ses mains était pâle, blanc rosé, des mains de philosophe poète.

— J'adore Thoreau, lui dis-je. Vous préférez quoi dans ce livre ?

— J'aime tout. Il connaît les noms de tellement de

fleurs et d'arbres. C'est formidable. Je préfère penser à ça plutôt qu'à ce qu'il y a ici.

Il avait les yeux bleu clair, percés de pupilles en tête d'épingle, qui me semblèrent très beaux, et dérangeants, aussi.

— Et vous, vous préférez quoi ? me demanda-t-il.

— Moi aussi, j'aime tout. Il dit que c'est un privilège de pouvoir se perdre dans les bois. J'ai toujours trouvé cette idée réconfortante. De se dire qu'il faut peut-être d'abord se perdre complètement avant de pouvoir se retrouver.

Il plissa les yeux et son regard pensif ne sembla plus me voir.

— Oui, en effet, c'est bien ce qu'il dit. Ne vous en faites pas trop, ajouta-t-il, je suis sûr que tout va très bien se passer.

Son ton me sembla condescendant, sa remarque trop intime. Et pourtant, malgré le désagrément d'être percée à jour, il était un peu réconfortant d'être comprise – même un bref instant, même par un inconnu.

— Bonne chance, lui dis-je.

— À vous aussi, répondit-il avant de retourner à son livre.

En rattrapant Matthews un instant plus tard, j'avais le sentiment étrange d'avoir vu un fantôme.

— Que s'est-il passé ? me demanda-t-il.

— Je ne sais pas au juste. Rien, sûrement. Juste un gamin. C'est bizarre d'être là, non ?

— Oui, bien sûr. Mais c'est important. Nous ne pourrons jamais comprendre exactement ce que vivent ces garçons, mais au moins nous voyons le terrain, et nous les regardons en face.

— Et nous voyons les livres qu'ils lisent.

— Voilà. C'est cela qui est important dans le journalisme. Il faut se méfier des récits des autres. Ne pas se contenter de ce que vous racontent les gens si on peut faire autrement. Il faut faire l'expérience personnelle de la situation. Écrire ce que l'on voit, ce que l'on ressent.

Cela me donna à réfléchir.

— Mais l'objectivité, dans tout ça ?

— Ne te fais pas d'illusions, ça n'existe pas.

— Je suis heureuse de te l'entendre dire. Je pense souvent au petit garçon que j'ai vu mourir place Santo Domingo. Je voudrais écrire quelque chose sur lui, mais je ne crois pas pouvoir le faire sans laisser parler mes émotions.

— Lance-toi. Le tout, c'est de commencer, peu importe comment.

— Mais si c'est mauvais ?

— Et alors ? Ça ne serait pas le pire.

— Non, c'est vrai.

En effet. Le pire – je le savais déjà – serait d'avoir trop peur pour essayer.

Nous roulâmes quatre jours de suite de bataillon en bataillon, campant à côté des tentes des soldats, nous nourrissant comme eux et partageant leurs feux. Je savais que beaucoup d'entre eux n'avaient aucune expérience – comme Fischer, le fantassin canadien rencontré à l'hôpital de Madrid, qui n'avait jamais tenu un fusil de sa vie jusqu'au jour où il avait été obligé de le faire. Certains avaient une peau lisse de bébé, les yeux frangés de longs cils, apeurés mais illuminés de ferveur. Après avoir parlé à beaucoup d'entre eux et vu la façon dont ils vivaient, j'avais compris que leur bravoure n'était pas inépuisable, comme pour tout le monde. Quand le courage leur manquait, ils arrivaient malgré tout à tenir bon grâce à leur force de caractère.

Ils avaient du cran plus que du courage. Et c'était pour cette raison que les brigadistes allaient gagner cette guerre, me disais-je. Rien d'autre n'était possible.

La nuit venue, dans les tentes, on se racontait des histoires en se passant du vin rouge dans des quarts en fer-blanc. Un soir, me sentant étouffer, je m'échappai pour aller fumer une cigarette sous les étoiles. Le camp était niché dans un creux de terrain, entouré de hauts pins efflanqués. Je restai là un moment, appréciant le silence, respirant la fraîche odeur résineuse et contente de me retrouver seule. La porte en toile de la tente s'écarta et Ernest vint me retrouver.

— Tu n'as pas peur dehors ? demanda-t-il.

— C'est beau.

Je tirai sur ma cigarette, faisant grésiller le papier et se rallumer l'incandescence.

Il n'y avait pas de lune, et la colline et les pins étaient plongés dans une épaisse obscurité, comme si de hauts rideaux nous masquaient. Des rires s'échappaient de la tente, mais nous ne nous en occupions plus.

— J'étais sincère l'autre soir. Pour moi, en ce qui te concerne, il est trop tard. Tu n'as peut-être pas envie que je te dise tout ça. Peut-être que je suis un sale égoïste mais je suis plus heureux que je ne l'ai été depuis des années. Marty. Marty, regarde-moi.

— Non.

— Ne fais pas l'enfant, bon sang. Je suis amoureux de toi.

Il ne lui fallut qu'une seconde pour franchir l'espace qui nous séparait. Il se dressait là, immense, me cachant le ciel. Ses mains se glissèrent sous ma veste de treillis et il m'embrassa si violemment que j'en eus le souffle coupé, mais cela m'était égal. Le sol bascula sous mes pieds. Les arbres s'inclinèrent et tout autour de moi se mit à tourner, et ma raison fut emportée. Ses doigts étaient chauds dans mon dos, sur mes épaules, le long de mon cou et sous mes cheveux. Ils étaient partout. J'écartai ses vêtements, voulant être plus proche, sentir sa peau, le voulant, lui.

— Que c'est bête, dit-il contre moi. Nous avons perdu tellement de temps.

— Ça n'est pas grave.

Je l'embrassai encore, incapable d'arrêter tout en souhaitant vainement que cet instant, et ce qu'il y avait entre nous, soit déjà terminé. Que notre liaison ait vécu, que les dégâts soient causés, la réparation entamée, mon cœur malmené déjà engagé sur la voie de la guérison. Parce qu'il allait me briser le cœur. Je le savais.

Et pourtant, impossible de dévier de cette trajectoire qui nous jetait l'un vers l'autre dans la nuit, sous des centaines de millions d'étoiles, alors que la collision promettait d'être désastreuse. Rien ne nous sauverait, ni la logique ni le peu de jours qui nous restait. Nous avions tout le temps de faire une énorme bêtise.

20

La nuit, le Florida était un essaim d'ombres. J'appris à les lire toutes sur le chemin de la chambre d'Ernest, mon trench-coat serré sur mon pyjama, bien décidée à ne laisser personne concevoir le moindre soupçon sur l'évolution de nos relations. Nous voulions bien risquer de nous faire du mal à nous-mêmes, mais il serait impardonnable de blesser des innocents dans la bagarre. Il était hors de question que sa femme l'apprenne. Ma mère ne devait rien savoir non plus parce que je ne pourrais pas supporter de voir la réprobation se peindre sur son visage. *Quoi ? Encore, Marty ?*

Non. C'était déjà bien assez difficile de se regarder en face dans la glace.

Une fois dans la chambre d'Ernest, je ne disais rien. Je laissais simplement tomber mon manteau à mes pieds dès la porte franchie, et le retrouvais dans le noir. Nos dents se heurtaient dans la première embrassade. Il m'attirait sous lui, se retenant sur les avant-bras, une petite goutte de son sang ou du mien sur ma langue. J'étais ivre et téméraire, et me demandais si moi aussi je n'étais pas en train de tomber amoureuse. Ou alors, c'était parce que nous vivions tout avec une intensité maximale. Mes nerfs à vif se déployaient autour de moi comme un halo. C'était un bouleversement total, et que la cause en soit la guerre, ou l'Espagne, ou Ernest, quelle importance après tout ? Peut-être d'ailleurs était-ce une seule et même chose.

Je me mis à écrire presque à l'instant de notre retour du terrain. Enfin. Et je ne savais pas trop ce que cela donnerait. Puisant dans mes carnets, je m'efforçai de donner de la chair à mes observations et à mes impressions – le bruit de l'artillerie tel que je l'entendais depuis mon lit du Florida, l'incongruité de ces trams qui continuaient de passer sur la Gran Vía jusqu'au front. Les nappes de fumée toxique après une offensive, et les files d'attente pour acheter le pain à côté de celles pour voir *Les Temps modernes* de Charlie Chaplin. Les boutiques de parfum dans lesquelles l'odeur de la poudre se mêlait à celle des eaux de gardénia, et l'opéra qui vendait encore des places, avec son beau ténor, jeune soldat volontaire, qui arrivait aux matinées sortant droit des tranchées, des traces de sang sur ses chaussures.

J'écrivis des pages et des pages jusqu'à ce que je comprenne que l'histoire que je tenais le plus à raconter était celle qui me faisait le plus peur, celle du petit garçon et de la queue de cerf-volant ensanglantée, mon premier contact direct avec la mort. Ce jour-là, la guerre avait cessé d'être une idée abstraite et j'en faisais désormais une affaire très personnelle. Je le voyais encore s'agripper au châle de sa mère. Et elle, que lui était-il arrivé ? Comment pouvait-elle vivre après cela ?

Quand je pensais à eux, je me sentais impuissante, toutes les cellules de mon corps vibraient d'une révolte à la limite du désespoir. Mais le désespoir s'écrivait mal. Il n'y avait peut-être pas d'objectivité possible, comme Matthews le soulignait, mais je ne pourrais pas raconter cette expérience sans contrôler mes émotions et épurer rigoureusement mon style.

En 1934, mon sang-froid avait été ma seule bouée de sauvetage quand, au début de ma carrière de journaliste, j'avais été envoyée sur le terrain par la Federal Emergency Relief Administration, l'agence d'aide aux chômeurs. Comme beaucoup des organismes mis en place par le New Deal de Roosevelt, la FERA était une jeune organisation encore expérimentale. J'avais été embauchée par Harry Hopkins, proche conseiller du Président, avec quelques autres journalistes et écrivains, pour participer à une enquête sur l'impact de la Grande Dépression sur les gens ordinaires. Je devais parcourir différents États pour examiner la situation des familles bénéficiaires des allocations, et envoyer mes rapports en cours de route. Hopkins voulait travailler sur des récits véridiques et des impressions, et non sur des statistiques, et je ne demandais qu'à me rendre utile.

Je venais de rentrer aux États-Unis après le fiasco de ma liaison avec Bertrand, et je ne savais pas quoi faire de ma vie. J'avais réussi à me purger un peu du désespoir que m'avait causé cette relation dans mon premier roman, *What Mad Pursuit*. J'avais ressenti beaucoup d'espoir et une immense fierté maternelle quand j'avais tenu entre mes mains le premier exemplaire imprimé, l'imaginant dans les bibliothèques, mais j'avais presque aussitôt déchanté. La mauvaise opinion qu'en avait eue mon père m'avait fait plus de mal que toutes les autres critiques réunies, mêmes celles qui trouvaient mes personnages « agités » et disaient du livre que c'était « visiblement une œuvre de jeunesse ».

Je n'avais pas soupçonné quelle horreur ce serait de me faire autant malmener. J'avais envie de me terrer dans un coin sombre pour cacher ma honte. Je n'en eus pas le temps, car la mission de la FERA me fut proposée, un beau cadeau tombé du ciel. J'aurais là de quoi oublier mon chagrin d'amour, ma vexation, et mes ambitions de devenir une romancière reconnue. On m'offrait l'occasion de m'oublier tout en me rendant utile à mon pays.

Je fus chargée de la Caroline du Nord et de la Nouvelle-Angleterre, avec trente-cinq dollars par semaine et une carte d'autocar. Le plus souvent, je profitais des tournées des travailleurs sociaux, et je visitai en leur compagnie des villes d'une tristesse presque insoutenable. J'étais persuadée que mes rapports seraient objectifs. C'était compter sans ce que je vis jour après jour : des familles si démunies, si laminées par la pauvreté qu'on avait envie de hurler. À Lawrence, dans le Massachusetts, je visitai une filature de laine où des jeunes filles squelettiques se penchaient sur des machines trépidantes pendant huit à dix heures d'affilée sans aucun repos, la peau comme passée à la Javel, irritée. Elles déjeunaient debout. Dans les sanitaires, je faillis trébucher sur trois jeunes femmes qui essayaient de dormir par terre sur le ciment glacé des toilettes. L'une portait un foulard couleur de bleuet fané et avait l'air tellement abattue que j'eus le plus grand mal à ne pas perdre contenance.

Je tâchais d'aller voir cinq familles par jour dans ma tournée. Les femmes et les enfants avaient souvent trop honte pour sortir de chez eux parce qu'ils n'avaient plus que des haillons à se mettre, et pas de chaussures. Une famille de quatre personnes dormait dans un seul lit. Ils étaient tous atteints de la syphilis, même le bébé, une petite fille tellement abîmée par la maladie qu'elle était paralysée. Ils ne cherchaient pas à se faire soigner parce que la mère était convaincue que c'était la faute de leur « mauvais sang », et tout le monde savait qu'il n'y avait pas de remède à cela.

Dans un autre village, je m'assis dans une cuisine en piteux état. Des toiles cirées avaient été punaisées aux murs pour protéger un peu la pièce du froid car il n'y avait plus de charbon. Une fillette de dix ans, qui s'appelait Alice, était agenouillée sur un tas de chiffons et serrait un canard blanc sur son cœur. Son père l'avait gagné dans une tombola où les tickets coûtaient un *cent*.

— Je pensais qu'on allait le manger, dit-il, mais comme vous voyez, elle n'a rien d'autre pour jouer.

Quand il me raccompagna dehors, je lui demandai comment il pensait s'en sortir.

Il eut une sorte de haussement d'épaules anxieux.

— Si vous m'aviez dit il n'y a même pas un an que nous arriverions à tenir avec ce que nous avons maintenant, je vous aurais traitée de menteuse.

— Vous faites tout ce que vous pouvez. Plus, même.

— Je ne peux rien faire du tout, rétorqua-t-il sans regarder ni moi ni la rue détrempée par la pluie mais le ciel criblé d'eau. Parfois je prie qu'un ange vienne nous prendre dans notre sommeil. Pour l'instant, je n'ai été entendu par personne.

En rentrant à Boston par le train ce soir-là, je dus boire plusieurs verres de whisky avant de m'atteler à mon rapport. On m'avait envoyée voir des situations terribles dont je ne soupçonnais pas l'existence, et pourtant, ce n'étaient que des gouttes d'eau dans l'océan de la souffrance humaine. Comment pouvais-je parler d'Alice et de son canard sans laisser percer ma rage ? Et de la fille au foulard, et des bébés syphilitiques condamnés avant même d'avoir commencé leur vie ? Mais des vitupérations ne serviraient à rien. Si l'on voulait faire changer les choses, Harry Hopkins et la FERA devaient voir exactement ce que j'avais vu, ni plus ni moins. Je devais être une caméra, aussi franche et sans concession que si je filmais, rigoureusement, phrase après phrase.

Profitant de ce que je lui apportais mes rapports à Washington, Hopkins m'organisa une entrevue avec Eleanor Roosevelt, qui s'était autrefois engagée dans des causes sociales avec ma mère, et que j'avais toujours admirée de loin. Je fus tellement véhémente en lui décrivant les scènes dont j'avais été témoin que je m'étonne qu'elle ne m'ait pas flanquée à la porte. Au lieu de cela, elle m'écouta, très attentive, et me posa des questions intelligentes, son stylo courant sur le papier au rythme des notes qu'elle prenait. Elle portait une robe de couleur sombre peu flatteuse, et quelques mèches de ses épais cheveux gris s'échappaient de son chignon.

La cinquantaine l'avait marquée. Elle n'avait pratiquement plus de menton, ses dents avançaient bizarrement, et pourtant il me sembla n'avoir jamais vu de femme aussi belle. Sa dignité sauvait tout.

Je retournai la voir quelques mois plus tard alors que je venais de perdre mon emploi, coupable d'avoir encouragé quelques mineurs de l'Idaho à se rebeller contre un entrepreneur malhonnête qui profitait des fonds d'aide à l'emploi. Ils avaient cassé toutes les fenêtres du bureau de la FERA, et j'avais été renvoyée. Les Roosevelt, qui pensaient que j'avais eu raison, me proposèrent de loger à la Maison-Blanche le temps de me retourner.

On me donna une chambre toute simple, avec un lit étroit couvert d'une courtepointe imprimée, et une petite table bancale dans un coin. Mme Roosevelt prenait la crise tellement à cœur qu'elle aurait préféré se broyer les mains plutôt que de vivre dans le luxe pendant que ses concitoyens souffraient. Les repas n'avaient d'autre qualité que d'être nourrissants. On servait rarement du vin et avec parcimonie, et jamais d'alcool fort – mais le Président entraînait parfois ses invités les plus amusants et les plus libéraux dans le vestiaire, où il leur préparait de diaboliques martinis au milieu des rires et des plaisanteries. Il me trouvait charmante et distrayante, je pense, et me traitait un peu comme un pékinois plus ou moins bien dressé. Mme Roosevelt, elle, aimait m'interroger pour connaître « l'opinion de la jeunesse » sur le pays.

Je l'aimais beaucoup. Plus que cela, je l'adorais – j'avais été prise pour elle d'une affection immédiate. Je n'avais jamais rencontré de personne comme elle, douée d'une pareille modestie, d'une aussi grande bonté, et animée du souci permanent des autres. Parfois elle acceptait que je l'aide à répondre à son courrier, qui arrivait par sacs entiers et était le plus souvent désespérant. Les gens lui demandaient de l'aide quand ils ne savaient plus vers où se tourner – par exemple un jeune homme du Minnesota qui avait perdu son bras dans un accident de chasse et ne pouvait plus gagner de quoi entretenir ses petits frères et sœurs. Ils n'avaient même pas de vêtements présentables pour aller à l'école et avaient un besoin absolu d'un cheval. Pouvait-elle lui en trouver un ?

J'étais assise sur une chaise à côté de son simple secrétaire en merisier. Elle portait une robe bleue informe, et était penchée sur la lettre, les mains – ses élégantes et solides mains qui étaient sa plus grande beauté – appuyées sur la page, toute à ses pensées.

— Alors, allez-vous lui envoyer un cheval ?

— Je vais essayer de trouver quelqu'un qui pourra le faire. On peut toujours tenter quelque chose, c'est toujours mieux que rien. C'est une belle lettre. Songez au temps qu'il lui a fallu pour l'écrire.

Je l'observai, pleine d'admiration, comme toujours quand j'étais en sa présence. Une honnêteté lumineuse mêlée de sagesse émanait d'elle comme une flamme. Elle me donnait envie de me surpasser.

— Je voudrais me servir de certains de mes rapports pour en faire des études de caractère, lui dis-je. Si j'écrivais des nouvelles ou un roman, ces gens prendraient une autre dimension au lieu de n'être que des chiffres et des données que personne ne verra jamais. Je voudrais les aider. Ou en tout cas, essayer de le faire, et c'est peut-être un bon moyen.

— Vous voulez les aider ? répéta-t-elle.

Elle posait sur moi ses yeux d'un bleu limpide et profond, parfois timides, parfois pleins de solitude, parfois terrifiants et inflexibles. Elle n'approuvait jamais ce qu'on lui disait à moins d'être pleinement convaincue.

— Oui, je voudrais bien.

— Alors vous y arriverez.

Je quittai la Maison-Blanche peu après, et allai m'installer chez Fields dans le Connecticut, cette décision qui devait tant perturber ma famille. On ne pouvait pas refuser une telle occasion de travailler dans un lieu tranquille. Pendant les quatre mois suivants, sous la neige d'abord, puis pendant la fonte de printemps, j'écrivis tous les jours, poussée par une conviction totalement nouvelle, au moins dans ma vie d'auteur. Je me disais que si *What Mad Pursuit* avait connu un tel échec commercial, c'était pour les mêmes raisons qu'il avait tant déplu à mon père. Mon sujet. Les personnages étaient plus qu'«agités», je le comprenais à présent. Ils étaient sans originalité et narcissiques. Ce livre, qui avait-il aidé? Personne. La nouvelle idée que j'avais, en revanche, était très différente. Mes récits n'auraient plus rien à voir avec l'amour-propre et les ambitions personnelles, ni avec moi, Gellhorn. J'allais plutôt faire parler les gens par ma bouche.

J'étais toujours très fière de ce second livre qui s'était fort bien vendu, avait reçu de bonnes critiques, et avait eu l'honneur d'être deux fois mentionné par Eleanor Roosevelt dans sa rubrique «My Day», ou elle disait de lui que c'était un bon livre utile. Mon seul regret était que mon père n'ait pas vécu assez longtemps pour me voir me racheter. J'aurais voulu qu'il soit fier de moi, mais ce n'était plus possible. Sans doute était-ce pour cela que j'élargissais mes horizons et cherchais d'autres juges – Matthews, Ginny Cowles, Tom Delmer et Ernest. Je voulais qu'ils respectent mon travail, et, plus que tout, je voulais me respecter moi-même.

J'aurais voulu retrouver la ferveur qui avait guidé ma plume dans le Connecticut, cette fusion avec mes personnages que j'avais ressentie jusque dans mes os. Alice, dans sa triste cuisine, s'était mêlée à toutes les autres gamines que j'avais rencontrées pour devenir Ruby. Et même si j'avais changé les détails et complété certains que je ne pouvais avoir vus, la vérité générale demeurait.

Saurais-je encore brûler de la même flamme ? Serais-je capable d'écrire ainsi pour le petit garçon mort ? Pour Madrid ?

Oui, je le croyais.

21

Je m'éveillai à l'aube dans la chambre d'Ernest, repoussai les couvertures et, m'étant levée, lui tournai le dos pour m'habiller. Il se redressa sur un coude, les yeux posés sur moi.

— Tu pars travailler, on dirait. Tu as commencé un nouveau bouquin ? J'aimerais bien voir.

— J'ai un peu peur de ce que je fais pour l'instant.

— Ah ?

— J'aime un peu trop ce que j'écris. Ça m'étonne un peu. J'ai l'impression d'avoir dépassé quelque chose. Je ne sais pas.

— Montre-moi.

— Oui, mais si je me trompais et que c'était nul ?

— Tu sais, quand on est jeune, ça peut être important de se faire relire pour évaluer ce qu'on écrit. Je t'ai déjà raconté ce qui s'est passé avec Stein ? Elle m'a laminé, et Pound, aussi, mais j'en avais besoin, et pas qu'un peu.

Je m'assis pour enfiler mes chaussures, sentant le sang affluer à mon visage. Ernest était bien la dernière personne au monde dont je pourrais supporter les critiques. Je n'admirais aucun écrivain plus que lui. Et puis, il y avait tout le reste. Son appétit d'expériences, même les plus terribles, qui auraient fait trembler le commun des mortels. *Qui est vraiment cet homme ?* me demandais-je de plus en plus souvent. *Est-ce l'homme au pantalon crasseux et à la chemise bleue pleine de trous ? Celui qui vénère sa machine à écrire et son bourbon, et aussi, plus que tout, la vérité ? Celui qui enjambe des cratères d'obus qui ont troué le sol jusqu'aux égouts ? Celui qui plonge son regard dans le mien quand le plafond se met à trembler et me dit sans avoir besoin d'ouvrir la bouche que je n'ai rien à craindre parce qu'il est avec moi ? Comment l'amour vient-il avec un homme comme lui ?*

Je n'en savais rien, mais c'était ce qui m'arrivait. J'étais en train de tomber amoureuse, et c'était à la fois terrible et merveilleux. J'aurais voulu m'enfuir en courant, très loin. Et puis, j'aurais voulu aussi tourner la clé à double tour sur nous deux pour rester enfermée avec lui dans cette chambre pour toujours.

— Laisse-moi un peu de temps, d'accord ? dis-je finalement en me redressant pour rencontrer son regard. Je te montrerai quelque chose bientôt, promis.

— Mais du temps, nous n'en avons pas.

— Pas à Madrid, peut-être.

Il ne répondit pas. J'avais encore huit à dix jours devant moi. Lui, un peu plus, mais pas tellement. Nous avions pris soin de ne pas en parler, mais nous n'avions plus le choix.

— Ici, plus rien de la vie ordinaire ne semble réel, dit-il au bout d'un moment. Je n'ai plus de femme, plus de fils, plus de roman à écrire. Je n'ai plus de maison à rembourser, ni personne qui dépende de moi, plus rien d'autre que les dépêches quotidiennes à envoyer et le souci de ne pas me faire tirer dessus. Et toi.

— Mais dès que tu seras rentré à Key West, tout cela va s'effacer, achevai-je à sa place d'un ton neutre, vacillant à l'intérieur. C'est ça que tu veux dire. Tout va s'inverser, et c'est Madrid qui deviendra l'endroit qui te semble irréel.

— Quelque chose comme ça.

Je m'y attendais, mais j'étais surprise malgré tout. Cela concordait pourtant parfaitement avec mes peurs. Il allait me briser le cœur. Il n'y avait aucun moyen de le garder. Depuis le début, je savais qu'il retournerait vers Pauline, mais j'avais aussi espéré que nous avions tissé des liens assez solides pour nous permettre de rester amis. Car nous étions amis... Je ne pouvais pas croire que nous allions ne plus jamais nous voir après ce que nous avions vécu, mais c'était ce qu'il semblait vouloir dire. Pour lui, nous n'avions été qu'un interlude. Une liaison de passage sans importance. Et bientôt je ne compterais plus du tout. C'était une douleur folle de le sentir prendre ses distances, surtout au moment où je commençais à croire en mes sentiments.

— Tu es quelqu'un d'exceptionnel, lui dis-je, tâchant de ne rien laisser transparaître dans ma voix. Tu vas me manquer.

Son expression s'adoucit.

— Il nous reste quelques jours.

— Je ne peux pas.

Je me penchai vers lui pour toucher son front avec le mien et ne bougeai plus, m'imprégnant de l'odeur de sa peau, de celle des draps tièdes, absorbant tous les détails de la chambre, puis les laissant s'effacer doucement pour n'être plus qu'une ombre. Il ne me restait plus qu'à me lever, bien droite, et à passer la porte sans me retourner.

En retournant à ma chambre, je sentis la solitude et la peur descendre sur moi comme si elles n'avaient attendu que cet instant. Elles se drapèrent sur mes épaules, familières, remplirent toutes mes poches, tous mes creux, dedans comme dehors, jusqu'à ce que j'aie presque besoin du soutien du mur pour tenir debout. En quelques secondes, j'avais reçu un coup fatal pour mon amour et je me retrouvais de nouveau seule.

Il n'était pas à toi, dit une voix dans ma tête. Peut-être, mais cela changeait quoi ? Je l'avais perdu quand même.

TROISIÈME PARTIE

Le chemin du retour

Mai 1937-février 1939

22

J'aurais dû rentrer à Saint Louis, je m'en rendis compte plus tard, pour voir ma mère et dormir dans mon ancienne chambre mansardée de McPherson Avenue. Là, j'aurais pu me débarrasser de Madrid, comme d'une fièvre. Mais j'allai à New York où, au lieu de files d'attente devant les boulangeries et de camions remplis de combattants blessés, je vis des marronniers en fleur, des nuages rosés, et des flots de taxis jaunes. Pas de blindés dans les rues, ni de grondements de Junkers dans le ciel, mais des voitures toutes propres qui roulaient allègrement vers des soirées chics. Les vitrines offraient de brillants étalages, toutes sortes de produits superflus – des robes de cocktail, des montres incrustées de saphirs, des gâteaux trop élaborés pour qu'on songe à les manger. Tout était beau. Tout était indécent.

Oui mais à New York je pouvais aider Joris Ivens. Il était là pour accompagner *Terre d'Espagne* dans les dernières phases du montage des images et du son. Les effets sonores devaient prendre aux tripes avec la même force que les images. Pour cela, il fallait faire preuve d'un peu d'imagination. Pendant plusieurs semaines, nous retrouvâmes un groupe d'ingénieurs du son dans le studio d'enregistrement insonorisé de Columbia University. Pour reproduire les bruits de l'artillerie, nous disposions d'un tuyau harmonique et d'une vessie de ballon de foot, nous claquions des doigts et tapions des pieds, nous grattions une grille métallique avec les ongles, ne nous estimant satisfaits que quand le résultat nous donnait des frissons dans le dos.

— Je vais essayer de nous avoir une projection à la Maison-Blanche, annonçai-je à Ivens quand le film fut achevé. Mme Roosevelt a hâte de voir le résultat. Tu vas l'adorer. Tout le monde l'aime, même si elle est parfois assez virulente.

— Si tu arrives à arranger ça, nous pourrions nous retrouver à Washington en juillet ou en août. Je vais en parler à Ernest, il sera ravi.

— Je vais lui écrire aussi, dis-je comme si c'était tout à fait naturel.

Je n'avais pas cessé de penser à lui, tout en me le reprochant amèrement. C'était bien bête de continuer à regretter ce que nous avions vécu et d'y accorder la moindre importance. Je me rendais d'ailleurs compte que j'avais sans doute été autant marquée par l'Espagne que par Ernest, et par l'expérience de la guerre. Là-bas, chaque jour avait été frappant, vrai et brutal. Je m'étais sentie comprise, et si utile. J'avais enfin trouvé un endroit où je pouvais être moi-même. Les gens que j'y avais rencontrés étaient ceux que j'étais destinée à connaître, et à aimer. Maintenant, c'était fini, et comment se guérir d'une telle perte ?

Je me couchais tard, fumais trop, collée à la fenêtre, le regard perdu dans la nuit, préoccupée par le sort d'Amelia Earhart. Tout le monde avait suivi les nouvelles de son tour du monde en avion, qui faisait les gros titres, en vivant à travers elle le bonheur de la liberté. Et puis elle avait disparu, ses transmissions radio étaient devenues de plus en plus faibles, entrecoupées, et s'étaient tues. Le président Roosevelt avait mobilisé la moitié de la marine américaine pour se lancer à sa recherche, une opération de secours exceptionnelle et coûteuse, mais jusqu'à présent le ciel et la mer semblaient l'avoir engloutie sans laisser de traces.

Cela me perturbait énormément et accentuait ma solitude – et ravivait mes souvenirs d'Espagne. Tout et tout le monde pouvaient disparaître à tout moment, à commencer par soi, à moins de s'entourer de gens qui vous connaissaient vraiment. Des gens solides qui sauraient être présents exactement au bon moment si la vie devenait trop rude, trop terrifiante. Qui vous retrouvaient quand vous étiez perdue et ne saviez plus rien voir, pas même vous-même dans le miroir.

La date du 8 juillet fut fixée pour montrer le film aux Roosevelt, et rendez-vous fut pris à Newark Penn Station. J'arrivai la première à la gare et attendis sous le plafond voûté carrelé de faïence bleue, agitée d'une impatience heureuse et inquiète. Quand ils arrivèrent, Ivens d'abord et Ernest ensuite, je tâchai de cacher mon malaise en plaisantant sur la qualité des menus à la Maison-Blanche. Il nous faudrait nous munir de sandwichs clandestinement – en grande quantité. Riant beaucoup, je fis semblant d'en cacher un dans ma chaussure au moment où nous montions dans le train. Mme Roosevelt était merveilleuse dans tous les domaines, assurai-je, débordante de verve et d'esprit, excepté dans la sphère culinaire. Je ne pouvais pas me permettre de cesser de plaisanter, car autrement, j'aurais risqué de fondre en larmes.

Ce soir-là, nous eûmes droit à une soupe laiteuse insipide dont je serais bien en peine de dire la composition, du pigeon caoutchouteux et de la salade ramollie par des tranches d'ananas. Ernest et moi ne fûmes pas seuls une seconde, ce qui m'arrangeait. Je n'aurais pas su quoi ressentir, ou quoi dire, ou quoi désirer.

Le film apporta une heureuse diversion. Le Président et la première dame nous firent l'honneur de se montrer très intéressés. Ils posèrent des questions perspicaces et intelligentes sur nos expériences à Madrid, tout comme Harry Hopkins, que je n'avais pas vu depuis des années. Ils s'accordaient tous pour dire que le film était très instructif et très frappant. Leur seul conseil était d'étoffer le commentaire, qu'ils estimaient trop retenu. On s'attendait à entendre une forte dénonciation du fascisme, un discours pourquoi pas propagandiste, plutôt qu'un texte subtilement allusif. Puisque le film était terminé, cette position plus passionnée pourrait être délivrée sous forme d'une intervention adressée au public avant les séances.

Ivens était ravi que la projection se soit si bien passée. Nous avions tous été invités à passer la nuit sur place, et pendant qu'Ivens et Ernest travaillaient au texte de l'intervention, j'allai frapper à la porte de Mme Roosevelt.

— Je ne sais pas comment vous remercier, dis-je en m'asseyant sur une de ses chaises spartiates. Le

Président et vous avez très bien accueilli mes camarades de tranchée.

Elle me considéra un moment, son regard me transperçant.

— J'espère que vous n'allez pas vous emballer pour lui. Hemingway semble être un homme compliqué.

Je fus tentée de protester et de lui servir un mensonge, mais à quoi bon ? Elle avait deviné sans mal ce que je m'étais si activement efforcée de cacher, aux autres comme à moi-même.

— Oui, il est compliqué et je ne me fais aucune illusion sur son compte, si c'est cela que vous craignez. La situation est impossible. Mais quand on côtoie un homme comme lui, un être passionné, un génie, en fait, et puis que soudain il n'est plus là… Eh bien, cela crée un vide, c'est bien normal, non ?

— Peut-être. Mais ce genre de vide ne peut pas se remplir uniquement avec une autre personne. Vous le savez, au moins, j'espère ?

Elle me contempla intensément, puis baissa les yeux.

— Vous devez trouver que je parle comme votre mère.

— Non. Je suis toujours heureuse de connaître votre opinion… Vous le savez bien. Vous êtes de très bon conseil.

— Pas toujours.

Il y avait un pot de vaseline sur son secrétaire. Elle y plongea les doigts et entreprit de s'en enduire les mains. C'était une femme extrêmement discrète qui n'aurait jamais évoqué sa vie privée avec moi, mais des rumeurs insistantes couraient sur le Président et ses conquêtes. Des secrétaires – celle de Monsieur, celle de Madame –, une princesse étrangère, une cousine éloignée par alliance. Si seulement la moitié des liaisons qu'on lui prêtait étaient réelles, alors elle savait ce qu'étaient l'humiliation et la perte de l'homme aimé, et elle avait su prendre le dessus et changer. Ce qu'elle vivait à présent avec F. D. n'était de toute évidence pas une union proprement dite mais un compagnonnage. Pas de l'amour.

Je tentai de m'expliquer parce qu'il était important pour moi qu'elle sache où j'en étais et ne se méprenne pas sur mon compte.

— Je n'y connais pas grand-chose en mariage, mais je sais qu'Ernest n'est pas libre. Je n'ai aucune intention de tout risquer pour lui. La situation ne s'y prête pas, et je n'en ai pas envie.

— Je suis mal placée pour vous juger. C'est à chacun de faire ses choix et d'en assumer les conséquences. Si on n'y arrive pas, eh bien, c'est le signe qu'il faut changer quelque chose.

Je la remerciai pour ses conseils, lui souhaitai une bonne nuit, puis allai dans ma chambre, où je passai un long moment à réfléchir, un livre entre les mains. Elle disait qu'il ne fallait pas construire sa vie autour d'une seule personne, et je lui donnais raison – mais peut-être ressentait-elle encore elle-même la souffrance de ne pas y être parvenue. Elle avait été profondément blessée, même si elle n'en laissait rien paraître. Elle avait aussi parlé d'assumer les conséquences de ses actes, et j'avais le sentiment qu'elle m'avait confié là une réflexion très personnelle, un minuscule indice d'une souffrance secrète, d'un regret. Elle était mille fois plus forte que moi. C'était la femme la plus solide qui puisse exister. Sa vie était vraie et digne. Et elle dormait seule.

Le lendemain matin, Ernest et Ivens partirent à Hollywood pour montrer le film le plus largement possible et mobiliser les soutiens. De mon côté, je me rendis dans le Connecticut, bien décidée à mettre en chantier un roman sur la guerre, dont l'héroïne me ressemblerait beaucoup mais serait douée de bien plus de maturité sentimentale. Il se trouve que, très vite, un rédacteur en chef de *Collier's* me téléphona pour m'annoncer une bonne nouvelle. Le magazine allait publier l'article que j'avais envoyé de Madrid. Des millions de personnes allaient lire ce que j'avais écrit et voir ce que j'avais vu.

Ce soir-là, j'appelai ma mère pour lui faire part de ma joie, avec la profonde certitude que j'étais sauvée.

— Tu es une vraie journaliste, alors, me dit-elle.

— Oui. Ils ont aussi promis de publier ce que je leur enverrais si je voulais retourner là-bas pour le magazine.

— Tu veux y retourner…

J'entendis combien cette éventualité l'effrayait et je m'empressai donc de me justifier :

— Si tu savais comme ces gens sont formidables ! Le courage avec lequel ils se battent, et la façon dont tout le monde travaille ensemble… Je crois qu'il n'y a jamais rien eu de comparable à cette guerre. Il faut absolument que j'y aille.

— Seule ?

Je ne lui avais pas parlé d'Ernest directement, mais son nom surgissait si souvent dans les lettres que je lui avais envoyées d'Espagne qu'elle en avait tiré des conclusions.

— Je ne sais pas.

— Bien, j'espère que tu feras ce qu'il y a de mieux pour toi.

Ce conseil ressemblait fort à celui que Mme Roosevelt m'avait donné. J'aurais voulu croire comme elles en ma sagesse, mais à dire vrai j'avais déjà complètement perdu pied. Le mariage d'Ernest était peut-être un garde-fou, mais cela me sauverait-il vraiment quand l'amour était un océan, et qu'il suffisait d'un seul verre de cette eau pour m'y noyer ?

Il me sembla préférable de rester dans le concret :

— *Collier's* va m'envoyer tout ce qu'il me faut, une carte de presse et mon insigne de correspondant de guerre. Je suis tellement heureuse, maman. Je sais que tu t'inquiètes, mais c'est exactement ce dont je rêvais. Je t'en prie, réjouis-toi pour moi.

— Mais bien sûr. Absolument.

Dès que j'eus coupé la communication, j'eus envie d'appeler Ernest pour lui faire part de la bonne nouvelle. Il avait cru en moi dès le début. Tout à fait indépendamment de ce qui s'était passé – ou pas passé – entre nous, il m'avait encouragée à écrire et avait vu que j'avais de l'avenir dans le journalisme bien avant que je ne m'en rende compte moi-même. Je voulais aussi lui dire que je retournais à Madrid, bien sûr, parce que, même si la situation était compliquée, j'avais beaucoup de mal à m'imaginer aller en Espagne sans lui. Je gardai le combiné dans la main un long moment, la tonalité dans l'oreille, un bourdonnement qui partait tous azimuts sans se connecter à personne. Et puis je raccrochai en le reposant doucement sur son socle, et partis faire une longue promenade, espérant m'éclaircir au moins un peu les idées.

Moins de vingt-quatre heures plus tard, presque comme si Ernest avait lu dans mes pensées ou qu'il avait perçu mon dilemme comme on sent venir l'orage, je reçus un télégramme. Hollywood s'était entiché du film. Le monde du show-business les avait inondés d'argent partout où ils allaient, et ils avaient déjà réuni vingt mille dollars. *CE QUI FAIT 20 AMBULANCES POUR LE FRONT D'ICI QUELQUES SEMAINES*, écrivait-il. *VIENS DE RETENIR MON PASSAGE LE 17 AOÛT DEPUIS NY SUR LE* USS CHAMPLAIN. *REJOINS-MOI PAR AUTRE BATEAU. DIS OUI.*

23

Je retrouvai Ernest à Paris, au Café de la Paix, un après-midi de la fin août. Il avait mis la main sur Matthews et l'avait emmené avec lui. Nous tombâmes dans les bras l'un de l'autre, parlant ensemble sans nous arrêter et nous dévorant des yeux, un immense sourire aux lèvres. Nous commandâmes deux douzaines d'huîtres et assez de vin rouge pour noyer un bœuf, et nous restâmes des heures durant épaule contre épaule, alors que les serveurs et tout le monde dans l'établissement voulaient nous voir partir.

Cette fois, il ne fut pas question d'aller en Espagne clandestinement ni de passer par des chemins glacés. Nous eûmes droit à un mode de transport moderne et rapide. Une fois arrivés à la frontière entre l'Andorre et l'Espagne, nous fûmes pris à bord d'un petit avion chargé de ravitaillement s'arrêtant d'abord à Valence, puis en Aragon, sur le front tenu par les loyalistes. La plus grande partie de l'Espagne était maintenant sous le contrôle de Franco. Bilbao était tombé ainsi que Saint-Sébastien puis, en progressant vers l'ouest, tout le Pays basque espagnol. Notre camp remportait encore quelques petites victoires, mais cher payées. Lors de récents combats au sud de Saragosse, les loyalistes avaient réussi à libérer la ville de Belchite – ou du moins ce qu'il en restait.

La fumée ne s'était pas encore dissipée à notre arrivée. Les ruines se couvraient d'une brume un peu irréelle, mais ce que l'on voyait était terrible. Les loyalistes avaient gagné cette bataille, certes, mais il fallait à présent extraire les morts des décombres, souvent à mains nues. Les hommes emportaient les corps et les regroupaient en attendant que des fosses soient creusées pour les enfouir. Par endroits, les cadavres s'entassaient sur une hauteur de deux mètres cinquante, malheureux visages ravagés, pieds et mains poussiéreux et tordus. Et l'odeur, cette odeur dont j'avais espéré ne pas me souvenir plus tard quand je ferais le récit de cette journée. Cela m'avait rendue malade, et donné un sentiment d'impuissance terrifiée – heureusement, je n'étais pas seule.

Dans les rues étroites, les tirs de mortier avaient poussé les maisons hors de leurs fondations. Elles versaient, se penchaient les unes sur les autres. Nous avancions sous un brûlant soleil de fin d'été, à travers un air lourd, orange de poussière. Des bouts de papier voletaient autour de nous, et nous devions enjamber toutes sortes d'obstacles – des persiennes arrachées aux fenêtres, un vélo écrasé. Des chaises de café réduites en miettes. Au milieu de la chaussée, une grosse machine à coudre noire était couchée sur le flanc, comme si elle était sortie en rampant dans la rue pour mourir.

Robert Merriman avait par miracle été épargné. Dans le civil, il était professeur d'histoire à Berkeley, mais, en Espagne, il était chef d'état-major de la XVe Brigade, et avait mené l'assaut final. Il avait reçu à dix reprises des éclats de grenade au visage et au cou, aux mains, aussi, mais il ne prêtait pas attention à ses blessures, pourtant sanglantes et cruelles, comme de la viande crue. Sous la tente de l'hôpital de campagne, il me raconta qu'il était parti de Quinto à pied avec ses hommes, qu'ils avaient progressé parfois en rampant pour encercler Belchite sans soutien matériel et gagner le contrôle du centre de la ville par la seule force de leur volonté.

— Un combat au porte-à-porte, nous rapporta-t-il, les vêtements encore noirs de suie et de poussière. Nous allions de maison en maison en lançant des grenades pour avancer. Je n'avais qu'un but en tête : prendre la cathédrale.

— Vous avez laissé du sang en cours de route, remarqua Ernest avec une profonde admiration.

— Presque rien. Les hommes ont fait de leur mieux. Ils ont été extraordinaires.

Nous pouvions le constater par nous-mêmes. Ils s'étaient battus avec leurs dernières ressources et maintenant s'occupaient de leurs morts avec un respect proche du sacré. En bas de la colline, le long d'un ruisseau peu profond, des soldats s'étaient mis torse nu pour s'efforcer de nettoyer le sang et la terre qui maculaient leur visage et leurs mains. Des Américains. J'entendais dans leurs voix chanter l'Ohio, le New Jersey et la Californie, et pendant qu'Ernest discutait avec Merriman, absorbés qu'ils étaient tous les deux par leur admiration mutuelle et les souvenirs des batailles du passé, je descendis à la rivière et m'approchai d'un jeune homme qui se tenait un peu à l'écart.

Il ne nous fallut pas longtemps pour découvrir que nous venions tous deux du même quartier de

Saint Louis et que sa mère avait été une patiente de mon père. Quand je lui demandai ce qui lui manquait le plus quand il pensait au pays, il n'eut aucune hésitation :

— Creve Cœur. Juste avant mon départ, ma petite amie et moi, nous avons pique-niqué là-bas, au bord du lac. Nous y sommes restés toute la journée.

— C'est aussi un des endroits que je préfère. Vous connaissez la cascade ? Sous le saule pleureur ?

— Oui, répondit-il, son visage exprimant cent émotions à la fois. C'est là que nous allions.

Je ne pus que sourire, parce que je revoyais tout si bien, comme si j'y étais, le plus beau jour de l'année, le soleil semblable à du beurre fondu, ma mère près de moi dans l'herbe haute, des milliers d'insectes tournoyant dans l'air.

— Vous y retournerez, lui dis-je.

— Ça m'étonnerait.

— Si, si, je vous assure. Vous irez là-bas un beau jour de printemps avec des sandwichs œufs mayonnaise et de la citronnade dans un panier. Vous cueillerez peut-être du muguet. Moi, c'est ce que je ferais.

— J'aurais dû lui demander de m'épouser, dit-il, les larmes aux yeux.

— Il n'est pas trop tard. Vous lui offrirez le muguet. Elle dira oui.

Ses lèvres se mirent à trembler.

— C'est une jolie image.

— Ce n'est pas qu'une image, insistai-je, espérant de tout mon cœur que j'avais raison, qu'il rentrerait chez lui sain et sauf et vivrait cet heureux dénouement. C'est ce qui va arriver.

En retournant à la tente hôpital un peu plus tard, et me sentant pleine d'un étrange bonheur mêlé de tristesse, je me souvins de ce que mon père m'avait dit un jour en prenant entre ses mains un crâne humain qu'il conservait sur une étagère de son cabinet.

« Ce sont ces os plus que tous les autres qui nous séparent le plus les uns des autres. Nous ne pouvons jamais vraiment nous connaître, entrer en contact, malgré tous nos efforts. »

Je devais déjà avoir quelques doutes sur sa philosophie de la vie à cette époque lointaine, mais je fus frappée ce jour-là par la certitude que j'avais appris toutes sortes de choses depuis. Contrairement à lui, je savais que nous étions tous reliés. Nous avions tous une vision de la vie très personnelle, mais chaque fois que nous nous frottions les uns aux autres, ne fût-ce qu'un instant, nous en ressortions transformés.

— Où étais-tu passée ? me demanda Ernest lorsque je le rejoignis.

— J'ai fait un tour à Saint Louis.

Il crut que je plaisantais.

— Ça fait un sacré bout de chemin !

— C'est moins loin que tu ne crois.

24

À Madrid, nous reprîmes les mêmes chambres à l'hôtel Florida, et retrouvâmes nos vieilles habitudes comme si nous n'en étions jamais partis. Ernest et moi redevînmes amants sans dire un mot. Il ne prononçait jamais le nom de Pauline, et moi pas davantage. Des lettres d'elle et de ses trois fils couvraient son bureau, et il ne faisait jamais mine de les cacher. Leur fonction était de me rappeler la limite qu'il avait posée dans son télégramme, une réalité que nous ne mentionnions jamais, ne regardions jamais en face. *REJOINS-MOI PAR AUTRE BATEAU. DIS OUI.*

J'avais dit oui. Et quand on disait oui, il fallait accepter la contrepartie.

Nous vivions tout de même ce que nous avions à vivre, ici et maintenant. Le soir, je filais à la Telefónica pour envoyer mes dépêches, les balles sifflant à mes oreilles, ne regardant que mes pieds et la route poussiéreuse et rien d'autre. Mon rédacteur en chef à *Collier's* m'avait envoyé un télégramme pour me féliciter de mon travail, et m'apprendre que mon nom allait être ajouté dans l'ours. Nous fêtâmes l'officialisation de mon statut chez Chicote puis au

Gaylord, avec du très mauvais sherry et du gin encore plus mauvais. Plus tard, les traînards migrèrent dans la chambre d'Ernest pour se restaurer de conserves réchauffées, de sardines à l'huile au goût salé et marin, de soupe de pommes de terre, de haricots blancs et de corned-beef. Un repas arrosé de café dilué avec un lait condensé qui collait aux bords des quarts en émail. On faisait des trous dans la boîte à coups de canif.

Tard dans la soirée, la conversation tourna sur Hollywood et quelques commérages que nous avions glanés à droite à gauche, ou que nous inventions. Nous ne parlions pratiquement jamais de ce qui s'était passé pendant la journée. Ni des brigades, ni de l'offensive, ni de la boue, ni de la fumée. Pas plus du champ de bataille, où les cadavres cireux gisaient sous la pluie. Pas non plus de la ville qui n'était plus que ruines, pas davantage de la maison encore debout le matin et qui n'était plus qu'un amas de briques et de bois déchiqueté le soir. Pas du verre pilé, des tissus et du papier réduits en bouillie, du plâtre écrasé en poussière blanche.

Juste après minuit, nous entendîmes les tirs de mortier recommencer avec leur ponctualité coutumière. Ernest, qui était assis sur son lit, se leva pour aller ouvrir les fenêtres. Ainsi, elles ne se briseraient pas. J'allai tourner la manivelle du petit gramophone et du Chopin monta dans la pièce. Les premières mesures de la *Mazurka en do majeur*.

— J'adore cet air, déclara Matthews, les genoux ramenés contre sa poitrine, l'air très jeune et optimiste.

— Ça n'est pas de la musique militaire, dit Ernest.

— Voilà, exactement.

— J'ai envie de le réécouter, intervins-je.

— Le morceau n'est pas encore terminé, remarqua Ernest avec un demi-sourire.

— Non, mais à la fin je veux qu'on le remette.

Un soir, une partie du groupe se mit à discuter de ce que nous ferions ensuite. J'avais beaucoup de mal à penser au moment où j'allais quitter Madrid, et à tout ce que cela entraînerait, mais Ernest semblait avoir déjà fait ses valises. Son nouveau roman, *En avoir ou pas*, était sur le point de sortir, et il attendait avec impatience le chiffre des ventes et les critiques.

— Les critiques seront sûrement meilleures, cette fois, dit-il.

C'est-à-dire meilleures que celles qu'il avait reçues pour *Les Vertes Collines d'Afrique*, son long récit d'un safari au Kenya, qui rassemblait autant de références littéraires que d'histoires de chasse. J'en avais en effet lu certaines, et me souvenais en particulier des commentaires goguenards de John Chamberlain dans sa chronique du *Times* : « Ainsi, M. Hemingway règle son compte d'un seul coup à une grue blanche et à la symbolique de Moby Dick. » J'étais déjà une si fervente admiratrice du travail d'Ernest que j'avais bouilli intérieurement, furieuse pour lui.

— Au moins, on ne passe pas tes livres sous silence, commenta Matthews. C'est souvent ce que redoutent les écrivains, non ?

— C'est vrai, approuvai-je. D'abord, on veut à tout prix être publié pour pouvoir continuer à écrire.

Ensuite, on ne vend rien, personne ne vous lit, et on réalise qu'on a fait beaucoup d'efforts pour rien.

— Maintenant que tu as *Collier's* dans la poche, le journalisme sera ton filet de sécurité, intervint Ernest. C'est ce métier qui m'a toujours permis de voir venir.

— Nous ne sommes pas du tout dans la même situation. Ici, je peux écrire des choses utiles, mais quand je rentrerai on ne me proposera de nouveau plus que les rubriques « féminines ». Toi, tu auras toujours le choix, ajoutai-je, me rendant compte que je devenais agressive, mais sans pouvoir m'arrêter. Tu n'écriras jamais un livre qui ne sera pas un best-seller, quoi que disent les critiques.

— Grâce à mon travail !

Il me toisait, me défiant du regard, et je compris soudain que nous parlions de l'avenir, du sien qui était plus prometteur que jamais, et du mien, plein d'incertitudes. *En avoir ou pas*, un titre qui disait à peu près tout.

— Et toi, tu vas faire quoi ? me demanda Matthews, essayant intelligemment de changer de sujet.

— Une association me propose d'aller donner quelques conférences sur l'Espagne aux États-Unis. C'est très bien payé, et j'aiderai la cause par la même occasion.

— Tu plaisantes, j'espère ! s'insurgea Ernest.

— Je ne vois pas de raison de refuser.

— Bien sûr, jeta-t-il d'un ton méprisant. Si ça ne te dérange pas de profiter de la situation pour gagner de l'argent, il n'y a aucun problème, évidemment.

Je le contemplai une seconde, hébétée par cette attaque soudaine. Il me parlait comme si nous étions des adversaires, pas des amis. Et encore moins des amants.

— Pourquoi faire semblant, après tout ? continua-t-il. Même en temps de guerre, une putain est toujours une putain.

Matthew me jeta un regard d'avertissement mais trop tard. La gifle était déjà partie.

Le regard d'Ernest brillait, comme s'il avait réussi quelque chose, ou me mettait au défi de recommencer. Je n'en fis rien. Je tournai les talons et sortis du bar en courant, ne m'arrêtant qu'une fois derrière ma porte. Sans me donner la peine d'allumer la lumière, je me versai un verre que je bus en tremblant. J'entendis frapper.

— Marty, ouvre. Laisse-moi entrer.

Je restai assise au bord de mon lit, pétrifiée. Après cette scène, il n'était pas question que je lui ouvre. Mais il se mit à appeler plus fort, à tambouriner contre la porte en criant mon nom, et je compris que, dans son état, il ne pensait plus ni au tact ni à la discrétion.

— Arrête, sifflai-je en ouvrant brusquement la porte.

Mais il ne songeait pas à arrêter. Il me cria des insultes, me dit avoir cru que j'étais un vrai écrivain, mais qu'il était maintenant clair que je ne courais qu'après l'expérience. Je me servais probablement de lui depuis le début.

— Comment ? C'est moi qui me sers de toi ?

Incapable de me retenir, je voulus de nouveau le gifler. Il me bloqua le bras, et, dans la bagarre, la lampe fut projetée par terre. Elle explosa en projetant des milliers d'éclats. Nous contemplâmes les dégâts en nous lançant des coups d'œil, effrayés, je pense, de voir à quel point nous déclenchions chez l'autre des réactions passionnées en quelques secondes.

— Il vaut mieux que je te laisse, dit-il.

Je restai là, en colère, les vibrations du choc continuant à se propager dans la chambre.

Le lendemain au réveil, j'avais l'impression d'avoir les épaules et le cou pris dans du béton. Je dus faire un gros effort pour me lever et sortir de l'hôtel. Je passai la journée à déambuler dans Madrid en compagnie d'une petite équipe d'architectes et de maçons chargés d'inspecter les bâtiments touchés par les obus, pour voir lesquels pouvaient être sauvés. Ils jugeaient l'état des fondations, mesuraient l'ampleur des dégâts et évaluaient les risques.

Je suivais le mouvement, encore furieuse de ce qu'Ernest avait dit. Comment pouvait-il croire que je me servais de lui ? Pensait-il que je voulais faire carrière sur son dos, que j'étais intéressée ? Cette idée me paralysait et me rendait folle de rage, mais je n'avais à m'en prendre qu'à moi-même.

— Nous devons arrêter cette histoire tout de suite, dis-je à Ernest quand nous nous retrouvâmes seuls dans sa chambre après le dîner.

— Tu dis ça à cause d'hier soir. Je suis désolé, Marty, je ne sais pas ce qui m'a pris.

— Peu importe. Je me suis promis de ne plus jamais me mettre dans une situation pareille.

— Moi aussi. C'est curieux comme on reproduit

toujours les mêmes erreurs. Je voudrais pouvoir remarquer moins de choses et avoir mauvaise mémoire. Je dormirais beaucoup mieux.

— Je ne suis pas du genre qui oublie. J'ai toujours été comme ça.

— Tu es de quel genre, alors ?

— Je voudrais bien le savoir. J'essaie de le comprendre, mais ça n'est pas très glorieux pour l'instant.

Un silence se fit, si profond que j'aurais pu entendre les ombres craquer dans les coins.

— Je voudrais pouvoir t'épouser. Je le ferais, tu sais. Il n'y a pas une seule femme qui t'arrive à la cheville.

Après avoir prononcé ces mots à voix basse, il se tut, et ce fut de nouveau le silence. Un silence presque insoutenable. En vérité, j'avais déjà souvent imaginé cette possibilité. J'avais construit pour nous un endroit imaginaire, quelque part, une oasis où nous écririons et parlerions de livres, ferions l'amour, boirions du sherry, et ferions la sieste au soleil. Mais c'était un rêve, et l'idée d'un mariage, évoquée ainsi à voix basse dans le noir alors qu'il était déjà marié, avait encore moins de réalité, n'était même pas un nuage. C'était une chimère. Un mirage.

Il était le mari de Pauline, et moi, je n'avais jamais été la femme de personne.

— Je ferais mieux de partir, dis-je.

— Je t'en prie, ne me laisse pas. Je t'aime et je sais que tu m'aimes aussi.

— Je préférerais que ça ne soit pas le cas, répondis-je, la gorge nouée, retenant mes larmes. L'amour ne résout pas tout. Ce n'est pas la solution. Ce n'est pas comme une sorte de balise qui nous qui indiquera le chemin. Ce n'est rien de tout ça.

— Non. Non, je le sais bien. Mais qu'avons-nous d'autre ?

Il m'embrassa, et moi je pouvais à peine respirer. *Rien*, avais-je envie de lui crier, mais nous le savions très bien tous les deux.

25

Parfois, le seul antidote à la souffrance est de s'en infliger encore un peu plus. Pendant nos dernières semaines à Madrid, nous fîmes l'amour tous les jours, parfois deux fois dans la même journée, comme des désespérés cherchant l'inaccessible dans le corps de l'autre. Son lit était une table d'opération, et ce que nous faisions, de la chirurgie à cœur ouvert. C'était atroce. Cela finissait trop vite.

— Dis-moi quelque chose, dis-je à voix basse sans le regarder.

La nuit était si calme que j'entendais le sang courir dans mes veines, les arrêts et les amorces de chaque respiration. Au-dessus de nos têtes, les murs se rencontraient délicatement comme les angles d'un cadre de tableau.

— Dis-moi n'importe quoi.

Il leva sa grande tête carrée de la taie d'oreiller froissée puis la reposa, prenant le temps de la réflexion.

— Aujourd'hui, commença-t-il enfin, je me disais que ce serait vraiment formidable si en nous réveillant nous pouvions nous retrouver à Paris.

Sa voix semblait venir du fond de sa gorge. Le drap

était entortillé autour de sa poitrine, serré comme un garrot.

— Ah, si nous pouvions vivre des années dans un appartement à Saint-Germain-des-Prés, minuscule et lumineux. Mais nous n'aurons jamais Paris. Pas comme il faudrait.

— Nous ne vivrons pas non plus à Nice ni à Saint-Moritz, poursuivis-je, entrant dans ce jeu des occasions manquées, de l'avenir jeté à tout vent par joyeuses poignées. Nous ne boirons pas de cocktails au champagne avec des tranches de fruits roses. Nous ne vivrons pas à Monaco non plus. Je suis bien certaine que nous ne vivrons jamais à Monaco.

— Ni à Cuba. Si tu voyais La Havane, la couleur des maisons, et le Morro, et le Gulf Stream. Je te montrerais comment préparer un vrai daïquiri avec beaucoup de citron vert et pas de sucre, et on resterait dehors toute la nuit, sous les palmiers, dans le vent tiède.

Je gardai le silence un moment, les yeux tournés vers notre haut plafond parcouru de fissures qui s'élargissaient de jour en jour. Le temps gagnait toujours la partie, parce que c'était ainsi, et le serait toujours, de toute éternité. Mais nous changions la donne. Nous brisions les entraves. Nous jetions l'amour dans le feu avant que les flammes aient le temps de s'en saisir.

— Nous n'aurons jamais de maison à nous, ni deux bons fauteuils côte à côte et des tonnes de livres, dit-il.

— Nous ne ferons pas la grasse matinée au lit en pyjama. Nous ne ferons rien de ce que les gens ordinaires et heureux aiment faire. Nous n'aurons pas des années pour apprendre à nous connaître par cœur. Pas d'enfants.

Il eut un petit hochement de tête et ajouta :

— Parfois, j'ai l'impression que nous avons déjà vécu une vie entière ensemble. Parce que tout ça ne nous arrivera pas. Je ne sais pas si tu comprends.

Je comprenais très bien, au contraire. C'était l'impression que me donnait tout ce que je voyais autour de moi. L'Espagne tombait, et nous tombions avec elle. Mais la défaite s'accompagnait de moments de bonheur intense, et le sentiment d'être vue, d'être comprise, d'avoir été découverte. Il n'y avait peut-être pas d'avenir pour nous, mais le temps se concentrait en ce seul point inoubliable. C'était un peu d'infini. La seule permanence peut-être qui vaille la peine d'être vécue.

Quoi qu'il arrive désormais, Ernest et Madrid et cette guerre épouvantable et extraordinaire seraient indissociablement mêlés en moi, à l'histoire de ma vie.

Je ne les garderais pas, c'était impossible. Mais ils seraient tout de même à moi.

26

Nulle part en Espagne il n'avait eu aussi froid qu'à Teruel. La neige tombait par bourrasques, poussée par un vent qui hurlait comme un animal blessé. Ernest, à l'abri d'un amas de roches glacées, était embusqué avec Matthews et Delmer pour observer l'avancée des troupes loyalistes. Le premier objectif était la Muela, « la Dent », une crête d'aspect étrange à l'extérieur du village, truffée de mines et de pièges antichars, et occupée par un important contingent de nationalistes, mais, espérait-on, plus pour longtemps.

Cette offensive-surprise menée par les loyalistes avait été longue à préparer. La fin serait tout aussi longue à venir, surtout par ce temps. Il faisait tellement froid que, parfois, laissant le terrible assaut se poursuivre sans eux, ils allaient se réfugier dans un wagon de chemin de fer garé dans un tunnel désaffecté, où ils buvaient quelques gorgées de brandy et dégourdissaient leurs mains. À l'abri du vent, le froid était à peu près tolérable. Il y avait un sac de jute rempli d'oranges gelées. Pour les manger, il fallait les présenter à une flamme et les laisser ramollir entre les paumes. Quand ils retournaient à leur poste d'observation devant la crête, il sentait l'essence d'agrume sur ses mains, et le goût de sucre caramélisé de l'orange dans sa bouche. C'était presque meilleur que le brandy, mais pas tout à fait.

Le quatrième jour de l'offensive, les loyalistes parvinrent enfin à libérer Teruel, et, avec Matthews et Delmer, il put monter dans le convoi de chars et de camions qui entrait dans le village. C'était la première fois qu'Ernest voyait une population se rendre, et il ne trouva pas tout de suite que la victoire était une expérience bien agréable à vivre. Les villageois sortaient des maisons à pas lents, hésitants, terrorisés, mais dès qu'ils comprenaient qu'on n'allait pas leur tirer dessus, ils se mettaient à donner des tapes amicales dans le dos des soldats. Une vieille femme apporta de chez elle une cruche en céramique pleine de vin de la Rioja fruité qu'elle avait produit elle-même, et en versa dans tous les quarts qui se tendaient, distribuant son magnifique sourire édenté.

Après la prise de Teruel, Ernest se rendit à Barcelone pour passer Noël avec Marty. Elle reprenait le bateau pour l'Amérique le lendemain, et il ne savait plus que dire. Ils avaient déjà discuté de la situation pendant des heures, et rien n'atténuait le fait qu'ils partaient dans deux directions différentes, qui les sépareraient peut-être pour toujours. Alors il la prit dans ses bras. Il croisa les doigts sous ses cheveux, s'imprégnant de son parfum. Il lui dit au revoir tout doucement dans le cou. Il dut le redire cinq ou six fois, mais il lui fallut quand même rassembler tout son courage pour la lâcher.

Une semaine plus tard, alors qu'il faisait escale à Paris avant de rentrer en Amérique, il trouva Fife qui l'attendait à l'hôtel Élysée. La tempête de neige était presque aussi violente qu'en Espagne, et Fife était dans tous ses états parce qu'elle se faisait un sang d'encre depuis des jours, car les télégrammes qu'elle lui envoyait à Madrid, où elle le croyait encore, restaient sans réponse. Dès qu'il la regarda vraiment dans les yeux, il comprit pourquoi elle était venue. Les voyageurs qui passaient par Madrid en allant à New York avaient la langue bien pendue et peu de scrupules. Elle avait sans aucun doute entendu toutes sortes de rumeurs. Peu importait au fond de savoir qui l'avait mise au courant, car le résultat était le même : Fife savait, et il allait devoir livrer bataille sans l'avoir voulu, on lui forçait la main. D'une certaine façon, les rangs s'étaient déjà formés sans lui, parce qu'elle avait eu toute la traversée pour réfléchir à ce qu'elle allait lui dire. C'était une grenade dégoupillée, sur le point d'exploser.

Elle lui lança un ultimatum. S'il n'avouait pas, elle sauterait du balcon.

Ernest était près du lit quand Fife avait proféré cette menace. Il la vit ouvrir la porte-fenêtre et grimper, pieds nus, sur le garde-corps de fer forgé. La neige, qui tombait alors fort et dru, s'accrochait à ses cheveux noirs. Elle avait l'air de souffrir, d'être prête à tout, et lui se sentait pris au piège. Sans doute n'avait-elle pas vraiment l'intention de sauter, mais on ne savait jamais ce que quelqu'un était capable de faire dans ce genre de situation. N'en avait-il pas abondamment apporté la preuve dans sa propre vie ?

Fife oscilla sur son perchoir pendant un long moment, sans plus pleurer, sans lui faire de reproches, attendant simplement qu'il lui réponde. Ils se firent face ainsi quelques secondes qui comptèrent pour des années, et il ne put que persister dans son mensonge. Elle avait tout compris de travers, lui jura-t-il. Quelqu'un lui avait raconté d'épouvantables bêtises, et la fille en question n'était qu'une amie, une copine de tranchée.

— Une copine de tranchée ? persifla Fife. Tu ne crois tout de même pas que je ne sais pas de qui on parle ? Elle est trop jeune pour toi. Et de toute façon, elle n'a aucun talent.

Oui, il se souvenait de la soirée passée ensemble à Whitehead Street autour d'un verre dans le jardin. Ces gens, il ne les connaissait pas, et ils n'avaient rien à voir avec eux. Il tint bon, et ne revint pas sur son mensonge. Alors, lentement, même si son expression ne s'adoucissait pas, elle descendit de la balustrade et alla dans la salle de bains, où elle se passa de l'eau sur le visage et se changea pour la nuit. Elle ressortit, calme comme une enfant, se glissa sous l'édredon et s'endormit.

Le lendemain, l'atmosphère était toujours tendue, et le surlendemain aussi. Il se sentait si mal qu'il alla voir un médecin qui le trouva en mauvais état, son foie, surtout, et lui dit qu'il devait arrêter de boire, ou au moins réduire de moitié sa dose actuelle. Il lui prescrivit une cure de Chophytol, qui avait un goût horriblement amer mais était censé l'aider à éliminer, et un autre médicament, le Drainochol, encore plus mauvais. Fife avait dû décider de le croire, ou au moins de faire semblant. Il ne savait trop ce qu'elle pensait, mais ils restèrent encore une douzaine de jours à Paris, ayant enterré la hache de guerre, sans pour autant beaucoup se parler. Ils repartirent pour l'Amérique à bord du

Gripsholm *par gros temps. Ironie du sort, le hasard voulait que ce soit le même bateau qu'ils avaient pris pour leur voyage en Afrique quatre ans plus tôt. Rien n'aurait pu être plus différent que cette traversée, en particulier dans la tête d'Ernest.*

Fife ne quitta pas sa couchette, souffrant du mal de mer, tandis que, sur le pont, il soutenait les assauts du vent, giflé par les embruns, se demandant comment il allait se sortir de ce pétrin, et même supporter une nouvelle nuit puisque la seule chose dont il avait vraiment besoin, et qui lui était interdite, bon sang, c'était de boire un verre ou deux ou trois.

On disait parfois que Dieu n'affligeait jamais personne au-delà du supportable, mais il n'y avait rien de plus faux. S'il était vraiment malin, il se jetterait tout de suite par-dessus bord pour en finir, car non seulement il devait porter un fardeau beaucoup trop lourd, mais on lui demandait aussi de reculer au lieu d'avancer dans sa vie. Comment pouvait-il voir les choses autrement alors qu'il avait vécu la même situation des années plus tôt, cette fois avec Hadley ?

Fife devait voir le parallèle, elle aussi. Forcément, puisqu'à l'époque c'était avec elle qu'il était parti, et qu'elle n'avait eu aucune hésitation à le prendre, à tout prix et tant pis pour les autres. Juste retour des choses ? C'était à elle de voir. Lui aussi devait faire son examen de conscience, même s'il n'y comprenait pas grand-chose. Si cette même terrible histoire pouvait lui arriver deux fois, c'était peut-être parce que quelque chose ne tournait pas rond dans sa tête, peut-être depuis le début. Sa mère et son père l'avaient bien abîmé, ou alors c'était lui le seul responsable. Soit il ne pouvait pas être heureux avec une seule femme, soit il n'avait pas encore trouvé celle qui lui convenait.

Impossible à savoir. En fin de compte, qui n'était pas complètement paumé dans sa vie amoureuse ?

27

Ma tournée de conférences devait traiter des leçons à tirer de la guerre. C'était du moins le sujet que je croyais m'être engagée à aborder. À mon retour aux États-Unis, je pris le projet à bras-le-corps et me lançai dans le grand circuit qui devait me conduire à donner vingt-deux conférences en un mois, zigzaguant en train sans ordre ni raison d'État en État. Je me rendis compte que personne ne voulait m'entendre chanter les louanges des volontaires des Brigades internationales et saluer leur dignité et leur noblesse. On ne voulait pas m'entendre dire que Franco était un boucher et un fou, ni remettre en cause la neutralité de l'Amérique. En un mot, personne ne voulait de la vérité.

Il n'y avait pas occupation plus solitaire, découvris-je bientôt, que de donner des conférences. Ville après ville, je m'adressais à des rangées de spectateurs qui ne me répondaient pas. J'avais une heure, et une heure seulement, pour leur communiquer tout ce que j'avais appris, et ce avec assez d'efficacité et de passion pour les secouer et leur faire comprendre ce qui se passait dans le reste du monde. J'étais incapable de cacher mon désespoir et l'urgence de la situation, mais les gens se contentaient d'acquiescer à tout, et enfouissaient mes avertissements sous leur mouchoir. Quand on venait me serrer la main à la fin, on me félicitait de ma force de conviction, alors que j'aurais voulu faire peur. La situation en Espagne était grave, et si quelque chose ne changeait pas radicalement, et très vite, nous serions tous directement concernés par la guerre. Cela n'empêchait pas mes auditrices de déguster les canapés au cresson puis de rectifier leur rouge à lèvres d'une main ferme.

J'avais envie de hurler, mais qui allait m'entendre ? À chaque conférence l'enjeu me semblait plus important et ma frénésie de convaincre et mon désespoir ne faisaient que croître. Je perdis sept kilos parce que plus rien n'avait de goût. Je ne fermais plus l'œil, et il m'arrivait souvent d'appeler ma mère tard le soir pour lui confier mon envie de tout arrêter.

« Les Gellhorn honorent leurs contrats, Martha, insistait-elle. Tu vas bien arriver à tenir jusqu'au bout. »

Mais ce me fut impossible. Je finis par renoncer à mes cachets, que je m'étais pourtant promis d'envoyer en grande partie en Espagne, et entrepris de mettre sur pied un séjour à Barcelone, où je comptais me rendre seule en empruntant l'argent du voyage. Les nouvelles que nous recevions d'Espagne étaient plus accablantes de jour en jour. L'armée de Franco avançait inexorablement vers la Méditerranée, dans un mouvement qui couperait Barcelone de Valence et de Madrid. Les Heinkel pilonnaient les villes sans relâche avec une telle masse de bombes que les rues ruisselaient de sang. C'était la défaite sur presque tous les fronts pour l'armée loyaliste, qui se retirait, suivie par de longs convois de réfugiés. Les hôpitaux se remplissaient d'orphelins aux yeux hagards, si choqués qu'ils ne pleuraient même plus.

Une nouvelle grande guerre s'annonçait, de plus en plus inévitable, et l'Espagne était à genoux. J'étais si horrifiée, si malheureuse, si vide, si diminuée, que j'eus la faiblesse d'envoyer un mot à Ernest. J'adressai mon message à Key West, non pas chez lui mais chez Sloppy Joe, son bar préféré, certaine que le télégramme y trouverait son destinataire, ce en quoi je ne me trompais pas.

— Une dernière fois, lui dis-je quand il répondit par un coup de fil à Saint Louis. La fin va être terrible, et nous devons être là.

Ma voix tremblait, ce qui risquait de lui faire peur. Je m'effrayais moi-même. J'avais préparé quantité d'arguments, et n'aurais eu aucune honte à le supplier pour le convaincre, mais il dit seulement :

— Quand tu atterriras à Barcelone, fais-le-moi savoir, et je te retrouverai.

Je me sentis mieux à l'instant. Mon cœur cessa sa sarabande. Je respirai mieux.

— D'accord.

— Et aussi, Marty…

— Oui ?

— Quand cette guerre sera finie, viens vivre avec moi à Cuba. Tous les pays que nous aimons courent à leur perte. Rien ne sera plus comme avant.

J'étais tellement épuisée que les larmes vinrent toutes seules.

— Nous avions dit que nous ne vivrions jamais à Cuba.

— C'était seulement pour se donner du courage, non ? Je ne sais pas si je peux vivre sans toi, en fait.

Quel choc ! Bien sûr, je ressentais la même chose, et depuis longtemps, mais ce genre de désir signifiait-il quelque chose ? L'expression d'un besoin. Il ne me promettait rien parce qu'il n'était pas en mesure de le faire.

— C'est difficile de faire des projets pour l'instant, lui dis-je. J'ai l'impression que personne ne pourra plus être heureux avant longtemps. Quand la guerre va vraiment éclater partout, ce sera épouvantable, monstrueux. Tu as lu comme moi ce qu'on dit sur Hitler ces derniers temps. Il est même pire que Franco.

— C'est exactement pour cela qu'il ne faut compter que sur soi-même. Tu es la femme la plus forte que j'aie jamais connue. S'il faut vivre retranché dans son terrier, je ne veux le partager avec personne d'autre que toi.

J'étais trop remuée pour lui répondre. Nous raccrochâmes peu après, et j'allumai nerveusement une cigarette, méditative, pleine de doutes. *Cuba* et *Ensemble*. Y avait-il plus improbable que cet assemblage de mots ? *Bonheur* et *Paix*, peut-être. Cet avenir où nous serions ensemble dans notre abri, en sécurité.

QUATRIÈME PARTIE

Des terriers et des abris

Février 1939-janvier 1940

28

Dès l'instant où je descendis du ferry à La Havane, je fus assaillie par les assauts d'un soleil exubérant et aveuglant qui éclaboussait d'une lumière brûlante mes sandales et mes épaules, traversait mon chemisier blanc comme s'il était inexistant. Peut-être d'ailleurs qu'ici le soleil et la mer pouvaient se couler à travers tous les obstacles – mon épuisement, ma peur et ma détresse – et qu'ils allaient me purifier et me guérir de tous mes maux, me permettre de continuer.

J'y comptais bien. Cette dernière année avait été cauchemardesque. Nous étions retournés une dernière fois à Barcelone au moment de sa chute. En quarante-huit heures, dix-huit raids avaient rasé la ville, et pourtant les bombardiers avaient continué d'arriver, pilonnant tout sur leur passage. Les réfugiés, innombrables, mouraient de faim. Tout ce qu'ils possédaient sur terre tenait dans un petit baluchon. C'était épouvantable de se dire qu'après une lutte aussi longue et courageuse ils finissaient ainsi, sans rien, sans espoir. Ni pays.

Pendant six semaines, Ernest, Tom Delmer et moi avions envoyé des dépêches à la presse pour rendre compte de l'évolution de la ligne de front. Notre convoi parcourait des routes où se pressaient des soldats en déroute, des familles, des fermiers avec leurs bœufs exténués. Un soir, nous entendîmes des bombardiers. Nous en vîmes trente, italiens, qui fendaient le ciel dans un bruit infernal. Nous sautâmes de la voiture pour courir nous jeter dans le fossé. Accroupi près de moi, Ernest m'étreignit la main. Nos yeux se soudèrent, car cela pouvait être la fin, mais ils continuèrent en grondant leur chemin vers Tortosa. Tête levée, je leur trouvai des airs de Valkyries en armure, décidées à tout détruire. Cette guerre avait sans doute été perdue d'avance, mais ses idéaux étaient si beaux. La suite allait être tellement terrible que je me refusais à l'envisager.

Quand les fascistes arrivèrent à la mer, nous vîmes les blessés passer la frontière française par dizaines de milliers, et alors que leur sort me donnait envie de pleurer, Ernest se mit au travail. Il contacta l'ambassadeur des États-Unis en France, et lui demanda de mettre en place un plan d'évacuation pour les Américains. La marine britannique fut appelée à la rescousse pour envoyer des navires de secours dans les ports espagnols parce que nous savions qu'avec l'effondrement du gouvernement républicain les troupes de Franco allaient capturer, emprisonner et peut-être exécuter les Américains qui seraient pris derrière les lignes ennemies.

Je n'avais jamais vu Ernest travailler avec une telle ardeur et une telle abnégation. Il s'occupa de collecter des fonds pour les blessés et les mutilés, et quand *Collier's* m'envoya en reportage, il resta sur place et se retroussa les manches pour aider tous les gens en difficulté. Il remonta l'Ebro en bateau afin de récupérer les brigadistes pris au piège sur ses rives, m'envoyant régulièrement des messages depuis des lieux qui ressemblaient à une descente dans les cercles de l'enfer de Dante. Je me faisais du souci pour lui, mais heureusement nous nous donnions des nouvelles sans plus prétendre que nous pouvions nous passer de ce contact permanent.

Je passai pratiquement toute l'année suivante à parcourir l'Europe en tous sens, seule, envoyant avec régularité mes articles à *Collier's*, prenant le pouls d'une Europe au bord de la guerre. En juin 1938, je quittai Paris pour Prague. Deux mois plus tôt à peine, Hitler avait envoyé ses troupes annexer l'Autriche. Le même sort semblait attendre à brève échéance la région des Sudètes, zone à majorité germanophone de la Tchécoslovaquie.

J'allai enquêter à toutes les frontières concernées, de plus en plus inquiète pour la Tchécoslovaquie. C'était un petit pays où vivaient trois millions de ces Allemands des Sudètes, entouré sur trois côtés par l'Allemagne. Hitler faisait pression sur le président tchèque, Edvard Beneš, pour qu'il cède à ses exigences. Pendant ce temps, Beneš faisait appel à la France et à l'Angleterre pour obtenir du soutien, alors que l'angoisse montait comme dans un bloc opératoire où il n'y aurait pas eu d'éther.

Mon article intitulé « Viens donc, Adolf ! » était un appel lancé aux lecteurs américains, les avertissant que la guerre allait gagner l'Europe – ce n'était pas une supposition mais une certitude. Je me rendis en Grande-Bretagne, puis en France, espérant que ces deux pays viendraient en aide à la Tchécoslovaquie pendant qu'il en était encore temps. Force me fut de constater partout le même redoutable degré d'aveuglement et d'excès d'optimisme. Les gens semblaient trouver inconcevable que la guerre puisse venir les déranger chez eux, un refrain que Neville Chamberlain reprenait plus fort que tout le monde.

Lors de mon séjour en Angleterre, les accords de Munich furent signés : l'arrêt de mort de la Tchécoslovaquie. Je me dépêchai de retourner à Prague, où je vis une forte concentration de nazis à la frontière. Une semaine plus tard, vingt-huit mille kilomètres carrés de la région des Sudètes étaient dévorés. En substance, les Premiers ministres Chamberlain et Daladier avaient livré un pays aux loups. J'étais atterrée.

J'écrivis un autre article, « Nécrologie d'une démocratie », pour décrire ce que j'avais vu. Des juifs menacés de mort qui, ayant fui l'Allemagne pour l'Autriche, ne savaient plus vers quel pays se tourner. Des Tchèques mis à genoux dans Prague occupée par les nazis, des enfants au regard éperdu qui erraient seuls dans les rues, leurs parents ayant disparu dans les camps de travail. Rien ni personne ne pouvait plus les sauver. En envoyant mon papier, je m'étais persuadée que *Collier's* n'en voudrait pas, mais il fut publié. Le numéro n'était pas plus tôt sorti que je décidai de quitter l'Europe, me jurant de ne plus jamais y remettre les pieds. J'écrivis une longue lettre à ma mère et une autre à Eleanor Roosevelt, dans le seul but de m'extirper un peu ces horreurs de la tête, la Nuit de Cristal, la lâcheté que je voyais partout, la corruption, l'impuissance, l'angoisse et le désespoir. Je n'éprouvais plus que du dégoût et de la lassitude. Je n'avais plus aucun optimisme. Je ne croyais plus en rien. « Mais je ne regretterai jamais l'Espagne, leur écrivis-je à toutes les deux. Rien n'a été plus important pour moi. »

C'était le moment de fuir.

29

Cuba était le refuge secret d'Ernest depuis des années. Quand Key West lui pesait trop, quand sa femme et ses enfants lui prenaient trop d'énergie, il s'échappait à bord de son bateau bien-aimé la *Pilar* et descendait à l'Ambos Mundos à La Havane pour écrire tranquillement. En fait, il prenait des chambres dans deux hôtels, à l'Ambos, où il travaillait, et au Sevilla-Biltmore, où il dormait et recevait son courrier, ce qui fait qu'on ne pouvait jamais vraiment savoir où le trouver s'il n'en avait pas envie.

Le symbolisme de ce système me mettait mal à l'aise. Il menait une double vie et semblait très bien s'en accommoder, et même y trouver beaucoup d'avantages. Pas facile dans ces conditions de trouver ma place.

Depuis Barcelone et ma décision d'abandonner toute sagesse, depuis que j'avais plongé tête baissée dans cet amour avec tous ses risques et toutes ses incertitudes, j'essayais de lui arracher une réponse claire sur ses intentions vis-à-vis de Pauline. Un jour, il me soutenait qu'il allait la quitter très vite, qu'il avait la ferme intention de m'épouser et de faire vivre ses fils avec nous. Le lendemain, il faisait machine arrière, semblait ne plus savoir où il en était et disait qu'il avait besoin de temps. Ne l'ayant jamais vu aussi indécis, j'avais très peur.

— Mais elle sait que je suis ici, au moins ? lui demandai-je juste après mon arrivée à Cuba en février 1939. Il faut le lui dire.

Il haussa les épaules, fuyant mon regard.

— Je sais comme c'est déplaisant pour toi, Lapin, mais ça va très vite se régler, je te le promets.

Lapin, un petit surnom dont il commençait à m'affubler, ou plutôt que nous nous donnions l'un à l'autre, à l'essai, comme cet amour vague et imprévisible que nous vivions. Nous y mettions les formes, verbalement du moins, mais rien n'était réglé. Pourquoi fallait-il attendre que la situation « se règle » toute seule, alors qu'il aurait pu prendre le taureau par les cornes ? Je ne comprenais pas ce qui lui semblait si compliqué alors que la solution était assez évidente.

— Déplaisant, oui, ça l'est. On dirait que tu ne veux pas choisir entre nous deux.

— C'est faux. J'ai seulement peur que ça soit très dur pour les garçons. Leur vie est stable depuis un long moment. Ils tiennent à leurs petites habitudes, même si personne n'est heureux comme ça. Au moins, ils savent à quoi s'attendre.

— C'est toujours difficile de perdre quelque chose.

Au fond, je me demandais s'il ne parlait pas autant de lui que d'eux, et de son aversion pour le changement. C'était peut-être en partie pour cela que nous étions coincés dans cette situation bancale. Il m'aimait, mais il avait sa vie avec Pauline et ses fils à Whitehead Street depuis si longtemps qu'il avait peut-être du mal à s'en détacher pour aller vers autre chose.

— Si ce divorce prend du temps et qu'à un moment la situation devient difficile à gérer, j'espère que tu ne me laisseras pas tomber, dit-il.

— Ne me laisse pas tomber non plus. J'ai autant à perdre que toi.

Et même plus, songeai-je sans le dire.

Au moins, il faisait chaud au purgatoire. Dans le port, les bateaux de pêche colorés dansaient comme des bouchons sur un clapot d'un bleu intense. Je trouvais à la digue délabrée du Malecón une beauté rude, de même qu'à l'étalage de vieux filets de pêche devant les bâtiments décrépits le long de la baie avec leurs teintes de crème glacée fondante.

Ernest me fit les honneurs du lieu, à commencer par le Floridita, son bar préféré à La Havane, où nous prîmes place sur des tabourets au bout du comptoir, et bûmes une demi-douzaine de daïquiris, froids et acidulés, généreux en bon rhum cubain.

Sur le moment, je les avais trouvés très désaltérants, mais le lendemain, je me réveillai tard, le corps bouillant, empêtrée dans les draps. Ernest n'était pas là parce que c'était le matin, et qu'à moins que la Terre ne cesse de tourner il travaillait tous les matins – je me retrouvai donc seule à l'hôtel Sevilla.

Je n'avais guère prêté attention à la chambre la veille au soir, mais à présent, dans les rayons de soleil qui passaient à travers les fentes des persiennes, il était impossible de faire autrement. Ernest était un porc. Partout régnait un désordre infernal. Une foule d'objets, des serviettes humides, des détritus divers s'étalaient dans tous les coins. Sur le plateau de la commode, une boîte à hameçons perdait ses leurres sur un amoncellement de chemises et de chaussettes sales. Partout traînaient des journaux et des tasses à café cernées de noir, du linge, des livres ouverts à l'envers, et des reliefs de repas. Comme en Espagne, il avait un garde-manger dans sa chambre, rempli de boîtes de sardines et de conserves de pêches au sirop, de bananes trop mûres, de fromage racorni, de bouteilles de gros rouge à moitié vides. À Madrid, une ville assiégée où on avait même du mal à trouver du pain et des haricots, cette façon de vivre avait eu un sens. Ici, cela semblait être ni plus ni moins que de la paresse.

Je me levai avec un soupir et faillis trébucher sur un jambon cru vaguement enveloppé d'une mousseline. Un jambon par terre. C'était la goutte d'eau. Malgré mon état lamentable, la tête en coton et des bourdonnements dans les oreilles, je me dis qu'il fallait que je sorte. Je fourrageai à droite à gauche pour trouver des cachets d'aspirine, dégageai un espace pour faire ma toilette, et me rendis aussi présentable que possible. Je mis une jupe blanche, mes espadrilles, mes lunettes de soleil, puis je partis à la recherche d'un café cubain serré, et d'un peu d'ordre.

— Tu n'as tout de même pas l'intention de nous faire vivre dans cet hôtel, dis-je à Ernest une fois qu'il eut terminé son travail de la journée.

Nous étions dans un café, et il engloutissait de

grandes bouchées de truite fumée, d'oignon et de pain avec un fromage espagnol dur et corsé, et du vin. Encore nauséeuse, je faisais face à un œuf coque et à un toast.

— Qu'est-ce qui nous en empêche ? C'est comme à Madrid, et là-bas ça ne te dérangeait pas.

— Si, ça me dérangeait, mais c'était la guerre.

— Nous demanderons à la femme de ménage de l'hôtel de passer plus souvent.

— Elle pourra déblayer les vieux journaux, mais ça puera encore la viande et l'appât à poisson. Et le tabac froid. Je veux vivre dans une vraie maison.

— Mais provisoirement ça ira, non ? Tu n'as quand même pas besoin que tout soit passé à la poudre à récurer pour être heureuse, si ? Pour l'instant, je ne sais pas du tout où j'en suis financièrement. Et si Fife essayait de me soutirer jusqu'au dernier centime ?

J'eus un sursaut en l'entendant parler de Pauline en utilisant son surnom, mais ne me risquai pas à le lui faire remarquer. D'ailleurs, de quel droit l'aurais-je rappelé à l'ordre ? Ma seule légitimité était notre proximité géographique et quelques promesses, mais elle était toujours sa femme.

— Je ne suis pas une maniaque de la propreté, protestai-je. Je suis normalement ordonnée.

— Bien sûr… Et moi, je suis anormalement désordonné. C'est ce que tu sous-entends ?

Je ne voulais pas me laisser entraîner dans ce genre de dispute.

— Écoute, je suis venue de l'autre bout du monde pour être avec toi, mais tu ne me demandes mon avis sur rien. Je ne peux pas passer mon temps à t'attendre dans un coin de ta chambre d'hôtel. Tu peux le comprendre ?

— Tu vas écrire.

— J'ai besoin d'un espace à moi. Je suis prête à payer. Et c'est moi qui m'occuperai des recherches. Tu n'auras pas à t'ennuyer avec ça.

Je m'attelai à la tâche dès le lendemain, et me sentis aussitôt mieux parce que je reprenais un peu le contrôle de mon existence. J'engageai les services d'un agent immobilier qui me présenta une série de petites maisons acceptables en ville, avec vérandas bien balayées, coins repas carrelés, et jardins ombragés de banians. Certaines étaient même jolies, mais je ne trouvai pas mon bonheur avant de sortir du centre de La Havane. Nous dépassâmes les faubourgs enfumés et peu fréquentés de la ville, et la voiture grimpa dans les hauteurs vers San Francisco de Paula, village d'une seule rue poussiéreuse bordée de minuscules échoppes et de stands de fruits branlants. Nous nous arrêtâmes au sommet de la colline devant une vieille grille grinçante, fermée par une chaîne. Derrière ce portail s'étendait une jungle. Qu'est-ce que c'était que cet endroit ?

Il y avait six hectares, au dire de l'agent immobilier, dont on ne distinguait pas grand-chose tant la propriété avait été mal entretenue. La maison, que nous eûmes quelque difficulté à atteindre, était de style colonial espagnol, et semblait abandonnée. De robustes plantes grimpantes étranglaient des persiennes à la peinture jaune écaillée, s'insinuant jusqu'au toit et envahissant la terrasse. Un court de tennis en très mauvais état se trouvait à l'arrière, et il y avait aussi une piscine sans eau, remplie de sable, de bouteilles de gin vides et de boîtes de conserve. Si je ne m'enfuis pas en hurlant, ce fut parce qu'on se serait cru dans un conte de fées. Je ne saurais dire exactement pourquoi, mais j'eus le sentiment que quelque chose de merveilleux se dissimulait là, comme un royaume endormi par un sort jeté par une mauvaise fée, dans l'attente non pas du prince charmant mais de moi. Ou plutôt de nous.

La maison s'appelait la Finca Vigía – la Ferme de la Vigie – et était inhabitée depuis des années. À l'intérieur, les pièces sentaient le renfermé, l'ancien et le moisi ; quant aux meubles, ils étaient bons à brûler. Des cafards couraient dans la cuisine, une couche de plusieurs années de poussière recouvrait tout, et les travaux promettaient d'être longs, mais en plissant les yeux je me voyais déjà écrivant dans l'une des chambres donnant sur le grand salon, et Ernest tapant à la machine quelque part dans la maison. Ici, nous pourrions vivre sous le même toit, deux écrivains loin du monde, se cachant de tous sauf d'eux-mêmes et de leur travail.

— La vue au moins n'aura pas besoin d'être retapée, remarqua l'agent immobilier.

Nous étions à l'arrière de la maison, sur une des nombreuses terrasses retournées à l'état sauvage, d'où nous avions une vue plongeante sur La Havane en bas de la pente broussailleuse. Les bâtiments roses et jaunes et blancs du front de mer donnaient l'impression de regarder un tableau, mais ce fut surtout l'arbre géant qui avait pris racine en haut des marches devant la porte qui attira mon attention. C'était un fromager qui avait poussé à travers les fondations, si bien qu'il faisait maintenant partie intégrante de la structure, et lui insufflait son âme. L'arbre était couronné d'épaisses feuilles vertes, si luisantes qu'elles en semblaient huileuses, et portait des grappes de cosses couleur de châtaigne. Le tronc ressemblait à de la peau de rhinocéros, épaisse comme un gros cuir – en fait, tout dans cet arbre m'émouvait à un point extrême, même si j'étais incapable d'expliquer pourquoi, parce que je ne le comprenais pas bien moi-même.

— Je la prends, annonçai-je sans laisser à la raison le temps de revenir.

Je voulais cet arbre avant tout, mais aussi le reste, jusqu'à la poussière, les toiles d'araignées et les nids de feuilles mortes. Autrefois, je n'avais pas eu d'appétit de possession ni besoin de permanence. Et puis la guerre m'avait obligée à repenser tout cela, et l'amour aussi. Le temps nous était compté. Chaque jour était précieux. Qui pouvait dire combien d'années, ou même de mois, il allait encore être possible de vivre simplement, comme on le souhaitait, dans ce climat de violence, alors que tant de pays pliaient devant les agressions ? Il fallait en profiter, et le faire pour moi, mais aussi pour Ernest, même s'il ne comprenait pas encore pourquoi.

Le lendemain après-midi, quand Ernest eut terminé sa session d'écriture, je l'emmenai visiter la propriété. Je lui montrai le fromager, et toutes les autres merveilles – le terrain derrière la piscine et son cabanon, où poussaient dix-huit espèces de manguiers différentes, la terrasse baignée de soleil et les mimosas, et la treille lourdement chargée de fuchsias – et d'autres fleurs couleur abricot –, espérant qu'il arriverait à voir combien nous pourrions y être heureux malgré l'état lamentable des lieux.

— Le terrain est grand. Mais le loyer est de cent dollars par mois, c'est bien ça ?

En ville, il ne déboursait que quelques dollars par jour.

— C'est moi qui paie, souviens-toi.

— Tu veux dire que c'est *Collier's* qui paie.

C'était vrai. J'avais reçu pas mal d'argent pour les papiers que j'avais envoyés de France, d'Angleterre et de Tchécoslovaquie.

— Ne fais pas ta tête de mule, lui dis-je. Viens revoir mon bel arbre chéri.

— Et la maison ?

Il désignait les longues bandes de peinture jaune caoutchouteuse qui pelait des murs, révélant la pierre calcaire.

— La peinture, ce n'est rien. Comme ça, nous pourrons choisir la couleur.

— Et la piscine ? Il doit bien y avoir un mètre d'ordures là-dedans. Et la puanteur est infernale. Le court de tennis a l'air d'avoir été mis K-O par un tremblement de terre. Le puits est à sec. Je ne sais pas ce qui te prend. On ferait mieux de prendre nos jambes à notre cou.

— C'est le manque d'entretien, c'est tout. Personne n'y a mis les pieds depuis je ne sais combien de temps. Je vais l'aimer comme une folle.

— L'amour n'a rien à voir dans l'immobilier.

Il tournait déjà les talons pour retourner à la voiture.

— Lapin, dis-je dans son dos, les pieds fermement plantés sur le chemin. Laisse-moi essayer. J'en ai besoin. Je vais y arriver.

30

Vers le milieu du mois de mars, Ernest retourna à Key West sur la *Pilar* pour voir sa famille et en particulier son fils aîné, Bumby, venu pour les vacances. Dès qu'il eut le dos tourné, j'embauchai des ouvriers au village et nous nous mîmes au travail. Comme je trouvais moins impressionnant de commencer par l'extérieur, je m'attaquai d'abord à la piscine, qu'il fallut mettre au jour comme un site archéologique. Après que les détritus et la terre furent déblayés, le bassin révéla un puzzle de fissures, toutes à reboucher. L'entreprise me sembla impossible, mais un jour, l'étanchéité enfin terminée, le ciment blanchi, la peinture faite, le carrelage posé, les ouvriers la remplirent d'eau de mer, et je fus pratiquement hypnotisée par les reflets diamantés du soleil sur l'eau. C'était d'une beauté extraordinaire, et une renaissance tellement improbable que cela me donna l'impulsion nécessaire pour me lancer dans la suite des travaux.

Et ce ne fut pas une mince affaire. Le court de tennis dut être regagné sur la jungle, les broussailles défrichées, les déjections d'oiseaux et d'animaux déblayées à la pelle, la surface refaite, le filet remplacé. Sa nouvelle couleur de flamant bien nourri me mettait en joie et me donna envie de peindre la maison en rose aussi – un vieux rose doux et subtil qui rappelait l'Espagne. Ensuite, deux jardiniers furent chargés de dégager la terrasse et d'apprivoiser le fouillis du jardin, peu à peu, par étapes.

C'était un endroit magique qui respirait la paix et la sérénité, même si je n'arrivais pas encore tout à fait à me mettre au diapason. Une fois les aménagements intérieurs terminés, les murs enduits et peints, les fenêtres remplacées, les rideaux réparés, je m'occupai de récupérer les sols. Animée d'une belle énergie, je posai aussi du papier neuf dans les tiroirs et sur les étagères de la cuisine, m'attaquai aux toiles d'araignées avec un balai de paille cubain bien rigide. Je m'activais, l'esprit en partie détaché, car au fond j'étais morte de peur, en proie à l'incertitude et aux doutes – ce vertige que causent toutes les métamorphoses radicales.

Ernest avait raison : cela ne me ressemblait pas de vouloir m'installer – de m'ancrer à une adresse, d'avoir un lopin de terre. Mais avec l'Espagne, tout avait changé. Le monde était en train de se transformer, et, soudain, la seule chose qui m'importait était de me raccrocher à tout ce qu'il y avait de bon dans l'existence. Une maison sur une colline. Un homme qui vous aimait, même s'il ne pouvait pas vous dire de quoi l'avenir serait fait.

Il y avait plus d'un an que Pauline avait lancé son ultimatum à Ernest. Elle devait bien se douter que je n'avais pas disparu de sa vie, mais elle semblait déterminée à se boucher les yeux, à s'aveugler pour ne rien voir. Ils ne vivaient plus ensemble, mais prétendaient qu'Ernest prenait simplement des vacances, qu'il était en retraite d'écriture. Et il était tout aussi coupable qu'elle dans ce mensonge.

Je pouvais seulement espérer qu'un jour il recentrerait ses priorités sur moi. La maison pouvait y contribuer, je le savais. Si j'y consacrais toutes mes forces, il verrait à quel point nous pouvions être heureux ensemble. Deux écrivains sous le même toit, loin de ce monde en folie. Un abri inaccessible à l'autre bout de la terre. Notre terrier. Le plus beau terrier du monde.

Je passai commande d'un lit, d'une table et de meubles de bureau à un menuisier du village. J'achetai des draps et des lampes, de la vaisselle, des serviettes de table et des tapis de bain – tentant de m'absorber dans ces tâches pour éviter de trop penser, de trop fumer, d'arpenter la terrasse à la nuit tombée. Il fallait que ça marche. Et puisqu'il le fallait, cela marcherait.

En trois semaines, tous les travaux furent achevés et, les artisans partis, je me retrouvai seule dans la maison. Je me versai un whisky allongé de beaucoup de glaçons, pris un long bain puis déambulai dans les pièces vides en pyjama, me demandant à chaque fois que j'apercevais mon reflet dans les vitres : *Mais qui peut bien être cette femme ?*

Tout me paraissait nouveau. C'était le temps de la mue, une période où je n'étais plus tout à fait celle que j'avais été et n'étais pas encore celle que je voulais être. La première nuit, je dormis d'un sommeil inquiet, ne sachant quelle position adopter dans le grand lit, dérangée par le cri sec et un peu métallique des geckos dans les combles. Après une nuit agitée, je me réveillai à l'aube, engourdie et morose, mon humeur sombre pesant sur ma tête comme des nuages d'orage. Je sortis pieds nus sans même me faire de café, et m'assis sur les marches devant la porte.

Je me levais rarement aussi tôt, et ne me souvenais pas d'avoir jamais vu un ciel aussi pâle, nacré et cotonneux. La chaleur printanière montait de la terre et descendait du ciel. De grandes bandes d'oiseaux filaient au-dessus des cimes, virant et dessinant des figures acrobatiques pour plonger vers leur petit déjeuner de moustiques. Ici, les matins étaient plus sonores que les nuits. De la jungle qui m'entourait montait le bruissement de milliards d'insectes, un son si dense qu'il soutenait les arbres dans le maillage invisible de sa musique. Le feuillage des palmiers vibrait dans l'air. Des singes araignées à la face ronde s'élançaient bruyamment de bambou en bambou – et tout cela fourmillait d'une vie insistante qui martelait le même message à l'infini : d'un côté le risque, de l'autre l'espoir, et le point de résonance que trouvaient ces deux pôles en moi.

J'avais une peur terrible de perdre Ernest et qu'il retourne auprès de Pauline – oui. Il se pouvait très bien que je garnisse notre nid de plumes en pure perte, et que je découvre finalement qu'il n'avait pas la force de la quitter. Je redoutais aussi que, même s'il finissait par me choisir, nos amours ne soient pas de celles qui durent. Oui, c'était aussi une possibilité.

Devant moi se dressait le fromager, rugueux et magnifique de quelque côté qu'on le regarde, vieux comme un cimetière des éléphants. L'arbre veillait sur la maison, témoin de sa vie passée. Fort de son enracinement et de sa patience ancestrale, il semblait dire que mes soucis n'étaient ni extraordinaires ni impardonnables. C'était une histoire connue, la plus vieille du monde. J'avais tout à perdre, et aussi tout à gagner – comme n'importe quelle femme aux prises avec l'amour.

Je rentrai dans la maison calme, baignée des rayons du soleil matinal, où tout était propre et réconfortant. Je fis passer du café dans le percolateur neuf, en versai dans une tasse émaillée, neuve elle aussi, et allai dans la pièce que j'avais choisie pour y installer mon bureau. Il n'y avait pas encore de livres dans la bibliothèque. Je n'avais pas écrit un seul mot dans cette maison, pas un télégramme, pas même une lettre à ma mère. Dans tout ce silence, c'était à moi de donner le signal du départ. Personne ne le ferait pour moi. Je pris l'une des chaises de salle à manger neuves en acajou, la tirai jusqu'à une petite table, fouillai dans mes cartons pour en sortir du papier, des crayons et ma machine à écrire. Je plaçai une feuille dans le cylindre avec un claquement qui résonna dans toute la maison. La page était blanche comme neige. Elle renfermait encore tous ses secrets. Il n'y avait plus qu'à s'y mettre.

31

De la terrasse, à l'arrière de la Finca, nous dominions La Havane comme des dieux mineurs de l'Olympe, une étendue d'un jaune pâle teinté de rose de jour, saupoudrée de lumières scintillantes la nuit. Aucune voiture ne montait vers nous à moins d'y avoir été conviée, et cette paix donnait l'impression de vivre dans un rêve, ou dans un lieu enchanté.

Ce qui m'avait aussi beaucoup plu dans cette maison, c'était son éloignement de la ville. Mais Ernest avait beau apprécier comme moi cette tranquillité, il tint à garder sa chambre-bureau et son adresse postale à l'Ambos Mundos.

— Ça n'a rien de terrible, Lapin, dit-il en constatant que cela me blessait. J'ai mes habitudes, c'est tout. Tu nous as installé un endroit magnifique. Je n'ai envie d'être nulle part ailleurs.

— Parfait, lui dis-je, repoussant mes doutes de toutes mes forces. C'est comme moi, alors.

Ainsi commença la saison des deux écrivains travaillant sous le même toit. Ernest annonça à Pauline qu'il avait l'intention de rester à Cuba pour une durée indéterminée, et qu'il ne recevrait ni amis ni invités. Puis il planta des racines de mots. Il choisit notre chambre pour y écrire, et s'y mettait tous les matins dès les premières lueurs du jour, debout devant le meuble bibliothèque qui lui tenait lieu de bureau. Il avait à portée de main tout ce dont il avait besoin, crayons bien taillés et planchettes dont il se servait pour tenir les pages quand il écrivait à la main. Il ne prenait sa machine à écrire que si son travail avançait particulièrement vite et bien, et pour compléter le tableau dans lequel il comptabilisait le nombre de mots écrits dans la journée. L'emplacement lui convenait bien, devant une fenêtre orientée plein sud. Souvent, en me réveillant, je restais un long moment, les yeux fermés, à écouter son crayon courir sur la page, et les abeilles butiner le jacaranda juste devant la fenêtre, s'enivrant de leur travail. Je ne lui parlais pas en me levant, et il ne me disait rien non plus – nous étions tous les deux d'accord pour garder le matin ce silence propre à l'écriture.

Je descendais prendre mon café à mon bureau, le beau soleil illuminant le sol carrelé et le bois blond de la nouvelle bibliothèque. Nous avions embauché deux garçons du village, Fico pour la cuisine, et Rene pour l'intendance. L'un ou l'autre me préparait un plateau avec un œuf poché et des toasts, et de petits pots ronds de beurre et de confiture de figues. Je petit-déjeunais, bienheureuse comme un chat, sachant que j'avais des heures et des heures devant moi.

J'avais repris mes carnets de notes et retrouvé mon envie d'écrire sur l'Espagne pendant que mes impressions étaient encore fraîches. Pour peu que j'arrive à trouver de bons personnages et à restituer ce que j'avais vu et ressenti à Madrid, je pourrais profiter de l'élan de mon deuxième livre et peut-être même écrire quelque chose de vraiment bon. Créer une œuvre qui ne s'évanouirait pas aussitôt publiée en me donnant honte d'avoir des ambitions littéraires, mais qui serait encore lue après ma mort, et dirait la vérité sur cette guerre.

Je m'asseyais à mon bureau tous les jours, cherchant l'inspiration, notant des phrases qui me plaisaient, des bouts de dialogues. « Faire ses gammes », c'était ainsi qu'Ernest appelait cette phase du processus d'écriture.

« Envisage ça comme des exercices de piano, m'avait-il expliqué au début, quand il jouait encore au professeur avec moi. Il faut s'assouplir les muscles, et l'esprit aussi, de cette façon, quand quelque chose vient vraiment, on est prêt à s'y mettre. »

J'attendais encore que l'inspiration s'empare de moi, préoccupée par ce mariage qu'Ernest ne rompait pas, et auquel j'avais du mal à ne pas penser. Quand il allait chercher son courrier, tous les deux ou trois jours, il recevait des nouvelles de Whitehead Street envoyées par Pauline et par ses fils. Je mourais d'envie de lire ces lettres pour savoir quelle position elle adoptait dans l'histoire, mais rien n'était plus dangereux et autodestructeur.

Pendant ce temps, Ernest s'était lancé avec passion dans l'écriture d'un nouveau roman. Il n'en était plus à l'étape des gammes ; c'était plutôt l'éruption d'un volcan qui emportait tout sur son passage, et l'absorbait entièrement.

— Au début, j'ai cru que ce serait une nouvelle,

m'annonça-t-il tard un soir alors que nous étions dans notre grand et confortable lit, mes jambes enroulées autour de sa taille, ses mains nouées dans mes cheveux. Mais il y a des chapitres. Je crois que j'ai commencé le roman de guerre que je voulais écrire. En fait, j'en suis sûr. J'avais simplement peur de l'admettre. Ce qui se passe est exceptionnel. Les phrases me viennent toutes seules, et quand je relève les yeux, je ne sais plus où je suis.

— C'est vrai, Lapin ? C'est formidable.

Oui, formidable pour lui, mais très mauvais pour moi. Je me reprochais de n'avoir rien vu venir : bien sûr, il ne pouvait qu'écrire sur notre expérience en Espagne lui aussi. Et le faire bien mieux que moi. Une jalousie si violente, si terrible, me saisit que j'eus envie de me cacher dans un coin sombre, persuadée que j'allais mourir d'envie. Alors que j'attendais encore de trouver une histoire qui tienne la route, voilà qu'il était tombé en état de grâce, comme béni des dieux. *Et moi ? Quand va se réveiller mon volcan ?* avais-je envie de fulminer. Ne voulant pas être mesquine alors qu'il était si heureux, je dis plutôt :

— Je suis ravie pour toi. C'est vraiment sensationnel quand on en est à ce stade.

— Oui, c'est ce qu'il y a de meilleur. J'ai l'impression que c'est sans fin. Que je peux jeter ma ligne jour après jour, et qu'il y aura toujours des idées à attraper.

— Tu dois être heureux.

Je ravalai ma rancœur et tournai les yeux vers le plafond noirci d'ombres. Qui sait, mon livre allait peut-être décoller lui aussi. Cela pouvait même arriver d'un jour à l'autre.

— Tu en as parlé à Max ?

— Non, pas encore, j'attends un peu. C'est trop frais.

— Je comprends. C'est un peu comme de murmurer dans une maison où dort un nouveau-né pour ne pas le réveiller.

— C'est exactement ça. Je veux que ce sale gamin dorme tranquillement jusqu'à ce qu'il soit assez grand pour marcher tout seul.

Je tâchai de me raisonner : nous n'étions pas en concurrence. J'en avais l'impression seulement parce que nous travaillions dans la même maison, chacun ayant sous le nez le feu devant lequel se dorait l'autre. Si sa flambée était plus belle pour l'instant, mon tour viendrait sûrement. En attendant, je pouvais m'approcher pour me chauffer les mains sans rien lâcher, et lui sourire. Et l'aimer.

32

Juin arriva, torride, lourd d'orages qui remplissaient le ciel et se pressaient sur le pourtour de notre panorama mais nous atteignaient rarement. Ernest travaillait à son livre à l'allure d'un cheval au galop. Il écrivait vite et bien, et pensait que s'il arrivait à maintenir ce rythme il pourrait terminer le manuscrit pour la fin de l'été.

— L'action se déroule sur une période de trois jours, m'expliqua-t-il. Et pourtant, on a l'impression que toute l'histoire du monde est contenue dans ces journées, et que Jordan représente toutes les personnes qui ont jamais vécu. Je l'ai inventé, mais il est plus réel pour moi qu'à peu près n'importe qui.

Robert Jordan était le héros du roman, un expert en munitions américain envoyé pour déjouer une attaque nationaliste dans les montagnes en faisant sauter un pont. Je me rendis aussitôt compte que le personnage était en partie inspiré par Robert Merriman, et que l'attaque s'appuyait sur une vraie péripétie de cette guerre, l'offensive manquée de La Granja, juste après notre premier séjour en Espagne.

Mais la ressemblance était purement technique. Le cœur du livre, la bataille et le pont ne sortaient que de l'imagination d'Ernest. Le monde qu'il recréait jaillissait de sa tête, si dense et si bien compris que c'était un choc de lire les pages qu'il me soumettait, même au compte-gouttes – comme de recevoir une gifle de réalité absolue. Je sentais le tapis d'aiguilles de pin dans la forêt, j'entendais le ruisseau qui coulait le long de l'étroite route, et je voyais le soleil percer le couvert des arbres et tomber sur le versant escarpé. Il m'emmenait là-bas.

Mais quand je me retrouvais à mon bureau et que j'essayais d'évoquer mon Espagne à moi, les mots m'échappaient mystérieusement. Je n'aurais pas dû avoir de mal à faire revenir mes impressions. N'y pensais-je pas tous les jours ? Mais les phrases se refusaient à moi dès que je voulais les écrire. Je me sentais incapable et avais le plus grand mal à ne pas paniquer.

— Tu sais, la fille, Maria, me dit Ernest un soir.

Nous étions sur la terrasse, sirotant quelques whiskys avant le dîner. Le plus gros de la chaleur avait passé, mais l'air était si lourd et si humide qu'on aurait pu s'y appuyer comme à un mur. Peut-être allait-il pleuvoir plus tard, mais même dans le cas contraire, le résultat reviendrait pratiquement au même.

— Oui, elle est très émouvante. Elle est tellement bien dépeinte, Lapin. Formidable. C'est fou ce que tu arrives à faire avec les gens.

— Je ne t'ai pas exactement prise pour modèle, mais elle a ta force mêlée à de la douceur. Et tout ce que j'écris sur ce que l'on ressent quand on aime, ça, c'est grâce à toi. Je ne peux écrire ça que parce que tu es là.

— Ce livre va être magnifique.

— Je dois surtout de ne pas aller trop vite, ou je pourrais tout gâcher.

— Tu ne gâcheras rien.

En disant cela, j'eus la certitude que je ne me trompais pas. On sentait une telle concentration qu'il était évident que quelque chose d'extraordinaire se produisait en lui. *Il est en train d'écrire le livre de sa vie*, songeai-je avec un coup au cœur, m'interdisant toute jalousie.

— Tu ne perdras pas le fil. C'est ancré trop profondément en toi pour que ça t'échappe.

— Peut-être, dit-il doucement d'une voix presque douloureuse. Je l'espère.

Puis il annonça soudain :

— J'ai donné tes cheveux à Maria.

— Je croyais qu'elle était espagnole.

— Oui, et ses cheveux sont comme un champ de blé.

Il prit une gorgée de son whisky dilué par la glace fondante, et ajouta :

— Elle est à toi aussi. Ce livre c'est notre livre. C'est nous deux.

Si seulement cela pouvait être vrai. Je m'accrochai à cette pensée de toutes mes forces.

En me mettant à mon bureau le lendemain matin, je compris que je devais abandonner l'idée d'écrire sur l'Espagne. Si je ne le faisais pas, je me condamnais à toujours comparer mon travail au sien et à me décevoir. Ma vie était déjà assez compliquée sans que je veuille ajouter cette angoisse aux autres. Je plaçai donc mes personnages à Prague plutôt qu'à Madrid

– ce qui me soulagea grandement. Mon héroïne était une journaliste américaine, comme moi, correspondante de guerre, qui tombait follement amoureuse d'un homme avec lequel elle n'aurait absolument rien dû avoir à faire, mais dont elle était incapable de se détacher. C'était une expérience plus que familière. Et si je n'arrivais pas à la cheville d'Ernest pour le talent, je pouvais au moins l'égaler en termes de ténacité, et ne pas abandonner ce livre en cours de route. J'étais déterminée à tout donner.

Le vrai travail d'écriture, je commençais à m'en apercevoir, ressemblait à celui du maçon qui pose ses briques. Il ne fallait pas attendre d'être frappé par l'inspiration. C'était ardu. Il fallait se fatiguer. Et parfois, rarement, si on continuait à se salir les mains, à saigner sans relever la tête et sans s'arrêter sous aucun prétexte, le coup de génie venait. Pas par enchantement, mais parce qu'on se donnait du mal.

33

Tout cet été-là, par une chaleur torride coupée d'orages, et pendant que nos mangues mûrissaient et disparaissaient la nuit, volées par des animaux mystérieux, notre complicité fut celle que j'avais espérée. Nous nous montrions nos pages, échangions nos idées. Son livre était le mien, le mien était le sien, et j'avais l'impression étonnante – peut-être réellement pour la première fois de ma vie – que je n'étais pas seule.

L'après-midi, une fois notre journée de travail terminée, nous jouions au tennis sur le court tout neuf, même en pleine chaleur, pour éliminer les toxines sécrétées par nos efforts cérébraux, et puis nous nagions jusqu'à nous en donner des courbatures aux épaules. Au moins un soir par semaine, nous allions nous changer les idées à La Havane, au long comptoir de bar du Floridita, sur des tabourets qui semblaient toujours nous attendre, nos places réservées comme si nos noms y étaient inscrits à l'encre invisible. Après notre labeur, c'était plus qu'agréable de se retrouver en ville et de voir des amis et de se distraire. Nous aimions les petites boutiques et les cafés, les vieilles dames assises sur les bancs, en blouse de ménagère et chapeau de paille. Nous aimions aussi les garçons en tee-shirt blanc, cheveux noirs plaqués en arrière, qui jouaient les matamores, fumant parfois, riant aussi, arrogants de jeunesse et cherchant la bagarre.

Au crépuscule, d'énormes nuages de *negritos* s'envolaient des champs de canne à sucre, formant une brume dans le ciel avant de se poser dans les lauriers de la Plaza de Armas. Leurs déjections recouvraient ce qui s'était amassé sous les arbres au cours de la journée, les mégots et les allumettes usagées, les vieux papiers, les emballages, et même une petite culotte blanche roulée en boule. Tous les matins, les vieilles dames revenaient avec leurs balais de paille et se penchaient patiemment sur la terre, mètre carré par mètre carré, pour tout nettoyer.

Nous aimions traverser la vieille ville en nous promenant sur le Prado avec ses airs de tango langoureux qui s'échappaient des dancings, ses mauvais garçons, ses odeurs de rhum, le tambourinement creux sur le cuir tendu des batá. Nous fréquentions aussi la promenade du Malecón, et un soir nous poussâmes jusqu'à un square étroit et pelé où un groupe jouait à un drôle de jeu dans la lumière déclinante. Des hommes faisaient face à un mur contre lequel ils lançaient une petite balle en cuir avec une adresse étonnante, se baissaient, pivotaient pour l'attraper, pieds rapides comme l'éclair. Ils semblaient avoir conscience de l'emplacement des autres naturellement, sans avoir besoin de les voir, dansant une sorte de chorégraphie instinctive.

— Ils jouent à la pelote, m'expliqua Ernest. Un jeu basque. J'ai vu ça à Saint-Sébastien. C'est absolument extraordinaire. Il paraît que c'est le jeu le plus rapide au monde.

— Restons un peu. Je les trouve beaux.

Ils étaient en effet magnifiques. Leurs pieds frappaient la terre dure quasiment sans bruit et ils battaient des bras comme s'ils prenaient leur envol. On pouvait d'ailleurs les en croire capables.

Nous prîmes place sur un banc pour les regarder jusqu'à la fin. Je compris qu'il y avait deux équipes et différentes façons d'utiliser le mur pour faire rebondir la balle et la rendre plus difficile à rattraper pour les adversaires – mais tout cela allait si vite que je finis par ne plus regarder que le blanc éclatant de leurs chemises. Leurs mouvements de bras étaient presque indistincts tant ils étaient rapides pour cueillir au bond la pelote et la renvoyer, et leurs jambes étaient constamment en mouvement, comme des panthères dans l'ombre.

Quand la nuit fut complète, le jeu dut cesser, et Ernest engagea la conversation avec l'un des joueurs. Ils étaient six, grands et petits, et d'âges divers, bien que tous visiblement plus jeunes qu'Ernest et en meilleure forme. Ce jeu semblait les aider à garder la santé. Nous apprîmes qu'ils étaient basques, et étaient venus à La Havane lors de la prise de Bilbao par Franco. Ils s'étaient battus du côté des brigades loyalistes et, quand ils avaient senti l'Espagne faiblir et la chute s'annoncer, ils s'étaient réfugiés à Cuba.

C'était comme nous des exilés, ce fait me frappa soudain, et j'éprouvai un fort sentiment de camaraderie pour eux. Ernest et moi aussi étions loin de chez nous, même si pour nous il s'agissait d'un choix.

— Votre pays doit beaucoup vous manquer, leur dis-je.

— Franco nous a pris tout ce qu'il y avait de bien en Espagne, répondit l'un d'eux. Comment quelque chose qui n'existe plus peut-il vous manquer ?

Il était un peu plus grand que les autres, cheveux épais et très noirs, visage rond et sans âge étrangement bien préservé. Il s'appelait Francisco Ibarlucia, nous apprit-il, mais on l'appelait Paxtchi.

— Et vos familles ?

— Nous préférons ne pas parler du passé, intervint un autre, du nom de Juan. Ici, nos amis sont notre famille.

Il semblait un peu plus jeune, environ vingt-cinq ans, et avait les traits délicats et des cils noirs très fournis.

Nous leur parlâmes un peu de nos séjours en Espagne. Ils avaient rencontré d'autres journalistes comme nous, engagés pour la république et *la causa*, ce qui fit que nous nous comprîmes immédiatement. Dans la rue noire, Ernest désigna un hôtel un peu plus loin.

— Venez boire un verre avec nous.

— C'est nous qui régalons : c'est l'anniversaire de Felix, répondit Paxtchi, désignant un beau jeune homme aux yeux noirs rapprochés et au magnifique nez aquilin. Ce serait un péché de ne pas fêter ça.

— Pour les péchés, je tâche de les commettre plus directement, répondit Ernest joyeusement.

Nous les suivîmes dans une petite maison de la Calle Campanario, où ils vivaient tous ensemble, comme l'attestaient les dizaines de chaussures entassées près de la porte. C'était un endroit chaleureux et authentique

– exactement comme Ernest les aimait, où les gens vivaient simplement. Ils avaient besoin de peu et se serraient les coudes.

À l'arrière de la maison, il y avait un patio garni de bancs, où nous nous installâmes à la lueur dansante des bougies pendant que les hommes apportaient des bonbonnes de vin rouge tressées de paille. Ils attrapaient la poignée avec le doigt et inclinaient la bouteille en l'appuyant sur le dos ou le bras replié pour boire, d'un seul geste, selon une chorégraphie bien huilée. Et sans en renverser une seule goutte.

Ernest connaissait déjà la méthode, et en avait maîtrisé l'exécution depuis longtemps, comme j'aurais dû m'en douter. Il y avait aussi du *patxaran*, une liqueur maison au goût complexe de mûre, de café et de cannelle que nous nous passions les uns les autres, et dont nous prenions des dés à coudre dans des tasses artisanales. J'appréciai un peu trop, et nous fûmes vite tous très soûls. Les Basques se mirent à chanter des complaintes mélancoliques, leurs voix montant et descendant à l'unisson, puis faisant silence pendant que l'un d'entre eux reprenait le thème dans un solo sonore et clair.

Felix, que tout le monde appelait Ermua, était celui qui chantait le plus juste. Je voulus lui dire combien je l'admirais, mais il m'interrompit en haussant les épaules et en disant :

— *Normal, normal.*

Mais il me sembla voir son dos se redresser et son regard me signifier clairement qu'il savait que son don était tout sauf ordinaire.

Leurs chansons traduisaient à la fois la tristesse et

l'espoir, des petits chefs-d'œuvre qui me donnèrent la chair de poule. L'une d'entre elles était leur favorite, car ils la reprirent plusieurs fois. Au bout d'un moment, je finis par en isoler et retenir les syllabes, si bien que je pus chanter avec eux, même si les sonorités du basque étaient aussi étranges dans ma bouche que le goût du *patxaran*.

— Ce mot, *maite*, dis-je à Ermua quand le silence se fit à la fin de la chanson, cela signifie « amour », n'est-ce pas ?

— Oui, exactement. C'est une chanson très ancienne, ajouta-t-il, s'interrompant pour en reprendre le refrain de sa voix d'ange. Elle parle d'une femme qui toutes les nuits se transforme en oiseau quand son amant est endormi. Au réveil, comme il ne la trouve jamais à ses côtés, il souffre. Il ne peut ni la suivre ni l'obliger à rester, et ne peut qu'attendre son retour en espérant qu'elle ne l'oubliera pas.

— Histoire connue, remarqua Ernest, sardonique.

— C'est une histoire que nous connaissons tous, approuva Paxtchi en nous lançant un sourire entendu.

Il ne devait pas avoir plus de trente-cinq ans, et pourtant il semblait savoir déjà tout de l'amour. Peut-être était-ce là le fond du problème, après tout. Peut-être ne pouvait-on jamais savoir grand-chose sur rien. Dans ce patio, à la lumière tremblotante des bougies, le goût liquoreux du vin dans ma bouche, j'en fus convaincue.

Je fermai paisiblement les yeux et écoutai les hommes se remettre à chanter, laissant filer les mots sans chercher à les saisir au vol.

— Tu as l'air heureuse, Lapin, me glissa Ernest à l'oreille.

— Oui, je suis bien. Je viens de me rappeler quelque chose.

— Ah, oui ? Quoi ?

— Qu'on n'est pas obligé de se compliquer la vie. Il suffit de ne se concentrer que sur ce qui compte vraiment. Nous avons beaucoup de chance.

— Oui, c'est certain, approuva-t-il en me souriant. Mais je crois que tu vas avoir un bon mal de crâne demain.

— Ça m'est égal. Je marche à fond pour nous, Lapin, Tu le sais ?

— Oui, dit-il en se penchant sur moi, la douce odeur du vin dans son haleine. Moi aussi.

Il m'embrassa, la chanson s'éleva de nouveau, et la soirée se poursuivit, jusqu'au matin.

34

Nous prîmes l'habitude de passer au moins une soirée par semaine avec les joueurs de pelote. Nous les regardions s'entraîner dans le square, ou bien nous allions les voir jouer plus sérieusement au Frontón. Nous achetions un billet comme tout le monde, et prenions place sur les gradins pour assister aux parties. Depuis que je connaissais les règles du jeu, j'appréciais d'autant plus de voir la balle frapper le mur et rebondir. J'aimais aussi les soirées qui suivaient, une bonne occasion de boire, et parfois de faire la tournée des bars de La Havane, allant par les rues bras dessus, bras dessous. C'était comme de retrouver un peu d'Espagne, la camaraderie et cette merveilleuse façon d'être au monde, mais sans les explosions et la terreur permanente.

Si les Basques se sentaient loin de leur pays et des leurs, et s'ils songeaient parfois à quitter Cuba, ils n'en parlaient pas. Ils semblaient ne vivre que dans l'instant. Une pelote qui rebondissait contre un mur et c'était tout. Une promenade au soleil couchant avec des amis et rien d'autre. Un repas, qui pourrait être le dernier – on ne savait jamais – et qui se devait donc d'être un festin.

En juillet, nous les invitâmes à faire une balade en mer avec nous sur la *Pilar*. Nous quittâmes le port de Cojímar juste après midi et mîmes le cap sur l'est en longeant l'île, dépassant une série de cayes sans nom. Ernest pilotait sur le pont supérieur, tête nue, ses lunettes dans une main, l'autre tenant avec légèreté la roue du gouvernail. Derrière lui, le ciel était si bleu, sans un nuage, que sa silhouette semblait avoir été découpée dans un tissu et épinglée sur ce fond parfait. Il faisait corps avec son bateau, avec la *Pilar*. Il se sentait plus à l'aise à son bord que nulle part ailleurs, ses jambes hâlées solidement ancrées au pont, le nez brillant d'huile de noix de coco, les yeux plissés face au soleil et au vent, se dirigeant pleins gaz vers le Gulf Stream.

Nous avions les lignes à la traîne, à la poupe et sur les deux côtés. Ernest n'arrêtait jamais de pêcher, même dans ses rêves, je crois. Les hommes qui nous accompagnaient – je dis les hommes, même si pour la plupart ils avaient l'air de gamins et étaient peut-être restés des gamins dans leur cœur – avaient pris place avec moi sur le long pont arrière, sous le soleil à son zénith qui cognait droit sur nos têtes et nous faisait nous asseoir sur nos ombres. C'était une journée idéale. Sous le bateau, l'eau passa du gris-vert au bleu-vert pour finalement virer au bleu marine intense, vers lequel nous nous dirigions. Au-dessus de nous, une demi-douzaine de sternes tournoyaient en poussant des cris. Nous traversâmes ensuite un banc de calmars de récif qui filaient dans l'écume bouillonnante, leurs petits corps brillants comme des sequins, bondissant pour fuir leurs prédateurs.

Les Basques étaient de toute évidence à l'aise sur l'eau, et cette sortie en mer fut une partie de plaisir. Nous avions emporté un déjeuner léger – des avocats arrosés de jus de citron vert, du fromage espagnol à pâte dure, des olives et du pain complet –, juste un en-cas pour garder de l'appétit en prévision du vrai repas que nous devions prendre plus tard, le banquet basque qui nous avait été promis.

Au bout de quelques heures, nous arrivâmes à une petite île protégée qu'Ernest aimait beaucoup, bien reconnaissable à sa forme incurvée. Il m'y avait déjà emmenée, et j'avais longé le récif à la nage pendant qu'il pêchait au harpon, chaussé des chaussures à semelles épaisses qu'il mettait pour se protéger les pieds des coraux coupants comme des rasoirs.

C'était un endroit très beau, désert – comme si nous avions retenu un coin de paradis privé rien que pour nous. Vers le large, du côté de la barrière exposé au vent, les vagues se brisaient et retombaient comme de la fumée sur la crête en lame de couteau qui protégeait l'îlot. De l'autre côté, l'eau était aussi claire que du verre, translucide, parcourue par les longues stries blanches des bancs de sable sous la surface. Nous contournâmes la pointe orientale pour atteindre la côte sous le vent, où se trouvait une petite anse bordée d'une plage blonde abritée par l'ombre dansante de grands palmiers.

Ce fut là que nous jetâmes l'ancre de la *Pilar*. Nous prîmes l'annexe pour débarquer sur le sable, très blanc et très frais car le soleil était passé de l'autre côté de l'île. Les Basques avaient apporté un sac de riz et un autre de légumes, un poulet et diverses épices mystérieuses qui feraient de tous ces ingrédients un dîner délicieux. Ernest alluma un feu pour la cuisson, vida les snooks et les carangues qu'il avait attrapés à la traîne, tandis que Paxtchi préparait le repas dans une immense et profonde poêle qu'il avait gardée sur ses genoux pendant la traversée, y tenant de toute évidence beaucoup. Le riz, les oignons et les poivrons furent mouillés de bouillon et remués avec une grande palette en bois, puis le poulet et le poisson ajoutés. Après cela, il n'y toucha plus, et laissa cuire, ce qui prit un long moment sur le feu de camp et me laissa tout le temps d'aller me baigner. Je m'éloignai un peu, entrai dans l'eau jusqu'à la taille, puis m'élançai.

L'eau était délicieuse. Ernest m'avait donné une paire de lunettes de moto, encore plus efficaces qu'un masque. Je nageai jusqu'au cordon de corail aux teintes pâles. Un banc de milliers et de milliers de poissons ovoïdes minuscules passa en dessous de moi, la chair si transparente que l'on voyait l'intérieur de leur corps. Plus profond, de plus gros poissons bien plus grands que moi nageaient lentement entre deux eaux. Je me sentis minuscule, mais je n'avais pas peur. Je n'étais qu'une particule infinitésimale dans cette mer qui s'étendait loin, très loin de tous côtés, et aussi vers le bas, au fond de fosses noires et froides où ne pénétrait jamais la lumière et où vivaient des créatures étranges. Se sentir petite et sans importance, c'était un sentiment plutôt rassurant.

L'avenir était un mystère. Ni moi ni personne ne pouvions savoir si Ernest finirait par quitter sa femme, si notre amour et cette vie commune que nous étions en train de construire seraient durables. Les séparations étaient comme la marée : elles revenaient, inévitables, et lissaient le sable blanc pour faire place nette.

Je battais lentement mes palmes, m'emplissant les poumons pour flotter à la surface, ballottée par le courant qui courait sous ma poitrine et sur mes cuisses. Deux mètres plus bas, sur le fond, presque parfaitement camouflée, une raie en forme de losange était posée, quasiment immobile, une brume de sable pâle s'élevant sur le pourtour de son corps. Juste au-dessus, encore assez loin de la surface, grappillant leur nourriture, nageaient plusieurs dizaines de petits pompaneaux bleu argenté, nageoires et ventre jaunes. Ils ne faisaient attention ni à moi ni à la raie. Je les contemplai un moment, et j'étais sur le point de retourner vers le rivage quand je vis une ombre glisser vers moi, remontant des profondeurs. Une terreur glacée me prit, mais ce n'était qu'une tortue de mer, ses pattes avant arquées comme des ailes et tachetées d'un brun jaunâtre. Elle volait plutôt qu'elle ne nageait, et observa du coin de l'œil ma silhouette au-dessus d'elle, mon ombre se profilant sur sa large carapace. Je crois n'avoir plus du tout respiré pour mieux l'admirer avant qu'elle ne disparaisse.

À mon retour au camp, le plat commençait à répandre un délicieux fumet, et Ernest m'attendait avec une serviette qu'il avait réchauffée devant le feu.

J'avais les cheveux dégoulinants, et il n'arrêta de me frictionner que pour me donner du vin.

— Tu as vu de belles choses ?

— C'était magnifique, mais ce que j'ai préféré, c'est une tortue à écailles. Une très jolie fille, couleur d'ambre, et elle m'a laissée approcher très près.

— On dirait que tu es sûre que c'était une femelle.

— Solidarité féminine oblige ! Nous avons passé un accord, toutes les deux. Elle a bien voulu que je nage tout près d'elle à condition que je n'agite pas trop l'eau en faisant tout un cirque de notre rencontre.

— Ça se mange ? demanda Paxtchi, qui remuait lentement son chef-d'œuvre d'avant en arrière avec sa palette.

— Oui, mais si tu voulais toucher à celle-ci, je t'en empêcherais avec une balle s'il le fallait. Je t'ai dit que j'avais conclu un pacte avec elle.

— Pas de violence inutile, fit Ernest avec un sourire. Personne ne va toucher à ta tortue.

Je me joignis aux rires, puis je laissai les hommes à leur cuisine et à leurs conversations, et allai m'asseoir seule sur la plage, emportant mon verre de vin rouge acidulé. J'enfonçai profondément les pieds dans le sable frais, et me perdis dans le spectacle des vagues dont les crêtes, ourlées d'un bleu nacré, tournaient plusieurs fois sur elles-mêmes avant de se briser et de se répandre.

Le monde changeait, et les secousses étaient violentes. En Europe, les nazis venaient de signer le Pacte d'acier avec l'Italie, qui liait Berlin à Rome, Hitler à Mussolini, par une alliance qui entraînerait encore bien des morts. La menace se rapprochait, et conférait une intensité toute particulière à des moments tels que celui-ci, aux vagues, aux rires, au vin et aux étoiles.

Par nature, le paradis était un endroit fragile, mais tant que nous y étions il fallait en profiter. Je cherchai

Ernest des yeux. Il me tournait le dos, face au feu, agitant les bras, lancé dans une histoire, sur le fond des flammes bondissantes. Elles s'allongeaient, jetaient de hautes langues de feu, montant autour de lui. De plus en plus hautes.

35

Pour l'anniversaire de ses quarante ans, Ernest reçut une longue lettre de Pauline lui disant qu'il était unique, et qu'elle savait qu'il allait arriver à tout arranger entre eux. Elle achevait en lui envoyant tout son amour et ses meilleurs vœux. Cette missive nous sidéra, et nous passâmes un quart d'heure dans notre long salon de la Finca à la méditer. Après me l'avoir lue à voix haute, il la relut plusieurs fois en silence. Je ne comprenais pas pourquoi il m'en avait fait part, alors que, en général, il gardait sa vie de famille bien distincte. Je ne sus pas non plus qu'en dire ni qu'en penser. Ou bien Pauline était résolue à sauver son mariage avec une détermination plus impénétrable qu'une cote de mailles, ou il l'avait rassurée en secret. Ces deux hypothèses me rendaient aussi furieuse et triste l'une que l'autre, et accentuaient mon sentiment d'impuissance.

Nous avions décidé de vivre à la Finca pour échapper au reste du monde. Pauline ne venait jamais à Cuba, car Ernest avait depuis très longtemps revendiqué l'île comme sienne, une retraite inviolable. Pourtant, sa femme était constamment présente par ses lettres, ses télégrammes et ses coups de téléphone pour parler des garçons. Des factures passaient de Key West à La Havane, des chèques partaient dans l'autre sens. Ernest ne mentionnait que rarement son nom mais je savais toujours quand elle était arrivée à l'atteindre. Cela se sentait à son humeur le soir quand nous buvions un verre, et à la façon dont il tapait dans la balle pour me la renvoyer sur notre court de tennis au sol de corail concassé. Ses smashs n'étaient jamais dirigés contre moi. Ce n'était pas avec moi qu'il était en guerre. Mais cela me crevait le cœur.

Pourquoi se raccrochait-il si fort à cette femme, et à l'idée fausse qu'ils formaient toujours une famille ? Que trouvait-il avec Pauline que notre vie commune ne lui apportait pas ? Que lui manquait-il encore ici ? Y avait-il une lacune en moi ?

J'aurais aimé téléphoner à ma mère pour lui demander conseil, mais cette histoire ressemblait tellement à ce que j'avais déjà vécu avec Bertrand que je n'en avais pas le courage. Alors j'attendais, inquiète, tâchant de me raccrocher à tous les bons côtés de notre vie à la Finca. La simple perfection de chaque jour. Le soleil, le jardin, l'amour et le travail. Une vie d'une richesse tellement inattendue que je me réveillais parfois la nuit et restais les yeux ouverts dans le noir, avec l'impression d'être un dragon couché sur un tas d'or. Je ne m'étais jamais sentie aussi heureuse, mais jamais non plus aussi vulnérable, parce qu'il y avait beaucoup à perdre.

Finalement, moi aussi je m'étais mise à avancer à grands pas dans mon roman, qui touchait à sa fin. Plus que quelques semaines, d'après mes estimations, et j'en aurais terminé. J'avais récemment trouvé un titre que j'aimais bien dans un des livres d'Ernest sur les grandes batailles historiques. Ernest cherchait ses titres dans la Bible – ou dans des vieux recueils de poèmes – mais, pour moi, ce choix avait toujours eu une dimension mystique. Je pensais qu'en me concentrant, en faisant bien attention à tout ce que je lisais, à un moment quelque chose me sauterait aux yeux, et aurait la force d'une évidence. C'était sans doute une idée un peu bête, mais elle fonctionna. Je lisais par-dessus l'épaule d'Ernest un soir, ne faisant qu'à moitié attention au livre qu'il tenait entre les mains, quand une phrase jaillit de la page, comme si elle criait pour se faire entendre. *A Stricken Field* – un champ d'infortune.

— C'est un peu sombre, commenta Ernest.

— La guerre n'est pas gaie. Mais ce n'est pas facile.

— De trouver un titre, tu veux dire ?

— Ça, et le reste. Je voudrais tellement que ce livre soit bon.

— Mais il est bon, Lapin. Ce que tu fais, c'est excellent. Tu peux le croire.

— Si seulement c'était vrai…

À la fin du mois d'août, comme il n'y manquait jamais depuis des années, Ernest se prépara à aller au L-Bar-T Ranch, dans le nord du Wyoming, son lieu de pêche et de chasse préféré. Bumby était déjà dans la région pour ses vacances avec Hadley et son deuxième mari, Paul, et l'attendrait au ranch. Gigi et Patrick devaient les rejoindre à la fin de leur camp de vacances dans le Connecticut. Pauline ne serait pas là, étant partie en France sur un coup de tête, parce qu'elle avait eu envie d'y aller avant que « toute l'Europe explose », comme disait Ernest.

Ernest avait toujours une solution à tout.

— Je vais demander à Toby Bruce d'aller les chercher et de me les amener par le train.

Toby prêtait main-forte à Ernest et à sa famille depuis des années, et était l'une des rares personnes en qui il avait une confiance absolue, et à qui il laissait sans hésiter sa voiture, ses armes, la *Pilar* – et maintenant ses fils.

— Il acceptera sûrement, répondis-je distraitement.

J'étais préoccupée parce que, malgré son voyage en Europe, rien n'empêchait Pauline de rentrer avant la fin des vacances et de les rejoindre dans le Wyoming. Elle avait amplement le temps de le faire, et beaucoup à perdre si elle manquait cette occasion.

— Ne t'en fais pas, Lapin, dit-il, devinant mes pensées. Je vais faire de mon mieux pour régler la situation très vite. Tu as été tellement patiente.

La pièce était sombre, la lumière des lampes concentrée en quelques points seulement. Un silence pesant se fit. Nous avions tous les deux peur d'en dire plus, mais pour moi il aurait été encore pire de faire comme si de rien n'était.

— Ça n'est pas vraiment de la patience, chéri, il me semble.

36

Ce fut toute une équipée de quitter La Havane. Je fis le trajet avec Ernest jusqu'à Saint Louis, en passant par Key West à bord de la *Pilar* pour récupérer la voiture et donner ses instructions à Toby Bruce, qui avait accepté de convoyer les garçons. Nous prîmes la route dans la Buick noire décapotable d'Ernest, chargée à bloc, pour nous lancer à l'assaut de l'Amérique, conduisant de dix à douze heures par jour car c'était ainsi qu'il aimait voyager, avec très peu d'arrêts, les vitres baissées, la radio à fond.

Il adorait ce genre de vadrouille – les petits motels dans des trous perdus, les stations à essence de bord de route, les sandwichs bolognaise pour le dîner, les pauses dans les fossés ou dans les champs dès que lui prenait l'envie de pisser, voiture simplement arrêtée sur le bas-côté, et tant pis si on le voyait au passage.

J'aimais rouler dans la campagne et sentir l'air chaud sur mon visage, mais j'étais moins séduite par le laisser-aller d'Ernest, qui retournait à l'état sauvage. Il ne se rasait plus et conduisait pieds nus, portant toujours le même short en toile retenu par une ficelle. J'avais le plus grand mal à lui faire se laver les mains deux ou trois fois par jour.

— Toutes les femmes ont le désir secret de vivre avec un homme des cavernes, affirmait-il quand je me plaignais.

Je ne pouvais pas m'empêcher de rire.

— Intéressant… mais ma mère ne te laissera pas mettre les pieds dans la maison.

— Elle va m'adorer. Toutes les mères m'adorent.

Je l'espérais du fond du cœur. Après Ernest, ma mère était la personne la plus importante de ma vie. Elle ne verrait certainement pas notre relation d'un bon œil, puisque Ernest était encore marié à une autre. Mais je me disais que si elle passait un peu de temps avec nous elle verrait vite ce qui le rendait si extraordinaire, et elle comprendrait pourquoi je prenais autant de risques pour vivre avec lui.

Quand nous arrivâmes enfin, elle nous accueillit avec un rôti, et la visite se passa mieux que je n'avais osé l'espérer. La soirée se poursuivit jusqu'à une heure tardive à discuter du traité que l'Allemagne venait de signer avec l'Union soviétique, accord qui engageait les deux pays à ne s'allier à aucune autre puissance et à ne pas s'attaquer mutuellement. Pendant la guerre d'Espagne, Staline avait apporté son aide aux loyalistes pour combattre Franco, mais il semblait de plus en plus que les puissants s'unissaient. Il serait bientôt impossible de les arrêter.

Maman changea de sujet avec un soupir et demanda à Ernest de lui parler de ses fils.

— Patrick a onze ans. Nous l'appelons Mexican Mouse parce qu'il est très brun. Il lui arrive de lire deux ou trois livres par jour. Il dit que je devrais écrire un nouveau roman plus gros que *Les Vertes Collines* pour que ça me rapporte encore plus d'argent, acheva-t-il dans un rire. Je n'ai pas le courage de lui dire que ce livre a été un échec.

— Quelle idée ! protesta-t-elle. Il se moque bien de ça ! Il est fier de vous, c'est normal. Et les deux autres ?

— Jack a quinze ans, et il passe pratiquement tout son temps en pension. Nous le surnommons Bumby depuis qu'il est bébé, quand nous étions à Paris. Gregory va avoir huit ans. Gigi est un drôle de personnage. Il a gagné dix dollars aux dés à son camp de vacances la semaine dernière. Il m'entretiendra peut-être un jour, vous savez. Il a la main heureuse au jeu.

Maman eut l'air affolée.

— Vous ne l'emmenez pas au casino, j'espère !

— Non, bien entendu ! À la maison, il joue aux dés assis sur ses talons dans le chemin, comme on le fait au Maroc. Mais je devrais l'emmener au casino, vous avez raison. Ça me ferait une rente.

Elle eut un rire.

— Marty ne s'est jamais intéressée à l'agent. Pour elle, il n'y a jamais eu que les voyages. Un jour, elle s'est sauvée de la maison et elle s'est cachée dans la voiture du livreur de pains de glace.

Il s'illumina.

— Oui, elle m'a raconté ça. C'est une belle histoire.

— Ce que je ne t'ai pas dit, intervins-je, c'est que je n'ai plus pu m'asseoir pendant une semaine après.

— C'est vrai, mais c'est la seule fois où nous avons levé la main sur elle, se hâta de préciser ma mère.

Il m'adressa un clin d'œil.

— Sans doute qu'elle l'aurait mérité plus souvent.

— Oui, sans aucun doute, approuvai-je, ce qui nous fit tous rire.

La soirée avançant, je vis que nous avions gagné la partie. Ernest avait remporté l'approbation de ma mère sans se donner le moindre mal. Elle avait demandé des détails sur les garçons. C'était bon signe. Un jour, si tout se passait comme prévu, ils deviendraient ses petits-enfants. Il était normal qu'elle s'intéresse à eux, songeai-je, m'autorisant à légèrement plus d'optimisme, me laissant aller à espérer, juste un peu, que la situation tournerait en ma faveur très bientôt.

Le lendemain matin, j'aidai Ernest à charger la voiture, déjà pleine de cannes à pêche et de moulinets et de toutes sortes de leurres, ainsi que de fusils et de sacs de couchage et de bidons à eau. Au-dessus des épaules d'Ernest, le soleil matinal était rond et lumineux comme une mandarine.

— Allez, viens, dit-il. On verra bien comment ça se passera une fois là-bas.

— Attention, je pourrais me laisser tenter.

Il s'appuya à l'aile de la Buick et je me plaquai contre lui, les bras passés autour de son cou. Le soleil brillait sur nous, nous réchauffant le haut de la tête. En haut des arbres les cigales chantaient un air qui parlait de la fin de l'été et de nous, aussi, me sembla-t-il. Les voisins nous regardaient peut-être. Il était possible que ma mère soit à la fenêtre, en train de m'attendre. Peu importait : j'aurais voulu rester ainsi le plus longtemps possible, empêcher le temps de passer.

— Si tu t'ennuies de moi, tu sais où me trouver, dit-il.

— Je m'ennuie déjà de toi.

— Je ne veux pas vivre sans toi. Il va falloir trouver une solution.

— Mais nous l'avons trouvée. Je t'aime terriblement, tu le sais ?

— Tant mieux.

Il m'embrassa longuement. Une incertitude vibrait entre nous, mais aussi le bonheur de nous être trouvés. Les deux sentiments penchaient dans la balance, et c'était difficile de faire la part des choses. Pour finir, je dus bien le laisser partir.

Il s'installa au volant en repoussant sa boîte à leurres et sa canne à pêche préférée pour se faire de la place. Je l'embrassai une dernière fois par la vitre ouverte, puis le regardai s'éloigner sous la voûte des arbres, de plus en plus petit et pâle et brumeux, jusqu'à ce qu'il ne soit plus là du tout. Je restai quand même encore un peu, mon cœur se tendant vers lui, s'étirant pour franchir l'espace qui nous séparait.

37

Quelques jours seulement après qu'Ernest et les garçons se furent installés au L-Bar-T, les troupes de Hitler entraient en Pologne. Après cela, tout s'enchaîna : la Grande-Bretagne, la France, l'Australie et la Nouvelle-Zélande déclarèrent la guerre à l'Allemagne, et il n'y eut plus aucun endroit sur terre assez reculé pour ignorer la terrible réalité. La Seconde Guerre mondiale avait commencé.

À Saint Louis, maman et moi nous cloîtrâmes dans le salon pour écouter la radio pendant des heures, l'une contre l'autre, sans bouger ni parler, paralysées par la tristesse et l'inquiétude, même si nous savions depuis longtemps cette issue inévitable. Les mêmes bulletins étaient diffusés à intervalles réguliers, n'apportant que très peu d'informations nouvelles, mais nous les écoutions quand même. La pièce sombra dans l'obscurité. Nous ne trouvions ni l'une ni l'autre la force de nous lever pour allumer la lumière.

Quand Ernest me téléphona, il m'apprit que c'était la même chose pour lui et les garçons. Ils étaient à peine sortis du chalet. Il n'avait dormi que quelques heures, et allumait constamment la radio portable sur son oreiller. En tout cas, il n'avait jamais vécu des vacances pareilles dans le Wyoming.

— Que penses-tu que Roosevelt va faire ? me demanda-t-il à l'autre bout du fil.

— Je ne sais pas. Je ne suis même pas sûre que ça ait de l'importance. Est-ce que tout n'a pas été perdu dès l'Espagne et la Tchécoslovaquie, de toute façon ? Nous n'avons rien fait à ce moment-là, et maintenant, c'est trop tard.

Le téléphone de maman était une monumentale monstruosité noire, dotée d'un combiné qui devait peser un demi-kilo. Sa lourde forme, froide et lisse dans ma main et contre ma joue, me semblait symbolique de quelque chose, sans que je sache exactement de quoi. J'entendais la respiration d'Ernest, tellement proche alors qu'il était si loin.

— Ça me rend malade, dit-il.

— Moi pareil.

Dans le silence qui suivit, j'écoutai le son de la liaison téléphonique, entre le murmure et le battement cardiaque.

— Fife est rentrée de Paris, annonça-t-il finalement. Elle arrive ici demain par avion.

À sa voix, qui avait baissé de plusieurs tons, je devinai qu'il avait redouté le moment de me l'annoncer.

Une vive jalousie monta en moi. Pourquoi associait-on toujours le vert à la jalousie, alors que, clairement, c'était le rouge ? Rouge rage.

— Je me doutais qu'elle n'avait pas abandonné.

— Pas moi. Je commence à me dire que je ne comprends pas grand-chose aux femmes. Pardon, Lapin.

Je ne savais plus quoi dire. Le téléphone était

brûlant. J'avais envie de laisser tomber le combiné, ou de le jeter à travers la pièce.

Comme je ne répondais pas, il continua :

— Il va falloir que je fasse quelque chose. Je croyais que ce serait peut-être plus facile pour elle si je lui laissais le temps de prendre la décision elle-même.

— Il va bien falloir que quelqu'un se décide un jour !

J'avais dit cela sur le ton de la provocation, mais il ne mordit pas à l'hameçon. Il était si profondément absorbé par ses propres difficultés qu'il était sans doute incapable de comprendre les miennes.

— C'est déjà pas marrant comme vacances, tu peux me croire.

Je n'eus plus de nouvelles de lui pendant deux semaines. Je ne bougeais pas du divan du salon pour écouter la radio, me sentant de plus en plus fragile. Le monde était sens dessus dessous, et moi aussi. J'étais poursuivie par la peur terrible qu'Ernest change d'avis, imaginant les tactiques que Pauline pourrait déployer pour le retenir. Mais quand il appela enfin, il m'annonça que c'était fait. Il avait demandé le divorce – fini les faux-semblants et les atermoiements silencieux. Pauline avait écouté et semblé comprendre ce qu'il avait à dire, mais il n'était toujours pas sûr de ce qui allait se passer, car elle s'était réfugiée dans son lit aussitôt après en s'enfermant à clé, et n'avait pas reparu depuis trois jours.

Il appelait d'une cabine non loin du ranch pour pouvoir me parler tranquillement. J'essayai de me l'imaginer dans les montagnes, pollen de pin dans l'air, oiseaux de proie dans le ciel et fraîcheur mordante. Il ne semblait ni en colère ni soulagé, mais avait la voix d'un homme qui vient d'apprendre la mort d'une personne qu'il a bien connue et aimée jusqu'à ce que cela ne soit plus possible.

— C'est difficile, dit-il. Elle a une force énorme, mais ce sont parfois les plus forts qui supportent le plus mal l'échec, en fin de compte.

— Alors elle est encore là ?

— Elle reste jusqu'à la fin de la semaine. Toby Bruce va venir la chercher pour la ramener à New York avec les enfants. Bum reste un peu plus longtemps, et puis il ira à Cody avec Hadley et Paul.

— Les garçons doivent prendre très mal la nouvelle.

— Ils encaissent le coup. Patrick ne dit pas grand-chose. Il reste assis sur la véranda avec un livre et n'en bouge pas. Il y est encore à l'heure où je te parle. Gigi voudrait réconforter sa mère, mais elle ne laisse personne l'approcher. Il attend devant la porte de la chambre en jouant au solitaire par terre dans le couloir. On se croirait aux pompes funèbres !

— C'est affreux. Je voudrais pouvoir faire quelque chose.

Il se tut une longue minute, puis lança :

— Et si tu venais me rejoindre ? Je pourrais presque arriver à supporter ce qui se passe si tu étais là.

— Ça ne serait pas très élégant de débarquer à la seconde où elle aura tourné le dos, tu ne crois pas ?

— Je ne vois pas ce que l'élégance vient faire là-dedans. Je me sens très mal. Je ne dors pas. Viens.

La ligne grésilla dans le silence qui suivit. Il s'écoula

encore un long moment, même après qu'il eut coupé la communication, avant que je raccroche.

Je fis presque aussitôt ma valise, non sans avoir monté la lourde radio dans ma chambre pour ne rien manquer des dernières nouvelles, pourtant si peu fiables. Les nazis envahissaient la Pologne en la saccageant. Ils avaient atteint la Vistule et s'apprêtaient à prendre Varsovie. Le Canada avait rejoint le camp des Alliés et déclaré la guerre à l'Allemagne. À Washington, le président Roosevelt avait appelé une session extraordinaire du Congrès afin de revoir les lois sur la neutralité, mais pas grand-chose n'avait changé. Sa politique restait la même depuis des années, c'est-à-dire qu'il tenait sa promesse de non-intervention à l'étranger. Nous ne pouvions pas nous en mêler. Il avait donné sa parole à toutes les mères, aux pères, aux fils et aux épouses d'Amérique, et il s'y tiendrait aussi longtemps qu'il le pourrait.

— Où en es-tu avec Ernest ? demanda ma mère.

Elle était venue voir ce que je fabriquais et m'avait trouvée en train de fourrer mes affaires dans ma valise ouverte. Elle avait l'air inquiète, mais prit la peine de s'asseoir pour me montrer qu'elle était prête à écouter mes confidences si je voulais lui parler.

— Il a demandé le divorce.

Ces mots étranges me collaient à la bouche. J'étais pétrie de culpabilité à cause de Pauline, mais je me sentais aussi plus libre et plus optimiste que je ne l'avais été depuis des mois.

— Je vais le rejoindre dans le Wyoming. Ça ne s'est pas très bien passé là-bas.

— Je m'en doute, dit-elle d'un ton où perçait de la froideur, ou une certaine méfiance peut-être. Et toi ?

— Comment ça, moi ? Je croyais qu'Ernest te plaisait.

— Oui, c'est le plus charmant des hommes, mais je trouve qu'il exige beaucoup d'efforts de la part des femmes qui partagent sa vie. Et ton livre ? Tu ne vas pas le sacrifier, au moins, si tu lâches tout pour le rejoindre ?

— Je ne lâche pas tout, rétorquai-je, sur la défensive malgré moi. J'ai fini le premier brouillon. J'en suis à la première relecture. Tu ne pourrais pas être un peu plus contente pour nous ? Je sais que ça peut paraître étonnant, mais Ernest m'aime.

— Bien sûr qu'il t'aime dit-elle en prenant un oreiller pour en lisser la taie du bout des doigts. Il serait bien bête de ne pas t'aimer. Mais c'est son deuxième divorce. Il aimait celles qui t'ont précédée, j'imagine ?

— Je suppose.

Je pouvais difficilement lui laisser dire des choses pareilles sans voler à la rescousse d'Ernest. Mais c'était peut-être pour moi aussi que je réagissais. Tout se confondait un peu.

— Il était jeune, la première fois. Les erreurs, ça arrive.

— Bien sûr, et j'essaie de t'en éviter une aussi, ma chérie. Peut-être la pire de ta vie. Sois prudente, Marty, tu veux bien ?

— Oui, je te le promets.

Paroles en l'air, car je savais très bien qu'il était beaucoup trop tard pour changer quoi que ce soit.

38

Sun Valley était une station de la Wood River Valley, entourée par un magnifique panorama de massifs montagneux, et par la forêt de la réserve nationale de Sawtooth. C'était une région de hauts sommets, de roches dorées et acérées, et de peupliers qui s'élevaient, élégants, dans le ciel.

Après la Grande Dépression, Averell Harriman, de la compagnie de chemin de fer Union Pacific Railroad, avait eu la bonne idée de penser que la crise pourrait être partiellement enrayée dans cette partie de l'Idaho grâce à des activités de loisir et de plein air été comme hiver. Il avait investi pas mal d'argent dans l'aventure, mais n'avait attiré que très peu de vacanciers jusqu'à ce qu'il pense à truffer les lieux de vedettes de cinéma et autres célébrités attrayantes, donnant ainsi à Sun Valley les lettres de noblesse que sa situation paradisiaque aurait dû suffire à lui offrir.

Quand Harriman avait contacté Ernest pour lui proposer des vacances gratuites en échange d'un peu de publicité, Ernest avait commencé par refuser. Et puis la guerre avait éclaté et il avait quitté Pauline, et dans son malheur il avait eu envie d'aller ailleurs, dans un endroit qu'il ne connaissait pas, sans mauvais souvenirs et même sans aucun souvenir du tout.

On nous donna une suite à double exposition au premier étage, le plus bel appartement que la résidence ait à offrir. Il y avait deux grandes chambres, toutes les deux avec cheminée et lit immense, et une salle de séjour de la taille d'un bowling. C'était presque trop beau, trop de luxe pour notre mauvaise conscience et nos remords – mais je commençai à me sentir un peu mieux en regardant la vue avec lui.

La porte-fenêtre de la terrasse était ouverte, et la vallée déployait devant nous ses ors et ses émeraudes. Bald Mountain se dressait, royale, le lac à ses pieds, ses pistes de ski sèches marquant les pentes comme si une matière collante y avait fondu. D'ici peu, il y aurait de la neige, des matins bordés de givre et des nuits claires et pures.

— Nous allons pouvoir nous remettre à écrire tous les jours, dis-je. Nous en avons besoin tous les deux. Il y a assez de place pour qu'on puisse travailler en ne s'apercevant même pas que l'autre est là. Pour le déjeuner, nous n'aurons qu'à sonner, ou yodler, comme on voudra.

— Ça me semble parfait.

Il me regardait, les yeux fatigués, épuisé par le long voyage de nuit et tout ce qu'il venait de vivre. Par tout ce qu'il ressentait et n'exprimait pas.

— Rien ne nous fera sans doute plus de bien, reprit-il, mais il faudrait inventer une histoire pour expliquer ta présence.

Des mots qui claquèrent entre nous. Pauline n'était plus un obstacle mais, bien sûr, rien n'était encore vraiment réglé. Il faudrait attendre encore un peu.

— Tu veux dire, pour expliquer pourquoi je ne suis pas Mme Hemingway…

— C'est ça.

— Qu'est-ce que tu voudrais que je dise ? demandai-je d'un ton sec.

— Comment veux-tu que je le sache ? Je n'ai pas la moindre idée de ce qu'il faut faire. Et toi, tu sais comment gérer la situation ?

Il avait mal pris ma réaction parce qu'il n'avait jamais été la maîtresse de personne, n'avait jamais vécu ce que je vivais.

— Eh bien, ça dépend de ce qui compte pour toi. Protéger ta réputation, ou la mienne.

Il eut l'air blessé.

— La tienne, évidemment. Je ne crois pas que le peu qu'il reste de la mienne vaille la peine qu'on se donne beaucoup de mal. Nous allons bien trouver quelque chose.

— D'accord, répondis-je, sans conviction.

— Pour l'instant, nous avons surtout besoin de dormir, de manger et de boire un whisky. Si nous suivons ce régime pendant quelques semaines, il y a une chance que nous reprenions le dessus. Nous allons recommencer à écrire comme avant. Nous allons nous remplir d'un travail satisfaisant, et l'après-midi nous irons faire du cheval, ou nous irons à la pêche ou à la chasse.

— À la chasse ? Je crois que tu as oublié avec qui tu étais…

— Pas du tout.

Il me prit dans ses bras et me serra sur son cœur tandis que je restais avec mes questions et mes doutes.

— Pour la première fois depuis longtemps, je sais justement que je ne me trompe pas.

Nous comptions séjourner à Sun Valley six semaines pour nous laisser du temps – nous retrouver tous les deux et nous remettre au travail. Pour cela, il nous fallait un peu oublier le reste du monde. Les Soviétiques avaient envahi la Pologne et livré Varsovie aux nazis, comme un jouet qu'on s'échange et qu'on se passe de main en main. Reinhard Heydrich, bras droit de Himmler à la sécurité, prit la direction du Sicherheitsdienst, le service de renseignement de la SS, ainsi que de la Gestapo et de la Kriminalpolizei de Hitler. C'était trop dur de s'exposer à ce genre de nouvelles en permanence. Nous décidâmes donc de n'écouter la radio que deux fois par jour, au déjeuner et en prenant un verre avant le dîner.

Ernest se replongea dans son « livre sur l'Espagne », comme il l'appelait, et moi j'étais jusqu'au cou dans ma deuxième version de *A Stricken Field*, soulagée de me sentir parfaitement à l'aise dans l'histoire, absorbée. Tout me semblait réel dans ce monde de mon invention, presque comme si c'était un pont sur lequel je pouvais me réfugier quand tout le reste était instable et imprévisible.

L'après-midi, nous sortions le plus possible pour profiter des derniers jours de beau temps. La nature était si belle. Nous allions parfois faire du cheval dans la montagne. Au début, j'eus peur de ne plus savoir monter car je n'avais pas fait de cheval depuis que j'étais petite, et encore, je n'avais jamais été très douée. Mais Ernest me rassura, et en effet, la reprise se passa très bien. Avec Taylor Williams, il me choisit un vieil hongre docile nommé Blue au dos large comme un fauteuil et qui fit preuve d'une patience à toute épreuve pour me laisser prendre mes marques.

Taylor était le chef des guides de l'hôtel, un grand échalas du Kentucky qui tirait et pêchait aussi bien qu'Ernest. C'était un type vif à l'humour corrosif parfois surprenant car ses plaisanteries ne cadraient pas avec son doux accent chantant. On avait l'impression qu'il crachait des clous enduits de miel. Il nous faisait beaucoup rire, et Ernest l'adora tout de suite et le baptisa Colonel.

En sortant de l'hôtel, vers l'est, on franchissait la rivière Big Wood, puis on entrait dans une grande prairie où l'herbe mêlée de lin, de sumac et de sauge était si haute qu'elle montait presque jusqu'au ventre des chevaux. À partir de là, des sentiers grimpaient dans la montagne jusqu'à des cols austères ocre jaune, ou à travers des forêts de saules, dans une nature sauvage, merveilleusement préservée de la main de l'homme.

Un jour, nous allâmes plutôt vers le nord, ce qui faisait longer le lac de Sun Valley jusqu'au Trail Creek, un ruisseau que nous suivîmes tranquillement, ravis de la promenade, jusqu'à une zone plane et suffisamment sèche pour laisser les chevaux brouter. Après les avoir attachés, nous dépliâmes une couverture sous un arbre sur un talus confortable et pique-niquâmes, puis nous nous allongeâmes sur le dos, les yeux fermés sous le soleil.

— Nous devrions rester jusqu'à la neige, dis-je. Qu'est-ce que tu en penses ?

— Peut-être. Ou même jusqu'à Noël. Ça doit être formidable ici, et tranquille aussi. Tant que personne n'a encore découvert cet endroit. Il faudrait que ça reste comme ça.

— Ne dis pas ça à Harriman ! Il te mettrait son poing dans la figure.

— N'empêche. Ici, je retrouve la simplicité des choses. Cela fait longtemps que je n'ai pas ressenti une telle cohérence. Il n'y a plus de fantômes qui viennent me tarabuster.

— Nous en avons quand même emporté quelques-uns avec nous.

— Oui, mais ils sont de moins en moins lourds.

Sur une branche haute au-dessus de nous, un geai bleu tournait la tête d'un côté et de l'autre, attentif à toutes sortes de choses que nous ne pouvions pas voir. C'était son royaume.

— Où en es-tu de ton livre ? demandai-je à Ernest.

— Au Gaylord. Ça m'amuse beaucoup de le revisiter. Où que je me tourne, je sais où tout se trouve, et comment on s'y sent dans le noir, et quels sont les secrets de tout le monde.

— Au Gaylord ! Je suis jalouse. Ça me dirait bien d'y aller là tout de suite, rien que pour boire un verre. Pour sentir tout trembler sous nos pieds, et puis revenir ici pour être de nouveau en sécurité. Oui…, ajoutai-je après un silence. Quand on y pense, l'Espagne, c'est aussi un souvenir qui nous hante. Ça m'a brisé le cœur, mais je ne voudrais pour rien au monde avoir manqué ça. Les lieux nous changent, tu ne trouves pas ? Parfois même plus qu'on ne l'imagine.

— Oui. L'écriture, cela permet de faire revivre les endroits qu'on aime. J'ai souvent eu cette impression, et pas seulement pour l'Espagne. Dès que je sais que je vais écrire quelque chose sur Horton Bay, ou Pampelune, ou Madrid, même, je me sens mieux. Comme si je ne pouvais plus vraiment perdre cette époque, et la personne que j'étais là-bas.

— Et ici ? Tu vas écrire sur Sun Valley ?

— Peut-être. Pour ça, il faudrait que je trouve quelle histoire s'y cache. Tous les endroits n'ont pas d'histoire.

Je levai de nouveau les yeux vers le geai, le pin derrière lui, le ciel, dur et bleu en arrière-plan, voulant à tout prix les empêcher de disparaître.

— Cet endroit a forcément une histoire. À nous de la construire.

39

Nous prîmes l'habitude de dîner ou de boire un verre avec Lloyd Arnold, le photographe et chargé de communication de l'hôtel, et son épouse, Tillie, une brune très vive d'esprit, simple et honnête. Elle avait les cheveux bouclés et courts, et des yeux marron qui montraient ses sentiments aussi clairement qu'au travers d'une vitre. Ernest s'était pris d'une sympathie immédiate pour elle, et moi aussi, même si elle semblait avoir des idées très rétrogrades sur le rôle des hommes et des femmes. Elle ne comprenait pas pourquoi j'avais besoin de travailler, par exemple, ni même pourquoi je pouvais en avoir envie.

— C'est en partie pour des raisons très pratiques, tentai-je de lui expliquer. J'ai toujours été indépendante financièrement, et c'est important pour moi. Et puis, j'ai une passion pour l'écriture. Parfois, j'ai l'impression que c'est la seule chose qui compte vraiment pour moi.

— C'est ce que font les femmes de nos jours, sans doute. La femme moderne, comme on dit.

— Je trouve ça formidable. Pourquoi faudrait-il devoir choisir une chose plutôt qu'une autre ?

Elle eut un sourire placide, lissant sa jupe du plat de la main, pas très convaincue.

— Vous pensez vraiment parvenir à tout concilier sans céder sur rien ?

Cela sonnait comme un défi qui me donnait envie de m'écrier : *Moi, oui, certainement !* Mais je me contentai de répondre :

— Pourquoi pas ? En tout cas, j'ai la ferme intention d'essayer.

Une semaine plus tard, à la mi-octobre, presque comme si les dieux m'avaient entendue et avaient décidé de me mettre à l'épreuve, Charles Colebaugh, de *Collier's,* me proposa de m'envoyer en Finlande. Les Soviétiques faisaient depuis peu pression sur ce pays pour obtenir une partie de son territoire en échange d'un bout de terre ailleurs. L'arrangement, déclaraient-ils, était nécessaire pour des raisons de sécurité, Leningrad n'étant qu'à trente-deux kilomètres de la frontière finlandaise. Mais les Finlandais s'entêtaient dans leur refus.

AVONS BESOIN DE VOUS LÀ-BAS. LE PLUS TÔT POSSIBLE, avait télégraphié Colebaugh. Cela me tentait, car, tout en sentant bien que je ne m'étais pas encore totalement remise de l'Espagne, je trouvais important d'y aller. Je tenais à me rendre là où des événements aussi capitaux se produisaient pour rapporter ce que j'y verrais, même si c'était difficile.

— Cela m'inquiète quand même un peu pour mon livre, dis-je à Ernest. Et pour toi, bien sûr.

C'était l'heure du déjeuner, et nous venions de terminer notre repas sur la terrasse de la salle à manger de l'hôtel. Autour de nous, les Pioneer Mountains se dressaient, claires et contrastées, leurs pics semblant gravés là-haut dans le ciel bleu. L'été indien était là, et nous profitions au maximum de tous les moments que nous pouvions passer dehors car ils étaient précieux.

— Tu es trop près du but maintenant pour qu'une interruption t'empêche de finir ton roman, j'en suis sûr. C'est une mission exceptionnelle qu'on te confie. N'importe quel journaliste tuerait père et mère pour écrire dans un journal comme *Collier's* avec son tirage, et de toute évidence le magazine estime que tu es capable de fournir de bons papiers. Pense aussi à l'argent que tu vas pouvoir mettre de côté.

— Assez pour vivre quatre ou cinq mois peut-être. Davantage si je fais attention. Tu es sûr que ça ira sans moi ?

— Bien sûr. Je pourrai peut-être te rejoindre là-bas si j'arrive à m'échapper. Autrement, nous nous retrouverons à Cuba pour le début de l'année, et nous serons heureux comme des rois.

J'appelai Colebaugh pour lui dire que j'acceptais, puis consacrai tout le temps qui me restait à terminer *A Stricken Field*. J'envoyai le manuscrit à plusieurs maisons d'édition à New York, espérant que quelqu'un l'aimerait autant que moi, et trouverait qu'il fallait le publier. Ernest répétait qu'il comprenait pourquoi je devais me consacrer entièrement à mon roman et à ce voyage. Qu'il me soutenait. Mais quand les dates furent arrêtées, il se mit à faire des petits commentaires sous couvert de plaisanteries au dîner, devant tout le monde.

— On m'abandonne, soupira-t-il un soir. Et juste maintenant que l'hiver arrive.

— Mon pauvre, dit Tillie en se tournant vers moi.

Vous ne pouvez pas rester ici pour écrire ? Pourquoi aller à l'autre bout du monde ? Ça n'est pas dangereux ?

— Quand on est correspondant de guerre, il faut aller là où il y a la guerre, expliquai-je sans quitter Ernest des yeux.

Je me demandais s'il plaisantait, ou s'il en profitait pour me signifier ce qu'il pensait vraiment.

— Vous veillerez sur moi, dit Ernest à Tilly d'un ton badin.

Son visage de sphinx ne révélait rien.

— Et qui veillera sur Marty ? demanda Lloyd.

— Marty sait très bien prendre soin d'elle-même toute seule, rétorqua Ernest froidement.

Il souriait, mais cela ne me disait rien qui vaille.

— Si tu ne veux pas que je parte, je préférerais que tu me le dises franchement, protestai-je plus tard quand nous fûmes remontés nous coucher.

Il était dans la salle de bains en train de remplir le verre qu'il gardait sur sa table de chevet.

— À quoi ça servirait ? De toute façon, tu as décidé de partir.

— Oui, mais nous en avons discuté. Tout est déjà organisé.

— Ne te mets pas dans cet état, Lapin, dit-il en croisant mon regard dans le miroir du lavabo. Je te fais marcher.

— Je n'en suis pas si sûre.

— Ne t'inquiète pas. Ça va aller. Tout va bien.

— J'espère. C'est important pour nous deux.

Je l'embrassai dans le cou, tâchant de chasser mes craintes.

— Je serai de retour très vite, tu verras. En moins de deux.

Sur quoi je l'embrassai de nouveau pour sceller ma promesse.

40

Le 10 novembre, deux jours après mon trente et unième anniversaire, j'embarquai à bord du *Westenland* au port de New York. Nous sortîmes de la large embouchure de l'Hudson, dépassâmes Brighton Beach et Rockaway, puis Sandy Hook et sa longue avancée de sable remontant vers l'intérieur de la baie, tandis que le pâle rayon du phare clignait éternellement vers la mer.

C'était une impression étrange de repartir à la guerre. Le conflit espagnol avait été porteur d'un idéal. J'avais su exactement quels en étaient les motifs et les enjeux. Mais cette guerre-ci n'était motivée que par l'avidité et la démence. Adolf Hitler était un fou – tout le monde savait cela –, mais c'était aussi un enfant, un bébé braillard et écarlate, qui voulait imposer sa toute-puissance. Le monde aurait peut-être pu joindre ses forces pour l'arrêter quand il en était encore temps, mais il était bien trop tard. La seule chose que l'on pouvait encore espérer, c'était de réduire l'ampleur de la catastrophe, de modérer les pertes humaines, en n'ayant pour lutter contre le diable que des torches et des fourches. Ou, dans mon cas, ma plume quand le temps viendrait d'écrire ce que j'avais à dire.

Le *Westenland* était un navire hollandais à destination de la Belgique qui n'emmenait que quarante-cinq passagers pour une capacité de cinq cents. C'était une impression étrange de passer devant les cabines vides, la salle de bal sombre et silencieuse, sans orchestre, sans danseurs, sans joie. De la proue à la poupe, l'enfilade de centaines de chaises longues vides ne prouvait que trop clairement que quelque chose n'allait pas. La plupart des autres passagers étaient des Européens qui rentraient chez eux, à temps espéraient-ils pour mettre leur famille hors de danger. On ressentait l'inquiétude, une sourde angoisse qui pesait sur les têtes basses dans la salle à manger. Les menus eux-mêmes étaient presque intolérables : escalopes de poulet panées qui ressemblaient à de la pâte molle, vin qui aurait mérité d'être versé directement par-dessus bord. Cela ne m'empêchait pas d'attendre les repas avec impatience. En dehors de cela, il n'y avait pas grand-chose à faire pour passer le temps. Nous nous croisions dans les coursives, errant comme des âmes en peine, nous saluant par de petits signes de tête sans rien trouver à nous dire, ou montions sur le pont pour fumer une cigarette, le col relevé pour nous protéger d'un vent violent et froid.

J'évitais ma cabine le plus possible. Elle avait de toute évidence été conçue pour des nains – des nains masochistes de surcroît, car le matelas était dur et plein de bosses. Quand j'essayais de lire, l'estomac me montait au bord des lèvres. Quand je prenais une feuille pour écrire à Ernest, je finissais par simplement regarder mes mains, ou le ciel qui tanguait derrière l'unique hublot, dans une sorte de transe. Il me manquait, et je me demandais si je n'avais pas eu tort de partir, mais il était trop tôt pour l'admettre, me semblait-il, alors que je n'avais même pas encore traversé la moitié de l'Atlantique.

Pendant les huit jours de traversée vers l'Angleterre et la Manche, cette torpeur fut rarement interrompue. Puis, le neuvième jour, au petit déjeuner, nous apprîmes par la radio de bord qu'un autre bateau hollandais, qui avait appareillé pour les Antilles la veille de notre départ, avait sauté sur un groupe de trois mines. Six cents passagers étaient à bord, et on n'avait encore aucune estimation précise du nombre de victimes.

Après avoir entendu cette information, plus personne n'ouvrit la bouche et le café refroidit sans qu'on y touche. J'avais la gorge nouée, comme si quelque chose y était bloqué – mon cœur, peut-être.

Je quittai la table et sortis fumer sur le pont. Un autre passager se trouvait là, son manteau de laine grise charbonneux devant la balustrade toute blanche, le visage livide. C'était un Français du nom de Laurent Gardet avec qui j'avais déjà échangé un ou deux mots. Sa famille vivait en Provence, et son père, malade, voulait lui léguer un vieux vignoble familial qu'il n'était pas sûr de vouloir reprendre.

— Mais maintenant qu'il y a les nazis, avait-il ajouté en expliquant sa situation, peut-être que plus personne ne va hériter de rien.

J'avais approuvé tristement, et nous avions fumé une cigarette ensemble. Le voyant sur le pont, j'allai le saluer et il m'offrit de nouveau l'une de ses bonnes Gauloises. Je la pris et me penchai pour l'allumer à la flamme qu'il me présentait comme si c'était une longue habitude entre vieux amis.

La guerre pouvait avoir cet effet sur les relations humaines. L'impuissance, aussi.

Seul le hasard présidait au destin des navires en mer. On ne pouvait absolument pas savoir lesquels couleraient et lesquels passeraient. La Manche était truffée de mines, et les avertissements peints à l'avant et à l'arrière de la coque pour signaler notre neutralité ne changeaient rien. Comme si une mine flottante pouvait lire et réfléchir posément aux implications diplomatiques de nos affiliations. C'était ridicule.

— Les Allemands ont inventé une nouvelle mine magnétique, paraît-il, dit Laurent en anglais avec son fort accent. Elles restent sous la surface et si un bateau passe dessus… Vous voyez ?

— Vous savez comment elles fonctionnent exactement ?

— Je ne suis pas ingénieur. Je suppose que le mouvement causé par le bateau les fait remonter. Ça n'est pas facile à comprendre, ajouta-t-il en se renfonçant dans son col, yeux plissés sous le vent. Ce qui m'intéresse surtout, c'est d'imaginer à quoi elles ressemblent. C'est un jeu auquel je joue depuis que je suis petit. Je dessinais aux crayons de couleur des choses nées de mon imagination. N'importe quoi, des images de mes cauchemars, des histoires de la Grande Guerre dont j'entendais mes parents parler quand ils prenaient le café le soir en lisant le journal. Ma mère gardait tous mes dessins dans une boîte, mais elle devait penser que j'étais fou.

Il m'intéressa soudain par ce détail si humain. Je

me figurai sa mère passant en revue ses dessins avec inquiétude, cigarette au bec.

— Donc, d'après vous, elles ressemblent à quoi, ces mines ?

— Un peu à des baleines ou des orques. « Killer whale » en anglais, ça dit bien ce que ça veut dire. Des baleines tueuses. Des formes ovales dures et noires. En acier, bien sûr.

Il me lança un regard inquisiteur, comme s'il se demandait si, moi aussi, je pensais qu'il était fou.

— Le capitaine dit qu'il va s'arrêter pour la nuit, et qu'il tentera le passage de la Manche demain, quand il fera jour, annonçai-je.

Il haussa les épaules.

— De toute façon, elles sont sous la surface, non ? Et puis, il y a les torpilles. Elles peuvent parcourir jusqu'à dix kilomètres, vous saviez ça ?

— Je l'ai lu, oui.

Je me détournai pour regarder la mer de ce début de matinée, gris pâle sur un fond plus foncé, striée de vert sombre et rehaussée d'écume blanche.

— On ne devrait pas essayer de parler d'autre chose ?

Il ne fit que hausser de nouveau les épaules, et ferma les yeux, aspirant la fumée au fond de ses poumons.

Je l'observai : la peau de ses paupières était bleutée et tremblait imperceptiblement. Cela me rappela l'Espagne, quand nous apprenions qu'une offensive devait avoir lieu, une qui promettait d'être dure. À ces moments-là, il est vrai que cela nous aidait de dire tout haut les pires choses que nous pensions tout bas. Nous passions souvent des nuits entières à deviner ce qui allait se passer, prédisant l'ampleur de l'attaque, sa durée, et à quelle distance les obus risquaient de tomber. C'était comme si les sujets passés sous silence étaient des champs de mines. L'attente des tirs était pire que les tirs eux-mêmes. Une fois la bataille commencée, on savait ce qui se passait et on pouvait réagir. Mais l'attente… Oui, le pire, c'était l'attente.

Le lendemain matin, dès les premières lueurs, nous voguâmes avec lenteur et prudence vers le Pas-de-Calais. Nous fûmes nombreux à sortir sur le pont pour voir ce qui se passait, rassurés d'être dehors plutôt qu'enfermés dans les boîtes métalliques qu'étaient nos cabines, enchaînés par une angoisse paralysante. Le vent nous fouettait par le travers, et cela, au moins, était réel. Plymouth aussi était bien réel, au loin, vers l'avant à bâbord, et Weymouth au-delà, et l'avancée de terre qui se profilait, Cherbourg.

De temps en temps, nous repérions une mine à contact, ou un chapelet, flottant comme des ballons de basket avec leurs pointes noires à bout rond, ne semblant pas plus dangereuses que des théières vues depuis les hauteurs du pont. De les voir ainsi, j'aurais dû avoir les cheveux qui se dressaient sur la tête, mais il n'en était rien. La vraie terreur, la peur glacée qui me prenait au ventre, était causée par un autre danger qui rôdait dans les profondeurs, dissimulé loin sous les remous verts, que nous ne verrions jamais, pas même s'il nous coulait.

Tard le lendemain, nous arrivâmes face aux falaises de Ramsgate, une zone sécurisée par les Anglais. Là, nous reçûmes la nouvelle que d'autres navires avaient été coulés par des mines ou par des sous-marins, et je me pris à espérer que la radio tomberait en panne au moins l'espace d'une nuit pour que je puisse dormir, ce qui n'avait aucun sens, je le savais.

Au matin, nous reçûmes le feu vert pour continuer notre route vers Anvers, mais à pleine plus d'une heure après avoir dépassé Ramsgate nous entendîmes la sirène sonner l'alerte, et la voix du capitaine dans les haut-parleurs. Un autre navire hollandais qui nous précédait dans la Manche avait été touché par trois mines simultanément. Au moins une centaine de personnes avaient trouvé la mort dans l'explosion. Suivirent plusieurs heures d'immense appréhension. J'avais les nerfs à vif. Puis nous commençâmes à voir les débris du bateau qui flottaient sur la mer autour de nous. En approchant, nous constatâmes que ces objets étaient des hommes et des femmes. Ils flottaient sur le ventre, raides, portant les mêmes gilets de sauvetage jaunes qui étaient accrochés aux garde-corps du *Westenland* et garnissaient ses chaloupes. Je ne voulais pas y penser, ni voir les corps, mais je fus incapable d'en détourner les yeux. De longs cheveux roux se déployaient comme des algues autour de la tête d'une femme – même si ce n'était plus une femme, maintenant, au sens strict. Non, ce n'était plus qu'une victime, quelqu'un qui ne retrouverait jamais les siens. Le navire avait battu pavillon neutre et avait transporté des civils, comme nous, des gens qui n'avaient rien fait de plus agressif et impardonnable que de prendre la mer.

Heureusement, une brume s'éleva une heure plus tard, laiteuse et épaisse, qui nous boucha la vue jusqu'à la nuit. Encore quelques heures, et j'entendis le coup de sifflet qui annonçait la terre. Je vis en rejoignant le pont que nous dépassions Ostende. La ville se dressait au bord de la mer du Nord, scintillante, comme dans un conte de fées. Les nuages s'écartèrent, et la lumière de la lune se répandit sur le bateau, caressant les courbes du beaupré, puis tombant sur l'embouchure de l'Escaut que nous devions remonter jusqu'à Anvers. La nuit était calme, soudain pleine de lumières, aussi belle que les dernières heures avaient été terribles. Comment pouvait-on en l'espace d'une seule journée – et dans un seul esprit – vivre des expériences aussi diamétralement opposées ? Cela ne semblait pas possible, et pourtant la Belgique, froide et salutaire comme une table d'opération, émergeait du brouillard.

La traversée de la Manche n'avait pas été un rêve, et cette arrivée n'en était pas un non plus. Il y avait là deux réalités que j'allais devoir assimiler même au prix de quelques contorsions pour passer à la suite de mon voyage.

Je débarquai une heure plus tard avec les autres passagers. En avançant vers la passerelle, je vis Laurent, le Français qui m'offrait des cigarettes, et faillis ne pas le reconnaître. Il avait vieilli de dix ans, comme s'il avalait du verre pilé depuis des jours.

— Bonne chance, lui dis-je.

— À vous de même.

Il ne s'arrêta qu'un instant – le visage rougi par le vent, l'air hagard. Le voyant tendre le bras, je crus qu'il voulait me serrer la main, mais c'était pour m'offrir un cadeau, un étui métallique bleu de forme carrée, frappé du dessin familier du casque ailé. La boîte dans laquelle il rangeait ses Gauloises. Ses doigts effleurèrent les miens, puis il fut emporté plus loin, entouré par l'essaim des porteurs affairés. Je la serrai dans mes mains et l'enfouis au fond de ma poche, au bord des larmes.

Je ne le reverrais sans doute jamais, pas plus que les autres passagers. Nous avions partagé quelque chose, une épreuve que ne comprendraient peut-être jamais totalement ceux qui ne l'avaient pas vécue. C'était le propre de ce genre d'expérience. De parfaits inconnus se retrouvaient liés comme une famille. Une famille de quelques jours. C'était la seule façon de le décrire, même en cet instant où nous nous dispersions aux quatre vents.

41

Dès que je fermai les yeux cette nuit-là, je revis les corps portés par leurs gilets de sauvetage inutiles, ballottés dans des eaux tourmentées. Je me redressai, prise d'un accès de panique, cherchai l'interrupteur à tâtons et allumai. Un cône de lumière, jaune et étrange, tomba sur la table de chevet, le verre d'eau, le calepin encore vierge et l'étui à cigarettes bleu, donnant à tous ces objets un aspect froid et solitaire, comme dans un musée de sculptures de glace.

Surtout ne pense pas aux endroits où tu préférerais être, me dis-je, *pas à la maison.* Sous mes yeux, la ligne immobile de l'eau dans le verre formait un horizon miniature. *Sois sage et endors-toi, et demain tu te sentiras mieux.* Je fermai hermétiquement les paupières pour masquer la lumière, faisant de mon mieux pour chasser mes pensées.

Dans mon hôtel, à Helsinki, les fenêtres étaient recouvertes de papier occultant, si bien que je ne savais même pas que c'était le matin quand les sirènes se mirent à hurler. On tambourina à ma porte, il y eut des bruits de cavalcade dans le couloir, le tout couvert par les hurlements lancinants de l'alerte antiaérienne. Engourdie et incapable de penser, je m'assis au bord du lit en tâchant de me souvenir de l'endroit où j'avais mis mes chaussures. La lampe était encore allumée, et l'eau se mit à vibrer dans le verre. Des avions arrivaient et seraient là dans un instant.

Je ne sais comment, je récupérai mes chaussures, dégringolai les étages et me retrouvai dans la rue froide, au milieu d'une foule qui levait la tête vers le ciel lourd et gris. Le bourdonnement ressembla d'abord à celui d'une guêpe, puis il s'amplifia, devint de plus en plus fort jusqu'à ce qu'il résonne jusque sous nos pieds. Ils devaient être tout près maintenant, mais on ne voyait rien. La couverture nuageuse obscurcissait trop le ciel, et on se sentait parfaitement démuni, ainsi condamné à attendre quelque chose d'invisible.

Les gens autour de moi se mirent en marche – vers l'abri antiaérien, sans doute. C'est alors qu'un énorme trimoteur gris métallisé descendit comme au ralenti, perçant les nuages dans un grondement infernal. Je me mis à courir, encore engourdie, à peine sortie de mes rêves. Et quand l'avion fut juste au-dessus de nous, le bruit de son moteur aussi puissant qu'un coup de tonnerre, il lâcha sa cargaison.

Je crus que nous étions perdus, que tous, dans cette rue, nous allions mourir à l'instant, ou être horriblement mutilés. Mais alors que, figée, j'attendais la fin, je compris que cette blancheur qui descendait sur nous en voltigeant n'était pas la mort, ni non plus de la neige. C'était du papier.

Des tracts de propagande se déversaient sur nous, tournoyant, voletant. Ils nous apportaient l'image d'une mère pleurant son fils mort, un soldat finlandais, accompagnée de la légende : *On vous attend chez vous*. Et puis il se mit à pleuvoir.

Dans le silence étrange qui suivit, les gens sortirent des abris et émergèrent dans la rue, à moitié endormis et incrédules, tandis que les tracts volaient autour de nous et se collaient partout, mouillés par l'averse.

Je rentrai à l'hôtel, humiliée, tendue, en colère. Je me demandais où j'étais tombée, et pourquoi j'étais là. Je commandai du café et attendis que le matin vienne vraiment, mais le soleil ne daigna pas se montrer. Le ciel avait pris un ton plus pâle, viré au gris nacré, tout en restant couvert. Et l'après-midi venu, les Finlandais avaient retrouvé soit leur travail, soit leur école. Le brouillard qui enveloppait tout, épais et poisseux, rassurait les gens, les rendait même joyeux.

— Les bombardements sont impossibles avec cette purée de pois, expliqua le directeur de l'hôtel au petit groupe de journalistes qui s'étaient réunis dans le hall.

Il y avait là en plus de moi deux reporters italiens et Geoffrey Cox, un Néo-Zélandais envoyé par le *Daily Express*. Je l'avais rencontré une ou deux fois à Madrid, ce qui suffisait à en faire un ami.

— Les Finlandais connaissent leur climat, dit Geoff, ils savent certainement ce qu'ils disent.

Mais, vingt minutes plus tard, l'aviation était là.

À quinze heures à peine passées, les Russes attaquèrent sans avoir déclaré la guerre. Les sirènes ne se déclenchèrent pas cette fois ; on n'entendit que le vrombissement assourdissant des bombardiers qui fonçaient sur leur cible. Il y avait neuf avions volant en formation, un losange allongé qui descendit à deux cents mètres d'altitude. Dans l'hôtel, nous n'entendions plus rien que leur grondement. Je me jetai sous une table en marbre du restaurant, serrant mes genoux entre mes bras, et sentis le sol vibrer avec violence. Les secousses des explosions faisaient tout trembler. Les fenêtres furent soufflées. Mes dents s'entrechoquaient à chaque impact.

L'attaque dura une minute, la plus longue de ma vie. C'était le 30 novembre 1939. La guerre russo-finlandaise venait de commencer.

42

Quand je rouvris les yeux, de la fumée noire se répandait partout.

— Du gaz, du gaz ! entendis-je quelqu'un crier.

Et j'ai pensé : *Ça y est, nous sommes fichus.* Mais il n'y avait pas eu de largage de gaz toxique. Pas cette fois, pas encore. La fumée n'était que la carte de visite des bombes. Le signe d'une ville promise à la destruction.

Dans un silence fantomatique, je me levai et retournai dans la rue avec un groupe tout aussi choqué que moi. Des incendies s'étaient déclarés partout. L'avenue était un tapis de verre. Quatre grands immeubles s'étaient effondrés comme si leurs murs avaient été de papier mâché ou de vent. Un bus était couché sur le côté pareil à un éléphant abattu. Le chauffeur avait été éjecté au milieu la chaussée. Je devinai que c'était lui car il était passé à travers le pare-brise, et avait eu la tête arrachée par la force de l'explosion.

Je le regardai, puis détournai les yeux. Il ressemblait en tout point aux centaines de victimes que j'avais vues en Espagne, les chaussures mises à part. Ses semelles n'étaient pas en corde comme celles des paysans des environs de Madrid, mais en cuir, ressemelées et réparées bien des fois pour les faire durer. Ce sont ces chaussures qui me brisèrent vraiment le cœur ce jour-là, et je me demandai ce que je pourrais écrire ou dire pour donner à la vie et à la mort de cet homme l'hommage qu'il méritait. Il avait une femme, probablement, des enfants, et où étaient-ils dans cette ville sinistrée ? La nuit tombait vite, ou plutôt elle ne tombait pas, mais elle poussait l'obscurité vers nous depuis les bords de l'horizon comme si elle était restée ramassée là toute la journée à attendre son heure, prédatrice et calculatrice. Tout à coup, j'eus si fort envie de me retrouver chez moi au soleil que c'en fut presque insupportable. Être assise à côté d'Ernest sur notre terrasse – rien que cela –, la chose la plus simple et la plus inaccessible au monde.

L'horizon, par-dessus les toits, rougeoyait des lueurs des feux, et l'exode avait commencé. Des jeunes, filles et garçons, des vieux messieurs et des mères de famille sortaient de la ville pour fuir les maisons, les boutiques, les écoles en flammes. L'étonnant n'était pas ce départ, mais le silence. Personne ne criait, personne ne pleurait, pas même les enfants que les mères poussaient dans des landaus, traînaient dans des carrioles, sur des luges. Personne ne courait. Il n'y avait aucun signe de panique, rien qu'une retraite résignée, glacée et lasse. Des piles de couvertures. Des conserves entassées dans des charrettes à bras. Un flot incessant d'âmes innocentes se dirigeant vers la forêt dans l'espoir d'y être en sécurité.

En retournant à l'hôtel, je croisai des jeunes gens qui tentaient de dégager des corps de sous les décombres à l'aide de pelles à neige, et certains même à mains nues.

Je compris qu'ils y passeraient la nuit, et le lendemain aussi. Dans ma chambre, je n'enlevai pas mon manteau et n'allumai pas la lumière électrique mais une bougie, et je m'assis au bord du lit avec stylo et papier, appuyée à un livre.

Je n'avais pas été capable d'écrire à Ernest depuis longtemps, mais à présent les mots jaillissaient sous mes mains tremblantes. *Cher Lapin,* écrivis-je. *Je t'aime. C'est la seule chose qui compte. Je vais essayer de te raconter la situation, mais d'abord, il faut que tu saches cela. Je t'aime. Je t'aime. Jamais nous n'aurions dû quitter Cuba.*

43

Plus tard, beaucoup plus tard, on appela cette invasion la guerre d'Hiver. Depuis le dernier jour du mois de novembre jusqu'à la mi-mars, par des températures polaires, les avions russes attaquèrent par vagues incessantes, tandis que l'artillerie finlandaise ripostait en tirant vers le ciel sombre.

Les Soviétiques avaient trois fois plus de soldats que les Finlandais, trente fois plus de bombardiers, et cent fois plus de chars, mais les Finlandais avaient de la ressource. Ils tiraient le meilleur parti de leur climat. Grâce à leurs combinaisons blanches, leurs skis blancs, ils se fondaient dans le paysage, invisibles dans les forêts par lesquelles ils passaient pour prendre les Russes par surprise. Ils avaient l'avantage du terrain. Des villages entiers étaient camouflés sous des branchages de pin enneigés, rendus encore plus indiscernables par ce brouillard qui recouvrait tout, aussi silencieux et protecteur que la neige.

À Helsinki, la longue évacuation se poursuivait, les enfants convoyés dans tout ce qui roulait, wagons de chemin de fer, voitures à cheval, et même corbillards. Les bombardements continuant, les Finlandais quittèrent leurs campements de la forêt pour se réfugier dans les villages avoisinants. Puis, des villages, ils partirent vers le nord et l'ouest, en direction de la mer Baltique, un exode immense. Les gens, me sembla-t-il, n'avaient pas peur. Ils montraient une détermination devant l'épreuve aussi caractéristique de la Finlande que la neige et la nuit. Tous les après-midi, la lumière s'en allait comme si un voile épais tombait des cieux. Je me demandais comment les gens faisaient pour s'accoutumer à ces journées étrangement courtes, mais peut-être s'habituait-on à tout.

Un jour, un pompier me fit entrer dans un immeuble qui venait d'être bombardé. Nous dûmes patauger jusqu'aux genoux dans le marécage formé par l'eau des lances d'incendie, puis nous montâmes un escalier en béton resté intact alors que les murs tout autour s'écroulaient. Nous pénétrâmes dans un appartement dont la porte avait été arrachée de ses gonds. À l'intérieur, l'épave noire et détrempée d'une existence : un lit, un bureau écrasé sous des plaques tombées du plafond. Les rideaux ressemblaient à des toiles d'araignées, une photo encadrée de deux jeunes enfants était tombée sur une glacière renversée. Le pompier m'expliqua que les recherches se poursuivaient depuis trois jours pour retrouver des corps, et que cela pourrait prendre encore une semaine, voire plus, avant qu'on n'exhume les victimes.

Plus loin dans la rue, un collège technique avait reçu une bombe en plein milieu du toit. Il n'y avait plus qu'un cratère à la place du bâtiment. Les planchers de tous les étages et la cave étaient troués jusqu'aux égouts. Une enseignante avait vu l'établissement s'effondrer et pratiquement tous ses élèves être ensevelis sous les décombres. Son mari, un plombier, était à l'hôpital, la gorge transpercée par un tuyau de cuivre. Elle avait un fils de quinze ans qui n'était pas rentré depuis le dernier raid. Quand elle me l'apprit, je pris note de son nom, de sa taille, de la couleur de ses cheveux et des vêtements qu'il portait.

— Au cas où je le verrais, lui dis-je, la gorge serrée, sachant que c'était plus qu'improbable.

Nous prétendions toutes les deux être fortes et optimistes. Nous faisions semblant de garder espoir. C'était sans doute la seule façon de traverser une pareille épreuve.

— N'oubliez pas, dit-elle alors que je partais vers un autre site, d'autres victimes.

— Non, c'est promis, assurai-je en brandissant mon calepin. Tout est là.

La fréquence des bombardements dépendait du temps et aussi de la lumière. De fortes chutes de neige assuraient généralement des moments de répit, ainsi que le brouillard quand il était épais. La nuit était la plus sûre des alliées, et nous nous sentions en général tranquilles jusqu'à huit heures et demie, voire neuf heures du matin, heure à laquelle les avions arrivaient de l'est en rugissant pour larguer leurs bombes ou parfois seulement des tracts de propagande. Nous redoutions par-dessus tout qu'ils lâchent des gaz toxiques, évidemment, et ne cessions de nous demander quand ils le feraient.

Tous les jours, le bruit courait que l'heure fatale avait sonné, mais je restais dans mon hôtel le plus longtemps possible, sans doute par bête obstination.

Une nuit, alors que je dormais à poings fermés, Geoff Cox vint tambouriner à ma porte. Tout le monde devait quitter l'hôtel sur-le-champ. Une attaque au gaz allait avoir lieu le lendemain matin. Cette fois, c'était sûr.

— Faut se faire la malle, Gellhorn, dit-il quand j'ouvris la porte.

J'étais encore à moitié endormie, ma chemise de nuit probablement mal ajustée, mes cheveux dans tous les sens.

— Qu'est-ce qui te prend, Geoff ? Tu as bu un coup de trop ?

— Évidemment, mais je ne vois pas le rapport. Tous les anglophones se barrent.

— Ils ont déjà fait ça deux fois, et ils sont revenus après. Vas-y, toi, ajoutai-je en me frottant les yeux, la tête comme une enclume. Je reste, ne t'en fais pas pour moi.

— Comme tu voudras.

Il n'insista pas et passa à la chambre d'à côté, dont il avertit les occupants à grands coups de poing sur la porte.

Heureusement, c'était encore une fausse alerte, mais peu de temps plus tard, nous fûmes tous quand même évacués. Seize avions russes avaient été abattus, et on attendait des représailles violentes. Nous nous réfugiâmes dans les bois avec tout le monde. Il faisait plus chaud dans la forêt, et encore plus quand une neige lourde se mit à tomber – une neige qui étouffait tous les bruits et enveloppait d'une couverture humide et collante les conifères et nos toiles de tente, si épaisse que les côtés s'affaissaient vers l'intérieur.

Dans ces bois, j'eus l'impression d'être dans un autre temps. Nous dormions sous des fourrures raides, comme les personnages d'un roman de Tolstoï, et de la vapeur montait du corps chaud des chevaux de labour qui piétinaient la neige alentour. Avec leur pelage sale et emmêlé, les crins de leur longue queue pris dans des glaçons, ils étaient si différents de Blue, dans la lointaine Sun Valley, qu'ils semblaient issus d'une espèce différente.

Dans la poche intérieure de ma veste, j'avais deux dépêches envoyées par Ernest, arrivées le 4 décembre, et que j'avais déjà relues si souvent que le papier en était devenu tout doux. Il était fier de moi, écrivait-il, il me trouvait d'un courage exemplaire, et disait que j'étais une femme unique. *Je peux te rejoindre*, ajoutait-il. *Tu n'as qu'un mot à dire, et je laisse tout tomber.*

Je ne me sentais pas courageuse, pourtant. Je ne pouvais simplement pas faire autrement.

Il me manquait monstrueusement, c'était vrai. Je me sentais très seule et je n'avais pas eu aussi peur depuis longtemps. Mais cela ne changeait rien. Il se passait en Finlande des choses qu'il fallait raconter, et je ne pourrais pas m'en aller avant d'avoir rendu compte de ce que je voyais.

Si je demandais à Ernest de venir me rejoindre, non seulement la traversée l'exposerait à un grand danger, mais ce serait perdre un temps précieux. Le livre qu'il écrivait avait trop d'importance. Il survivrait à la catastrophe et à toutes ces morts injustes. Il serait encore là longtemps après que les flots se seraient refermés sur tous ces malheurs insensés que les êtres humains s'infligeaient les uns aux autres.

C'était à cela, songeai-je, que servaient les œuvres d'art.

44

Plusieurs jours plus tard, je me levai avant l'aube, et attendis dehors la voiture qui venait me chercher en réchauffant le bout de mes doigts sur le bas de ma lanterne. Un transport militaire m'avait été assigné pour m'emmener au quartier général du front de Carélie, à quatre cents kilomètres à l'est de Helsinki.

— C'est pratique de connaître Roosevelt, persifla Geoff Cox.

Il m'en voulait encore de ne pas l'avoir écouté la nuit de l'alerte, et il savait que j'étais en possession d'une lettre d'introduction me donnant accès à toutes sortes d'endroits habituellement interdits aux journalistes.

— Ne dis pas de bêtises. Ça n'est ni du piston ni un privilège. Si je n'avais pas ce papier, tu sais très bien que je ne pourrais aller nulle part, puisque je suis une femme.

— C'est vrai, je suis un imbécile.

— Ne t'en fais pas. Avec ce froid, on arrive à peine à penser.

Je lui tendis ma lanterne car ma voiture arrivait.

Elle était longue et blanche, parfaite pour se fondre dans le paysage. On m'avait attribué un jeune chauffeur civil au visage de collégien, le cou long et maigre constellé de taches de rousseur. Il devait aussi me servir d'interprète pour communiquer avec mon guide militaire. C'était un jeune lieutenant du nom de Viskey, si net et impeccable qu'il aurait pu être sculpté dans une savonnette. Il portait des bottes doublées de fourrure, et un manteau de laine anthracite à col d'astrakan noir. Son chapeau était aussi en fourrure, assez magnifique, côtés hauts et raides, et rabats pour les oreilles. Je me demandai brièvement si j'aurais une chance d'en chiper un pour le rapporter à Ernest, mais la pensée des manœuvres sur le terrain l'emporta. Pendant plus de cinquante kilomètres, nous dûmes suivre un bataillon de soldats finlandais convoyés dans de gros camions de munitions. La file d'engins militaires grondait devant nous dans la nuit, chargée d'équipements, de traîneaux, de vélos, les soldats tassés sur des bancs, leur fusil de campagne sur les genoux.

Il ne ferait pas jour avant plusieurs heures, et encore, s'il n'y avait pas de brouillard, comme c'était si souvent le cas. Pour l'heure, la forêt se pressait des deux côtés de la route, dense et noire, et le chauffeur me traduisait ce que le lieutenant avait à me dire sur la Carélie. On se battait pour ce territoire depuis le XIIe siècle, si ce n'était depuis plus longtemps, la Suède et la république de Novgorod se le réclamant et se le cédant à tour de rôle.

— Maintenant, des gens vont encore devoir mourir bêtement pour rien, dit Viskey en finlandais.

Le chauffeur me traduisit son commentaire en français. Je n'avais réussi à apprendre que quelques mots de finlandais, une langue aux intonations très modulées, qui donnait lieu à des élisions complexes rendant difficile de repérer quand un mot finissait et un autre commençait.

— Si possible, plus de Russes que de Finlandais, continua-t-il. L'infanterie soviétique attaque en colonnes. Vous le saviez ? Nous, nous nous cachons derrière les arbres. Nous sommes partout, là-dedans, précisa-t-il en désignant la forêt noire d'encre aux arbres serrés. C'est presque trop facile. Ils arrivent en groupe, et nous n'avons plus qu'à les dégommer avant même qu'ils nous aient repérés. C'est désolant.

— Oui, sûrement, ne pus-je qu'acquiescer, mais cela vous permettra peut-être de gagner.

— Gagner quoi ? Personne ne gagne dans une guerre. Mais, reprit-il au bout d'un instant, dites-moi un peu ce que vous pensez de Hitler en Amérique.

— En Amérique ? Je ne sais pas vraiment. Je n'y suis pas souvent. Je vis à Cuba depuis pas mal de temps, et avant cela, j'étais en Espagne et ailleurs en Europe.

— En Espagne ? Dans quel camp ?

— Celui de Madrid, bien sûr, rétorquai-je, vexée. Est-ce que j'ai une tête de fasciste ?

— Ça ne se voit pas sur le visage, répondit-il avec un haussement d'épaules. Enlevez-lui son uniforme et les foules qui l'écoutent, et Hitler n'est plus qu'un petit bonhomme insignifiant. Imaginez-le chez lui en peignoir de bain.

Il avait raison, bien sûr, mais j'en étais incapable. Un homme pareil, qui pensait ce qu'il pensait et faisait ce qu'il faisait, ne pouvait pas avoir une famille aimante et des soirées tranquilles.

Une heure plus tard, une aube pâle se leva, si froide qu'elle s'infiltrait par les portières, traversait mon pantalon de laine et ma veste épaisse, et me glaçait jusqu'aux os, m'obligeant à me crisper pour lui résister. Nous fîmes la route d'une traite, nous dirigeant sur des routes dépourvues de panneaux indicateurs, et prenant des chemins de terre bordés d'arbres si resserrés qu'il me semblait que nous n'arriverions jamais à nous frayer un passage entre leurs feuillages. Nous roulions souvent en première, seule vitesse permettant d'avancer dans cette couche de neige, et je me fis la réflexion que le chauffeur était bien jeune pour emprunter des voies aussi dangereuses. Il nous fit traverser un pont miné, si lentement que nous ne progressions que centimètre par centimètre.

— Ça n'est vraiment dangereux que si on dérape, expliqua-t-il.

— Ah, alors...

Après cela je me tus, les épaules tendues comme le fil d'un piège explosif. Le pont ne laissait la place qu'à une seule voiture avec trente centimètres de marge de chaque côté. La surface de roulement semblait différente de celle de la route qui y menait, luisante et plate comme du verre. Assez glissante pour nous envoyer dans le décor en tournoyant comme une toupie, mais, en y allant très doucement, nous atteignîmes l'autre rive. Nous pouvions enfin respirer.

— La semaine dernière, une de nos voitures a touché une mine sur un pont comme celui-ci, m'apprit Viskey. Il n'en est rien resté. On n'a retrouvé aucun des hommes.

Je fus prise d'une sueur froide et hoquetai.

— Je ne voulais pas vous faire peur. J'ai juste pensé que ça vous intéresserait pour l'article que vous écrivez. Ne vous en faites pas, Virtanen, notre chauffeur, est un excellent conducteur.

— J'en suis sûre, répondis-je poliment.

Mes yeux s'égarèrent sur le saupoudrage de taches roussâtres de son cou. Ses mains, sans gants, étaient pâles, ses doigts effilés – maigres même. Quel âge pouvait-il bien avoir ? Vingt ans ? Vingt-deux ? Comment pouvait-il avoir acquis l'expérience et le sang-froid nécessaires pour conduire une voiture dans des conditions pareilles ? me demandai-je. Mais ces interrogations futiles furent coupées court. Je retins mon souffle. Nous venions de sortir d'un grand virage et, devant nous, je venais de voir un autre pont.

Nous roulâmes toute la journée et toute la nuit. Je dormis tant bien que mal, appuyée à la portière trépidante, emmitouflée dans de rêches couvertures militaires de laine grise. Vers la fin de la nuit, je fis un rêve fugace. J'étais à Saint-Moritz et je nageais dans une forêt d'algues qui semblaient avoir conscience de ma présence, et même l'accepter tendrement. À mon réveil, ma déception fut si intense d'avoir perdu Saint-Moritz, et en tout cas la chaleureuse sensation du rêve, que j'eus le moral à zéro.

Viskey le perçut sans doute. Il m'offrit une barre chocolatée, qui, dans ces circonstances, était un petit déjeuner tout à fait acceptable, et une gorgée d'aquavit en lieu et place du café. La campagne blanche défilait toujours. Nous entendions parfois la rumeur d'une bataille, un grondement lointain à des kilomètres. De temps en temps, un éclair illuminait le ciel bas et chargé, mais ce n'était pas la foudre. C'était les tirs.

Nous arrivâmes enfin à Viipuri, une ville sur la ligne du front de Carélie, en grande partie détruite par les bombardements. Les maisons encore debout étaient grises, le ciel de plus en plus sombre, et je me disais qu'il faisait bien trop froid pour descendre de voiture quand Viskey m'indiqua que nous arrivions à destination. Nous nous arrêtâmes à la gare, en périphérie de la ville, où des bâtiments en bout de voie avaient été transformés en camp militaire : vitres blanchies de givre, longues rangées de lits de camp, réfectoire très rudimentaire. Une installation spartiate, mais, au moins, il y avait du café.

Les doigts gelés, je serrai la main à un jeune colonel aux cheveux épais, d'un blond presque blanc. Il déroula une carte d'état-major avec bonne humeur sur la table du petit déjeuner pour me montrer où se trouvaient l'infanterie, ses positions, et les renforts. Viskey lui avait expliqué que j'allais écrire des articles pour les lecteurs américains, et aussi que j'étais l'auteur de livres publiés. Je devinai que c'était pour cette raison qu'il m'assénait des quantités de détails techniques comme s'il donnait un cours – combien de canons il y avait dans quelles batteries, et quelles sortes d'obus étaient utilisées. Je pris sagement des notes, mais ce n'était pas ce genre d'informations que j'étais venue chercher.

On nous resservit du café, le colonel déplia d'autres cartes. Il me chanta les louanges de la ligne

Mannerheim, qui, m'expliqua-t-il, situait idéalement le front du Sud dans le goulot d'étranglement géographique de l'isthme de Carélie. Je l'interrompis alors pour lui demander si je ne pourrais pas visiter la prison. Selon Viskey, on y avait enfermé des prisonniers de guerre russes que j'avais très envie de voir.

— Pourquoi pas plutôt l'aérodrome ? suggéra-t-il avec condescendance, comme si je n'étais pas capable de juger des sites dignes d'intérêt. Nous venons de recevoir cinq avions de chasse d'Oslo.

— J'aime voir les gens, insistai-je, toutes sortes de gens.

Le colonel se laissa convaincre, mais je vis en partant qu'il était atterré, se demandant sans doute qui pouvait avoir eu l'idée saugrenue d'envoyer au front une femme qui se souciait comme d'une guigne de l'artillerie.

La prison de Viipuri était un bâtiment de pierre massif, avec des cellules en sous-sol profondément enterrées sous terre. Viskey fit prévenir le directeur, qui nous conduisit dans un dédale glacé. Il ajustait sans cesse son pince-nez, et marchait d'un pas lourd et déterminé, ses semelles claquant comme si elles étaient en fonte.

Nous arrivâmes enfin à la cellule d'un prisonnier de guerre russe, un aviateur dont l'appareil avait été abattu, et qui avait été capturé près de Kouvola. Il était assis sur une couchette basse, le dos très droit, appuyé au mur de ciment. Il semblait dormir les yeux grands ouverts, et ne bougea qu'au moment où le gardien donna un coup dans les barreaux du bout de son godillot. Au claquement métallique, il se leva, alarmé.

C'était un homme de haute taille et de faible corpulence, le poil roux d'une barbe de quelques jours au menton, les yeux pâles et tristes. Il ne devait pas être beaucoup plus âgé que moi, me dis-je, et il semblait avoir très froid. Nous échangeâmes quelques mots, handicapés par le processus alambiqué de la traduction du russe en finlandais puis en français, puis retour à partir de l'anglais. Je lui demandai s'il savait pourquoi il se battait.

— Pour sauver la Russie, bien sûr, répondit-il gravement.

— La sauver de quoi ? insistai-je.

— C'est ce qu'ils répètent sans arrêt, intervint le directeur. Le gouvernement leur a dit que c'était la Finlande qui les avait attaqués. Ils se battent parce qu'ils pensent qu'ils n'ont pas le choix.

— Alors tout n'est que propagande ? fis-je avec répugnance.

Je me tournai de nouveau vers le pilote, enfermé dans cet épouvantable lieu glacial, et qui croyait sans doute qu'il allait être fusillé d'une minute à l'autre. Et tout cela parce que ses dirigeants lui avaient raconté un énorme mensonge. Il était victime d'une tromperie et ne se doutait de rien.

— Demandez-lui s'il est marié et s'il a des enfants, demandai-je au garde.

C'est ce qu'il fit, mais quand l'aviateur russe répondit, il se détourna parce que l'homme se mettait à pleurer, montrant de sa main tendue au niveau de la hanche la taille de sa fille. Sa femme attendait leur deuxième enfant, indiqua-t-il par gestes, tandis que les larmes coulaient le long de ses joues et de son menton.

Le directeur eut une petite toux gênée. Viskey baissa le nez. J'avais envie de hurler.

— Je vous en prie, laissez-le tranquille, maintenant, supplia le garde.

Il voulait surtout dire qu'il ne se sentait pas la force d'en entendre davantage s'il voulait continuer à faire son travail sans perdre le sommeil.

Nous vîmes deux autres prisonniers de guerre russes qui avaient l'air tellement perdus derrière leurs barreaux que j'insistai auprès du garde pour qu'il me laisse leur donner des cigarettes. J'étais si perturbée, préoccupée et émue que je parvenais à peine à les regarder sans pleurer. Ils portaient des pantalons de coton beaucoup trop légers, des vestes usées jusqu'à la corde, et des chaussures totalement inadaptées au climat.

Ces hommes devaient devenir pratiquement fous à cause du froid, mais ils répondirent à mes questions honnêtement et respectueusement, et fumèrent mes cigarettes comme s'ils devaient ne plus jamais jouir de ce plaisir, inhalant à fond avant de souffler la fumée. Par l'intermédiaire du garde, ils me firent à peu près les mêmes réponses que l'aviateur : ils se battaient parce qu'ils pensaient qu'il n'y avait pas d'autre moyen de sauver la Russie. Ils n'avaient bénéficié que de dix heures d'instruction militaire avant d'être envoyés au front. Ils avaient des enfants. Ils avaient peur de mourir.

— Vous avez le cœur tendre, remarqua Viskey alors que nous sortions de la termitière des geôles.

Je respirais mal, et pas à cause des marches.

— Ce sont les gouvernements et les grands leaders mondiaux qui devraient supporter les conséquences de leurs décisions, pas les gens, dis-je.

— Je n'éprouve aucune haine contre personne, expliqua-t-il, mais la guerre oblige à être réaliste.

— C'est révoltant, c'est tout.

Il se racla bruyamment la gorge. Le bruit rebondit sur les épais murs de pierre, et fit entendre son écho de haut en bas dans la cage d'escalier avant de nous revenir.

— En effet.

Peu de temps plus tard, je fus conduite au terrain d'aviation que je n'avais toujours pas demandé à voir. Le commandant d'escadrille était le double parfait du colonel que j'avais rencontré le matin. Il me fit admirer les cinq avions neufs rutilants camouflés derrière des murs de neige. Je le complimentai tout en griffonnant des notes pour le rassurer. Je fus enfin relâchée et laissée dans un abri voisin, où je fis la connaissance des équipages des avions de chasse qui se réchauffaient autour de braseros, le visage rougeoyant. L'un jouait de la guitare, ganté de mitaines, le doigté léger et rapide. Une chanson folklorique, ou d'amour, ou un hymne – le sens des paroles m'échappait, mais la musique s'élevait hors de la tranchée tandis que la neige tombait sans bruit. Je jetai un coup d'œil à Viskey et constatai qu'il était saisi comme moi par l'émotion.

— Je vois que vous avez le cœur tendre, vous aussi, lui dis-je, confortée dans mes premières impressions.

— Je connais cette chanson, répondit-il simplement. Elle me permet d'oublier un peu la période si difficile que nous traversons.

Moi aussi, elle me réconfortait. Pendant un court moment, cette voix nous emporta tous loin de la guerre – loin de toutes les guerres. Elle nous fit oublier que les hommes détruisent et dénaturent. Pendant tout le temps de la chanson, je ne sus plus où j'étais ni dans quel état le monde s'était mis. Ou presque.

Pendant les quelques jours suivants, j'enquêtai sur le front de Carélie, profitant des avantages que le laissez-passer spécial de Roosevelt me donnait. Non seulement j'étais la seule femme, mais aussi le seul correspondant de guerre sur le terrain. J'avais beau me sentir seule, avoir peur, j'étais consciente de la grande responsabilité qui m'incombait, et j'avais la ferme intention de me montrer digne de la tâche, ou du moins de m'y employer de toutes mes forces.

L'attaque des soldats finlandais était une vision surnaturelle, leurs silhouettes presque indétectables entre les arbres chargés de neige dans la brume, filant sur leurs skis pour prendre les Russes par surprise. Étrange aussi d'entendre le feu de l'artillerie à moitié étouffé par le blizzard, et des villages être détruits quasiment en silence. De voir la forêt blanche et humide dévorée par les incendies.

De retour à Helsinki, dans un café, je tentai de décrire ce que j'avais vu sans laisser percer mes sentiments. *Collier's* me demandait un reportage, pas de la tragédie grecque ni de grandes déclamations. Pas de jérémiades. Et pourtant, comment pouvais-je faire abstraction de ce que je ressentais ? Cette guerre de l'insatiable cupidité me révoltait. Parce que quelques hommes – Hitler, Franco, Mussolini, Staline – voulaient tout contrôler, des gens ordinaires mouraient par centaines de milliers sans même savoir pourquoi. Au moins, en Espagne, il y avait eu une cause, une raison pour les combats et les pertes humaines, qui leur donnait un peu de dignité. Mais cette guerre-ci allait me rendre folle si j'y pensais trop.

Il était quinze heures et, dans cette région nordique, la nuit hivernale tombait déjà. Je restai à ma table, laissant mon thé refroidir. Il pleuvait, et la brume était aussi désagréable qu'un vieux pansement humide qui se décolle. *Collier's* m'avait fait savoir que je pourrais rentrer dès que j'aurais terminé cet article, mais apparemment aucun avion ne partait. Il pouvait être difficile de trouver des transports en ces temps de guerre. On se déplaçait en empruntant des voitures, en se joignant à des convois ou en parvenant à force d'insistance à dénicher une place dans un avion, à moins que quelqu'un de plus important ne fasse jouer sa priorité, ce qui était presque toujours le cas. En Finlande, la situation était encore plus difficile qu'ailleurs. La flotte russe avait quitté Kronstadt, et la voie maritime était tout aussi dangereuse. J'aurais voulu envoyer une dépêche à Ernest pour l'avertir que je risquais de me retrouver coincée là indéfiniment, mais les communications télégraphiques étaient coupées.

Je ne savais plus que faire et me désespérais. Maintenant que j'avais accompli ma tâche, je ne songeais plus qu'à retrouver Cuba et mon bureau près de celui d'Ernest, dans nos pièces inondées de soleil, avec tout le temps d'en profiter et de réfléchir au calme. J'avais oublié les tensions de l'automne, les inquiétudes que me causait Pauline. Je n'avais plus de pensées que pour Ernest et notre amour, notre vie commune. Je n'en pouvais plus de cette séparation, et me promettais de ne plus jamais le quitter. Si seulement j'avais pu rentrer dans notre cher terrier, je le lui aurais dit et le lui aurais prouvé par tous les moyens possibles.

— Eh bien, Gellhorn, ça ne va pas ?

Je sursautai et vis Frank Haynes devant moi, un attaché militaire américain que j'avais rencontré une demi-douzaine de fois. Il n'y avait pas tant d'expatriés que cela.

— Salut, Frank. Pardon. Je crois que le froid m'a définitivement transformée en statue.

— On dirait bien. Il est peut-être temps de rentrer chez vous.

— Ne vous moquez pas de moi. Je n'ai plus la force de rire.

— Je n'aurais pas ce mauvais goût. Je viens d'apprendre qu'un vol partait demain. Je peux vous réserver une place, si vous voulez.

Je faillis sauter de ma chaise et me jeter à son cou.

— Ô joie ! Oui ! Quelle destination ?

— La Suède. Ça vous va ?

— On fera aller. Frank ! C'est fou ! Vous êtes sûr ? Vous me sauvez, vous savez ! Vous pensez que je pourrai être chez moi pour Noël ? Ou c'est trop demander ?

— Peut-être pas. Tentez le coup.

Cette fois, je sautai bel et bien de ma chaise et l'embrassai fougueusement sur la bouche, ce qui le fit rire. J'aurais pu embrasser un lampadaire. Une chaussure. Un boulet de charbon. J'allais bientôt retrouver l'homme que j'aimais. Je rentrais enfin.

45

Depuis la Suède, je devais aller à Lisbonne pour prendre le clipper de la Pan American sur la ligne de Cuba, mais de multiples événements me retardèrent. D'abord, mon escale à Paris s'éternisa parce que j'appris que Gustav Regler, un de nos compagnons de Madrid, moisissait dans un camp d'internement, sous l'étiquette d'« étranger indésirable ». Les autorités refusaient de prendre en compte sa nationalité espagnole, et il n'avait personne pour l'aider à débrouiller l'imbroglio administratif qui entourait sa situation. J'écrivis donc à Eleanor Roosevelt pour lui demander si elle ne pourrait pas intervenir auprès du gouvernement français. Je rendis aussi visite à la femme de Gustav et lui donnai un peu d'argent pour l'aider à tenir en attendant que l'histoire se règle.

J'envoyai un télégramme à Ernest pour lui dire que j'espérais arriver chez nous pour le Premier de l'an, mais il y eut encore des retards à Paris. Mon visa de sortie devait être renouvelé, et il n'était pas si facile de trouver un vol pour le Portugal, ou même pour n'importe où ailleurs, étant donné la situation en Europe. Je rongeai donc mon frein en fumant beaucoup trop, ne songeant plus qu'à la Finca, à mon bureau et aux bras d'Ernest, trois choses qui n'en faisaient plus qu'une dans mon cœur douloureux.

Ma seule consolation fut que j'aimais Paris. La ville était calme et froide et incroyablement belle – d'autant plus qu'elle ne semblait pas consciente qu'il ne lui restait plus longtemps avant que la guerre ne s'empare d'elle. Car le conflit allait venir ici aussi, évidemment. C'était déjà inévitable – mais, pour l'heure, il n'y avait que la neige argentée qui tombait sur la place de la Contrescarpe déserte. Ernest avait fréquenté ce quartier quand il était jeune homme, la faim au ventre et sans le sou, cherchant des connaissances dans tous les cafés qu'il croisait. Les nombreuses anecdotes qu'il m'avait racontées m'accompagnaient comme de gentils fantômes à travers le Quartier latin, passaient avec moi devant les brasseries cossues qui brûlaient des boulets dans leurs braseros alors que je pensais à lui.

Ernest était négligé mais magnifique quand je le vis qui m'attendait sur le quai, dans son gros pull de pêcheur, ses cheveux lui tombant sur les oreilles. La température était exceptionnellement froide à Cuba, mais cela, comme tout le reste, m'était indifférent. Quand il me prit dans ses bras, nous étions tous les deux un peu tremblants.

— Bonjour, Lapin, dit-il.

— Oh, Lapin…, répondis-je en me reculant pour mieux voir son visage.

Son visage, mon Dieu, comme il m'avait manqué ! L'éventail de ridules autour des yeux. Le nez droit et fort. Les cheveux grisonnants sur ses tempes.

— Promets-moi que tu m'attacheras la prochaine fois que je parle de partir, d'accord ?

— T'attacher, tu n'y es même pas. Je te ligoterai avec des chaînes. Je n'ai pu ni manger ni dormir tant je m'inquiétais pour toi.

En allant à la voiture, je croisai ma veste sur ma poitrine, me demandant si le froid de la Finlande s'était incrusté dans mes os pour toujours.

— C'est quoi, ce temps ?

— Aucune idée. Les garçons et moi, nous avons fait du feu tous les jours et nous dormons habillés.

— L'anarchie habituelle, en fait.

— Sans femme dans les parages, tu t'attendais à quoi ?

— Exactement à ça. Embrasse-moi, c'est tout, et n'arrête pas avant que je te le dise.

Il sourit.

— Tu es bien exigeante pour quelqu'un qui est parti pendant deux mois.

— Deux mois et seize jours, et je ne recommencerai plus jamais. C'est promis.

Il s'arrêta et me prit dans ses bras, les nouant autour de moi comme un étau, pleins de force et de chaleur.

— Il va falloir me mettre ça par écrit.

Le lendemain matin, je m'éveillai dans mon lit et m'enfonçai dans l'oreiller, m'étirant longuement sous l'amoncellement des couvertures. Ernest s'était déjà mis au travail. J'entendais les barres à caractères de sa Corona frapper le papier sur le cylindre, un agréable martèlement métallique – le bruit des pensées qui s'assemblent.

Je restai couchée, écoutant le rythme s'accélérer, comme un rocher qui prend de la vitesse en dévalant une pente. Vint un silence pendant qu'il se relisait puis réfléchissait, attendant que la suite lui vienne. Son cerveau fonctionnait activement, triait ce qu'il savait, choisissait les observations qu'il gardait en lui, parfois depuis des années, pour s'en servir le moment venu.

Plus tard, moi aussi je ferais comme lui. Les endroits que je venais de voir et les gens qui m'avaient émue étaient en moi, prêts à nourrir mon travail. Je me rendais soudain compte, mieux que jamais, que d'avoir la Finca et Ernest me permettait de partir et de revenir, différente, plus forte et rechargée, et encore plus moi-même. C'était ce que j'avais expliqué à Tillie à Sun Valley, mais plus finement compris. Si je voulais vivre avec Ernest et continuer à travailler en même temps, ce n'était pas pour prouver que je pouvais tout concilier. J'avais besoin des deux parce que c'était le seul moyen pour moi d'être une personne à part entière.

— Lapin ? appelai-je depuis le lit.

— Oui ?

— Ici, j'ai tout ce que j'aime le plus au monde. Tout est là. Nous sommes notre propre pays.

Ce fut un plaisir inégalé de retrouver mon bureau. Ma première tâche consista à lire attentivement le contrat d'édition arrivé pendant mon absence. Parmi les éditeurs new-yorkais auxquels j'avais envoyé *A Stricken Field*, j'avais à l'origine pensé inclure Max Perkins chez Scribner. Ernest m'avait convaincue de m'en abstenir, parce que, me disait-il, il n'était peut-être pas judicieux pour deux écrivains de la même famille de quêter les faveurs de la même maison. Lui donnant raison, je m'étais tournée vers d'autres possibilités, et avais fait mouche chez Duell, Sloan et Pearce. Le livre devait sortir au mois de mars, et j'étais aux anges. Je n'aurais pas pu aimer davantage mon propre enfant, et maintenant il allait voler de ses propres ailes, et exister ailleurs que dans mon cœur et mon imagination. Je gardai le contrat dans mes mains un long moment, savourant cette preuve concrète que le livre allait être publié, et relisant les formules juridiques qui nous liaient, lui et moi, à un avenir commun.

Si j'avais pu mettre ce livre au monde, c'était grâce à Ernest, qui croyait en moi, et aux racines que nous avions enfoncées ensemble dans le sol. Je ressentais cela très profondément, appréciais à sa juste valeur ce que nous avions bâti ensemble. L'avenir faisait bien sûr peur, avec l'Europe au bord du précipice et de la désintégration. Quant au divorce d'Ernest, il était loin d'être réglé. Quelques phrases difficiles à entendre avaient été prononcées, suivies d'une longue attente. Malgré tout cela, nous avions ici une base solide. Ernest et moi, nous nous donnions mutuellement du courage et un ancrage, et un bel horizon s'offrait à nous. Nous emplissions nos jours de choses importantes, de rires, et de riches et bonnes conversations. Je ne trouverais jamais mieux, ni rien qui me satisfasse autant. Il me suffisait de donner mon consentement.

Je pris une feuille blanche, l'engageai dans le cylindre, et tapai :

Je soussignée, Madame Martha Lapin Bongie Gellhorn Hemingway, m'engage par la présente et par le reste, à ne jamais plus délaisser mon actuel amour et futur époux, ni à le condamner au plus infâme des supplices pendant deux mois et seize jours d'affilée en inquiétant son cœur et ses pensées, car il est ce qui compte le plus dans mon existence. Que les témoins de ce document soient informés (aussi imaginaires soient-ils) que je m'engage à faire tout ce qui est en mon pouvoir pour le protéger à l'avenir de la solitude et des tourments que son bouillant tempérament lui inflige, en ne bougeant plus d'un centimètre et en l'aimant corps et âme. Et je fais cette promesse avec les plus honorables et meilleures des intentions, et aussi raisonnable et saine d'esprit que je peux l'être pour l'affaire qui nous concerne, et avec plus d'amour qu'il n'est possible d'en manifester.

Martha Gellhorn Hemingway

CINQUIÈME PARTIE

Le soleil et la lune et le soleil

Janvier 1940-décembre 1941

46

— Si elle voulait, elle pourrait me mettre sur la paille, dit Ernest.

Nous attendions toujours que Pauline donne son accord sur le règlement du divorce, et nous nous demandions si elle allait vouloir encore faire traîner les choses pendant des mois, voire des années, pour se venger de lui. De nous. Entre-temps, elle avait envoyé leurs fils en pension et fermé la maison de Key West pour aller vivre à New York chez sa sœur.

— Jinny a toujours eu trop d'influence sur Pauline. La situation pourrait devenir bien pire avant qu'on en voie le bout.

— Tâchons d'être optimistes. Elle voudra peut-être retrouver sa liberté pour ses propres raisons. Elle est encore jeune. Il lui reste encore beaucoup de choses à vivre.

— Peut-être, concéda-t-il sans conviction. En attendant, je vais mettre toute mon énergie dans ce livre. Je vais tellement bien l'écrire que tous les autres livres sembleront petits par comparaison. Voilà le genre d'optimisme qui va me soutenir.

Je comprenais son besoin de s'appuyer sur son travail pour faire face. C'était exactement ce que je faisais moi-même en attendant que *A Stricken Field* sorte, avec sa dédicace à Ernest, et tous mes espoirs que ma carrière de romancière s'envole contenus entre ses pages, et tracés à l'encre invisible dans les espaces entre les mots.

Mais dès que les premières critiques commencèrent à paraître, je m'effondrai. L'histoire était trop documentaire, disait-on, trop factuelle, trop journalistique, et pas assez imaginative. Marianne Hauser, du *Saturday Review,* alla jusqu'à dire de mon héroïne, Mary Douglas, qu'elle était « plus noble que réelle ». Elle n'aurait pas pu me blesser davantage si elle m'avait dit la même chose en face.

— Je me demande s'ils se rendent compte à quel point nous prenons tout cela à cœur, dis-je à Ernest, le dernier papier en date entre les mains, une boule dure et acide logée sous le plexus solaire.

— Il y a eu la critique de Mme Roosevelt. Elle a été très élogieuse.

En effet, son commentaire m'avait fait très plaisir. Elle avait complimenté mon livre dans sa rubrique « My Day », jugeant que c'était « un chef-d'œuvre, une peinture remarquable », mais dans ce déluge de critiques négatives il m'arrivait de douter de sa sincérité.

— C'est par amitié.

— Tu devrais me laisser lire les critiques à ta place, finit-il par suggérer. Tu vas te rendre malade, et pire, tu vas finir par les croire.

— Ça serait de la lâcheté de ma part, non ? Il faut quand même que j'y jette un coup d'œil.

— Penses-tu ! Simple instinct de conservation. À

quoi bon mettre deux écrivains sous le même toit s'ils ne peuvent pas se soutenir mutuellement ?

J'acceptai, et réussis en effet à m'abstenir de les lire jusqu'à ce que l'épais *Time Magazine* arrive par le bateau postal, comme une bombe à retardement faite de mots. On m'avait offert le grand jeu, une pleine demi-page, mais on n'y parlait pas du tout du livre. L'article, acerbe, ne colportait que des commérages sur moi et mon « très grand et bon ami » Ernest Hemingway.

La photo de moi qu'ils avaient choisie était beaucoup trop grande et me donnait l'air d'une vamp. J'y portais un rouge à lèvres rouge foncé et étais coiffée à la dernière mode, ce qui soulignait les propos du journaliste. J'étais « trop belle » pour être écrivain, disait-il. Mes longues jambes étaient « trop séduisantes ». C'était une mise à mort.

Quand je le montrai à Ernest, il jeta le magazine à travers la salle à manger.

— Ces gens sont dégueulasses. Ils ne se rendent pas compte du mal que cela va nous faire, à moi et aux garçons.

Évidemment, il pensait d'abord aux conséquences que cela aurait pour lui. Jusque-là, aucun journaliste n'avait encore osé raconter que nous vivions ensemble. C'était aussi la première fois que l'on évoquait le divorce imminent d'Ernest et de Pauline. Mais j'avais beau comprendre ses préoccupations, j'étais piquée au vif, en colère. En quelques lignes, le magazine réussissait à m'ôter toute crédibilité littéraire et à me réduire à la fonction de concubine d'Ernest.

— Écoute ça, dis-je, étant allée peu sagement

récupérer le magazine par terre. « Gellhorn retourne à San Francisco de Paula, à Cuba, où Ernest Hemingway se met au vert pour l'hiver. » Comment peuvent-ils savoir ça ? Des reporters nous ont suivis ?

— Sans doute, répondit-il d'un ton morne et plat. C'est un peu tard pour se poser la question, le mal est fait. Fife va passer à l'attaque, tu peux me croire.

Et en effet. Le lendemain, un télégramme arriva. Elle avait changé d'avis et refusait de nous envoyer les garçons à La Havane ce printemps-là pour les vacances de Pâques. *L'environnement ne sera pas sain pour eux*, avait-elle écrit.

— « L'environnement », répéta-t-il, amer. On croirait que je tiens une maison close. Elle n'a pas le droit de m'empêcher de voir mes enfants.

J'avais la tête si lourde que je dus l'appuyer dans mes mains.

— Tu es sûr ?

— Non. Et merde. Peut-être bien.

Il lui répondit immédiatement par une longue lettre pour plaider sa cause. Nous attendîmes la réponse, mal à l'aise, et incapables de penser à grand-chose d'autre. J'écrivis plusieurs lettres de protestation à *Time Magazine*, menaçant d'attaquer le journal en justice, et restai de longues heures à ma table de travail, essayant de lire, au plus bas. C'était déjà dur de recevoir de mauvaises critiques, mais bien pire de voir son travail traîné dans la boue, réduit à l'anecdote, alors que le livre valait quand même plus que cela. J'avais travaillé dur – incroyablement dur – pendant un an, et le public n'en retiendrait que ma liaison sordide avec l'auteur le plus célèbre d'Amérique.

Le célèbre auteur n'arrivait d'ailleurs plus à écrire. Le monde extérieur était devenu trop bruyant. La clameur noyait la voix de Robert Jordan et tout le reste du roman, en plein milieu du chapitre 28. Ernest prit peur. Il me dit qu'il voulait s'en aller un peu, le temps de laisser la tempête se calmer, pour voir s'il arrivait à s'y remettre. J'acceptai de rester à la maison pour répondre au courrier et protéger notre retraite des reporters qui risquaient de venir fouiner, mais je le regrettai aussitôt. J'avais besoin de paix autant que lui, et de retrouver la foi en mon travail. J'aurais voulu pouvoir fuir très loin pour que mes idées noires fassent moins de bruit dans ma tête. Mais ses besoins prirent le pas sur les miens.

Il partit pour Camagüey, une ville des plaines intérieures de Cuba, à des centaines de kilomètres de chez nous. C'était un lieu très isolé, exactement ce qu'il recherchait. Il m'écrivit tous les jours, me disant que ses idées s'éclaircissaient peu à peu, et que le livre commençait à revenir.

Je fus soulagée pour lui, mais je devais digérer l'échec de mon propre livre, et je me sentais très seule avec ma peine. Depuis le début, nous nous étions promis que nos livres seraient nos enfants. Que nous nous en occuperions ensemble, lui des miens et moi des siens. J'avais toujours autant besoin de le savoir là, dans les moments difficiles comme dans les autres. Je comprenais que tout ce brouhaha le perturbait, mais ce n'était pas facile pour moi non plus.

Je lui écrivis pour lui dire combien il me manquait et que j'attendais avec impatience son retour car la maison était vide sans lui. Et puis je sortis de mon bureau en fermant la porte sur mon travail. Mes articles pour *Collier's* avaient tous été envoyés, et je n'avais plus de projet. Un jour, je serais prête à me replonger dans mes notes, mais en cet instant je ne voulais plus que retrouver ma paix intérieure et oublier.

47

Ernest rentra à la fin mars, juste à temps pour accueillir Patrick et Gigi à leur arrivée à Cuba. Pauline s'était finalement laissé convaincre, sans enthousiasme. Ce jour-là, j'attendis nerveusement, allant et venant dans la maison, chassant de la poussière imaginaire et alignant les piles de livres pour m'occuper. Je ne m'étais pas encore remise du fiasco de mon roman. De l'autre côté de l'Atlantique, les Soviétiques avaient bombardé Viipuri jusqu'à ce que la Finlande finisse par se rendre et accepte leurs exigences. Je pensais au peuple finlandais, à sa noble détermination, à sa dignité, et, malgré tout cela, à sa défaite. Je me sentais mal, ne savais plus quoi faire de ma peau. Alors j'entrepris de laver et relaver les verres, puis pris une douche chaude à la limite du supportable en me frottant vigoureusement.

— Ils se moquent bien de l'état de la maison, s'amusa Ernest. Ce sont des enfants.

— Je veux qu'ils se sentent bien ici.

— Tout se passera très bien, tu vas voir. Laisse-leur le temps. Ils vont t'adorer, tu sais.

— J'espère !

Dès qu'il vit ses fils sur la passerelle du ferry, Ernest se précipita vers eux, et parvint je ne sais comment à les soulever tous les deux de terre en même temps. Ils faisaient plaisir à voir, leur visage exprimant un bonheur absolu, la joie de retrouver un parent, d'être accueilli avec amour.

— Bonjour, dit Patrick avec un sourire chaleureux et délicat quand Ernest les entraîna vers moi.

Il avait le nez droit et fin, des cheveux châtains coiffés vers l'avant depuis le haut du crâne, et de magnifiques sourcils bien dessinés et joliment fournis. Je remarquai aussitôt sa gentillesse et son caractère posé. Cette sérénité intérieure se remarquait aussi vite que sa chemise en coton à carreaux bleus.

— 'alut, gazouilla Gigi.

Il me donna à serrer une petite main tiède, ses yeux noirs comme des boutons de bottine. Je vis quel grand comique il était quand il me lança un regard malin au cours de cette poignée de main. Il préparait déjà la bonne blague qu'il raconterait plus tard pour parodier ces excès de politesse.

— Tu peux m'appeler Marty, si tu veux.

— C'est comme ça que tu t'appelles ?

— Oui, enfin, c'est un diminutif. Je m'appelle Martha, mais c'est trop sérieux pour moi, la plupart du temps en tout cas.

— Moi aussi, mon nom est trop sérieux, intervint Patrick. Personne ne s'en sert jamais dans ma famille. Heureusement.

— Je sais qu'on t'appelle Mexican Mouse parce que tu étais tout brun et pas plus grand qu'une souris quand tu étais bébé. C'est bien ça ?

— Je deviens encore très brun en été. Je bronze beaucoup plus que mes frères.

— Moi aussi, je bronze, protesta Gigi.

— Mais oui, intervint Ernest, et vous allez avoir bien des occasions de vous mettre au soleil cette semaine. On va faire un concours, et c'est Marty qui donnera les notes.

Nous chargeâmes les bagages des garçons dans la voiture, ils montèrent à l'arrière et nous reprîmes la route pour rentrer chez nous, comme toujours en traversant le centre-ville puis en grimpant vers la campagne. Malgré l'habitude, ce trajet sortait complètement de l'ordinaire. C'était beaucoup plus drôle d'être en compagnie des garçons, qui bavardaient et faisaient des commentaires sur tout. Les vitres étaient baissées et Patrick avait passé la main dehors pour sentir l'air.

— On pourra aller pêcher au masque, aujourd'hui ? demanda Gigi.

— Bien sûr, si l'eau n'est pas trop trouble, répondit Ernest. Nous pouvons y aller n'importe quand, alors ne t'inquiète pas si aujourd'hui ça n'est pas le bon jour.

— Tu aimes la pêche au masque, Marty ? demanda Patrick.

— Oui, beaucoup, dis-je en me tournant pour lui faire face, le bras appuyé sur le haut du dossier. Enfin, pas spécialement la pêche elle-même, mais j'adore nager sous l'eau pour tout regarder.

— Comment c'est possible de ne pas aimer pêcher ?

La question de Gigi, honnête et directe, avait été

lancée au gré de sa pensée sans aucune mauvaise intention, comme font les enfants – qui ne connaissent pas encore la contrainte de s'adapter aux autres.

— Ça n'est pas grave, intervint Patrick. Elle peut faire comme elle veut. Il y a plein d'autres choses qu'on peut aimer.

Il m'adressa un sourire diplomate. Il était de toute évidence un médiateur-né, comme les enfants du milieu le sont souvent, attentifs à ne favoriser personne et à maintenir la bonne entente familiale.

— Vous me ferez peut-être aimer ça, hasardai-je.

— Tu es écrivain, comme papa ! dit Gigi.

— Oui.

Je n'aurais pas cru être encore aussi vulnérable : ma gorge se serra. Je n'y avais presque plus pensé en préparant la maison pour eux.

— Personne ne peut être comme ton papa, ajoutai-je, mais oui, je suis écrivain.

Les journées se balançaient comme un hamac au gré des vacances des garçons. Ils n'avaient pas d'heure pour se coucher, et parfois s'endormaient à table pendant le dîner, ou par terre en plein milieu d'un jeu. Le réfrigérateur leur était toujours ouvert, quelle que soit l'heure, même à proximité immédiate des repas.

« Les garçons ont toujours faim », expliquait simplement Ernest.

J'en étais tout à fait convaincue, mais je n'en étais pas moins sidérée par l'ampleur de leur fringale. D'énormes morceaux de fromage s'évanouissaient. Si j'achetais une douzaine d'œufs, il en aurait fallu trois douzaines. Et la quantité de lait qu'ils engloutissaient était phénoménale. Mais c'était aussi un immense plaisir d'entrer dans la cuisine et de trouver un des garçons en train de vider un grand verre de lait mousseux d'un trait sans respirer, reprendre son souffle avec un frisson parce que c'était froid, et s'essuyer la bouche du revers de la manche.

Ils dormaient dans des lits de camp sur la longue véranda ouverte, et laissaient traîner leurs draps, leurs salopettes, leurs tee-shirts et leurs pyjamas par terre. Quant aux chaussettes, ils en semaient partout, ce qui était étrange étant donné qu'ils n'en portaient presque jamais. Ernest trouvait cela hilarant, comme tout le reste d'ailleurs. Il n'y avait que deux interdits : pas de grossièretés vraiment ordurières avant seize heures, et pas de sable dans la maison. Si nous rentrions de la plage ou d'une excursion sur la *Pilar*, il leur faisait se rincer les pieds et les jambes dans des seaux d'eau de pluie sur la terrasse. Bien entendu, beaucoup d'autres choses s'égaraient à l'intérieur à leur suite – des pierres, de l'écorce, des jolies feuilles, et, une fois, un lézard tacheté de jaune aux yeux opaques –, mais tout cela était autorisé. Et après seize heures, quand les garçons se déchaînaient pour de bon, mieux valait s'abriter.

— Tu sais qu'ils font un gros effort pour se tenir bien devant toi, me dit Ernest un soir alors que nous nous mettions au lit. Ça n'en a peut-être pas l'air comme ça, mais tu ne perds rien pour attendre. Ils vont s'habituer à toi, et là, ça va devenir vraiment infernal. Peut-être que tu les aimeras un peu moins ensuite.

— Ça devrait rester supportable, répondis-je en enfilant mon pyjama en coton blanc. Ce ne sont que des enfants, après tout.

Je vis que je l'avais surpris, lui qui m'appelait souvent « Miss Poudre à récurer ». Il me lança un regard en coulisse et s'étendit de tout son long dans le lit.

— Je ne pourrais pas bénéficier de la même tolérance en vertu du lien de parenté ?

J'éteignis et m'allongeai à ses côtés en repoussant les draps avec les jambes.

— Désolée, mais ça n'a rien à voir.

— En tout cas, je dors beaucoup mieux quand ils sont là. Le bruit de leur respiration m'apaise. Même quand je ne les entends pas, je la devine, chaude, régulière, sereine. Ils arrivent à dormir comme ça parce qu'ils n'ont encore bousillé la vie de personne.

— J'espère qu'ils vont venir souvent. C'est plus vivant quand ils sont là, non ?

Un silence se fit, qui dura si longtemps que je crus qu'Ernest s'était endormi. Et puis sa voix me parvint, très basse, presque un murmure :

— J'aimerais bien avoir une fille.

Il me prenait au dépourvu. Je sentis mon cœur s'emballer.

— Ah oui ?

— Oui. Avec toi, je veux dire. J'aimerais qu'on ait un enfant ensemble.

Je sentis un pic de bonheur, un autre de terreur, et toutes les émotions intermédiaires. Heureusement, l'obscurité lui cachait mon visage.

— Tu crois vraiment que nous sommes prêts ? Nous ne sommes même pas encore mariés.

— Au point où nous en sommes, le mariage ne sera qu'une formalité. Nous sommes déjà ensemble de tous les points de vue possibles. Et puis, personne n'est jamais prêt à avoir un enfant. Je l'ai compris avec Bumby. Au départ, j'étais complètement sonné. Je n'arrêtais pas de penser à tout ce que sa naissance allait m'empêcher de faire, et à me demander comment il allait pouvoir devenir une personne équilibrée, avec une personnalité belle et singulière. Je ne me rendais pas du tout compte de ce qu'il allait m'apporter.

— Tu as l'impression que quelque chose te manque parce que tu n'as pas de fille ? C'est ça qui te motive ?

— Oui, mais pas seulement, dit-il, roulant sur le côté en poussant un soupir difficile à interpréter. C'est aussi parce que c'est une expérience que je voudrais que nous vivions ensemble. Et puis, je ne sais pas, je ressens quelque chose de très fort en pensant à elle. Parfois, son image me vient, tellement claire, tellement réelle, que je pourrais presque croire qu'elle est déjà là, ajouta-t-il avec émotion. Elle a tes cheveux et tes yeux, et toutes tes qualités.

— Et de toi, elle héritera quoi ?

— De pas grand-chose avant qu'elle grandisse un peu. Quand elle aura l'âge, elle apprendra à pêcher, à nager et à faire de la voile comme ses frères. Elle nagera très tôt, comme une petite loutre, et le soleil fera ressortir ses taches de rousseur.

Il éveillait en moi toutes sortes d'émotions pour lesquelles je n'étais pas prête. Plus il donnait de détails, plus je la voyais moi aussi, cette jolie idée d'une fille, parcelle de feuille d'or tremblant dans un rayon de soleil.

— Une loutre avec deux parents lapins ? m'amusai-je.

— Exactement. Et elle lira trois livres avant le petit déjeuner comme Mouse, et elle sera drôle comme Gigi, et attentive et généreuse comme Bum. Elle aura un peu de nous tous en elle.

— Une vraie perfection alors. Qui ne voudrait pas avoir une si jolie personne chez soi ?

Je m'interrompis pour me ressaisir : nous étions allés si loin que j'avais besoin de reprendre pied dans la réalité.

— Je crois que je préfère attendre que nous soyons mariés.

— Bien sûr, si tu as peur de défier les convenances.

— Nous avons été suffisamment éclaboussés par le scandale pour un moment, et toi, il faut que tu termines ton roman. Quand le moment sera venu, nous le sentirons.

— Nous allons être tellement heureux, dit-il en se lovant contre moi. Qui aurait pu imaginer ça quand nous étions en Espagne ? Même pas nous.

— Non, répondis-je gravement. Surtout pas nous.

48

C'était une belle journée d'été – les frégates s'en donnaient à cœur joie dans le ciel, les minces nuages moutonnaient doucement et un soleil langoureux et inépuisable brillait sur nous. La *Pilar* était à l'ancre non loin d'une des innombrables cayes que nous fréquentions, se balançant dans un vent léger. Ernest et moi étions sur le pont, et les garçons avaient pris l'annexe pour pêcher au masque près du récif avec Bumby, qui était arrivé la veille du continent. Il avait passé une partie de ses vacances avec Hadley et Paul à Miami, et il était déjà bronzé – cheveux blond foncé en bataille, épaules finement musclées, et le visage d'un Achille ou d'un Apollon, la crème de la crème du mont Olympe.

Il avait seize ans et adorait ses frères, qu'il accompagnait pour nager du côté protégé du récif. Le caoutchouc de leur masque bien serré autour de la tête, les légers harpons de bois flottant sur une mer à peine agitée de vaguelettes par ce temps magnifique, ils avançaient en battant de longues jambes, prolongées par leurs pieds nus.

Les trois garçons étaient suprêmement à l'aise dans l'eau, mais semblaient bien petits au milieu de l'immensité de l'océan et de la multitude de ses habitants qui rôdaient juste au-delà de la basse barrière.

Je mis ma main en visière au-dessus de mes lunettes de soleil pour mieux les distinguer.

— Ils ne craignent vraiment rien ?

— Ne t'en fais pas, répondit Ernest. Bum est là, et ils savent qu'ils doivent rester groupés.

— Ils n'ont pas l'air d'avoir peur.

— Mouse est comme un poisson dans l'eau – il est né comme ça – mais Gigi est certainement inquiet parce qu'il ne peut pas s'empêcher de penser aux grosses bêtes qui pourraient passer par-dessus le récif. Jamais il ne le montrerait à ses frères, remarque. On a toujours besoin de jouer les braves devant ses frères.

Ernest descendit et nous remonta deux grands verres de rhum noyé dans du jus de noix de coco sur de la glace pilée, avec des quartiers de citron vert. Une boisson rafraîchissante et délicieuse, mais à cause des garçons je n'arrivais pas à apprécier totalement l'acidulé du citron sur ma langue.

— Tu crois que des requins pourraient les attaquer en passant par-dessus la barrière de corail ?

— C'est toujours possible. La marée est haute.

— Au moins, l'eau est claire aujourd'hui.

Je restai au bastingage pour mieux les surveiller, mon verre à la main, oscillant avec le bateau. Je voyais nettement la forme de la barrière, indiquée par les bouillonnements de l'eau qui montait autour des saillies sombres du corail. Patrick avait attrapé un grogneur de taille respectable, jaune vif, et Bumby s'était arrêté pour l'aider à décrocher le poisson de la pointe de son harpon. Je les voyais rire tous les deux en le jetant dans le canot, ne semblant pas se préoccuper du sang qui teintait l'eau. Je me tournai vers Ernest.

— On devrait peut-être se rapprocher.

Il me jeta un regard étonné.

— C'est gentil de t'inquiéter pour eux.

— Gentil ? Je ne sais pas. Ça n'est pas facile d'aimer les gens. On se fait du souci pour eux tout le temps et on se sent impuissant parce qu'on voudrait qu'ils ne meurent jamais, sauf que c'est impossible.

— Eh oui, c'est ça l'amour.

Il me regarda, le soleil dans les yeux, puis il leva l'ancre avec la manivelle. Ensuite, il grimpa sur le pont supérieur pour prendre la barre, démarra le plus petit des deux moteurs, le Lycoming, et manœuvra pour se rapprocher de l'annexe. Il s'arrêta tout contre, laissant la *Pilar* parallèle à la barrière de corail, mais pas trop près. Pendant tout ce temps, je ne quittai pas les garçons des yeux, me disant qu'Ernest avait sûrement raison. L'amour était risqué par nature. Mais j'avais beau le savoir, cela ne changeait pas grand-chose.

— C'est bon, ça te va ? me demanda-t-il quand il m'eut rejointe, une fois l'ancre mouillée.

— Oui, là c'est parfait. Merci.

Il approcha pour m'enlacer et posa son menton sur mon épaule.

— Oui, petite maman. On voit tout très bien d'ici.

Les garçons nagèrent sans incident toute la journée, inépuisables, et attrapèrent des quantités de poissons pour notre dîner à la Finca. Ils préparèrent eux-mêmes leurs carangues, grogneurs et vivaneaux – même Gigi savait vider et écailler les poissons avec une précision chirurgicale –, et nous les fîmes fricasser avec du bacon et des oignons, ainsi que des petits morceaux du fromage espagnol dont Ernest gardait toujours une provision au réfrigérateur. Rene fit une délicieuse salade de tomates en accompagnement, et servit pour le dessert un gâteau aux pommes saupoudré de sucre glace et surmonté de crème glacée fondante faite maison. C'était un festin digne de cette belle journée, et nous restâmes un long moment à table après le repas, éclairés aux bougies comme si c'était Noël, pendant que les garçons me régalaient d'anecdotes familiales.

Patrick et Gigi étaient intarissables sur les étés dans le Wyoming au L-Bar-T. J'eus droit à l'histoire de l'ours noir qui avait fait peur aux chevaux lors d'une promenade. Ernest, qui avait la monture la plus nerveuse, avait été éjecté de selle, et était tombé sur une barrière qui lui avait ouvert le front horriblement. Il y en avait beaucoup d'autres, tournant pour la plupart autour de chutes ayant laissé des cicatrices et de mésaventures leur étant arrivées seuls ou en groupe. Gigi était celui qui parlait le plus fort, donnant des quantités de détails, d'une part parce que c'était un conteur-né, mais aussi, comme je le devinais, parce qu'il avait besoin de s'affirmer et de parler des rares étés qu'il avait passés en famille. En effet, jusqu'à ce qu'il soit assez grand pour faire le voyage, il avait passé beaucoup de vacances seul avec sa gouvernante, chez elle à Syracuse dans l'État de New York, ou à Key West dans la maison de Whitehead Street.

Ses frères lui abandonnaient volontiers le rôle d'amuseur public. Il n'y avait plus moyen de l'arrêter tant il aimait cela, et il ne céda la place qu'à Ernest, qui prit le relais pour raconter un peu sa vie parisienne à l'époque où Bum était bébé. Leur appartement était situé au-dessus d'une scierie d'où montaient en permanence le gémissement strident des machines et l'odeur fruitée de la sciure de bois. Par les froides journées d'automne, dans son landau au jardin du Luxembourg, Bumby se réchauffait les mains sur les pigeons qu'Ernest assommait avec sa fronde. On l'asseyait aux tables des cafés, chez Lipp ou à la Closerie des Lilas, et on lui donnait des petites gorgées de café crème pendant qu'Ernest discutait avec des amis intéressants.

— Tu étais un vrai petit Parisien, Schatz. Tout le monde t'adorait. Tu étais un tellement beau bébé, tout rond et bien sage.

— Raconte à Marty l'histoire de F. Puss, demanda Gigi à Bum, qui ne se fit pas prier.

Ils avaient eu un gros chat persan qui avait jalousement monté la garde devant son berceau et ne laissait approcher personne.

— C'était la meilleure des nounous, renchérit Ernest. Il faisait mieux son boulot que notre *femme de ménage*[1].

— Non, je n'y crois pas, m'indignai-je. Vous ne laissiez quand même pas le petit tout seul avec le chat ?

— Je t'assure que si. Le minou se roulait en boule aux pieds de Schatz pour lui tenir chaud et faire barrage aux courants d'air quand il toussait. Ce chat

1. En français dans le texte.

aurait sauté à la gorge de n'importe quelle personne mal intentionnée, c'est un fait. Il savait ce qu'on attendait de lui.

— On aura tout entendu.

— C'était mon grand copain, renchérit Bum. On devrait adopter un chat ici. Ou alors, en amener un de Key West. Tu as toujours plein de chats, papa. C'est bizarre qu'il n'y en ait même pas un ou deux.

— Je préfère laisser tomber les chats, déclara Ernest, l'œil pétillant et la voix rieuse. Ils mangent trop.

— Je ne te crois pas ! s'exclama Gigi. Tu leur donnes à manger dans ta main à la maison, même à table. Tu sais, ajouta-t-il en se tournant vers moi, le visage animé dans la lumière des bougies, papa dit que c'est des éponges à amour. Tu aimes les chats, au moins ?

Cette question, un peu désespérée, était une main tendue. J'avais déjà dit que je n'aimais pas pêcher. Peut-être pensait-il que c'était ma dernière chance de m'intégrer à leur groupe, de faire partie de la bande.

— Oui, je les adore.

— Bon, c'est bien, approuva-t-il, de toute évidence très soulagé, ce qui fit rire tout le monde.

Ernest travailla bien et régulièrement pendant le séjour des garçons. Le manuscrit faisait déjà plus de quatre cents feuillets, une belle et haute pile de pages sur son bureau, posée à côté de ses crayons taillés et de ses carnets.

Je n'arrivais pas encore à envisager de recommencer à écrire, et je ne savais pas si je serais jamais capable de reprendre suffisamment confiance en moi pour le faire. En attendant, je me plongeais dans les activités du jour, étonnée par la gentillesse des garçons, qui partageaient avec moi leurs jeux aussi facilement qu'ils prêtaient leurs livres et leurs affaires – ils m'appelaient pour jeter des pièces avec eux dans une rangée de vieilles boîtes de conserve, ou pour se battre avec des manches à balai et des raquettes de tennis en guise d'épées, ou pour les regarder grimper dans l'avocatier et sauter au sol pendant des heures. J'étais tout aussi surprise par l'aisance avec laquelle je m'étais coulée dans le rôle de belle-mère et d'amie. J'adorais les longues discussions que j'avais avec Bumby, ou Bumble comme je m'étais mise à l'appeler, en faisant le tour de la propriété, ou sur la terrasse, car nous aimions tous les deux nous dorer au soleil comme des lézards heureux. Il me tenait compagnie quand Ernest était occupé ailleurs, et j'aimais l'écouter s'interroger sur son avenir, parler des conditions d'entrée dans les différentes universités, de celle qu'il aurait intérêt à choisir. À moins qu'il ne décide de ne pas poursuivre ses études.

— Mais si, il faut y aller. Tu es tellement intelligent. Qu'est-ce que tu voudrais faire d'autre ?

— Pêcher ? C'est ce que je fais de mieux.

— Tu veux devenir pêcheur pour gagner ta vie ?

— Si c'était possible, je serais partant, c'est sûr. Je ne pense qu'à ça, et je rêve même de truites. Les brunes, les bleues, les arcs-en-ciel. Dans le Montana ou le Wyoming, ou même dans le Michigan.

— J'ai l'impression d'entendre ton père.

Il eut un petit sourire satisfait.

— C'est bien possible.

— Je peux m'estimer heureuse que tu daignes m'adresser la parole alors que je n'ai jamais attrapé le moindre petit poisson. En ce qui me concerne, les mouches dans la boîte se ressemblent toutes. C'est impardonnable, je sais.

— Il n'est jamais trop tard pour apprendre. C'est à la portée de tout le monde. Et puis, je ne vais pas te faire passer d'examen pour te tester. On n'a même pas besoin de mouches, d'ailleurs. On peut mettre des sauterelles à la place.

— Tu es trop bon…

Je le disais au sens littéral, exprimant mon sentiment et la vérité : ce garçon était entièrement bon, un prince dans ses actes et ses pensées. Quel fils remarquable Hadley et Ernest avaient fait ensemble…

— Je suis bien contente que nous apprenions à nous connaître, ajoutai-je.

— Moi aussi. Je n'ai jamais vu une femme tenir tête à papa comme toi, en restant elle-même.

— Tu crois que je lui tiens tête ?

J'avais l'impression de m'être un peu étiolée depuis la sortie de *A Stricken Field*, et cela m'inquiétait. Il allait bientôt falloir que je trouve le moyen de m'y remettre.

— Oui, tu ne te laisses pas faire. D'ailleurs, il apprécie. Enfin, ajouta-t-il, soudain timide, j'espère que ça ne te dérange pas que je te dise ça.

— Pas du tout, répondis-je, contente au contraire qu'il l'ait remarqué. Tu peux me dire tout ce que tu veux.

— C'est ça que j'aime bien chez toi aussi. Je disais

ça justement à papa : je n'ai jamais rencontré une femme aussi jolie qui disait autant de gros mots.

— Ha ! fis-je en éclatant de rire, ravie et un peu gênée. Ne va pas raconter ça à ta mère.

— Elle s'en fiche, répondit-il en rougissant comme seuls les garçons savent le faire, deux bandes verticales écarlates envahissant ses joues. Ma mère dit aussi des gros mots de temps en temps. De toute façon, je pense que tu lui serais très sympathique.

Hadley avait été le bon ange d'Ernest dans sa jeunesse, le point lumineux de ses années à Paris, la femme qu'il avait eu le plus de mal à quitter. Il gardait d'elle un souvenir ému, idéalisé, comme seul le passé peut l'être. Je n'étais pas sûre d'avoir assez de grandeur d'âme pour me sentir tout à fait à l'aise si je la rencontrais, mais j'étais heureuse que Bum veuille nous relier, ne fût-ce qu'en paroles.

— C'est très gentil, lui dis-je. C'est adorable.

49

Après le départ des garçons, je me fis violence et m'enfermai courageusement dans mon bureau, bien décidée à commencer un nouveau livre. Dans l'un de mes carnets, je tombai sur quelques phrases écrites en Finlande qui m'inspirèrent, et me mis à écrire une nouvelle qui parlait d'une journaliste américaine pendant la guerre d'Hiver. Je trouvais agréable de me retrouver dans ce pays tel qu'il était avant de tomber entre les mains de l'ennemi. C'était ma façon de lui rendre hommage, de le faire revivre ne serait-ce qu'un bref moment.

— Je l'appellerai peut-être « Portrait d'une femme », dis-je à Ernest après une matinée de travail satisfaisante.

— Je suis content que tu t'y remettes, Lapin. Mais je m'inquiète un peu. Tes sujets sont trop sombres. Tu ne t'es pas assez fait assaisonner pour *A Stricken Field* pour cette raison ?

— Le monde n'est pas particulièrement joyeux, ou ça t'a échappé ? Il ne se passe que des choses sinistres depuis des années. Et moi, on me demanderait de sortir une histoire joyeuse de mon chapeau ?

— Allons, allons, c'est pour ton bien que je dis ça.

Je trouverais juste dommage qu'on te catalogue comme un auteur capable de n'écrire qu'une seule sorte de chose.

— Tu as raison.

J'avais beau dire, quelque chose dans le ton qu'il employait me mettait mal à l'aise. Il s'y connaissait mieux que moi en littérature, c'était certain. Peut-être même savait-il mieux que moi comment je devais mener ma carrière. Mais pour trouver l'énergie d'avancer je devais suivre ma voie. J'avais besoin de l'amour d'Ernest. J'avais besoin de son soutien, ô combien, mais rien ne serait plus dangereux pour moi que de changer ma façon d'écrire pour obtenir son approbation. Il n'attendait jamais mon aval, alors pourquoi devrais-je attendre le sien ?

Depuis quelque temps, Ernest suivait un strict régime de travail à l'exclusion de toute autre chose. Il buvait beaucoup moins, surveillait son alimentation, se pesait tous les matins et notait son poids au crayon sur le mur au-dessus de la balance. Tout cela pour pouvoir entrer encore plus en profondeur dans son livre. Parfois, j'avais l'impression qu'il voulait s'enfermer entre les pages comme dans une autre peau. Il ne me parlait plus des scènes auxquelles il travaillait ni de ses personnages, ne me lisait plus ses dialogues. Je comprenais pourquoi cela lui était devenu impossible, et je savais que c'était seulement quand on donnait tout à un livre qu'il commençait à vous le rendre au centuple. N'empêche que je me sentais bien seule.

Pendant ce temps, la mousson s'était installée, et nous avions droit à un déluge tous les jours. Le toit, insuffisamment étanche, devint spongieux et s'affaissa dangereusement. Le plâtre du salon se détachait sous l'effet de l'humidité et s'écrasait par plaques sur le carrelage. Il y avait des seaux et des bâches partout, des boules de vieux journaux détrempés et des serpillières inefficaces.

Au début du mois de juin, je partis retrouver ma mère à New York à l'hôtel Carlyle, ayant expliqué à Ernest que j'avais envie de la voir et besoin d'une semaine de soleil, mais le mauvais temps n'était pas la seule chose qui me déprimait. L'Europe était en guerre depuis neuf mois, et même si l'Angleterre et la France avaient déclaré la guerre à l'Allemagne dès la prise de la Pologne par Hitler, l'escalade ne gagnait que maintenant les nations concernées. Une grande offensive venait d'être lancée par l'Allemagne sur le Luxembourg, la Belgique et la France. Le Danemark, la Norvège et les Pays-Bas avaient si vite été conquis que leurs soldats auraient pu être faits non pas de chair et d'os mais de papier.

Malgré la gravité de la situation, la présence de ma mère, mon étoile du Berger, me fit du bien, mais rien ne pouvait me réconforter bien longtemps. Les nouvelles étaient plus terrifiantes de jour en jour. Les nazis avaient contourné la ligne Maginot, traversé la Meuse, et leur avancée dans les Ardennes était irrésistible. La France allait devoir se rendre.

Je me rongeais les ongles jusqu'au sang et ne voulais plus quitter notre chambre d'hôtel, mais maman m'obligeait à sortir prendre l'air. Nous remontions Madison Avenue lentement, bras dessus bras dessous sur une vingtaine de rues, traversions Central Park du côté de North Meadow, et revenions sur nos pas comme si, en sillonnant la ville, nous allions exorciser le mal.

Mais bien sûr, nous n'y pouvions rien. Nous étions en train de prendre le thé à l'Algonquin quand la nouvelle éclata. Nous restâmes à notre table, accablées, alors que les serveurs disparaissaient, que notre thé refroidissait et que les sandwichs au cresson s'asséchaient. Les Allemands avaient réussi. Les chars entraient dans Paris.

Le monde était aux mains de fous furieux et Roosevelt ne voulait toujours pas agir. Il gela les avoirs des pays de l'Axe aux États-Unis. Condamna fermement dans ses discours le fascisme et les agressions militaires, exprima ses opinions haut et fort, mais garda sa ligne sans flancher : l'Amérique n'entrerait pas en guerre à moins d'être attaquée.

Je retournai en toute hâte à Cuba, emmenant maman avec moi. Je m'attendais à trouver Ernest branché en permanence sur la radio, mais nous n'en avions plus. Il s'en était débarrassé.

— Comment as-tu pu faire ça ? m'indignai-je. Les nazis défilent sur les Champs-Élysées.

— Comment peut-on avoir envie d'entendre claironner l'annonce de ce genre de catastrophe dans son salon ?

— Mais elle est là, la catastrophe ! C'est irresponsable de s'isoler comme ça ! Le courrier met quatre jours à arriver.

— Si seulement il pouvait mettre une semaine, ce serait encore mieux. Ça casse la concentration.

J'étais scandalisée.

— C'est comme de dire qu'une alerte au feu casse la concentration quand les flammes sont en train de dévorer la maison !

— Écoute, si l'armée d'un dictateur vient enfoncer la porte, nom de Dieu, je me battrai pour sauver ce qui m'appartient. Je ne me voile pas la face : je résiste à ma façon.

Je voyais bien que maman n'aimait pas nous entendre nous disputer, mais je m'apprêtais tout de même à lancer un nouvel argument quand elle m'interrompit :

— Si on déjeunait ? Je meurs de faim.

— On dirait que votre fille préfère me bouffer le nez, lâcha Ernest.

— Oui, mais moi, je pensais plutôt à des huîtres, rétorqua maman, nous arrachant un rire tendu.

Je finis par comprendre que, comme il le disait, l'engagement total d'Ernest pour son livre sur la guerre alors que le conflit faisait rage à l'extérieur était bel et bien sa façon de lutter. J'avais du mal à admettre qu'il avait raison, et peut-être ne serais-je jamais d'accord avec lui, mais je ne pouvais que respecter le travail en lui-même. Il avait recommencé à me montrer ce qu'il écrivait, et je lisais des pages magnifiques, les meilleures qu'il ait jamais écrites, et peut-être les meilleures de sa vie. Max Perkins avait décidé de sortir le livre en octobre, et Scribner avait besoin du manuscrit tout de suite, et même hier.

Entre-temps, les garçons étaient revenus passer des vacances et étaient repartis, et la chaleur estivale enveloppait nos journées de leur moiteur. Je travaillais à mes nouvelles le matin, puis je nageais avec maman dans la piscine d'eau de mer, et ensuite nous allions en ville. Il le fallait bien si nous voulions avoir des nouvelles du monde.

Un après-midi, nous venions de nous installer au Floridita pour lire les journaux quand un client poussa la porte du café. Il ressemblait à tous les gringos qui pullulaient à La Havane, à une exception près : son uniforme nazi, net et raide, ceinturon de cuir et pattes d'épaule, insigne coloré à rayures, casquette haute et rigide, bottes noires. Mais ce qui attirait surtout l'œil se trouvait sur le bras gauche, une croix gammée d'un rouge presque criard.

Je pris la main de maman sous la table parce qu'elle semblait pétrifiée.

— Tout va bien, soufflai-je. Ernest et moi nous l'avons déjà vu. Il y a pas mal d'Allemands à La Havane.

Elle me jeta un regard et je compris qu'il voulait dire : *Ça n'est pas n'importe quel Allemand.*

Il s'accouda au bar, une botte sur le rail, et lança une remarque au serveur. On nous apporta notre déjeuner, mais c'est à peine si maman toucha au sien. Je ne l'avais jamais vue réagir aussi fortement. Quand l'homme sortit enfin, elle se pencha vers moi en chuchotant comme si des mouchards nous écoutaient, ou qu'il risquait de revenir.

— Je n'arrive pas à comprendre qu'on puisse vouloir se balader dans une tenue pareille.

— Leur but est d'inspirer la peur. C'est réussi.

— Ça me fait horreur, dit-elle simplement. Toute cette guerre me fait horreur.

— Ça serait tellement pratique si un coup de foudre

bien placé tombait sur la tête de Hitler. Ça simplifierait tellement tout.

Elle s'effaroucha de m'entendre dire une chose pareille à voix haute, mais qui ne l'avait pas pensé un jour ? Que ce soit un éclair, une tornade ou un ouragan, en tout cas une catastrophe naturelle meurtrière s'abattant à sa porte. Cela ne réglerait pas tout, mais ce serait un bon début.

De retour à la maison, je racontai à Ernest ce qui était arrivé, essayant de lui expliquer la frayeur de maman.

— C'était comme si elle avait vu un loup à deux pattes. Je me rends compte que nous nous sommes habitués à leur présence ici, mais nous avons tort. On ne devrait jamais arrêter de remarquer le mal qui nous entoure. Je devrais peut-être écrire quelque chose sur eux.

— Au lieu de tes nouvelles ? Elles te plaisent, pourtant.

— Oui, mais je ne veux pas me cacher la tête dans le sable, surtout ici, là où nous vivons.

Je pensais à ce que j'avais vécu en France et en Angleterre pendant la chute de la Tchécoslovaquie. Un nazi dans le journal faisait beaucoup moins peur qu'un nazi attablé dans le même café que soi.

— Cet incident m'a rappelé qu'en voyant quelque chose de ses yeux on peut radicalement changer d'opinion. Ça vous transforme.

— Oui, mais ne te transforme pas trop, Lapin.

— C'est-à-dire ?

— Je me demande seulement si tu ne commences pas à penser que cela ne te suffit plus d'être ici. J'ai peur que tu aies de nouveau envie de te jeter dans la bagarre.

Il avait raison. J'avais commencé à vaguement me demander si cela ne serait pas important d'aller en France, juste quelque temps, histoire d'être au cœur de l'action et de faire face aux événements en écrivant peut-être un article ou deux susceptibles d'intéresser quelqu'un. Mais inutile d'en parler : je ne voulais pas lui faire de mal, et ce n'était pas le moment.

— Non… Tu sais, ajoutai-je en m'emparant d'une vérité plus facile à dire, j'adore notre vie ici.

50

J'avais beau m'être souvent demandé si Ernest terminerait un jour son livre, la fin arriva. Il avait fait sauter le pont, avait réglé son compte à Robert Jordan et se sentait vide et déprimé comme s'il avait dû tuer une partie de lui-même pour y arriver. C'était d'ailleurs un peu le cas, puisque Jordan était ancré plus profondément en lui que bien des êtres réels ne le seraient jamais dans sa vraie vie.

Il alla à New York car il devait être disponible pour relire les épreuves. Il descendit au Barclay, et subit la canicule qui sévissait sur une grande partie du pays. Il m'écrivit de l'imaginer en pyjama, en train de suer sang et eau dans une mare de transpiration sous un ventilateur qui tournait vingt-quatre heures sur vingt-quatre. Il relisait et corrigeait par tranches, un coursier toujours sur le qui-vive pour apporter chez Scribner les pages qu'il venait de terminer, ensuite expédiées chez l'imprimeur – quarante-trois chapitres en tout qu'il aimait comme des enfants. Il devait se dépêcher pour suivre le rythme des typographes, mais je savais aussi qu'il était porté par le sentiment d'urgence et le besoin d'en avoir fini, la tension et l'excitation de ce délai serré à respecter.

Quand il eut terminé, les yeux fatigués, exténué, il prit le train pour Miami puis le clipper de la Pan Am pour La Havane. J'allai le chercher à l'aéroport avec ma mère, et bien que son extrême fatigue fût clairement visible, on percevait aussi son exultation. Il ramenait le contrat de Scribner dans ses poches, et c'était un pont d'or – il allait toucher vingt pour cent sur les ventes après les vingt-cinq mille premiers exemplaires : des droits d'auteur exceptionnellement élevés. Le Book of the Month Club envisageait d'intégrer le livre à sa sélection du mois d'octobre pour l'envoyer à ses abonnés. Si l'affaire était conclue, cent mille exemplaires seraient imprimés sans attendre, et ce n'était qu'un début. Scribner allait réserver toute sa vitrine de la librairie de la 5e Avenue pour exposer le livre, et il se disait même déjà que Hollywood voulait acheter les droits cinématographiques, avec Gary Cooper dans le premier rôle.

J'étais ravie pour Ernest, vraiment, mais c'était tout de même un peu dur pour moi de voir le traitement de faveur dont bénéficiait ce livre avant même d'être sorti. Mon livre, *A Stricken Field*, avait compté tout autant pour moi, et il s'était évaporé presque immédiatement. J'avais mis dans ces pages le meilleur de moi-même, mais au lieu de récolter la gloire, ou en tout cas une satisfaction personnelle, je m'étais fait mettre K-O debout. Cela faisait encore mal de penser qu'un livre que j'aimais et pour lequel j'avais souffert avait été aussi facilement enterré. J'étais toujours aussi folle de rage de voir que même les quelques bonnes critiques avaient été effacées par l'intérêt pour ma liaison avec Ernest. Je ne savais pas comment lui parler de tout cela, surtout au moment où son livre était en passe de devenir le plus grand roman de l'année, et peut-être l'œuvre la plus importante qu'il ait jamais écrite.

Et je commençais tout juste à réaliser pleinement ce que cela signifiait. Le livre brillait déjà d'une rare incandescence qui aurait fait l'envie de n'importe quel auteur – certains auraient tué père et mère pour connaître même le quart d'une telle exposition. C'était une étoile, un astre sombre qui créait sa propre atmosphère, sa propre gravité. Il prenait toute la place dans notre vie.

Depuis qu'Ernest avait fini d'écrire, il pouvait tourner son énergie vers d'autres choses, comme harceler Pauline pour finaliser les détails du divorce, et parler de notre propre mariage, qui occupait de plus en plus ses pensées. J'avais toujours su que cela finirait par arriver, et j'avais souhaité de toutes mes forces que le litige avec Pauline se règle pour que nous puissions être complètement ensemble, sans barrières, sans difficultés. Or j'étais très surprise de constater que, maintenant que notre mariage approchait, je commençais à m'angoisser et à le redouter. Et sans en comprendre la raison, ce qui me perturbait encore davantage.

Ernest semblait ne pas s'en apercevoir – il était trop absorbé par ses propres activités –, mais cela n'échappa pas à ma mère. Quand je la conduisis à La Havane pour prendre son ferry à Fort Lauderdale, je vis bien que rien ne l'empêcherait de me dire le fond de sa pensée.

— Si tu regrettes ta décision, tu devrais t'écouter. L'intuition, ça n'est pas fait pour les chiens.

— Je ne veux pas le perdre.

— Je ne te parle pas de le quitter. Profite de l'interlude. Ici, c'est le paradis… je m'en rends bien compte. Mais le paradis n'est pas éternel.

— Non, tais-toi, je t'en prie. Ce n'est pas le moment. Je me sens déjà assez mal comme ça.

— Bon, mais dis-moi au moins ce qui t'inquiète autant. Qu'est-ce qui est le plus important dans tout ça ?

— Lui, mais c'est une telle force de la nature. Il attire dans son orbite tous ceux qui l'approchent, et il bouche toutes les portes de sortie. Il fait ça sans le vouloir, sans y penser. Et son livre… même s'il est terminé, on n'a pas fini d'en entendre parler. Je sens monter la vague. C'est évident.

— Qu'est-ce que te dit ton cœur ?

— Justement. Je ne sais plus. Avec Ernest, je suis toujours entre deux, j'hésite dans mon cœur, dans ma tête.

— C'est un sacré personnage, c'est sûr. Mais toi aussi, ma chérie. Ne te mésestime pas. Je ne connais personne d'aussi fort que toi. Quoi qu'il arrive tu sauras faire face.

— Je t'aime, tu sais ? dis-je en me penchant pour l'embrasser. Tu es sûre que tu ne peux pas rester ?

J'occupai le reste de la journée à remâcher mes pensées. Ernest avait déjà quitté deux femmes, toutes les deux douées d'un fort caractère, comme le prouvaient les anecdotes qu'il racontait. Et pourtant, elles n'avaient pas eu assez de force pour le garder, ou d'amour. Quoi qu'il en soit, ces mariages avaient tristement et irrévocablement pris fin. Serais-je capable de supporter une séparation si le destin nous réservait le même sort ? Et en même temps, si je cédais à la peur, pourrais-je me pardonner de ne pas avoir tenté l'aventure ?

Finalement, après m'être interrogée mille fois sans aboutir à une réponse nette, je fis part de mon indécision à Ernest.

— Je me disais que j'aurais besoin qu'on ne se précipite pas.

J'avais voulu m'exprimer avec tact, mais Ernest sembla mal encaisser le coup :

— Dis donc, tu n'as pas peur de faire du mal à ton homme, toi !

— C'est justement ce que j'essaie d'éviter, protestai-je. Je t'aime, mais je veux juste être certaine que c'est ce qu'il y a de mieux pour nous et de plus raisonnable.

— Raisonnable ? Depuis quand l'amour est-il raisonnable ? lâcha-t-il d'un ton moqueur, la bouche dure, presque cruelle dans la mauvaise lumière. Le mariage, ça n'est pas un cours de maths, tu sais. Ça n'a rien à voir avec le raisonnement. Et puis, tu dis ça avec une telle froideur… sur un ton si calculateur…

— Mais non, Lapin. Pas du tout. Je veux seulement être rationnelle et écouter ce que je ressens.

— Eh bien, vas-y, je te laisse t'amuser alors. J'en ai assez entendu.

Sur quoi il partit se coucher, et claqua la porte de notre chambre.

Je repoussai le moment de le rejoindre au lit par peur d'aggraver les choses. Il se faisait de plus en plus tard, les mots de mon livre dansaient devant mes yeux dans la faible lumière. Je fis durer un petit scotch, puis un autre, mieux dosé, et finis par m'écrouler à deux heures, la tête dans du coton et de mauvaise humeur.

Le matin, je ne l'entendis pas se lever, mais cela devait être avant l'aube. À mon réveil, je trouvai une longue lettre sur la table de chevet, qui disait que je lui avais déchiré le cœur, que je lui avais coupé les jambes juste au moment où il avait le plus besoin de moi. J'eus du mal à lire la suite, surtout les passages où il énumérait toutes les fois où il m'avait aidée dans ma carrière, et qui auraient dû me rendre reconnaissante. Même en Espagne, il m'avait aidée, écrivait-il, parce qu'il avait cru en mon travail longtemps avant que je n'y croie moi-même. Il avait lu *A Stricken Field* dix fois du premier au dernier mot, et m'avait vivement encouragée à écrire des nouvelles. Il disait ensuite que si j'étais sûre de ne pas vouloir me marier avec lui, je devais le dire tout de suite. Il allait devoir emmener la *Pilar* sur la côte américaine en septembre, ce qui lui donnerait cent cinquante longs kilomètres et beaucoup, beaucoup de temps pour penser au mal terrible que je lui avais fait. Du moins, s'il arrivait à destination. Peut-être que cette fois on ne le reverrait pas.

La lettre semblait vibrer et fumer entre mes mains. Elle réunissait toutes les facettes de sa personnalité, exposait l'éventail complet de ses humeurs – l'amertume, la manipulation, la menace, la culpabilisation. Mais tout cela camouflait à peine une grande peur et une profonde solitude. Je voyais bien tout cela, et comprenais que toutes les horreurs qu'il m'assénait n'étaient que le signe qu'il ne voulait pas me perdre. Pas perdre notre couple. Et moi non plus, je ne le voulais pas. Je n'avais pas voulu le quitter, mais éviter d'être engloutie par lui – par ses désirs, ses besoins, ses amis, ses appétits. Ses livres. Ses livres à lui, qui partaient en fusée, et s'élevaient à grand bruit dans le firmament tandis que les miens retombaient, même avec ses encouragements.

Je fis ma toilette et m'habillai lentement – nauséeuse parce que j'avais trop bu, les pensées de plus en plus confuses, et redoutant la décision que je m'apprêtais à prendre.

Je le trouvai à la table de la salle à manger, en train de dépouiller une grosse pile de courrier. J'attendis qu'il lève les yeux, mais il continua d'éventrer ses enveloppes à petits coups secs et vengeurs avec son coupe-papier.

Je fis l'effort de m'approcher malgré cet accueil, la fraîcheur du carrelage sous mes pieds nus, la vue brouillée par les larmes qui s'accumulaient dans mes yeux.

— Je ne veux pas te perdre, Lapin. C'est impossible. Ce serait de l'idiotie pure et simple, et je ne suis pas idiote. Je veux qu'on se marie.

Il tourna enfin la tête vers moi, le regard dur et obstiné.

— Je ne te crois pas.

— Je t'en prie, ne me torture pas. Je me suis déjà assez torturée comme ça.

Ses mains s'immobilisèrent alors, un changement infinitésimal, mais une concession. Je compris alors qu'il allait m'écouter et me pardonner de lui avoir fait de la peine. En même temps, je m'en voulais de céder, de me prêter à ce jeu alors que je n'avais fait qu'exprimer le doute bien réel qui m'habitait. Et ce doute persistait, rien n'avait changé.

— Nous sommes tous les deux tellement indépendants, lui dis-je aussi doucement que possible. Nous avons tellement besoin de vivre notre vie. Je ne sais pas comment nous allons pouvoir concilier tout cela.

— Je n'ai jamais l'impression que tu m'empêches de faire quoi que ce soit, répondit-il, ne semblant pas comprendre. Tu rends ma vie plus belle, c'est tout.

— Je n'ai jamais vu de mariage heureux. Même entre des gens qui s'aiment et savent faire des compromis.

— Alors nous réinventerons les règles, et tant pis pour les autres. Nous allons mieux ensemble que n'importe qui d'autre que je connaisse, et nous serons tellement heureux que plus personne ne va pouvoir nous supporter. Même nous, nous allons avoir du mal à nous supporter. Tu vas voir.

Mais comment, comment, comment veux-tu que ça marche ? aurais-je dû m'écrier. *Tu es le soleil et je suis la lune. Tu es de fer et je suis d'acier. Nous ne pouvons ni plier ni changer.* Au lieu de cela, je me suis approchée de lui. J'ai posé la tête sur sa bonne épaule massive de nigaud, et je l'ai embrassé, ravalant mes doutes et mes craintes. Faisant taire ma raison.

— Je t'aime tellement.

51

Pour qui sonne le glas sortit, salué par des critiques dithyrambiques, des paroxysmes de louanges. Même les critiques littéraires les plus difficiles ne purent nier la force de ce livre, et son efficacité. L'*Atlantic* dit du roman qu'il était « rare et beau », tout en « force et brutalité ». Le *New York Times* y voyait « la plus profonde, la plus vraie et la plus accomplie » des œuvres qu'Ernest ait écrites. Le *Saturday Review* pensait que c'était « l'un des romans les meilleurs et les plus riches des dix dernières années ». Mais l'avis qui sembla faire le plus plaisir à Ernest, et dont il parla tout l'automne, fut celui d'Edmund Wilson. Pendant des années, au fil des parutions, ce journaliste avait vivement manifesté la déception que lui causait l'écriture d'Ernest et apparemment Ernest lui-même. Et voilà que, soudain, il l'encensait avec une ardeur tout aussi tonitruante, disant de lui : « Hemingway, l'écrivain, est de retour parmi nous ; c'est comme de retrouver un vieil ami. »

De mon poste privilégié à ses côtés, je ne pouvais que constater à quel point le succès de son roman parvenait à guérir toutes ses autres déconvenues littéraires. La vexation tombait de ses épaules comme des écailles de fer – non pas parce que tout le monde aimait le livre, même si c'était formidable, mais parce qu'il avait réussi à se guérir de ses défauts. Pendant près de dix ans, on l'avait accusé de mettre en avant une hypervirilité machiste, de se parer de son écriture comme on se colle des faux poils sur la poitrine – comme Max Eastman l'avait si cruellement noté dans la presse nationale. Mais Ernest se savait capable de bien plus, et il était allé en Espagne pour faire jaillir ce potentiel en s'exposant à une expérience brute et concrète qui lui rendrait son élan créateur. La manœuvre avait magnifiquement fonctionné. Il avait écrit un livre précisément calculé pour faire taire les critiques en démontrant ses qualités, tout en affrontant ses démons.

Il n'était pas désagréable non plus que les ventes s'envolent.

— Ça s'arrache comme des daïquiris glacés en enfer, dit ainsi Ernest du chiffre des exemplaires écoulés que lui communiquait Max Perkins.

— C'est bien le moins puisque les dieux sont avec nous. Maintenant, tu vas pouvoir te reposer.

— Pas question. Maintenant, je vais m'amuser.

Nous arrivâmes à Sun Valley en pleine saison touristique. La campagne publicitaire semblait avoir porté ses fruits car l'hôtel était bondé de gens chics et célèbres. On se serait cru sur les lieux de tournage d'un film tant il y avait de stars. Personne ne parlait de Hitler, ou des catastrophes qu'annonçait sans discontinuer la TSF – les seuls sujets de conversation tournant autour des films qu'ils venaient de voir, ou de tourner, ou qu'ils projetaient de faire. Tout cela sonnait terriblement creux et me prouvait leur inconscience, mais Hollywood s'intéressant au livre d'Ernest pour l'adapter au cinéma, il ne pensait à rien d'autre, et moi j'étais suffisamment maligne pour garder mes opinions pour moi.

Dorothy Parker voulait en écrire le scénario.

— Plutôt crever ! lança-t-il dès qu'elle fut hors de portée de voix.

— Elle a beaucoup d'esprit, argumentai-je.

— Ce qui est exactement à l'opposé de ce qui devrait être mis en avant pour tout auteur ayant des principes.

— C'est vrai, reconnus-je, songeant par-devers moi que Sun Valley était un drôle d'endroit où parler de principes.

Un jour, Gary Cooper arriva avec son épouse, Rocky, une femme très belle et d'une extrême sophistication. Tout le monde voyait en lui le Robert Jordan idéal, mais le rôle de Maria était encore à pourvoir.

— Pourquoi pas Ingrid Bergman ? suggéra Gary autour d'un verre.

Quand il se pencha sur le verre trop plein de son martini, je vis avec admiration que la veste de son complet cintré soulignait une silhouette parfaite. Ernest portait la même chemise depuis des jours. J'avais presque oublié à quel point les hommes pouvaient être attirants quand ils étaient bien habillés. Gary aurait été encore plus séduisant s'il avait su se taire, mais il renvoyait la balle à Ernest, et ils ne faisaient que commencer.

— Pourquoi ne pas donner le rôle à Marty ? proposa Ernest. C'est elle qui m'a servi de modèle pour Maria.

— Je n'ai jamais joué de ma vie.

— Tu serais formidable. Tu la jouerais telle qu'elle doit être. Simplement.

Le regard de Rocky m'effleura. Elle portait un bibi à voilette et une veste de zibeline lustrée, et un rouge profond teintait ses lèvres.

— Hmm. Ou qui d'autre ? Garbo serait magnifique.

— Avec ses faux cils ? Difficile, s'insurgea Ernest en attirant l'attention du serveur d'un double signe de la main.

Nos verres étaient encore à moitié pleins mais il n'y avait plus de limites maintenant qu'Ernest était sorti de sa phase d'écriture. Il n'y avait plus d'horaires, non plus. Peu importaient les gueules de bois quand on pouvait cuver toute la journée.

— Sans les faux cils, alors, intervint Gary, diplomate.

Chez Gary Cooper, tout était élégant, je devais bien le reconnaître, mais la conversation se traîna ainsi pendant des heures, ennuyeuse, futile et artificielle. Je n'arrivais plus à écouter.

— Ce film est-il vraiment aussi important que ça ? demandai-je plus tard à Ernest. Le livre se suffit à lui-même.

— Ça ne serait pas du luxe pour renflouer les caisses, répondit-il. Tu sais bien que Pauline m'extorquera une pension jusqu'à ce que mort s'ensuive. Et mes impôts sont devenus tellement aberrants que je vais sans doute avoir besoin d'un garrot pour stopper l'hémorragie.

— Bon, d'accord, mais j'ai l'impression que les auteurs qui se plient aux exigences de Hollywood finissent par devenir faibles et lâches. Trop bien nourris. Promets-moi de ne pas te laisser aspirer par la machine. Je détesterais ça.

— Aucun risque, après ce qui est arrivé à Scott.

Il parlait de Scott Fitzgerald. Tout le monde savait que dès qu'il avait été sous contrat avec la MGM il n'avait pratiquement plus rien écrit et était devenu l'ombre de lui-même, une sorte d'imposteur qui buvait comme un trou et s'évertuait à faire plaisir à tout le monde, oubliant complètement ce qui inspirait son travail et ce qui comptait vraiment pour lui. Rien, me disais-je, ne pouvait être aussi tragique.

Mais même si Ernest gardait présent à l'esprit le mauvais exemple de Scott, dès que nous étions en compagnie, il était le premier à se servir à boire, pérorait haut et fort sans jamais baisser le ton, même au milieu de la nuit, alors que je peinais à garder les yeux ouverts. Les commérages incessants, les whiskys-soda et les menus trop élaborés me semblaient aussi des signes de cette folie, comme si des anges dansaient frénétiquement sur une tête d'épingle alors que le monde autour d'eux était en train de se disloquer.

Une fois la France conquise, Hitler s'était tourné vers la Manche et avait envoyé ses bombardiers vers Londres pour lancer l'offensive aérienne qu'on devait appeler plus tard le Blitz. Les mois de septembre et d'octobre s'écoulèrent et les bombardements se poursuivirent, nuit après nuit, semaine après semaine, pilonnant la ville pendant que nous disputions des doubles au tennis et allions à la pêche, nous plaignant du moindre jour de pluie. C'était sidérant.

J'essayais de travailler à mes nouvelles, mais j'avais bien du mal à me concentrer. Étant donné les circonstances, je n'arrivais pas à m'y mettre, et je me sentais dangereusement à fleur de peau. Mais Ernest ne voulait rien savoir de mes peurs et de mes angoisses. Il avait mérité des vacances, répétait-il. Ne pouvions-nous pas en profiter un peu ?

L'arrivée des garçons nous sauva. Dès que le temps le permit, nous organisâmes une longue randonnée à cheval le long de la rivière Salmon. Il y avait trente-sept kilomètres de sentier sous des couleurs d'automne éclatantes et sanglantes, dans un air craquant comme une pomme. Je n'aimais pas le camping, mais les garçons rendaient tout amusant, même de dormir par terre. Gigi nous apprit un jeu de cartes compliqué idéal pour les veillées autour du feu de camp, et Patrick nous lut des passages de *L'Appel de la forêt* avec une telle intensité et une telle émotion que j'en eus une boule dans la gorge.

Bumby était plus silencieux que de coutume, pensif, même. Il allait avoir dix-sept ans et venait de commencer sa dernière année de lycée, mais il ne savait toujours pas vers quel domaine s'orienter, ni ce qu'il aimait faire, à part aller à la pêche et jouer dans les pièces de fin d'année.

— Ne te sens pas obligé d'aller à l'université, lui dit Ernest. En tout cas, pas tout de suite. Tu pourrais travailler un peu avant, pourquoi pas ? Prendre le temps de te chercher un peu.

— C'est sûr, approuva Bum. Ça me laisserait beaucoup plus de temps pour attraper des truites.

— Je ne te le fais pas dire. On n'a qu'une vie, comme on dit. Attrapes-en autant que tu peux.

— Attention, la guerre pourrait débarquer ici et changer les projets de tout le monde, intervins-je.

Cette semaine-là, le Japon s'était allié aux forces de l'Axe en signant un traité stipulant que tout ennemi de l'un des pays signataires devenait l'ennemi de tous. Cela n'augurait rien de bon. Jusque-là, l'Amérique avait réussi à éviter d'entrer dans le conflit, mais il semblait évident que nous pourrions être contraints de déclarer la guerre à tout moment. Le Japon était extrêmement proche du Pacifique Sud, où nous avions une forte présence militaire.

— Nous n'en sommes pas là, protesta Ernest.

— Je crois que je ne serais pas un trop mauvais soldat, dit Bum, déclenchant chez moi un frisson d'horreur qui me parcourut de la tête aux pieds.

— Ne grandis pas trop vite, l'avertis-je. Pas avant d'y être absolument obligé.

Plus je passais de temps avec les garçons, plus je me félicitais que ma vie soit liée à la leur. Comme leur père, ils s'immergeaient dans la nature, et exultaient quelle que soit l'activité du jour – pêcher la truite en avançant dans les plantes aquatiques de l'eau jusqu'aux genoux, tirer les colverts au vol. Ernest leur avait enseigné la manière, comme son père l'avait fait pour lui – où se placer, comment tenir le couteau, comment marcher dans les herbes sans faire de bruit –, mais il leur laissait aussi la place de faire leurs propres découvertes et leurs propres erreurs. Il leur abandonnait les meilleurs coups, même au risque de manquer quelques prises. Il se plaçait plus bas dans le courant pour que l'un d'entre eux profite du trou le plus poissonneux quand ils pêchaient à la mouche. Il les écoutait avec intérêt quoi qu'ils racontent – anecdotes, projets fumeux, blagues interminables, tout trouvait grâce à ses yeux. Et moi, quand je les voyais ainsi, tous les quatre plus merveilleux les uns que les autres, je me sentais coupable et déloyale de douter d'Ernest. Cette vie que je construisais avec lui et ses fils était une belle vie. D'ailleurs, j'étais sur le point de me marier, de m'engager à n'être plus seule maîtresse de mon destin, mais à faire partie d'une famille, de cette famille, qui voulait que je sois comblée, et aimée, et acceptée. Il suffisait que je veuille bien l'accepter, et y croire.

Le 21 novembre 1940, dans la salle de réception gentiment vieillotte du dépôt de l'Union Pacific Railroad à Cheyenne, capitale du Wyoming, je devins la troisième Mme Hemingway. Au menu, il y eut du rôti d'élan et un champagne assez moyen, le meilleur qu'on pouvait trouver à Cheyenne, et même probablement à cent cinquante kilomètres à la ronde. Cela ne nous empêcha pas d'être tous les deux un peu éméchés – ivres de bonheur et téméraires et déterminés à voir la vie en rose.

Le divorce d'Ernest n'était prononcé que depuis deux semaines, mais je fis de mon mieux pour ne pas penser à tout cela. Je tâchai aussi d'oublier que ma mère avait dit qu'Ernest ne semblait pas savoir comment vivre sans être marié. De ne pas songer à toutes les difficultés des derniers mois à cause du conflit entre lui et Pauline, qui s'était battue pour récupérer de l'argent parce que c'était leur dernier terrain d'affrontement.

Ernest et moi étions ensemble depuis près de quatre ans – vivant dans le péché, si on veut, mais proprement et honorablement, parce que nous avions l'intention de régulariser. Dorénavant, il y aurait des polices d'assurance, des codicilles, toutes les contraintes rasantes du mariage. Mais enfin, c'était fait, je ne pouvais plus que regarder vers l'avenir, boire mon champagne comme une gentille fille, et faire la fête dans la joie et la bonne humeur.

Ensuite, nous mîmes cap à l'est à bord de la Buick flambant neuve d'Ernest, qui pour une fois n'était pas noire mais d'une couleur scintillante appelée vert paradis. Quand il s'installa au volant, Ernest semblait heureux et soulagé comme si un poids s'était envolé de ses épaules, comme si la sensation physique de sa nouvelle alliance le recentrait et lui rendait confiance en la vie. Ma propre bague était une vraie merveille – un anneau de platine incrusté de petits diamants avec des saphirs –, payée avec l'argent rapporté par son nouveau livre. Cette bague était si belle que j'en avais presque peur. Je n'arrêtais pas de la regarder, comme si je redoutais qu'elle ne se métamorphose.

52

Il nous fallut près d'une semaine pour aller de Cheyenne à New York, où Ernest m'avait promis une lune de miel au Barclay. En chemin, nous discutâmes de son prochain projet. Il avait en tête une histoire du Gulf Stream, très recherchée, très factuelle, très obsessionnelle, comme il l'avait fait pour la tauromachie dans *Mort dans l'après-midi*.

— J'aimerais beaucoup aussi écrire quelque chose pour les garçons, dit-il. Je ne sais pas encore exactement quoi, peut-être un roman d'aventures. Quelque chose qu'ils liraient avec plaisir.

— Ça serait formidable pour eux. Pour tout de suite, évidemment, mais aussi pour plus tard. Un bel héritage.

— Et toi ? Ça avance ?

Je dus réfléchir pour savoir quoi lui répondre. Il avait été tellement préoccupé qu'il y avait une éternité que nous n'avions pas parlé de mon travail, et que je ne lui avais pas demandé de lire des pages.

— J'ai pas mal avancé dans mon recueil de nouvelles. Tu les trouveras sans doute trop sombres, mais moi, elles me plaisent.

— Je ne veux pas te dire quoi écrire. J'essaie seulement de te conseiller au mieux.

— Je sais bien.

Je regardai le Nebraska défiler, les étendues de chaume argentées par le givre. La nature était immense, déserte et préservée.

— C'est presque comme si je devais tout réapprendre avec ce livre. Le dernier m'a fait beaucoup de mal. Je n'arrive plus à me faire confiance.

— Je sais, Lapin. Mais tous les livres ne font pas cet effet-là. Je te le promets.

C'était facile à dire pour lui. Il était porté par la plus belle vague de notoriété de sa vie. Je ravalai mon amertume et repris :

— Il faut que je m'endurcisse pour arriver à écrire ce satané bouquin, et que je prenne des risques comme tout le monde.

— Tu devrais le proposer à Scribner quand tu auras fini. Max saura le mettre en valeur et respectera tes idées. Je ne te dis pas de te décider tout de suite. Réfléchis, c'est tout.

Il voulait me soutenir, m'épargner un autre échec autant qu'il le pouvait, mais je ressentis comme un malaise.

— Je croyais qu'il valait mieux que deux personnes de la même famille ne publient pas leurs livres dans la même maison.

— Je ne fais vraiment confiance à personne d'autre. Là, c'est de ma femme qu'il s'agit.

Le Barclay était l'hôtel préféré d'Ernest à New York. Il se sentait tout à fait chez lui dans notre suite, dont il laissait souvent la porte ouverte sur le couloir. Il invitait toutes sortes de vieux amis à passer, des personnalités du monde des lettres ou du sport, des reporters qui souhaitaient l'interviewer. Nous avions du mal à renouveler suffisamment vite les bouteilles, et le téléphone n'arrêtait pas de sonner.

Je comprenais très bien pourquoi Ernest avait tout particulièrement envie de recevoir du monde à ce moment de sa vie – tout lui souriait, et son nom était sur toutes les lèvres. De mon côté, je me sentais encore plus exaspérée et énervée qu'à Sun Valley. Mon mari était un homme public et semblait aimer cela. Nous n'avions plus une minute de calme, plus de vie privée.

— C'est un peu pénible, tous ces gens qui déboulent ici tout le temps, me plaignis-je.

— Oui, mais je ne suis pas pressé que ça s'arrête. Ça pourrait même porter malheur. Tu peux tenir encore un peu ?

— Je vais essayer.

Je tins promesse, mais notre vie m'usait. Pas un instant ne s'écoulait sans que quelqu'un passe notre porte pour nous déranger, voulant bavarder, boire un verre, interviewer Ernest, le photographier. Nous n'étions jamais seuls, et parfois c'est à peine si j'arrivais à reconnaître le couple que nous étions devenus – presque du jour au lendemain.

La seule visite qui me fit vraiment plaisir fut celle de Bumby, qui vint de son université pour passer deux week-ends avec nous. Ernest eut la bonne idée de lui donner quelques cours de boxe au George Brown's Gym dans la 57e Rue Ouest, une salle de sport qu'il fréquentait depuis des années. Ils y allaient vêtus d'épaisses tenues de jersey de coton gris, serviette autour du cou, et passaient des heures à taper dans le sac et à travailler leur jeu de jambes. D'après Ernest, la boxe était l'un des meilleurs moyens de rester en forme et lui permettait d'éliminer l'alcool qu'il ingurgitait. Pour autant que je sache, Bum ne buvait pas, même pas un petit coup en douce, et c'était déjà un spécimen physiquement parfait, mais je voyais bien l'importance pour lui d'accompagner son père dans ce sanctuaire de la virilité. C'était une sorte de rite de passage. En y allant, il avait franchi une étape essentielle qui l'autorisait à être là.

Mais moi ? Où était ma place ? Ce n'était pas clair du tout. Je m'étais très vite fatiguée d'être exhibée et présentée comme sa nouvelle femme. Les allées et venues incessantes rendaient pratiquement impossible de travailler dans notre suite, si bien qu'un jour, ayant envie de me libérer de ce tourbillon qui m'aspirait, je pris rendez-vous pour le déjeuner avec Charles Colebaugh, de *Collier's*.

— Vous n'auriez pas par hasard besoin d'une correspondante de guerre ? lui demandai-je au Russian Tea Room dès la salade de crevettes.

— Eh bien, il y a la route de Birmanie et la guerre en Chine à couvrir. Mais je ne peux pas vous envoyer là-bas.

— La Chine ? m'exclamai-je, me retenant de sauter de joie. Et pourquoi pas ?

— Vous venez de vous marier, Marty, vous vous souvenez ?

— Mariée, ça ne veut pas dire qu'on est mort, Charles. Mon travail est toujours aussi important pour moi.

— Très bien, très bien. Ne vous fâchez pas. Je

pensais seulement que vous seriez moins libre de voyager maintenant. C'est assez logique comme supposition.

Oui, la supposition était logique, et pourtant, l'envie me démangeait de saisir l'occasion au vol, et de me lancer dans un projet personnel avant d'être engloutie pour de bon par la carrière d'Ernest et sa célébrité.

— Je vais me libérer.

La Chine et le Japon se disputaient les ressources minières de la région depuis de longues années, mais en 1937 une guerre ouverte avait éclaté. Le Japon occupait à présent pratiquement les deux tiers de la République de Chine, littoral compris. La seule voie d'approvisionnement pour les Chinois était la route de Birmanie, un trajet de deux mille sept cent soixante-dix kilomètres passant par des montagnes accidentées entre Kunming, en Chine, et Lashio en Birmanie, pour aboutir plus loin à Rangoon. La Grande-Bretagne soutenait les Chinois depuis le début du conflit parce qu'elle protégeait ses colonies, mais récemment Roosevelt était aussi intervenu. Soutenir la Chine, c'était une façon de s'adjoindre un allié important depuis que le Japon avait rejoint les forces de l'Axe. Personne n'avait envie de penser que le Japon pourrait attaquer l'Amérique, mais il aurait été naïf de vouloir croire que c'était impossible. La route de Birmanie était un beau sujet – un enjeu important – et je tenais à m'en charger.

Une fois rentrée, je trouvai Ernest en train de feuilleter une grosse pile de magazines en quête de nouvelles critiques sur son livre, pendant que Bumby engloutissait un déjeuner qui aurait fait le bonheur de six personnes. Le moment n'était pas très bien choisi, mais je me dis que la présence de Bum permettrait de calmer le jeu si la conversation tournait mal. Ce qui ne manqua pas d'arriver :

— En Chine ? aboya Ernest. On dirait que les difficultés et les privations t'attirent comme du papier tue-mouches.

— Arrête, je t'en prie. C'est une commande en or. Il se passe tellement de choses en Extrême-Orient, et j'ai toujours, toujours rêvé d'y aller. Depuis que je suis toute petite, en fait. Tous ces noms… Hong Kong, Singapour, Guam. L'Orient, ça ne te fait pas quelque chose ?

— Voilà ce qui arrive quand on abuse de Somerset Maugham. La Chine, ajouta-t-il en me jetant un regard torve, tu imagines la lune de miel ?

Comment ça, une lune de miel ?

— Parce que tu voudrais m'accompagner ?

Là, il m'avait surprise.

— Waouh, extra, Mart ! lança Bumby depuis sa chaise.

— Tu pourrais vraiment te libérer maintenant ? J'arriverai bien à me débrouiller toute seule, tu sais. Je crois que je saurai encore comment on fait.

— J'ai un contrat signé de ta main qui stipule que tu ne me laisseras plus jamais tout seul, je te rappelle. Sans parler de l'autre contrat, si tu te souviens. Quelques mots prononcés à Cheyenne. S'il n'y a pas d'autre moyen pour moi de voir ma femme…

— Bien sûr que je n'ai pas oublié !

Je lui jetai les bras autour du cou, touchée qu'il

trouve un compromis au lieu de me faire la guerre. Qu'il accepte de me suivre là où j'allais alors que c'était presque toujours le contraire.

— Merci, Lapin. Ça sera formidable de t'avoir avec moi.

Au cours de la semaine, avant même que l'encre ait eu le temps de sécher sur les papiers officiels dressés par *Collier's*, Ernest, ayant contacté un rédacteur en chef qu'il connaissait à *PM*, se retrouva en possession d'un contrat lui commandant une série d'articles sur « la vraie Chine ».

Les choses se passeraient certainement beaucoup mieux s'il avait du travail pour s'occuper, mais j'avais plutôt apprécié l'idée que je me faisais de ce voyage où, pour une fois, il serait soumis aux exigences de ma profession, n'étant que mon mari, mon entourage, mon fan club. J'aurais dû me douter que c'était impossible. Pour parvenir à percevoir moi-même « la vraie Chine », j'allais devoir entrer en compétition avec lui, au coude à coude, stylo contre stylo. Ce voyage ne serait pas non plus la parenthèse espérée pour échapper à l'effervescence suscitée par sa célébrité. Même à l'autre bout du monde, il serait le grand Ernest Hemingway, bien sûr. Et moi, je serais d'abord sa femme, et moi-même seulement ensuite, à condition de me battre sans cesse pour exister.

53

Il fallut avant toute chose nous faire injecter le très désagréable vaccin contre la typhoïde. Après cela, le bras rouge et douloureux, nous nous rendîmes à Washington pour régler la question des visas et recevoir les dernières informations sur la situation en Chine. Ensuite, ce fut le long vol pour Los Angeles. Nous passâmes deux jours à Hollywood, où nous déjeunâmes avec Rocky et Gary Cooper avant de partir pour San Francisco, où nous fîmes la connaissance d'Ingrid Bergman. Ayant appris par David O. Selznick qu'elle aurait une brève occasion de nous rencontrer avant notre départ pour l'Extrême-Orient, elle avait roulé presque toute la nuit pour nous attraper au passage. Quelle incroyable vie nous menions : voilà que nous nous retrouvions face à Ingrid Bergman, grande et mince, sans une once de maquillage, aussi naturelle qu'une longue écorce de bouleau, à la table d'un restaurant de Sacramento Street. Sa tenue de voyage toute simple, pull à col roulé et pantalon noir, manteau couleur chamois, était sur elle d'une élégance consommée.

Elle nous intimida un peu, Ernest et moi, non pas à cause de son statut de star, mais parce qu'elle était lumineuse. Cette lumière, elle la partageait avec bien des femmes – simplement, dans son cas, elle brillait beaucoup plus fort.

— Votre livre est follement romantique, dit-elle à Ernest. Je ne peux pas vous dire à quel point il m'émeut.

— Il faudrait que vous acceptiez de vous couper les cheveux très court. Ce serait un peu dommage de vous priver des vôtres.

— Pas du tout. C'est une partie essentielle de l'histoire de Maria. Peu importe la vanité quand la raison est bonne.

— Je suis heureux que vous le preniez si bien. Est-ce que cela vous ennuierait de nous montrer vos oreilles ?

— Ernest ! m'exclamai-je, horrifiée par son insolence.

Elle se contenta de sourire et fit ce qu'il demandait. Elle souleva ses cheveux châtains et tourna la tête à droite puis à gauche. Bien entendu, elles étaient parfaites.

— Je vous admire de ne pas avoir laissé Hollywood vous changer, lui dis-je.

— Oui, ça n'a pas été facile. Vous n'avez pas idée. Mes cheveux étaient trop longs, mon nom trop allemand, et j'étais beaucoup trop grande. Ah ! Et mes sourcils n'avaient pas la bonne forme. Je ne sais pas combien de réunions ils ont tenues rien que pour parler de mes sourcils !

Elle sourit comme si rien de tout cela ne l'atteignait plus, mais je savais à quel point il était difficile d'être jugée sur son physique. Le journaliste de *Time Magazine* avait parlé des mérites de mon visage, de mes jambes, alors que mon aspect n'avait rien à voir avec mes aptitudes d'écrivain. Nous partagions cette expérience, une solidarité que seules peut-être les femmes peuvent comprendre parce qu'elles subissent les mêmes pressions du monde extérieur.

— Je regrette d'avoir touché aux miens, remarquai-je. Ils ne repoussent pas bien.

— Rien ne repousse plus bien. Après, ça n'est plus jamais vraiment pareil.

Peu après, nous nous dîmes au revoir sur le trottoir pendant qu'Ernest hélait un taxi.

— Pourquoi voulez-vous aller en Chine ? me demanda-t-elle.

— Je ne sais pas exactement, mais je trouve cela important. Je me fais un devoir d'aller partout où je peux pour voir ce qu'il y a à voir et comprendre ce qui se passe. Le monde change tellement vite. Je veux croire en quelque chose tant qu'il en est encore temps. Je veux dire la vérité, même si elle est difficile à entendre. Et je cherche le sujet qui sera le plus parlant.

Elle me contemplait, posant sur moi ses grands yeux doux et intelligents, et j'eus soudain peur d'avoir trop parlé, trop longtemps, d'avoir paru insensible, mais elle dit seulement :

— Vous avez l'air de très bien savoir ce que vous voulez.

Je tournai la tête et vis qu'Ernest attendait près d'un taxi, tenant la portière ouverte, fermement planté au milieu du flot des voitures.

— Il vaut mieux. Là où je vais, ça me sera utile.

Ernest et moi, nous avions pensé que la traversée

vers Honolulu serait une croisière de luxe où tout ne serait que banquets et buffets ; que nous nous prélasserions sur des chaises longues, choyés et dorlotés pendant que notre navire voguerait vers le paradis. Au lieu de cela, le voyage fut un enfer. Nous fûmes ballottés et secoués à en devenir vert grenouille. Le mauvais temps nous poursuivit, une houle incessante et violente creusant la mer sombre. Pratiquement dès l'instant où je montai sur le bateau, je ne songeai plus qu'à remettre pied à terre, mais avant de pouvoir le faire je dus endurer d'interminables jours d'un supplice sans répit. Finalement, nous nous résolûmes à rester dans notre cabine et à boire. Ernest était convaincu que l'absorption de doses suffisantes d'alcool trompait l'estomac ou le sens de l'équilibre, ou en tout cas ce phénomène qui vous faisait rejeter toute idée de nourriture pour toujours. Mais même des bouteilles entières de whisky n'y changèrent pas grand-chose.

— Jamais je n'aurais cru que le Pacifique était aussi agité, lui dis-je. Je croyais que tous les océans étaient tous plus ou moins pareils.

— De toute évidence, non.

Quand nous arrivâmes à Pearl Harbor, nous n'eûmes qu'une hâte : retrouver le plancher des vaches, mais dès l'instant où la passerelle fut mise en place, des hordes de gens se ruèrent à bord pour nous accueillir. On nous mettait des colliers de fleurs autour du cou, on nous disait *Aloha*, on prononçait des discours. Des photographes de presse jouaient des coudes. De parfaits inconnus nous serraient la main et ajoutaient des *leis* de fleurs à ceux que nous avions déjà, au point que nous en avions pratiquement la vue bouchée.

— Sors-moi de là, gronda Ernest entre ses dents, visage crispé par un sourire de barracuda. La prochaine personne qui me touche s'en prend un sur le nez.

— Attention, chéri, sifflai-je, tâchant moi aussi de conserver mon sourire forcé. Ils sont tous là pour toi, tu le sais.

Moi aussi, j'avais envie de frapper, ou de hurler, ne serait-ce que pour me passer les nerfs. Je n'en fis rien, me contentant de répéter encore et encore, des centaines de fois :

— Merci, merci de tout cœur.

J'avais la nausée, je tombais de fatigue, mais je souriais, me surpassant dans mon rôle de Mme Hemingway.

54

À Hong Kong, nous traversâmes la ville en pousse-pousse pour rejoindre notre hôtel à travers des rues étroites et encombrées, qui semblaient vouloir nous comprimer entre les vélos, les étals de nourriture et la foule, toujours la foule. Partout, on voyait des débris de papier rouge et blanc, restes des pétards qui explosaient, semblait-il, toutes les deux secondes. Des poules se promenaient dans la rue, et des petits enfants. C'était un miracle si la circulation parvenait à avancer.

Notre hôtel, dans le centre grouillant de monde, était un établissement vieillot qui gardait des traces de son élégance passée. Les larges pales d'un ventilateur de plafond brassaient l'air dans notre chambre, et dans la salle de bains une massive et profonde baignoire se remplissait par de gros robinets en laiton. Je rendis grâce au ciel, me plongeai dans l'eau jusqu'au menton, et, profitant qu'Ernest était sorti pour repérer les lieux, je n'en ressortis qu'au bout de deux heures.

— J'ai trouvé quelqu'un pour m'accompagner à la chasse au faisan, m'apprit-il à son retour.

Il avait acheté un journal chinois, deux énormes

bouteilles de bière tiède, et un assortiment coloré de feux d'artifice qu'il voulait essayer sur-le-champ, au beau milieu de la chambre.

Je les lui arrachai des mains, me demandant où les cacher.

— Tu veux chasser le faisan ? Où ça ? Tu te souviens qu'il y a la guerre, au moins ?

— Oui, quelque part sûrement, mais ça ne se voit pas beaucoup.

C'était vrai. L'armée japonaise entourait Hong Kong sur trois côtés, mais le problème le plus préoccupant était la surpopulation. Le gouvernement colonial tentait de faire évacuer ses citoyens, sans pour autant réussir à réduire sensiblement la foule. Pour les gens ordinaires, la nourriture était rare, et l'eau propre introuvable. Partout régnait une misère atroce, mais Hong Kong nous émerveilla. L'air était chargé d'odeurs qui nous étaient inconnues. De la fumée flottait sur tout et remplissait les ruelles où de mystérieuses offrandes étaient pendues à des crochets, et où les enfants jouaient dans les caniveaux. C'était une multitude de corps et de sensations brutes, un lieu plein de vie qui vous plongeait dans l'étrange. Ma seule façon de comprendre cet univers était, comme je le faisais toujours, de m'y immerger jusqu'au cou, de parler au plus de gens possible, de parcourir à pied chaque venelle et de me perdre jusqu'à ce que j'aie trouvé une image, un récit de vie, un moment inspirant. Quelque chose qui n'ait encore parlé qu'à moi.

Pendant ce temps, Ernest était entouré de sa cour dans le hall de l'hôtel, attendant que son sujet lui tombe tout cuit dans la bouche, et convaincu que la chose ne saurait tarder. Sa célébrité attirait vers lui toutes sortes de personnes – banquiers cantonais, joueurs de rugby expatriés, chauffeurs de taxi, joueurs de cartes professionnels, et même un agent de renseignement agissant pour le compte d'un chef de groupe armé de nationalité incertaine. Il s'appropriait le coin le plus confortable de la réception, laissait traîner ses livres, ses magazines, ses verres à whisky, s'adressant à ses sujets depuis les profondeurs d'un fauteuil de beau cuir capitonné, et écoutant la multitude d'histoires qui lui étaient livrées à domicile. Il était dans son élément.

Quatre jours après notre arrivée, je montai à bord d'un DC-2 tout de métal, extrêmement inconfortable, pour me rendre à Lashio, à la frontière birmane. C'était une nuit horriblement froide et noire du début février, avant l'aube. Il n'y avait que sept passagers dans la grotte sombre de la cabine, tous chinois. Les sièges en fer n'avaient pas l'air bien solides, couverts par la plus sommaire des housses. Les toilettes étaient cachées derrière un rideau vert et n'étaient qu'un trou à peine couvert qui laissait tout tomber dans le vide et atterrir sur n'importe quoi ou n'importe qui. Je ne pouvais pas les regarder sans un haut-le-cœur.

Notre pilote était un Américain imperturbable qui s'appelait Roy Leonard. Il était grand et blond, l'air bien nourri dans sa combinaison de vol beige, aussi à l'aise aux commandes de son avion dans cette Chine déchirée par la guerre, me sembla-t-il, qu'il l'aurait été sur le siège d'un tracteur dans un champ de l'Indiana. L'appareil était la propriété conjointe du gouvernement chinois et de la Pan Am, et il assurait cette liaison régulièrement, me dit-il, en général de nuit et à une altitude qui le mettait hors d'atteinte des canons antiaériens japonais.

Je tentai de noter ces quelques informations et autres observations dans mon carnet malgré la mauvaise lumière de la cabine, mais je dus m'interrompre car l'avion était entré dans un orage de grêle. L'appareil était secoué dans tous les sens, des particules de glace heurtaient les hublots avec un bruit de clous dans un bocal. À un moment, le cadran de l'anémomètre ayant gelé, je vis Roy ouvrir sa vitre pour essayer de déterminer notre vitesse par ses propres moyens en regardant le sol. J'avais mal au cœur et j'étais terrorisée. Les mains moites, je m'accrochais à mon siège – et restai crispée dans cette position jusqu'à Chongqing, mille kilomètres plus loin.

Cinq heures plus tard, nous descendîmes d'une épaisse couche de nuages saturés d'eau pour atterrir sur une piste rudimentaire au milieu d'une île du Yangtsé. Le fleuve semblait avoir été creusé par la main de l'homme, bordé sur ses deux rives par de hautes falaises jaunes que couronnait une végétation moutonnante.

Pendant que le plein de carburant était fait, nous eûmes droit à un petit déjeuner de riz gluant et d'œufs au plat, arrosé de thé malodorant.

— Comment se fait-il que vous ayez pris ce job ? demandai-je à Roy, qui avait le nez plongé dans son bol de thé.

— Je ne m'ennuie jamais, répondit-il avec un haussement d'épaules.

Cela me fit rire.

— Ça, je veux bien vous croire ! Il ne doit pas y avoir beaucoup de coins du monde plus dangereux pour un pilote.

— S'il y en avait, j'y serais sans doute à cette heure, remarqua-t-il, amusé.

L'escale fut brève. Nous remontâmes à bord, embarquant de nouveau quelques passagers, et l'avion s'envola, s'arrachant à l'impressionnante vallée encaissée pour s'élever dans un ciel devenu d'un bleu enchanteur.

— Ça n'était pas plus sûr avant, quand nous étions cachés par les nuages ? criai-je pour me faire entendre de Roy.

— Je surveille pour les éviter ! cria-t-il à son tour, faisant sans doute allusion aux batteries antiaériennes et aux avions ennemis.

Misère, songeai-je. Je préférai me concentrer sur le paysage. Au loin, des rizières brillaient au soleil comme du papier d'argent, des cultures en terrasses s'élevaient sur les pentes abruptes de la vallée fluviale riche en fertiles terres agricoles. Le vol dura toute la journée, puis nous atterrîmes à Kunming dans un crépuscule qui teintait tout de violet. On refit le plein, du riz et du thé furent de nouveau servis, et ce fut la dernière étape. Nous survolâmes de hauts cols de montagne que je dus imaginer car nous étions de nouveau plongés dans une nuit d'encre, et seules les vibrations des moteurs indiquaient l'effort de la montée.

Lashio était un trou perdu, mais, dans ces circonstances, la Chine en dépendait pour empêcher l'avancée des Japonais. La route de Birmanie, vertigineuse et sinueuse, formait une boucle qui se mordait la queue en ce lieu, ouroboros des temps modernes, montant dans les hauteurs de l'Himalaya et redescendant ses pentes, régulièrement bombardée par les Japonais. Dès qu'il n'y avait plus de danger dans le ciel, les cantonniers chinois entraient en action, effectuant en toute hâte des réparations destinées à être de nouveau détruites lors de l'attaque suivante. Et le cycle continuait, inlassablement. Le Japon avait l'avantage matériel, c'était indéniable, mais la Chine avait la détermination et une patience millénaire inépuisable. La combinaison gagnante, d'après moi.

Je passai presque toute la nuit à prendre des notes pour l'article que je devais envoyer au journal, puis finis par me coucher sur la froide plate-forme de bois qui tenait lieu de lit, et fermai les yeux en pensant à Ernest. Peut-être était-il en train de dormir dans notre bel hôtel sous le ventilateur de plafond. Ou, plus probablement, il était encore installé dans son fauteuil de cuir capitonné de la réception, avalant whisky sur whisky en écoutant les gens lui raconter leur vie, heureux comme un roi. C'était tout lui, son activité préférée. Il recommencerait le lendemain pendant que je rencontrerais les personnes que j'étais venue voir à Lashio. Ensuite je prendrais le vol de nuit pour Kunming pour le voyage du retour, affrontant de nouveau les dangers de la haute altitude, du mauvais temps et de la guerre. J'étais épuisée, j'avais peur, mais je ne m'étais plus sentie aussi forte et compétente depuis un an. Sans Ernest à mes côtés, je retrouvais ma confiance en moi, et c'était bien agréable.

Ces quelques jours n'avaient pas été de tout repos, mais ils avaient été particulièrement stimulants, bouillonnants. Ernest s'entourait d'une cour, et moi je me faisais exploratrice. Nous avions chacun trouvé la place qui nous convenait le mieux.

55

J'avais embauché un guide qui était prêt à m'emmener partout où je voulais dans Hong Kong. Il plongea avec moi dans la misère sordide et étouffante des bunkers de béton où des familles entières dormaient comme dans des cellules à même le sol. Nous visitâmes des usines froides et mal éclairées, des tripots de mahjong, des bordels où les prostituées ne semblaient pour la plupart n'avoir pas beaucoup plus de quatorze ans. J'entrai aussi dans plusieurs fumeries d'opium, où on pouvait avoir deux pipes pleines pour presque rien, et les fumer sur des couchettes superposées garnies en tout et pour tout d'une couverture en laine crasseuse. Mais, raisonnais-je, qui ne préférerait pas s'abstraire dans les brumes de l'opium pour oublier un instant de telles conditions de vie ? Sur l'une de ces plates-formes dormaient deux hommes aux traits ravagés. Mais non, dus-je me rappeler, ce n'était pas le sommeil qui les rendait ainsi absents, appuyés l'un à l'autre, la bouche ouverte, mais la drogue. Sur une autre couchette nue, une vieille dame en haillons était adossée au mur lépreux saturé d'humidité.

Personne ne semblait veiller sur les lieux, à moins que ce ne soit l'emploi de la jeune fille qui bourrait des boules noires et goudronneuses dans les pipes. Son visage était sans âge : quatorze ans, cent ans, impossible à savoir. Ses épaules, maigres et osseuses, saillaient sous une tunique sale, mais ses gestes étaient si efficaces que c'en était presque inquiétant. Elle allumait les lampes, rangeait ce lugubre bouge. Et sur tout cela planait une épaisse fumée qui dégageait une odeur douceâtre de décomposition.

— Combien touche-t-elle pour faire ce travail ? demandai-je à mon guide.

— Peut-être vingt *cents* par jour, peut-être moins.

— Moins ? Comment pourrait-elle se nourrir avec moins ?

Il haussa les épaules, et suggéra qu'elle avait peut-être une famille.

Peut-être, me répétai-je, retenant mon crayon entre mes doigts glissants de sueur. Je fus tentée de lui donner tout ce que j'avais, à commencer par les vêtements que je portais. Mais ce n'était qu'une fille parmi tant d'autres. Il y en avait des milliers comme elle partout dans cette ville, et des centaines de villes en Chine, où ce genre d'histoire se répétait, sans espoir que cela change un jour.

Avant notre départ, la jeune fille nous fit signe d'approcher d'un étroit renfoncement dans le mur où elle prit un seau blanc pour nous montrer quelque chose. En me penchant, je vis que c'était une petite tortue à carapace épaisse et satinée dont elle avait fait son animal de compagnie. La tortue essaya d'escalader les parois du seau, ses griffes les raclant avec un bruit d'animal pris au piège qui me sembla très triste. Mais la jeune fille avait l'air contente, et m'observait, attendant de toute évidence que je sois aussi enchantée qu'elle.

— Très jolie, lui dis-je par l'intermédiaire de mon interprète, le cœur en miettes – ni pour la première ni pour la dernière fois de la journée.

— Je crois que tu ne devrais plus me laisser sortir de l'hôtel, dis-je à Ernest en le retrouvant.

Il était allongé sur le couvre-lit et ôta ses lunettes à fine monture pour me regarder.

— Tu voudrais pouvoir sauver tout le monde.

Je me servis deux doigts de scotch.

— Ou alors hurler.

— C'est le problème, quand on part explorer le monde, non ? On est obligé de faire face à des choses dont on préférerait ne rien savoir.

— Mais si, je veux savoir. Seulement, je me sens impuissante. J'aurais voulu que tu voies une petite que j'ai rencontrée dans une fumerie d'opium... Ses conditions de vie sont épouvantables.

— Dis-toi bien quand même qu'elle n'est peut-être pas aussi malheureuse que tu l'imagines. Elle ne connaît que ça. C'est sa vie, pas la tienne.

— Possible. Mais si j'écrivais quelque chose sur elle, cela changerait peut-être son sort.

— Tu es vraiment naïve, si c'est ce que tu crois. Et elle n'accepterait peut-être même pas le changement si l'occasion se présentait. Les gens aiment leurs habitudes. La nature humaine est ainsi faite.

— Je ne suis pas d'accord, dis-je, ne m'interrompant que pour avaler une gorgée de scotch qui me brûla agréablement le gosier. Au moins, je me dois d'essayer.

— Si c'est ce que tu veux…

Sur quoi, irritée, je partis prendre un bain en laissant la porte se refermer derrière moi un peu trop fort.

Nous n'avions pas fini de nous accrocher : ce n'était que le début de nos divergences sur la Chine. Ernest se délectait de toutes les spécialités et coutumes locales, buvait la boisson tonique au serpent macéré qui se vendait partout, ne se souciait ni de la chaleur, ni des poux, ni des rats, ni des punaises, ni des odeurs nauséabondes dans les rues. De mon côté, je prenais trois bains par jour. Pour ma peine, j'attrapai la dysenterie et une impressionnante maladie de peau due à un champignon. Mes mains devinrent jaunes et se mirent à peler en me démangeant atrocement comme si j'avais la lèpre.

— Je vais devenir folle, lui dis-je un jour en essayant de ne pas me gratter, de ne pas vomir et de ne pas fondre en larmes.

— La faute à qui ? Qui a voulu venir en Chine, après tout ? demanda-t-il d'un ton badin avant de sortir refaire provision de feux d'artifice.

Il voulait prouver quelque chose, mais quoi exactement ? Que c'était justement le seul voyage qu'il n'avait pas lui-même proposé ? Qu'il se portait comme un charme alors que, moi, j'attrapais toutes les saletés qui traînaient ?

Même si je ne le comprenais pas et ne l'appréciais pas davantage, ce « qui a voulu venir en Chine ? » devint le refrain préféré d'Ernest pendant la suite du voyage. Nous parcourûmes le pays d'abord par la voie des airs, puis sur le dos de pauvres poneys exténués qui ne pesaient pas beaucoup plus lourd que moi, sous le déluge incessant de la mousson. Nous prîmes un sampan sur le Bei, « le fleuve du Nord », et croisâmes des villages arborant le drapeau noir signalant une épidémie de choléra, avant de continuer par camion. En tout, onze jours de calvaire pour atteindre le front de Canton en Chine libre. La route devint presque impraticable tant la boue était collante, puis il n'y eut plus de route du tout.

Sur la ligne de front, je ne vis qu'une montagne, ou plutôt deux montagnes, les Japonais tenant l'une tandis que les Chinois occupaient l'autre. Et au milieu, rien. Nous vîmes un bombardier japonais passer dans le ciel, allant probablement attaquer Shaoguan, à environ cent cinquante kilomètres vers le nord. Mais ce qui nous frappa surtout pendant ce périple à l'intérieur de la Chine, ce fut la propagande. Dans tous les villages, des affiches en anglais proclamaient : *BIENVENUE AUX REPRÉSENTANTS DE LA JUSTICE ET DE LA PAIX*. Quand nous rencontrâmes le général Wong, chargé de tenir ce front depuis des années, il nous accueillit avec un alcool de riz au goût rance, et un message simple. Si seulement l'Amérique voulait bien envoyer des avions, des armes et de l'argent, la Chine se débarrasserait très vite du Japon.

— Et si nous ne le faisons pas ? hasardai-je.

— Vous voyez la situation, répondit-il avec un grand geste qui signifiait, je suppose, que tout ce qui se passait continuerait peut-être indéfiniment.

Les Japonais avaient la puissance aérienne, et les Chinois la puissance humaine, et une capacité infinie à endurer les épreuves. Ce que les Japonais détruiraient, les Chinois le reconstruiraient, au prix de leur vie, s'il le fallait. Quatre ans, qu'est-ce que c'était pour un pays aussi ancien et qui avait autant souffert ?

— C'est la guerre la plus bizarre que j'aie jamais vue, dis-je à Ernest quand nous arrivâmes à Chongqing.

Il avait organisé une rencontre avec le généralissime Tchang Kaï-chek, chef du gouvernement de la République de Chine, grâce à ses nombreux contacts à Hong Kong, et il avait hâte de le voir. C'était précisément ce genre d'entretien qu'il espérait mener en Chine. Une exclusivité, et l'occasion de rapporter des informations importantes à Washington à notre retour. J'étais moins enthousiaste que lui. Je pensais déjà beaucoup de mal du général Tchang et de son épouse avant même de faire leur connaissance. Il me semblait tragiquement clair qu'ils se moquaient comme d'une guigne des Chinois. Des millions de gens mouraient de faim. Les orphelins et les mourants mendiaient dans les rues, alors qu'eux-mêmes, et tous les privilégiés jouissant d'argent et de pouvoir, vivaient comme des rois sur le dos de la population.

Mme Tchang Kaï-chek était une beauté célèbre, une femme fatale qui prétendait travailler inlassablement au bien-être de son peuple. Elle passa la majeure partie de la visite à faire du charme à Ernest et me regarda à peine. Comme je demandais pourquoi son pays ne s'occupait pas des lépreux, elle m'adressa un sourire méprisant.

— La Chine était déjà une grande civilisation quand vos ancêtres vivaient encore dans les arbres.

Je la fusillai du regard, prise au dépourvu, tandis

qu'Ernest réprimait un rire. L'instant suivant elle se reprit, me fit un grand sourire et m'offrit une broche en jade sertie d'argent. Impossible de faire autrement que de l'accepter et de la remercier. Pendant ce temps, le déjeuner se poursuivait – on nous servit surtout de la propagande. Le général Tchang se présentait en héros du peuple, un démocrate, chef infatigable de la lutte contre le Japon, alors que ses véritables ennemis étaient les communistes chinois qui menaient le peuple à la révolte – et risquaient ainsi de leur permettre de briser leurs chaînes de misère et de servitude. Le seul but de Tchang Kaï-chek était de rester au pouvoir. C'était un dictateur, sa femme était une vipère incrustée de pierres précieuses, et je ne pouvais rien écrire de tout cela pour *Collier's*, la Chine étant notre alliée.

— Et l'objectivité, bon sang ? me désespérai-je une fois seule avec Ernest, me retenant de jeter la broche en jade contre le mur.

— L'objectivité est un conte à dormir debout. Tu n'y crois quand même pas ?

— Je voudrais bien, si. Quelle poisse !

Plus tard, je fus incapable de relire les articles que j'avais envoyés à *Collier's* tant j'en avais honte. Je n'y exprimais aucune de mes opinions et de mes craintes. Je disais de Mme Tchang Kaï-chek qu'elle était « envoûtante », aussi magnifiquement apprêtée que « la plus belle et la plus adulée des stars », parce que c'était ce que les gens voulaient entendre. La Chine devait rester de notre côté, et attirer la puissance guerrière des Japonais en Extrême-Orient pour les empêcher de venir nous embêter chez nous.

Je n'avais vu partout que corruption et hypocrisie, et j'avais accepté de jouer le jeu. Mais je ne voulais pas devenir cynique et me mettre à penser comme Ernest que le journalisme n'avait pas le pouvoir de lutter contre les injustices, ou même seulement de les expliquer. Cela signifierait que je ne pouvais avoir aucun effet sur le monde, et cette idée m'était insupportable. J'allais simplement devoir mieux exprimer mes convictions, me battre davantage, et ne pas céder aux pressions.

56

Les droits d'auteur de *Pour qui sonne le glas* continuant de tomber régulièrement et généreusement, Ernest avait décidé d'en utiliser une partie pour acheter comptant la Finca. Depuis que je l'avais trouvée, nous louions la maison et en financions les rénovations de notre poche, mais à notre retour de Chine nous en étions propriétaires. Tout était à nous, jusqu'à la grappe d'orchidées mauves qui grimpait sur le fromager géant et les cigales qui chantaient dans les palmiers. Nous fîmes une fête à tout casser, avec pour invités nos Basques et tous les gens que nous connaissions en ville, et cette joyeuse humeur continua sur sa lancée pendant tout le reste de l'été. La maison n'était jamais vide, et l'alcool coulait à flots.

Les garçons me manquaient, mais Ernest et Pauline étaient en pleine bagarre pour la garde, et il était probable que nous ne les verrions pas avant l'automne. Ainsi, les journées s'écoulaient sans aucune obligation d'aucune sorte. Nous nous réveillions à n'importe quelle heure, nous prenions nos repas quand nous en avions envie, buvions notre premier verre la plupart du temps avant midi, et faisions la sieste au soleil. Ernest avait cessé de surveiller son alimentation et de noter de son poids, et se laissait aller. Et malgré les parties de tennis et de chasse qui donnaient l'occasion de dépenser les calories et d'éliminer les toxines, il m'arrivait de me sentir déprimée.

J'avais envoyé à Max Perkins mes nouvelles, et il avait accepté de les publier dans un recueil pour lequel j'avais trouvé un titre : *The Heart of Another*, « le cœur d'un autre », inspiré par une phrase lue dans un roman de Willa Cather. Les épreuves devaient arriver d'un jour à l'autre, et j'étais à la fois folle de joie et pétrie d'angoisse. Je n'avais pas oublié la réception décevante faite à mon dernier livre, et le sachant, et sans que j'aie besoin de le lui demander, Ernest faisait en sorte que la sortie de celui-ci mette toutes les chances de mon côté. Il donnait des suggestions pour les textes du dossier de presse et voulait participer au choix de la jaquette. Ma dernière photo d'auteur ne me mettant pas à mon avantage, il proposa d'en prendre une lui-même de façon à me montrer aussi naturelle que possible.

— Penses-tu vraiment que cela puisse changer quelque chose ? lui demandai-je.

— Ça ne peut pas faire de mal… Tu sais, ajouta-t-il, tu devrais peut-être utiliser ton nom d'épouse. Tu n'as pas encore essayé.

— Tu veux dire pour profiter de ta réputation ? m'insurgeai-je, instantanément sur mes gardes. C'est ce que tout le monde pense que je vais faire, non ? Tu as lu les critiques comme moi.

— C'est ton nom, maintenant. Qu'est-ce qui t'empêche de l'employer si tu en as envie ?

Je sentis une chaleur grimper dans mon cou, comme à une échelle.

— Gellhorn est mon nom professionnel. Je n'ai jamais publié sous un autre nom.

— Tu préfères quoi ? Ton amour-propre, ou des bonnes ventes ?

— Tu ne me crois pas capable d'y arriver toute seule !

Ma voix était devenue trop stridente. Je m'interrompis pour respirer.

— C'est ça que tu veux dire, insistai-je, tu penses que je dois m'accrocher à tes basques pour ne pas échouer ?

— N'en fais pas toute une histoire. Je ne dis ça que pour t'aider.

— Peut-être, mais c'est mon livre. Je veux le publier sous mon nom.

À sa façon de m'observer, il pensait à l'évidence que j'avais tort, mais il dit seulement :

— Fais comme tu veux, bien sûr.

Et puis il partit lire son courrier alors que j'enrageais seule dans mon coin.

Je ne me battais pas simplement pour faire ce que je voulais. Il n'avait rien compris. Mon choix n'était en rien un caprice guidé par l'amour-propre. J'écrivais déjà sous le nom de Gellhorn avant de le rencontrer. C'était une identité que je voulais garder et qui passait avant notre mariage, et tout le reste, d'ailleurs.

Je commençais à mieux comprendre à quel point Ernest était un homme d'habitudes. Il était réglé sur le calendrier, et effectuait des migrations périodiques comme certaines espèces de papillons, retournant aux mêmes endroits tous les ans. Peu importait que nous venions de rentrer de plusieurs mois en Orient. C'était l'automne, et en automne il allait à Sun Valley, et c'était là qu'il comptait que nous irions.

— Pourquoi par l'Arizona ou le Mexique à la place ? suggérai-je un soir pour essayer d'élargir ses horizons et de l'entraîner quelque part qui m'intéresserait davantage. Les garçons adoreraient le désert.

— Mais tout est organisé. C'est prévu depuis des mois. Qu'est-ce qui te prend ?

— Sun Valley est un très bel endroit, mais tu ne penses pas que nous en avons fait le tour, et même plutôt deux fois qu'une ?

Une ride se creusait entre ses sourcils. En la voyant si profonde, je compris que je ne l'avais pas seulement surpris mais peiné. En plus de ses habitudes migratoires, il lui était essentiel de croire que je ressentais les mêmes choses que lui dans tous les domaines ; nous devions toujours regarder dans la même direction.

— Qu'est-ce que tu es en train de me dire ? Que tu veux que j'y aille seul ? interrogea-t-il, sur la défensive.

— Non, non. Mais peut-être que je pourrais te suivre là-bas un peu plus tard si tu ne veux vraiment pas changer d'idée. Je pourrais m'arrêter à Saint Louis pour voir ma mère et puis aller te retrouver quand les garçons t'auront rejoint.

— En octobre, alors ? À la mi-octobre ?

Il me scrutait avec une intensité que je connaissais bien. Il détestait être seul. Il ne se sentait pas la tête sur les épaules si je n'étais pas avec lui – c'était son expression –, et je l'avais bien compris. C'était dans sa nature. Mais je comprenais aussi qu'il ne fallait pas, en m'adaptant à ses besoins, que je perde de vue l'équilibre de ma propre tête. Que j'ignore ma propre nature.

— En octobre, oui, ça sera parfait, dis-je avec toute la légèreté dont j'étais capable. C'est là que les couleurs sont les plus belles.

— Bon, très bien, lâcha-t-il avec une sécheresse qui disait combien il était blessé. S'il le faut absolument.

Au début du mois de septembre, Ernest regagna le continent américain sur la *Pilar*, emportant le chargement habituel. Il me dit au revoir les lèvres pincées, et je savais bien qu'il ne comprenait pas du tout mon point de vue. Il faisait la tête depuis des semaines, se sentant trahi, et cela avait été dur, vraiment dur, de ne pas céder.

Il allait me manquer, bien sûr. Comme d'habitude. Mais dès qu'il eut levé l'ancre, je me sentis plus légère. Quand je retournai à la maison, elle me sembla différente sans lui – non seulement plus calme, mais aussi plus spacieuse. L'air lui-même avait changé. J'allai de pièce en pièce, m'émerveillant de leur silence. Je m'arrêtai dans une tache de soleil, pieds nus sur le sol chaud, et je me rendis compte que j'avais devant moi des jours et des jours sans avoir à penser aux besoins d'un autre, à recevoir, à faire des concessions et des efforts. Je dis à la cuisinière et à la femme de ménage qu'elles pouvaient rentrer chez elles, passai un pyjama de coton propre, me jurant bien de ne plus me changer à moins d'y être absolument obligée. Une sensation délicieuse. Je m'allongeai pour lire, m'imprégnant de la paix et du silence, et ne me sentant qu'un tout petit peu coupable d'être aussi heureuse de cette solitude.

J'étais à Saint Louis quand Max m'envoya le premier exemplaire de mon nouveau livre. J'avais vu tous les projets de jaquette et savais à quoi m'attendre, mais j'eus les jambes coupées quand je le vis dans la réalité, si beau, si bien réalisé. La couverture était bleu et vert, le titre imprimé dans une police de caractères originale, et mon nom en gros tout en haut. La qualité de l'impression, la solidité de la reliure, jusqu'aux pages de garde, tout était parfait.

— Il fait vraiment sérieux, tu ne trouves pas ? dis-je à ma mère en le lui montrant.

— Il est magnifique. C'est une œuvre d'art.

— Je ne me sentais pas bien ces derniers temps, avouai-je, mais maintenant que je le vois, je reprends courage. J'aime ces nouvelles. Je suis heureuse de les avoir écrites.

— Tu peux être fière de toi, dit-elle en me le rendant. Ils ont fait du beau travail.

— Peut-être que le seul moment où on peut vraiment aimer un livre, c'est celui-ci. Avant de le lâcher. Avant que les critiques s'en emparent, ou de recevoir le chiffre des ventes et d'avoir une mauvaise surprise.

— J'imagine qu'il est très difficile de voir un texte que l'on aime être passé au crible et jugé. Mais même les plus mauvaises critiques ne peuvent pas t'ôter ce que tu as écrit.

— C'est pire, en fait. On commence par avoir tellement d'espoir, à y croire vraiment, et puis on reçoit les coupures de presse qui vous taillent en pièces. Au départ, on n'est pas d'accord avec ce qu'on lit, on est en colère, mais peu à peu on se met à croire toutes ces horreurs, et on oublie ce qu'on aimait dans son travail. Et là, on perd confiance. Les critiques ne t'ôtent rien. C'est toi-même qui te renies.

— Ma pauvre chérie, dit-elle tendrement. Ernest a eu de très mauvaises critiques, lui aussi. Pendant des années, et pourtant, il continue. Tu lui as demandé son avis ?

— Je ne suis pas sûre qu'il se souvienne de l'effet que ça fait d'être au fond du trou. Il n'y a pas pour l'instant d'écrivain plus adulé au monde. Et peu importe qu'il n'ait pas écrit un mot depuis. Il pourrait se reposer sur ses lauriers pendant des années.

— Un succès pareil, ça peut en effet rendre amnésique, j'imagine. Mais je sais qu'il veut que tu réussisses.

— Oui, mais c'était plus simple avant. Nous formions une bonne équipe. Je pense que c'est ce qui me manque le plus. Je ne sais pas comment retrouver cette complicité. C'est peut-être trop tard.

Une inquiétude passa sur son visage comme un banc de nuages traverse un ciel très bleu.

— Je peux faire quelque chose ?

— Dis-moi que tout va bien se passer.

— Tout va bien se passer, dit-elle. Oh, Marty, je l'espère de tout mon cœur.

57

Tout le monde savait mieux que lui ce qu'il devait faire. Max exigeait un nouveau beau roman, immédiatement si possible. Esquire *lui demandait un long article sur le Grand Ouest et le mâle américain. Ils étaient même prêts à lui verser des sommes rondelettes. De tous côtés, on lui jetait de l'argent par poignées, alors que la seule chose dont il avait vraiment envie, c'était de pêcher dans la Silver Creek toute la journée avec sa femme à ses côtés pour pouvoir lui parler le matin et le soir. Sa femme à ses côtés. Était-ce trop demander ?*

Il avait tout de suite admiré son indépendance. En Espagne, sa force et son courage avaient été remarquables. Mais c'était la guerre. Quand ils s'étaient installés pour vivre ensemble, elle avait semblé aimer leur vie commune autant que lui. C'était même elle qui avait trouvé la maison. Elle avait tenu à faire réaliser toutes sortes de travaux. En créant ce beau lieu de vie à partir de rien, elle l'avait rendu heureux comme il ne l'avait jamais été, ce qui lui avait inspiré confiance et l'avait fait croire en ce qu'ils construisaient. Deux écrivains travaillant sous le même toit. Elle avait voulu cela, elle aussi, et tout fait pour que cela marche, alors pourquoi avait-elle tellement l'air d'étouffer et d'être toujours prête à partir, comme un cheval au galop ? Ce voyage à Saint Louis pour voir sa mère était une bien étrange idée alors que le séjour à Sun Valley était prévu depuis des mois et des mois. C'était leur refuge à tous les deux, et voilà qu'il s'y retrouvait seul.

Au moins, il faisait beau et la pêche serait bonne. Il commençait à bien connaître cette rivière, ce qui valait toujours mieux. Dès qu'on avait dans la tête la carte des méandres, des bras et des trous d'eau, le souvenir resurgissait, et le présent renforçait les traits, gravant la carte encore plus profondément, ce qui permettait aussi de mieux s'ancrer dans l'existence. Marty disait qu'ils avaient fait le tour de cet endroit, mais c'était faux. On ne pouvait jamais avoir tout vu, ni d'un lieu ni des gens, et c'était justement cet apprentissage qui changeait tout et, peut-être, faisait de vous qui vous étiez.

Il posa le fourreau de sa canne à pêche sur la rive, casa son coffret de mouches dans sa poche et entra dans la rivière. L'eau était à un peu plus de dix degrés, mais à peine, se dit-il, un froid agréable sur ses jambes alors qu'il avançait dans le sens du courant, cherchant la stabilité du bout des pieds en s'enfonçant peu à peu. Juste devant lui, une grosse truite sauta pour attraper un moucheron et retomba en créant un arc-en-ciel de gouttelettes. Inutile de courir après celle-ci. La rivière en était pleine, et même de plus grosses, et il faisait beau, et il avait tout pour être heureux, ou presque.

Il lâcha la soie et la sentit décrire un arc parfait en l'air, puis imprima de petits mouvements pour rectifier la trajectoire et la faire tomber exactement là où il l'avait prévu. Il avait toujours aimé bien faire les choses. L'eau fraîche comprimait ses jambes en tourbillonnant, et les pierres lisses bougeaient sous ses pieds écartés. En aval, juste sous sa ligne, un gros poisson montait à la surface comme un secret, révélant toute la palette des couleurs possibles sur sa peau frissonnante.

S'il était parvenu à ne pas penser au reste, cet instant aurait été idéal. Mais comment y arriver ? Pouvait-il surmonter cette chose qu'il sentait en lui ? C'était la vraie question. Il voulait sans cesse que Marty soit plus proche parce qu'il avait peur de la perdre. Mais le problème n'était pas qu'elle ne l'aimait pas suffisamment. Non, c'était lui qui l'aimait trop.

Quand même, le mâle américain, songea-t-il. Quelle bonne blague.

La rivière, elle, savait qui elle était. Tous ses bras et tous ses tributaires avaient un nom, et ceux qu'il ne connaissait pas encore, il avait l'intention de les apprendre. Il voulait connaître la Silver par cœur, l'apprendre et la réapprendre encore, truite à truite, en prenant des notes dans son carnet de pêche pour se forger son propre plan des lieux. Au cas où les choses tourneraient mal, il aurait toujours cette carte sous le coude. Il saurait où il était allé, et donc où il allait, parce que c'était la même chose.

58

En novembre, *The Heart of Another* fut lancé, accompagné par les premières critiques, que Max me fit suivre en Idaho.

— Je ne veux même pas les lire, dis-je à Ernest. Le boulot de l'écrivain, c'est d'écrire, pas de se préoccuper de ce que pensent les gens.

— Tu ne peux pas t'en empêcher.

— C'est vrai, mais je le regrette.

— Elles vont être excellentes parce que ce livre est excellent.

Il glissa son coupe-papier dans l'enveloppe et entreprit de lire les coupures de presse pendant que j'allumais une cigarette d'une main tremblante.

— Alors ?

— Celle-ci, du *New Yorker,* dit que tes nouvelles sont « touchantes et intelligentes ».

Je soufflai un nuage de fumée, me sentant un peu plus légère.

— Bon, ça n'est pas mal, non ?

— C'est excellent. Et *The New Republic* trouve que tu as du cœur et de la profondeur.

Je vis ses yeux parcourir les lignes jusqu'à la fin, mais

il ne me lut plus rien, et se contenta de tout remettre dans l'enveloppe.

— Et c'est tout ?

— Plus ou moins.

— Ernest, protestai-je en tendant la main.

— Je croyais que tu ne voulais pas les lire.

— Je n'en ai pas envie, mais tu me ménages trop.

Je fis un geste plus décidé pour qu'il me les donne, et malgré sa réticence il finit par céder.

— Ne le prends pas trop à cœur, Marty, je t'en prie. C'est des cons, de toute façon. Ils ne comprennent rien.

— Je suis d'accord qu'ils ne comprennent rien, mais ils ont tout le pouvoir.

Je pris l'enveloppe et me forçai à lire d'un bout à l'autre les quatre critiques qu'elle contenait. En fait, il y avait de bons commentaires dans toutes. Celle de *Kirkus* était sans doute la meilleure. On y disait que mes nouvelles étaient « plus épurées et contenues » que mes précédents écrits, et « plus à l'écoute de la poignante difficulté d'exprimer ses émotions ». Mais dans toutes les autres, mon style était comparé à celui d'Ernest. La journaliste qui avait écrit celle de *The Yale Review* disait souhaiter que je me guérisse de « mon fort mais pas incurable accent hemingwayien ». L'auteur de celle du *New Yorker* écrivait : « Elle a trop bien lu les écrits de M. Hemingway [...] ce qui est louable quand on est son épouse, mais dangereux quand on écrit de la fiction. » Elle allait jusqu'à accuser Ernest de m'avoir envoûtée à la manière de Svengali.

— C'est ridicule, protestai-je, une colère froide montant en moi. J'écris exactement comme je le faisais avant. Personne ne me comparait à toi avant notre mariage. Ils lancent ce genre d'accusations juste pour faire sensation.

— Tout à fait. N'y fais pas attention, Lapin.

— Moi, j'y arriverai peut-être, mais ça ne sera pas le cas des lecteurs. Les gens lisent ces torchons. Ils achèteront mon livre pour voir si c'est vrai. Où ils ne l'achèteront pas, justement, parce qu'ils se diront qu'ils t'ont déjà lu et que je ne suis qu'un piètre reflet de ce que tu fais.

— Marty…

Je voyais sa souffrance. Il ne savait pas quoi me dire, ni comment m'aider à traverser ces eaux turbulentes.

— Et puis merde ! m'écriai-je, soudain exaspérée. Je suis fière de ce livre et je ne laisserai personne me gâcher ma joie.

— Bravo, ma chérie !

Il tendit les bras et me serra tout contre lui, et je sentis mon cœur affolé, petit oiseau aimé, attrapé et réconforté. J'étais sa chérie. On ne pouvait rien faire contre cela. J'aurais beau me débattre, je n'arriverais pas à sortir de son ombre.

J'enfouis toutes les nouvelles critiques qui arrivèrent dans la même grosse enveloppe jaune avec un soupir. Je me remis à écrire quelques heures par jour, installée au bureau de notre chambre d'hôtel, mais dès qu'une phrase me venait, je ne pouvais m'empêcher de la relire à peine couchée sur le papier, arrêtée par une voix intérieure insidieuse qui me demandait si c'était vraiment mon style, et pas une imitation. Cela me fatiguait et me mettait de mauvaise humeur, et me rendait encore plus critique à l'égard des gens que nous fréquentions à l'hôtel, même des Cooper, que pourtant j'aimais bien.

— Je ne peux plus supporter ces dîners, me plaignis-je à Ernest. Ces gens, on dirait des momies.

— Ne sois pas injuste.

— Ça n'a rien d'injuste. Tu te souviens que Hollywood est en train de tuer Scott…

Tout le monde avait entendu les rumeurs et se disait qu'il ne pouvait pas continuer à vendre son talent aux directeurs de studios. Il n'avait plus rien d'un écrivain. Il était méconnaissable.

Ernest se figea. Il ne pouvait pas dire le contraire.

— Il ne reste plus que quelques semaines.

— Je ne vais jamais tenir.

— Tu n'exagères pas un peu ?

— Tu es bien mal placé pour me donner des leçons ! Si tu n'avais pas insisté, je ne serais même pas venue !

Je m'étais mise à crier et devais ressembler à une mégère, mais je m'en fichais.

— Est-ce que tu crois vraiment que tout le monde veut toujours faire exactement ce que tu veux au moment où tu le veux ?

Je n'attendis pas sa réponse et sortis furieuse de la chambre en claquant bruyamment la porte derrière moi. Il ne me suivit pas, et heureusement. Je ne voulais rien d'autre au monde en cet instant qu'être seule.

Le lendemain matin, je m'éveillai avec une gueule de bois carabinée, de celles qu'on n'oublie pas, avec de violentes nausées, une douleur lancinante dans les tempes, et des frissons partout. J'avais envie d'enfouir ma tête sous l'oreiller et de dormir jusqu'à la fin des temps, mais Ernest, qui attendait mon réveil, s'assit au bord du lit pour me parler. Me redressant avec une grimace, je m'adossai à l'oreiller pour l'écouter.

— Je suis un imbécile. On s'en ira quand tu voudras. J'aurais dû penser à toi.

— Tu es un imbécile, mais tu es mon imbécile à moi, dis-je, m'efforçant de sourire et d'oublier que j'étais barbouillée. J'ai vraiment besoin de partir d'ici, et d'aller quelque part où il n'y a pas de soirées, pas de gens chics, de frimeurs qui la ramènent.

— Sur la Lune, alors. Ou en Arizona.

— Quelle bonne idée ! Ça ne sera pas aussi amusant maintenant que les garçons sont partis, mais l'idée me plaît. Nous pourrions traverser le Nevada pour aller dans le désert mojave, et nous cuire au soleil loin de tout.

— D'accord.

Il approuvait, mais une sorte de tristesse rôdait au fond de ses yeux, l'ombre d'une humeur que je ne compris pas bien. Peut-être ne la comprenait-il pas lui-même. Nous faisions tous les deux de gros efforts et des compromis pour nous adapter. Mais c'était cela, le mariage, non ?

Nous bouclâmes nos valises et laissâmes derrière nous Sun Valley pour nous enfoncer toujours plus loin vers le sud. Nous croisions de loin en loin des villages de pionniers avec leurs stations-service et leurs restaurants de la taille de cabines téléphoniques, puis retrouvions les vastes étendues désertiques couleur pelage de lion qui s'étendaient sur des kilomètres et des kilomètres, avalant tout. Enfin, je pus de nouveau respirer.

Nous roulions en écoutant la radio, les fenêtres ouvertes, nous arrêtant pour visiter quelques coins du territoire indien, et nous asseoir dans des petits bars vides, n'ayant quasiment personne d'autre à qui parler que nous-mêmes. J'avais un Kodak Brownie tout simple, et je m'amusais à photographier les affiches et les panneaux que je trouvais drôles, et toutes sortes de choses qui n'intéressaient personne d'autre que nous. Rien n'était ni sophistiqué, ni aseptisé, ni ne nous demanda d'effort d'attention particulier jusqu'à ce que nous soyons sortis d'Arizona et ayons traversé la moitié du Nouveau-Mexique pour entrer au Texas par El Paso. Nous nous étions arrêtés dans une *cantina* du bord de route – une bicoque à moitié délabrée au toit de tôle ondulée avec un néon clignotant annonçant BIÈRE FRAÎCHE. Ernest venait de demander au barman de lui préparer un daïquiri glacé sans sucre et avec beaucoup de citron vert quand la porte du saloon s'ouvrit en claquant, poussée par un petit Indien. Il avait les pieds nus et un bandana rouge autour du cou, à l'espagnole. Ses bras étaient chargés de journaux.

— *Con la guerra !* annonça-t-il d'une voix enrouée qui me donna à penser qu'il devait crier la nouvelle depuis un certain temps. *Con la guerra, la guerra !* répéta-t-il en passant de table en table, alors que tout le monde se tournait vers lui, comprenant peu à peu.

Pendant que nous étions sur la route, ne pensant à rien, libres comme poussière au vent, les Japonais avaient bombardé Pearl Harbor. L'Amérique entrait enfin en guerre.

SIXIÈME PARTIE

La saison des ruines

Décembre 1941-juin 1944

59

Cette attaque n'était pas gratuite. Rien n'arrive jamais sans raison. L'été et l'automne avaient été marqués par l'escalade des tensions. Roosevelt avait envoyé des avertissements, affirmant que les États-Unis seraient obligés de « prendre des mesures » si le Japon agressait les pays voisins. Le Japon avait répondu qu'il serait lui aussi forcé de prendre des mesures si les États-Unis refusaient de lever les sanctions économiques. Nous nous préparions tous au pire depuis quelque temps, et c'est pourquoi Roosevelt avait envoyé la flotte du Pacifique à Pearl Harbor ainsi que tous les bombardiers que nous y avions vus, Ernest et moi, en passant par Hawaii pour aller en Orient. Huit cuirassés, trois croiseurs, trois destroyers et près de deux cents avions étaient alignés là, exposés aux tirs comme dans un champ de foire. Le fleuron de notre arsenal miliaire, et la cible la plus tentante imaginable.

Des offensives simultanées avaient été lancées sur des zones sous contrôle américain aux Philippines, à Guam, en Malaisie, à Singapour, à Hong Kong et dans l'atoll de Wake. C'était épouvantable de penser au nombre des victimes, et plus encore d'envisager l'avenir. Roosevelt avait franchi le pas et lancé l'appel aux armes. Des dizaines de milliers de jeunes furent incorporés, vingt ans étant l'âge requis. Bumby ne les avait pas encore, mais il s'en fallait de peu. C'était cela qui nous préoccupait le plus à notre retour à la Finca pour passer Noël avec les garçons.

— Ça ne me fait pas peur, protesta Bumby.

— Eh bien moi, lui répondis-je, j'ai suffisamment peur pour tout le monde. Et pense à ta pauvre mère.

Je secouai la tête et allumai une cigarette. Il était impossible qu'il arrive quoi que ce soit à ce magnifique garçon. C'était impensable.

— Peut-être que cela va s'arrêter très vite, avança-t-il.

Je vis bien qu'il n'y croyait pas un instant, pas plus que tout le monde.

— Retourne à l'université et restes-y, d'accord ? insistai-je au moment où Ernest entrait dans la pièce.

— Qu'est-ce qui se passe ?

— Mart s'inquiète pour moi, dit Bum sans une once d'impatience. Ça ne me dérange pas. C'est ma deuxième mère.

Brusquement, des larmes me montèrent aux yeux. Je me détournai pour qu'Ernest ne les voie pas, étonnée par l'intensité de mon émotion. Je n'aurais pas pu les aimer plus, ces trois garçons. Ils s'étaient incrustés dans mon cœur pour de bon, et je n'y pouvais rien.

Plus tard dans la soirée, une fois que les garçons furent allés se coucher et que la maison eut retrouvé son calme, Ernest vint me trouver alors que j'étais en train de lire. Je vis à son expression que quelque chose le préoccupait.

— C'est peut-être le moment d'avoir un enfant. Nous remettons toujours ça à plus tard.

— Alors que le pays vient d'entrer en guerre ? Il ne pourrait pas y avoir de pire moment.

Il se laissa choir dans le fauteuil à côté de moi.

— Mais quand, alors ?

— Je ne sais pas, Lapin. Nous ne devrions pas parler de ça. J'ai peur que tu te sentes encore plus mal.

— Évidemment, comment veux-tu que je fasse autrement ?

Je connaissais bien ce ton acerbe. Il cherchait la bagarre pour soulager la tension. Moi-même je faisais sans arrêt pareil, mais je ne voulais pas mordre à l'hameçon tant qu'il était dans cet état. Je n'aurais aucune chance de gagner la partie.

— Nous en aurons un, je te le promets, dis-je aussi gentiment que possible. Je sais à quel point tu as envie d'avoir une fille.

— Comme tu dis, c'est moi qui ai envie d'avoir un enfant, et c'est bien ça le problème. Si c'était toi, nous en aurions déjà un depuis longtemps. Tu me fais marcher.

— Non, Ernest, ça n'est pas vrai.

Mais il sortait déjà de la pièce d'un pas furieux, et je me retrouvai seule avec ses reproches qui cognaient sur la porte close, comme un défi.

Voulais-je vraiment avoir un enfant ? En toute honnêteté ? Il me fallait admettre que le rêve me plaisait tant qu'il restait un rêve, une image incertaine s'élevant devant nous comme le mirage d'une oasis. Notre fille, qui aurait mes cheveux, mon amour de l'aventure, et la drôlerie d'Ernest et ses yeux bruns, et qui irait pêcher au masque avec lui dans le récif corallien, ou qui courrait pieds nus sur le chemin derrière le cabanon de piscine, une orchidée piquée dans sa natte. Il était bien beau, ce fantasme de fille, mais dès que j'essayais de me représenter ce que serait réellement ma vie si j'avais un enfant, je me heurtais à la vérité, aussi tranchante que le corail. Ernest pouvait aimer ses enfants tout en gardant sa liberté. Il les emmenait à la chasse et à la pêche pendant les vacances et profitait de leur compagnie, alors que Pauline et Hadley devaient gérer le quotidien, en particulier quand ils étaient petits. C'étaient elles qui les nourrissaient, se souciaient de leur santé, séchaient leurs larmes et soignaient leurs genoux égratignés, calmaient leurs inquiétudes, s'assuraient qu'ils s'étaient bien brossé les dents, et s'occupaient des devoirs.

La liste aurait pu se dérouler à l'infini, et toutes ces tâches m'incomberaient, je le savais, car la mère ce serait moi. Or je trouvais déjà assez difficile de me battre pour exercer mon métier. Si nous avions un bébé, mon travail passerait toujours au second plan, alors qu'Ernest ne changerait rien à sa façon de vivre. Je verrais disparaître toute possibilité de voyager seule, alors qu'Ernest continuerait d'aller où bon lui semblait. Ce serait facile, puisque je serais à la maison pour m'occuper de notre enfant et pour gérer l'intendance. C'était peut-être égoïste de vouloir attendre encore un peu avant de prendre cette décision, mais je devais réfléchir à ce que j'étais prête à sacrifier sans me perdre.

Noël cette année-là fut une bien triste et sombre

période, à tous points de vue, et ce fut un soulagement que les fêtes s'achèvent. Ernest n'écrivait toujours pas, et j'avais beau avoir dit à ma mère qu'il n'avait plus réellement besoin de rien publier puisque *Pour qui sonne le glas* se vendait toujours excellemment bien et était un des plus grands succès littéraires connus, Ernest était un écrivain avant tout. Il avait besoin d'écrire pour se sentir lui-même. Seulement, quand je l'interrogeais, il m'assurait que tout allait bien.

— C'est juste que je n'ai pas encore trouvé d'idée qui me plaise vraiment.

— Ce n'est pas parce que tu as peur, au moins ? fis-je, car c'était là ma nouvelle hypothèse. Tu es sûr que quelque chose va venir ?

— Tu n'as pas confiance ? attaqua-t-il avec un regard perçant.

— Si, bien sûr, totalement.

— Je ne me fais aucun souci. Chaque fois que je termine un livre, je me sens vidé pendant un temps. Et celui-ci a été particulièrement absorbant. C'est tout.

J'avais envie de le croire, mais je n'y arrivais pas tout à fait. Il avait pris cinq ou six kilos au cours des six derniers mois, et on devinait une peau maladive sous son hâle. Il venait d'ailleurs de se servir son troisième martini alors qu'il était à peine plus de midi.

— Tu devrais essayer de t'y mettre demain, dis-je, pourtant consciente que ce n'était guère malin d'insister. Le tout, c'est de commencer.

— Ça c'est la meilleure ! C'est toi qui me donnes des conseils, maintenant ?

Son ton venimeux m'alerta. Une sensation désagréable et un picotement dans la nuque me poussèrent à retenir la réponse que j'aurais dû lui faire. Elle me resta sur le cœur un long moment, les mots que je n'avais pas prononcés me brûlant comme des petites pierres trop chaudes.

60

Un soir, Ernest rentra d'une journée qu'il avait passée à La Havane avec deux longs chats qui gigotaient sous sa chemise.

— Je te présente Good Will, dit-il en désignant l'un des deux, un chat tigré brun-roux et gris, doté d'une magnifique queue en plumeau. On a grand besoin de petits gaillards comme ça par ici, tu ne trouves pas ?

— Absolument.

Je me demandai s'il faisait allusion à notre désaccord sur le projet d'enfant, mais je n'étais pas assez bête pour en reparler.

— Et son copain, il s'appelle comment ?

Les deux chats avaient sauté des bras d'Ernest, et reniflaient autour d'eux prudemment, le nez au sol. Le second avait le museau plus plat et était entièrement gris, gris comme un nuage d'orage.

— Celle-là ? demanda Ernest en approchant la pointe de sa tennis du flanc creux de l'animal.

La chatte s'écarta pour l'éviter en se courbant en arc de cercle, puis reprit sa forme initiale, élastique.

— Cette jolie fille, reprit-il, n'a pas d'ami.

— Il faut l'appeler Friendless, alors…

— Parfait, approuva-t-il avec un sourire.

— Pauvres petits affamés. Où les as-tu trouvés ?

— Ils se disputaient une vieille boîte de haricots rouillée dans un passage derrière le Floridita.

Je me baissai et attendis que l'un ou l'autre s'aventure de mon côté.

— On a mieux à leur offrir, il me semble.

— Beaucoup mieux.

Il appela Rene et lui demanda de prendre un des filets mignons prévus pour le dîner, de le couper en dés et de le servir aux chats dans deux assiettes différentes, posées dans deux coins opposés de la pièce pour éviter qu'ils ne se battent.

— Il doit croire que tu es devenu fou, dis-je une fois Rene reparti.

— Il faut leur donner de la viande si on veut qu'ils attrapent des souris. Tout le monde sait ça. Comment aimeraient-ils le goût du sang, autrement ?

— Parce que ce sont des animaux ?

Il se contenta de me donner une tape sur les fesses. Il prenait déjà le sort de ses invités très aux sérieux. Ils étaient déjà ses enfants.

Quand Rene revint avec la viande, Ernest déchiqueta encore quelques morceaux avec les doigts, se promettant que, la prochaine fois, il la couperait au hachoir pour que les chats ne s'étouffent pas.

— Vous voulez leur donner de la viande tous les jours ?

Rene, mains brunes posées sur les hanches, fronçait ses épais sourcils. Dans son univers, les félins ne mangeaient pas mieux que leurs compagnons humains. Pour lui, c'était absurde.

Mais Ernest s'en moquait.

— Pourquoi pas ? Ils vont croire qu'ils sont au Ritz et ils ne voudront plus repartir.

Il s'assit sur ses talons pour contempler avec un plaisir évident les chats qui se jetaient sur leur assiette comme des loups.

Même si Ernest ne se remettait pas à écrire, je décidai de m'atteler à un autre roman, et de ne rien lâcher quoi qu'il m'en coûte. J'avais en tête une histoire qui me plaisait – du moins en théorie. Il s'agissait d'une jeune Antillaise du nom de Liana et de son mariage avec un homme bien plus âgé qu'elle, un Blanc dont elle n'était pas amoureuse. Un sujet beaucoup plus romantique que ceux que j'avais choisis jusqu'alors, et qui n'avait rien à voir avec la guerre. Je ne savais pas trop où tout cela allait me mener, ni ce qui arriverait à Liana à la fin, mais cela faisait justement partie du charme.

Pendant ce temps, notre stock animalier se développait à une allure terrifiante. Ernest avait trouvé et adopté trois autres chats : Princessa, Boise et Fatso, ainsi qu'une adorable petite chienne qu'il avait ramassée à moitié morte de faim dans le caniveau près du Frontón. Noir d'encre et museau délicat, elle avait une queue sagement recourbée à son extrémité. Elle fut baptisée Negrita, et il avait bien l'intention de la nourrir aussi somptueusement que les chats, nos « cotsies », comme il les appelait. Du saumon, du thon, du blanc de poulet, une crevette fraîchement décortiquée : rien n'était trop beau pour eux, ni trop contraignant pour lui.

J'avais un peu peur que rien ne puisse plus jamais intéresser Ernest, nos animaux et ses martinis glacés mis à part, mais il se mit à parler de monter son propre réseau de renseignement à Cuba. Il avait conçu cette idée en discutant avec notre grand ami Bob Joyce, de l'ambassade des États-Unis à La Havane, et s'était pris au jeu. Au début, je me dis que c'était de la folie – il n'y connaissait rien. Mais je reconnaissais bien là Ernest, avec son besoin de toujours connaître les dessous cachés des choses, et de trouver des défis pour prouver son courage. Que pouvait-il y avoir de plus secret et de plus audacieux que d'aller se frotter au monde de l'espionnage ?

Avec Bob, il décida de demander du soutien au plus haut niveau de l'ambassade, et c'est ainsi que Spruille Braden entra dans la danse. Braden venait d'être nommé ambassadeur des États-Unis à Cuba. C'était un homme corpulent, double menton et ventre qui tirait sur ses boutons de chemise et de gilet. Je le trouvais mal choisi pour notre île, mais Ernest l'appréciait et le respectait, sans doute parce que Braden le prenait au sérieux. Cuba avait grand besoin d'une cellule de contre-espionnage en cette période, approuva l'ambassadeur. En avril, l'ambassade avait recherché et arrêté plus de cinquante personnes – des Allemands, des Japonais, des Italiens – accusées d'« activités illicites pour le compte des puissances de l'Axe ». Personne n'en disait plus long, et ce n'était pas nécessaire. Plusieurs navires de commerce avaient été coulés au large des côtes dans les semaines précédentes, et on supposait que c'était l'œuvre de sous-marins ennemis.

Il semblait de plus en plus évident que l'issue du conflit se jouerait sur la mer. Quand nous descendions en ville, nous entendions quantité de rumeurs sur les dangereux sous-marins allemands qui rôdaient dans les eaux des Caraïbes et au large de la Floride, pour couler les navires marchands et les pétroliers, en bref, tous les bateaux un peu importants et utiles. Tous les mois, des dizaines de bâtiments étaient torpillés, et parfois plus, pensait-on, mais personne ne connaissait les chiffres exacts. Un strict système de censure bloquait toutes les informations précises. Nous n'apprenions ni par les journaux ni par la radio ce qui se passait vraiment, ce qui avait pour résultat d'accroître le malaise général. On savait seulement que les nazis se cachaient dans la mer ; combien il y en avait, à quelle distance ils étaient et avec quelles armes ils attaquaient, mystère, mais ils étaient là.

Et Ernest avait l'intention d'aller les débusquer.

Le service du renseignement de la marine des États-Unis pour l'Amérique centrale décida d'octroyer à Ernest un défraiement de cinq cents dollars par mois pour les dépenses occasionnées par ses patrouilles dans les eaux cubaines, ce à quoi s'ajoutaient des fonds pour équiper la *Pilar* en navire-leurre et embaucher un équipage. Ernest fit appel à ses connaissances les plus proches : les joueurs de pelote basque, ses serveurs préférés au Floridita, son second habituel sur la *Pilar*, Gregorio Fuentes, et Winston Guest, un aristocrate qu'il avait rencontré des années plus tôt lors d'un safari en Afrique, et qui nous rendait visite depuis peu à la Finca. La mission fut nommée

« Opération Friendless », du nom de l'un de nos chats préférés, mais Ernest lui donna presque aussitôt le surnom de Crime Shop, « l'atelier du crime », et même de Crook Factory, « la fabrique à vauriens ». Des piles de casiers alvéolés contenant des grenades à main et des bombes à mèche courte furent chargées à bord, ainsi que des mitraillettes, un poste de transmission radio à ondes courtes ultra-sensible et un canot de sauvetage. La première mission fut lancée en juin, et ils partirent tout feu tout flamme, pleins d'enthousiasme et animés d'une folle soif d'aventure. S'ils tombaient sur un sous-marin allemand, ils avaient l'intention de se faire passer pour un groupe de scientifiques qui recueillaient des spécimens pour le Smithsonian. Dès que les nazis enverraient une équipe de reconnaissance pour monter à leur bord, Ernest remettrait les gaz, approcherait du sous-marin et ferait signe à ses hommes de passer à l'action. Ils tireraient, jetteraient des grenades et des bombes sur le kiosque s'ils étaient assez proches, puis la *Pilar* s'évanouirait dans la nuit, ni vu ni connu.

— Ne t'inquiète pas pour moi, insista-t-il en me faisant part de ce plan. Je connais ces eaux comme ma poche. Vraiment mieux que personne, je t'assure. Il y a un nombre infini de cachettes. Je les connais toutes.

Je hochai la tête, l'embrassai et lui souhaitai bonne chance sans rien ajouter. Je me gardai bien de lui dire ce que je pensais, c'est-à-dire que cette mission me semblait tout à fait fantaisiste, une simple échappatoire. Il préférait partir à la chasse aux sous-marins plutôt que d'affronter ses peurs, de combler son vide intérieur et de commencer un nouveau roman. Et même en admettant que ce soit un moyen de lutter contre ses démons, au lieu de s'attaquer à eux directement, il les parait d'un masque et en faisait des sous-marins allemands. Dans le meilleur des cas, il les pulvériserait, peut-être même sans jamais avoir à les voir vraiment. Et tout cela, sans écrire un mot.

Si Ernest voulait réellement participer à l'effort de guerre, j'aurais préféré qu'il rejoigne en qualité de journaliste un des fronts européens pour ajouter sa voix à celle de la résistance comme il l'avait si brillamment fait en Espagne.

Je mourais d'envie d'y aller moi-même, mais depuis que nous étions entrés en guerre, l'armée américaine avait décrété que les femmes journalistes ne devaient plus approcher du théâtre des opérations. Cela n'avait plus rien à voir avec l'Espagne ni avec les conflits précédents. Les magazines employaient toujours des femmes, mais pas dans les domaines importants. Toutes les zones de batailles me seraient désormais interdites.

Je suppliai Charles Colebaugh, à *Collier's*, de voir s'il ne pouvait pas me trouver un passe-droit, mais il n'y avait rien à faire. Il lui semblait que, dans mon cas, le champ d'investigation le plus proche du terrain serait les Caraïbes. Je pourrais y faire un tour pour rendre compte des conséquences de la guerre sous-marine. Est-ce que cela me conviendrait ?

Ce n'était pas du tout ce que j'avais espéré. Je voulais être au cœur de l'action, là où les événements vraiment importants avaient lieu. C'était là que j'avais envie de m'engager, où je me sentais utile. Je préférais cependant de loin voyager dans les Caraïbes plutôt que de rester chez moi sans rien d'autre à faire que surveiller la femme de ménage pour m'assurer qu'elle astiquait l'argenterie, me sentant faible, passive, et beaucoup, beaucoup trop en sécurité. J'acceptai donc.

J'avais pour mission d'aller d'île en île afin de débusquer des sujets intéressants – les informateurs au service des nazis, les caches de ravitaillement pour les sous-marins, les naufragés échoués. Il ne faisait aucun doute que les Allemands étaient présents dans les Caraïbes. Des bateaux alliés explosaient en mer presque tous les jours, mais lors de ce périple je ne vis qu'un paysage de carte postale qui n'avait rien d'une zone de combat : les flots bleus scintillants du passage du Vent dissimulaient tout, sauf ses eaux ondoyantes.

J'attrapai des coups de soleil, m'ennuyai à mourir, fus dévorée par les moustiques et écœurée par les cafards, les odeurs de poisson et les incessants mouvements du bateau qui bondissait comme un marsouin. Bien que n'ayant pas vu ce que j'espérais, c'est-à-dire un périscope se dresser hors de l'eau dans la nuit noire et silencieuse, j'envoyai tout de même un papier de onze mille mots à *Collier*'s, qui racontait en termes choisis les péripéties de ce voyage dantesque.

Je revins avec la dengue, que j'avais attrapée au Surinam, et qui me donnait l'impression que mes os se broyaient peu à peu. Et puis mon mari me manquait terriblement. Quand Ernest rentra enfin de sa dernière patrouille de l'Opération Friendless, il avait des coups de soleil et une épaisse barbe broussailleuse. Il sentait le poisson, l'homme, et les conditions de vie précaires. De toute évidence, il ne s'était ni changé ni lavé depuis un bon bout de temps. Il avait aussi perdu ses chaussures.

— Eh bien, les deux font la paire, hein, Lapin ? dis-je après qu'il m'eut longuement serrée dans ses bras et servi un scotch. Tu as trouvé des sous-marins ?

— Non, et toi ?

— Pas l'ombre d'un.

Il se laissa tomber à l'autre bout du canapé, ce que voyant, Princessa, qui faisait la sieste dans un rayon de soleil, vint s'installer sur sa poitrine en ronronnant comme une Ford Model T mal réglée.

— Je ne sais pas s'il y a une morale à cette histoire, dit-il.

— Celle-ci, peut-être, répondis-je en commençant à lui enlever ses vêtements.

Je le conduisis sous la douche, où nous restâmes un long moment sous le jet d'eau chaude, puis je pris un gant pour le savonner, embrassant et me réappropriant peu à peu son corps.

— Vas-y doucement, dis-je quand il voulut me laver les cheveux. J'ai encore un peu mal partout à cause de la fièvre.

Mais ses mains merveilleusement douces chassèrent mon épuisement et toutes les difficultés du voyage, ainsi que la tension de ces mois d'éloignement. Alors, dans cet abandon, je sentis que nous nous retrouvions. J'étais de nouveau avec l'homme dont j'étais tombée amoureuse malgré moi. Il n'avait pas complètement disparu.

Plus tard, à moitié enroulés dans les serviettes humides ramenées de la douche sur le lit, nous restâmes un long moment blottis dans les bras l'un de l'autre, retrouvant le bonheur et la paix d'antan – avant Pearl Harbor, avant la vague de fond de son grand livre et les abysses de ma déception, et nos différences qui nous avaient fait douter de notre bonne volonté.

— Nous ne devons pas oublier le plus important, lui dis-je, appuyant ma tête sur son épaule pour déposer un baiser dans son cou.

— Hmm ? fit-il d'une voix ensommeillée. Bien sûr.

— Sérieusement, Lapin. Même quand nous sommes absorbés par autre chose, nous devons nous donner la priorité. C'est ça, le mariage. Il ne suffit pas de faire un serment une fois pour toutes. On doit le répéter sans arrêt et puis le vivre avec toute son énergie.

J'entendis de nouveau un petit soupir, et je compris qu'il sombrait déjà dans le sommeil. Il ne m'entendait plus.

— C'est ça que je veux, dis-je tout bas. Je te choisis.

61

Au cours de l'automne, Ernest repartit souvent, sans révéler grand-chose de ses expéditions. Je ne lui posais pas beaucoup de questions non plus. Je ne comprenais pas bien ce qu'il fabriquait ni pourquoi il tenait tant à continuer, ni comment il s'autorisait d'aussi longues absences alors qu'il supportait si mal les miennes. Enfin, puisque j'étais là, je me dis qu'il serait aussi bien d'en profiter pour écrire.

Je fouillai dans mes papiers afin de retrouver les pages de l'histoire que j'avais commencée un an plus tôt, celle de la jeune Liana. Il y avait quelques bonnes choses dans ce que je relus, qui valaient la peine d'être gardées et améliorées. Je n'étais pas sûre d'avoir assez de matière pour en faire un roman, mais il n'y avait qu'un seul moyen de le savoir. Je décidai de tout recommencer en prenant pour décor les Caraïbes puisque j'avais la région si bien en tête. Ce serait un clin d'œil que je me ferais à moi-même : j'allais tirer de mon voyage cauchemardesque le paradis de Liana.

Après tout, je savais ce que c'était que de vivre au paradis. Et j'avais découvert qu'on ne pouvait pas laisser le paradis n'en faire qu'à sa tête, pas plus que l'amour. Les deux avaient tendance à se transformer en jungle – et beaucoup plus vite qu'on ne l'imaginait si on ne les entretenait pas.

Il me suffisait de traverser la maison pour en avoir la preuve. La saison des pluies était de retour et avait laissé des traces de moisissures. Dans la chambre du fond, le carrelage avait été soulevé par un fort système racinaire, comme si l'extérieur cherchait à se frayer un passage à l'intérieur pour semer le désordre. La peinture de la cuisine s'écaillait sous l'effet de l'humidité. Nos livres étaient attaqués par les poissons d'argent.

Je réglai ce que je pouvais, et confiai le reste à des ouvriers pendant que les chats se pourchassaient d'une pièce à l'autre. La population féline avait doublé au cours des derniers mois, et même si je les aimais autant qu'Ernest – le gros persan blanc nommé Uncle Wolfer, les deux matous blanc et noir, Dillinger et Thunder, et le gris tigré qui ressemblait tant à Friendless que nous l'appelions le Frère de Friendless – je me dis que si nous ne faisions pas opérer les mâles, nous serions vite envahis.

Je trouvai un vétérinaire en ville, très satisfaite de mon esprit pratique. Mais quand Ernest revint à terre pour faire le plein et ouvrir son courrier à la fin du mois d'octobre, la nouvelle le rendit furieux.

— Vas-y, coupe-moi les couilles aussi pendant que tu y es ! Ou abats les chats d'une balle, ça serait plus humain.

— N'en fais pas toute une histoire. Le vétérinaire assure que ça n'est pas grand-chose. Ils ne sentent quasiment rien. Pas comme nous.

— Tu parles qu'ils ne sentent rien ! Et maintenant, c'est devenu des femmes, les pauvres malheureux.

Allez, ajouta-t-il en me fusillant du regard, tu as autre chose à m'annoncer pendant que je suis là, ou tu m'as assez tapé dessus ?

— Ernest ! m'exclamai-je, exaspérée, alors qu'il s'éloignait, hors de lui.

Plus tard, quand j'allai le retrouver pour clore le débat, Boise était perché sur la table près de l'assiette d'Ernest, qui le nourrissait de tranches d'avocat bien mûr avec les doigts. En me voyant, Ernest se mit à marmonner au chat que c'était terrible qu'une femme lui ait volé la seule chose qui lui appartenait vraiment, sa puissance.

— On n'aime plus les bonnes femmes, nous autres, dit-il au chat en ne regardant que lui. Si j'étais toi, je n'approcherais plus d'elle.

Je n'en revenais pas qu'il ne s'en soit pas encore remis.

— On dirait un gamin.

Mais il continua à nourrir Boise et à lui caresser la tête comme s'ils étaient deux conspirateurs dans une guerre que je ne pouvais pas comprendre. Une guerre dans laquelle j'avais été entraînée bien malgré moi.

— Je vais me coucher, dis-je finalement. Tu viens ?

Voilà des semaines qu'il était absent, il n'allait sûrement pas s'entêter.

— On n'aime pas les bonnes femmes, nous autres, répéta-t-il sans quitter le chat des yeux.

J'abandonnai la partie et me retirai dans notre chambre en claquant les portes derrière moi. Impossible de trouver le sommeil tant je bouillais d'exaspération. Mes pensées tournaient en boucle et je compris qu'il n'y aurait rien à faire. Je ne m'endormirais pas dans cet état. Je tendis le bras du côté du lit d'Ernest pour prendre un flacon de somnifères qu'il gardait à portée de main. J'en avalai un et attendis que le lent engourdissement tombe sur mon cerveau et mes muscles comme un bon et lourd brouillard.

Je m'éveillai sans gueule de bois – Dieu merci – mais le cœur gros. Mon mari était là, qui dormait à côté de moi, mais il était loin, très loin. Je trouvais cette dispute idiote, et il me manquait. Même quand il avait tort, il me manquait.

Jour après jour, tandis que les chats couraient, jouaient, chassaient les souris et attendaient leur banquet de filet mignon haché en faisant le deuil de leur sexualité – pour autant qu'ils y aient jamais été vraiment attachés –, je m'enfermais dans mon bureau et voguais sur les pages de mon roman, qui prenait forme. Liana était une jeune sauvageonne illettrée mais très belle. Son mari, Marc, un planteur blanc, était un homme froid qui l'avait épousée pour rendre jalouse la femme qu'il aimait, et parce que sa beauté le flattait. Il n'avait pas de véritables sentiments pour elle, et elle ne découvrait ce qu'était l'amour que lorsqu'un beau et jeune instituteur français, Pierre, entrait dans sa vie et entreprenait de faire son éducation.

J'étais presque gênée d'être aussi investie dans cette petite histoire qui tournait seulement autour de quelques personnages et ne parlait ni de guerre, ni de justice sociale, ni de grands thèmes, mais seulement de vies individuelles. Cela n'empêchait pas que j'étais entièrement absorbée, et ravie de travailler aussi bien. Mes journées redevenaient bien remplies, intéressantes et prometteuses. L'armée de Hitler faisait encore des ravages en Europe et dans les eaux du Gulf Stream, invisible mais menaçante. Mes relations avec Ernest n'étaient ni calmes ni simples, mais j'étais heureuse, occupée, et je me sentais forte.

J'eus vite près d'une centaine de pages, et les phrases me venaient toutes seules, d'une source au-delà de toute pensée rationnelle, de l'endroit où vivait mon imagination, tel un rare dragon blanc. Je ne connaissais personne qui ressemblait à Liana, mais elle était bien réelle pour moi, et aussi terriblement tragique. Je l'aimais, j'étais touchée par sa vie, et je finis par trouver le courage de montrer ce que j'avais écrit à Ernest.

— C'est formidable, Lapin, dit-il quand il eut fini sa lecture.

— C'est vrai ? Tu aimes mon héroïne, alors ?

J'étais tellement soulagée que j'en aurais pleuré.

— Oui. Tu l'as très bien dépeinte. L'univers que tu as créé a de l'épaisseur, il vibre.

— Comme je suis contente que tu dises ça ! Je prends beaucoup de plaisir à écrire cette histoire, mais ce n'est pas un critère. On ne sait jamais très bien ce qu'on est en train de faire.

— C'est vrai, mais continue. Ne t'arrête pour rien au monde, insista-t-il. J'ai hâte de lire la suite quand je rentrerai, juste avant Noël. C'est toi l'écrivain de la famille, maintenant, Marty. Moi, je serai ton éditeur, et si tu ne veux pas, je serai toujours là pour t'encourager quoi qu'il arrive.

— Tu vas t'y remettre bientôt, lui dis-je. Il y a deux

écrivains dans cette famille, et il n'y a pas de raisons pour que ça change.

— Bien sûr, répondit-il d'une voix incertaine, une ombre passant dans son regard.

— Ne repars pas en mer, lançai-je, soudain effrayée par la fragilité de notre relation. Tu me manques terriblement, tu sais.

— Ah oui ? Je te manque ?

Il approcha de mon siège et me prit les deux mains pour me faire lever. Je retrouvai ma place dans ses bras, emboîtée, ma tête sous son menton, ses mains croisées au creux de mes reins. J'aurais voulu rester ainsi des années, exactement dans cette position.

— Ce qui me manque surtout, c'est nous deux. Cachons-nous ensemble ici. Tu te souviens qu'au début nous disions que c'était notre terrier, et que nous restions seuls ici tous les deux pendant des mois ?

— Je serai très vite rentré.

Je le sentis appuyer le menton dans mes cheveux, il me serra fort, puis il me relâcha.

62

Quand ils eurent traversé le détroit et qu'il vit l'îlot avec son sable blanc et ses bouquets de palmiers dattiers dans une anse où on pouvait haler le canot, il se dit que ce serait l'endroit idéal pour se fuir.

Les garçons ne se doutaient de rien. Il avait fait de son mieux pour leur cacher son inquiétude et la tension qui pesait comme du plomb sur sa poitrine, parce qu'il tenait à les préserver. Il vira sur tribord et coupa le moteur, laissant la Pilar *tourner doucement vers le banc de sable, ondulé et blanc, ressemblant à un corps sous les eaux claires. À une cuisse de femme nonchalamment découverte pendant son sommeil.*

Il dit aux garçons de prendre le canot et d'aller explorer la plage.

— Si vous trouvez des Boches, vous savez ce que vous avez à faire ! cria-t-il à Gigi, qui adorait ce jeu.

Ensuite, il descendit dans la cabine se servir à boire, et remonta, scrutant le large pour repérer les ombres des requins mako.

Tout avait une ombre. Les nuages qui marquaient de teintes foncées la surface de l'eau. Les longs traits argentés des orphies à contre-courant, et les thons qui passaient sous le bateau comme des monstres. Les mots aussi jetaient des ombres que l'on sentait bien avant qu'ils n'atteignent vos oreilles, l'amour aussi avait une ombre, et lui aussi.

Depuis qu'il était enfant, il connaissait des moments de dépression qui arrivaient sournoisement et l'empêchaient de respirer. Parfois, ces crises lui tombaient dessus si vite, et apparemment sans raison, qu'il en avait très peur. Il redoutait ce mécanisme intérieur qui transformait un sentiment qui pouvait se gérer en un autre, plus terrible, contre lequel il ne pouvait rien.

Ces derniers temps, il sentait de plus en plus souvent ces obscurs moments s'épaissir en lui, au risque de l'étouffer. Mais il ne cédait pas, il voulait tenir, et si possible éviter le pire. Un jour, en mai 1936, alors qu'il était seul en mer sur la Pilar *en route pour Key West, encore à des heures de La Havane, un vent violent s'était levé d'un coup et les vagues s'étaient creusées. Les déferlantes s'étaient abattues sur la proue, la submergeant, jetant sur lui une écume blanche atrocement froide, encore et encore.*

C'était une nuit qui avait levé l'ancre et s'était libérée du temps. Sa boussole avait perdu la tête. Il ne pouvait pas quitter l'arrière pour vérifier le niveau de carburant, ni voir combien d'eau il embarquait dans la cale. Il ne sut rien de sa position avant l'aube, qui arriva comme une patte grise, et il se sentit encore plus mal, car il voyait à présent exactement contre quoi il se battait avec son petit bateau.

L'aube s'était muée en un matin sale, dans le vent hurlant, avec des vagues hautes comme des murs de béton. Finalement, un peu après midi, il avait atteint le bord de la tempête et s'en était échappé. Il avait moins dévié de sa route qu'il ne l'avait cru, et avait bientôt été en vue du port de Key West. Il était exténué, vidé, mais fier aussi d'avoir triomphé de cette épreuve et ramené son bateau à bon port, et lui avec. Il s'en était sorti.

Parfois, quand elles arrivaient sur vous, les ombres elles-mêmes projetaient des ombres encore plus sombres. Oui, certaines tempêtes cachaient en elles d'autres tempêtes bien plus terribles. Mais même à cela on pouvait échapper pour arriver en vue d'une côte familière. On pouvait relever la tête et voir que, sans trop savoir comment, on avait retrouvé son chemin.

63

Décembre arriva : il s'était passé un an depuis l'attaque de Pearl Harbor. Les bombes, semblait-il, appelaient les bombes. Les États-Unis venaient de lancer un raid sur Naples. La RAF pilonnait les Pays-Bas. Les destroyers japonais avaient coulé le croiseur américain *Northampton* à Guadalcanal. Et l'horreur continuait ainsi, sans fin.

Les garçons étaient tous là pour Noël. Gigi venait de Key West, Patrick de sa nouvelle pension dans le Connecticut, et Bum de Dartmouth, où il s'était inscrit après avoir préféré quitter l'université du Montana. Il avait pensé que c'était l'endroit lui-même qui ne lui convenait pas, et non les matières enseignées, mais finalement il ne se plaisait pas non plus à Dartmouth.

— Tu crois que papa voudra bien que je vienne vivre ici un moment ? me demanda-t-il. Juste en attendant que j'y voies un peu plus clair et que je sache ce que j'ai envie de faire ?

— Reste tout le temps que tu voudras, chéri, peu importe ce que papa dira. Mais je t'en prie, promets-moi de retourner à l'université. Tu vas recevoir ton ordre de mobilisation si tu ne t'inscris pas.

— Je t'ai dit que je n'avais pas peur d'y aller,

affirma-t-il en redressant le menton, le regard clair et sincère. Ce serait même peut-être une bonne chose. Ça me donnerait de l'expérience.

— Quelle idée ! Tu es déjà parfait tel que tu es.

Et tu es vivant, me retins-je d'ajouter.

— J'ai des amis qui se sont engagés, et il paraît qu'ils se sont sentis soulagés. C'est mieux d'y aller que d'attendre que ça vous tombe sur la tête.

— N'en parlons plus, d'accord ? dis-je, tâchant de ne pas laisser mon inquiétude paraître, mais sans grand succès. Tu devrais t'installer dans la Petite Maison. Nous l'avons fait rénover, et elle est très agréable quand nous arrivons à empêcher les chats d'y aller.

Gigi entrait justement dans la pièce, portant la grosse chatte persane gris bleuté drapée sur ses épaules.

— Je crois que Princessa s'est blessée, annonça-t-il. Elle saigne.

Je frottai les poils rougis qu'il désignait sous le menton de la chatte.

— Du sang de rat. C'est notre meilleure chasseuse. En général, elle se nettoie mieux après.

L'inquiétude de Gigi s'était muée en un respect électrique qui me fit penser à la façon dont il regardait parfois son père. Son père, ce héros, cet aventurier intrépide qui partait en mer pour se battre contre les Boches, et s'attaquait à eux comme un chat saute sur les rats, sans peur et toujours vaillant.

C'était du moins le fantasme, la belle histoire qui nous était livrée. Mais j'étais persuadée que l'Opération Friendless cachait une réalité infiniment plus complexe. Soit Ernest se servait de ces missions pour éviter de faire face à ce qui le perturbait, soit il espérait tirer un livre de ses aventures, un peu comme il avait trouvé Robert Jordan en allant en Espagne. Mais l'Espagne avait été une expérience bien réelle, difficile, qui avait demandé un courage de tous les jours, et révélé de vrais héros. En revanche, au cours de l'année des patrouilles en mer, malgré les heures incalculables passées à parcourir la zone du Gulf Stream, il n'avait repéré qu'une seule fois un sous-marin – une masse noire au large de Mégano de Casiguas –, et encore, cela n'avait mené à rien.

Je m'inquiétais pour lui, et j'étais triste. Il n'avait pas l'air d'aller bien, et il buvait trop. Il avait toujours consommé beaucoup d'alcool, mais en suivant un code strict, à des heures régulières. Deux verres au déjeuner après une longue matinée de travail, puis deux ou trois pour accompagner le dîner. Maintenant, il n'avait plus l'ombre d'une retenue, et rien ne l'empêchait de se soûler toute la journée.

Les garçons aussi le remarquaient, et je les rassurais en leur disant que papa traversait une période difficile et qu'il irait bientôt beaucoup mieux. Y croyais-je seulement moi-même ? Pourquoi était-ce si difficile ?

Le soir de Noël, nous allâmes en ville dîner au Floridita. Ernest avait déjà pas mal bu depuis midi, et voilà que Constantino se mit à apporter à la chaîne des doubles daïquiris givrés à notre table. Je tentai d'accrocher son regard subrepticement pour le supplier de ralentir le rythme, mais il sembla ne rien remarquer. C'était l'allié d'Ernest, pas le mien.

Notre repas finit par arriver, et nous venions de commencer quand un homme approcha de notre table, un touriste, un Américain d'un État du Sud, reconnaissable à son accent et au chapeau qu'il tenait à la main. Il demanda à Ernest de lui signer un exemplaire de *Pour qui sonne le glas*.

Le regard alcoolisé d'Ernest passa sur lui.

— Elle, elle va le signer, dit-il en parlant de moi.

— Il plaisante, intervint prestement Gigi. Il va le faire avec plaisir.

L'homme eut un rire nerveux et tendit son stylo. Il prit la fuite dès qu'il eut son autographe, comme on pouvait s'y attendre. Une atmosphère lourde pesait sur la table. Drôle de Noël. Nous aurions dû faire un effort, si ce n'était pour nous, du moins pour les enfants. Ils étaient penchés sur leur assiette, jouant le jeu du repas de famille, alors qu'Ernest s'emparait d'un nouveau cocktail, le regard vitreux. C'était triste pour tout le monde.

— Tu ne crois pas que tu as assez bu ? demandai-je.

— Je me sens bien. Et toi ?

— Très mal. Je suis gênée.

— Dans ce cas, tu ferais peut-être bien de boire plus. Je t'aimerais peut-être mieux si tu t'y mettais.

Patrick releva les yeux pour rencontrer mon regard. Ayant peur qu'il veuille me défendre, je fis non de la tête et demandai d'un signe qu'on nous apporte l'addition, pressée d'en finir avec cette soirée.

Quand le serveur arriva, je dis à Ernest et aux garçons que j'allais régler la note, et que je les retrouverais dehors. Ils partirent chercher la voiture pendant que je sortais les billets de mon portefeuille. J'allumai une cigarette pour me calmer, soulagée de me retrouver seule un instant. Ma respiration s'apaisa peu à peu. Nous allions rentrer nous coucher, et une bonne nuit de sommeil dissiperait cette humeur étrange. Demain serait un autre jour. Un jour meilleur.

Quand je sortis dans la rue, même pas cinq minutes plus tard, ni Ernest ni les garçons n'étaient en vue. Je crus que nous nous étions mal compris, soit que je me sois mal exprimée, soit qu'ils aient mal entendu, et je partis à leur recherche. Je descendis la rue, regardant dans tous les bars et tous les cafés, me demandant où ils étaient passés. Arrivée à la rue suivante, je me mis à marcher un peu plus vite, puis je repartis à grands pas vers le Floridita, craignant qu'ils n'y soient retournés pour m'attendre. Mais ils n'y étaient pas. Quand la vérité se fit dans mon esprit, le choc me glaça. J'allais devoir rentrer par mes propres moyens. C'était ma punition. Ernest m'avait abandonnée.

Les garçons étaient dans tous leurs états le lendemain matin, mais pas autant que moi. Ernest n'était pas là, parti à l'ambassade des États-Unis pour faire son rapport mensuel.

— Ça va, Mart ? me demanda Patrick, l'air triste.

— Je suis de taille à me défendre contre papa, Mousie, ne t'en fais pas.

Il ne sembla pas y croire beaucoup, pas plus que moi d'ailleurs.

— Ça n'est pas juste, dit-il d'un ton grave.

— C'est vrai, répondis-je en posant les mains sur ses épaules, les larmes aux yeux. Ça n'est pas juste, mais les gens sont affreusement compliqués. Je ne sais pas comment mieux dire ça. Et parfois, ils se perdent un peu. Papa va nous revenir.

— Il ne revient pas toujours.

Un battement sourd monta dans ma poitrine. Il n'y avait pas si longtemps, il avait été témoin du conflit entre ses parents, une bataille longue et très publique. Il devait avoir peur que l'histoire se répète, justement au moment où il commençait à croire que la situation s'était apaisée et que la vie – notre vie – était assez stable pour lui redonner confiance.

— Tout va bien, Mouse. Ne t'inquiète pas, je t'en prie. Ça va s'arranger, tu vas voir.

Il avait quatorze ans, mais semblait porter le poids du monde sur ses épaules, et même s'il me laissa le prendre dans mes bras pour lui répéter que tout allait s'arranger, je sentis sa tension et ses doutes. Je ne lui disais pas tout. Je voulais croire qu'Ernest surmonterait sa part d'ombre et reviendrait vers moi, mais je n'étais pas sûre que notre vie puisse jamais redevenir aussi simple qu'avant. Le monde s'était compliqué. Le temps avait un autre rythme, un autre prix. Une page avait été tournée, et nous aussi, nous avions changé.

64

Pendant les quelques jours qui suivirent, Ernest et moi marchâmes sur des œufs, attentifs à ce que nos interactions restent brèves, légères et polies pour les garçons. C'était Noël, après tout, mais je ne pouvais m'empêcher de m'attrister que cela nous demande autant d'efforts. Il n'aurait pas dû être aussi difficile d'être gentil, surtout avec la personne qu'on était censé aimer le plus au monde.

Comme je l'avais dit à Patrick, les gens étaient compliqués, et l'amour aussi. Cela devenait de plus en plus compliqué, même. Je décidai d'aller à Saint Louis voir ma mère et trouver un peu de répit.

— Je n'en peux plus, lui dis-je à mon arrivée. J'ai envie de me cacher la tête sous les couvertures et de ne plus penser à rien pendant un moment.

— Bien sûr, chérie. Prends tout le temps que tu voudras. Mais je dois te dire qu'Ernest a appelé deux fois. Il n'a pas l'air d'aller très bien.

— Non, il ne va pas bien. Je ne comprends pas ce qui se passe. Ah, maman, si tu savais… Je ne sais pas ce qui nous arrive.

Je téléphonai à la Finca le lendemain, et Ernest

décrocha à la première sonnerie. La conversation ne fut pas longue. Les appels internationaux étaient terriblement chers à l'époque – et il n'y avait pas grand-chose à dire. Il regrettait, et je regrettais, et nous nous promîmes que tout irait mieux quand je rentrerais en janvier. En attendant, il allait passer un bon moment avec les garçons, et moi j'allais me reposer et travailler à mon roman, que j'avais pris dans mes bagages.

— C'est un très beau livre que tu es en train d'écrire, et toi aussi tu es belle. Tu es la femme la plus magnifique que j'aie jamais connue et je vais apprendre à t'aimer comme il faut. Je ne t'ai pas montré à quel point je tiens à toi. Je le comprends maintenant.

— Et moi non plus je ne t'ai pas aimé comme il faut, Lapin. Nous devons tous les deux faire des progrès. Il le faut.

Les longues sorties en mer avaient fatigué sa maîtresse, la *Pilar*. Il fallait changer un moteur et effectuer diverses réparations. Pendant qu'elle était en cale sèche, Ernest retomba dans mes bras, mais malheureusement, toute bonne chose ayant sa contrepartie, son équipage suivit dans son sillage, ainsi que toutes sortes d'amis de La Havane qui devaient se passer de sa compagnie depuis des mois. La maison était pleine à craquer, et on y faisait la fête à toute heure.

Un soir, un visiteur rentra dans un mur d'angle de la maison avec sa voiture et s'effondra, inanimé, sur le klaxon. J'accourus en robe de chambre, le croyant mort, mais il était seulement complètement soûl. Il n'y avait personne pour l'aider, tout le monde étant parti en ville pour boire un dernier verre.

— Je ne peux pas travailler dans ces conditions, dis-je à Ernest à son retour.

— Tu devrais peut-être descendre en ville. À l'Ambos par exemple. Je vais m'arranger pour qu'ils te donnent la meilleure chambre.

— Je ne veux pas vivre à l'hôtel. Je suis chez moi, ici. Mais pourquoi est-ce qu'on ne peut pas vivre comme avant – dans le calme ? Rien que nous deux. Je voudrais qu'on retrouve ça.

— Tu te fais du mal en regrettant le passé, dit-il, n'appréciant pas cette nostalgie plaintive. Notre vie est comme ça, maintenant. Tu es avec moi ou tu ne l'es pas ?

Il y avait un défi dans sa voix et son attitude. Il se demandait si j'allais repartir – mais je ne le voulais pas. J'étais trop près de finir *Liana*, et je ne voulais perdre mon élan pour rien au monde, ni pour personne.

Je m'enfermai dans mon bureau, retroussai mes manches et donnai un dernier coup de collier pour terminer mon roman. Pas de voyages, pas d'articles, pas de déjeuners en ville, aucune distraction d'aucune sorte. Il n'y avait que Liana et son univers, et un sentiment vertigineux qui me rendait heureuse, et me faisait peur, et m'exaspérait ; c'était exactement comme d'être amoureuse. Trois semaines plus tard, le 27 juin, j'écrivis le mot *Fin*, et le contemplai un long moment, incrédule, frissonnante de joie, étonnée, soulagée. J'avais réussi à écrire mon livre. J'y avais mis tout ce que j'avais en moi. Quoi qu'il arrive, j'avais pris tous les risques sans transiger sur un seul mot.

— Tu crois qu'il est bon ? demandai-je à Friendless.

La chatte était installée sur un des nombreux livres étalés autour de moi et me regardait avec ses yeux verts étranges et extraordinaires.

Le regard des chats semble souvent vous retourner vos propres questions, et les yeux sérieux de Friendless eurent cet effet sur moi. Une interrogation tranquille : *Tu crois qu'il est bon ?*

— Mon Dieu… J'espère que oui. Je l'espère plus que tout au monde.

Je redressai la pile de pages et y appuyai le front un moment, éprouvant le besoin de rendre grâce, comme le font souvent les auteurs, pour ce don qui leur vient autant de l'intérieur que de l'extérieur. Puis je traversai la maison obscure pour aller à la piscine, me débarrassai de mes vêtements sur le bord, plongeai dans l'eau, glissai sous la surface fraîche et m'enfonçai en battant des pieds, des bulles s'échappant de ma bouche. Une autre forme de prière.

65

Je redoutais depuis longtemps que Bumby soit appelé sous les drapeaux, pourtant ce ne fut pas ce qui arriva. Il s'engagea, ce qui me brisa le cœur, et celui de sa mère, très certainement. Ernest affirmait qu'il n'avait pas peur pour Bum, et qu'il était fier de lui, mais cela me semblait impossible, alors qu'il pouvait être tué en une seconde, et son courage avec lui, et sa belle âme.

— Essaie de ne pas trop t'en faire, me dit Ernest. Il ne peut rien lui arriver à Fort Riley, et peut-être qu'au moment où il partira le pire sera déjà passé.

— J'espère aussi, tellement !

J'écrivis à Bum dans son centre d'entraînement du Kansas pour lui dire que je lui envoyais deux anges gardiens, un pour chacune de ses épaules. Il ne les sentirait peut-être pas, car c'étaient des anges au pied léger, mais ils seraient toujours avec lui et le feraient revenir sain et sauf. Et quand il rentrerait, nous nous promènerions sous les arbres fruitiers de la Finca et parlerions de tout ensemble, comme nous l'avions toujours fait, parce qu'il n'y avait rien de meilleur que de parler à un ami auquel on tient.

Je postai la lettre, puis, pour m'empêcher de trop penser, j'entrepris de préparer la maison, et moi-même, en prévision de l'anniversaire d'Ernest, qui allait fêter ses quarante-quatre ans. J'avais laissé mes cheveux à l'abandon et mon corps aussi. Je me remis à surveiller mon poids, et me fis bronzer de la tête aux pieds, m'enduisant généreusement de lotions, de crèmes et d'onguents.

Ce fut au beau milieu de ces activités que je reçus un coup de fil de Charles Colebaugh, de *Collier's*. Les Alliés avaient bombardé Rome et espéraient la reddition de l'Italie. On murmurait aussi que nous allions bientôt débarquer en France.

J'étais intriguée et j'avais des quantités de questions.

— Je croyais que la présence des femmes était interdite sur le front.

— Oui, et c'est toujours le cas. Vous n'auriez pas d'accréditation de l'armée. Mais si vous allez d'abord en Angleterre, puis que vous arrivez à entrer en Italie par la France, nous savons que vous nous rapporterez de bons reportages. Comme toujours. Nous sommes prêts à vous donner trois mois de défraiement.

Après avoir raccroché, je restai un long moment à contempler le téléphone, très touchée par la confiance qu'il me témoignait. Cette guerre était le conflit le plus terrible que le monde ait jamais connu, et personne ne savait si nous allions nous en sortir. Le premier réflexe était de vouloir rester près des siens en espérant que cela finisse vite. Mais j'avais l'occasion de faire quelque chose. Je pouvais informer les gens. *Collier's* était maintenant diffusé à dix millions d'exemplaires, et tous ces lecteurs verraient ce que j'avais vu si je trouvais le courage de plonger dans la mêlée. On m'offrait une chance unique. Comment aurais-je pu y résister ?

Quand Ernest rentra enfin, il avait une barbe noire de charbon et le nez qui pelait, brûlé de coups de soleil. Je le pris dans mes bras et l'embrassai plus de dix fois, puis je l'emmenai au lit. Pendant deux jours pleins, nous ne quittâmes la chambre que pour plonger dans la piscine, et ne sortîmes de la piscine que pour retrouver les chaises longues. Nous vivions en peignoir, propres comme des sous neufs, purifiés par le soleil, et sans une goutte d'alcool dans le sang. Les chats se prélassaient à nos côtés, longs et nonchalants. Boise et son ronronnement muet. Friendless sur le dos, agitant la queue.

— Si seulement cela pouvait toujours être aussi tranquille, dis-je.

— Oui, on est vraiment bien, là.

Les arbres en contre-jour donnaient l'impression d'un décor découpé dans du papier. Ils semblaient avoir été patiemment détourés et appuyés très minutieusement sur le ciel. Je les regardai longuement, pensive. L'idée de partir à la guerre me plairait-elle autant si je ne savais pas qu'Ernest m'attendrait à la Finca ? Et serais-je aussi satisfaite de mon sort si je ne pouvais pas partir de temps en temps pour faire mon travail ? Je ne me posai pas longtemps la question. La réponse était évidente. Je ne voulais rien perdre, mais je ne savais pas comment m'y prendre pour aller de l'avant sans tout risquer.

— Je ne veux surtout pas que le mariage nous enchaîne et nous empêche d'être nous-mêmes, hasardai-je.

— D'accord…

J'entendis la prudence dans sa voix. Il sentait

probablement mon dilemme, même si je n'avais pas l'intention de tout lui expliquer.

— Et donc, reprit-il, tu voudrais quoi ?

— Au lieu de ne rien entreprendre et de ne prendre aucun risque, tu veux dire ?

— Oui.

— Ce serait bien de se donner assez d'espace pour être libres et indépendants, comme nous le sommes naturellement, et de pouvoir vraiment se parler. C'est ce qui me manque quand tu n'es pas là. Tu as toujours été mon interlocuteur préféré.

— C'est agréable à entendre.

— C'est vrai. C'est bien, Lapin, mais il y a aussi d'autres aspects de ma personnalité que j'aimerais bien concilier avec le reste, sauf que je ne suis pas toujours sûre que ça soit possible. Je veux pouvoir me passionner pour tout, me nourrir l'esprit en voyageant. Je préfère vivre dangereusement, sur le fil, autrement je me perds en route et j'oublie qui je suis.

Il m'avait contemplée avec sérieux pendant que je m'expliquais. Sa réaction me surprit :

— C'est pour ça que tu as toujours refusé d'avoir un enfant, dit-il, tristement mais sans reproche ni rancœur.

— J'adore les enfants. J'aime énormément les tiens. Je ne sais pas. Peut-être que nous aurions dû en faire un il y a très longtemps, quand nous nous sommes mariés ou même avant. Il me semble que l'occasion est passée maintenant.

— Oui, j'ai l'impression, moi aussi. Mais c'est tellement injuste, quand on y pense. Si les hommes ont envie d'un enfant, ils n'ont pas leur mot à dire. C'est la femme qui décide. Et si c'est non, eh bien, il faut s'y faire.

Il s'exprimait d'un ton si égal, si détaché, que je trouvai cela encore plus désolant.

— Pardon, dis-je, faute de trouver mieux, avant d'ajouter la seule chose qui me semblait absolument vraie : Je t'aime.

Pour l'anniversaire d'Ernest, nous avions acheté un cochon à un fermier du voisinage et le fîmes cuire à la broche pour recevoir tous nos amis, avec assez d'alcool pour abreuver trois fois plus d'invités. La maison et le jardin étaient plus beaux que jamais, tout se passa très bien, et le repas fut délicieux. Ernest prit plusieurs fois la parole pour un discours, Gregorio, son second, récita un extrait de poème qui prit tout le monde par surprise, les joueurs de pelote chantèrent et jouèrent leur belle musique, et tout le monde but un peu trop, puis beaucoup trop, puis encore plus.

Ce ne fut pas l'ivresse générale qui me déprima et me donna l'impression d'être un peu à l'écart. Ce ne fut pas non plus parce que les Basques firent une bataille de table avec les couverts en argent et du pain. Ni même parce que le tumulte général m'empêchait de penser. Non, ce fut une chanson qui m'acheva. Ma préférée, la première chanson basque que j'avais apprise, celle qui parlait de l'homme malheureux à cause de sa femme oiseau.

« Elle s'envole à la lune, disaient les paroles, et emporte mon cœur avec elle. » La chanson m'avait toujours semblé mélancolique et un peu sentimentale dans son interprétation des dures lois de l'amour. Mais en entendant Felix chanter sa complainte ce soir-là de sa voix haute et claire, j'entendis autre chose. La chanson en disait tout aussi long sur la femme, compris-je, que sur l'homme. Si elle prenait son envol, ce n'était pas qu'elle voulait faire du mal à son amant, ou qu'elle ne l'aimait pas, ou qu'elle en aimait un autre, mais seulement parce qu'il y avait un oiseau en elle qui avait besoin de sa liberté. Une aspiration si profondément ancrée qu'elle était une partie d'elle-même.

J'essayai d'intercepter le regard d'Ernest quand la chanson prit fin. Il fallait lui parler de mon voyage en Europe tout de suite – maintenant ! – avant de perdre courage, et profiter de ce que la sagesse lumineuse de ce message limpide et beau m'habitait encore. *Écoute*, avais-je envie de dire, *quand tu es tombé amoureux de moi, tu devais aussi être amoureux de mes ailes. Aime-les encore. Aime-moi. Aime-moi, et laisse-moi m'envoler.*

66

Je n'avais pas vu Londres depuis cinq ans, et fus sidérée de voir la ville aussi changée. Plus d'un million de maisons avaient été détruites ou endommagées pendant le Blitz, et la disparition des monuments touchés par les bombardements rendait le paysage urbain méconnaissable. Peut-être ne le retrouverait-on jamais. Dans la rue, pratiquement tout le monde portait un uniforme. Les infirmières circulaient par deux, leur cape en laine laissant paraître leur doublure vermillon au gré de leurs pas. Les bérets des jeunes parachutistes britanniques étaient d'un rouge encore plus intense. Bien rasés, beaux garçons, ils se distinguaient de la masse des GI américains qui attendaient leurs ordres pour un débarquement ne devant sûrement pas avoir lieu avant plusieurs mois. Ce n'était qu'une rumeur, un espoir, un rêve – l'offensive qui changerait l'issue de la guerre. L'attente semblait longue.

Je pris une chambre au Dorchester, qui me rappela tant ma chambre en Espagne que je m'y sentis aussitôt chez moi – mêmes rideaux de cretonne passée, mêmes chaises tapissées, mêmes radiateurs gargouillants et minuscule lavabo. Ginny Cowles était descendue au même hôtel, où se retrouvaient bon nombre de correspondants de guerre que j'avais connus à Madrid et revus plus tard en Tchécoslovaquie et en Finlande. Leur présence me réconfortait et me donnait de la force – comme si nous appartenions tous encore à une sorte de club, ou à une même famille. Ils m'avaient tous énormément manqué.

Je sais que tu ne comprends pas pourquoi j'ai voulu venir ici, écrivis-je à Ernest, *mais je t'en prie ne me lâche pas. Tu comptes plus que tout pour moi. N'en doute jamais, ni que je t'aime.*

M'aimer depuis Londres, ça n'est pas le cas de figure le plus satisfaisant au monde, répondit-il. *Rentre vite, Lapin. Je sais que je ne l'ai pas beaucoup montré récemment, mais j'admire ton courage et ton intelligence et ton grand cœur plus que tout, et je t'en prie, sois prudente là-bas parce que je ne supporterais pas qu'il t'arrive quoi que ce soit et je ne sais pas comment je ferais pour tenir le coup sans toi. La vie sans toi, comprends-moi, ça n'est plus une vie du tout. Je sens déjà la tristesse et la solitude qui me rattrapent, et je me demande comment je vais me débrouiller pendant toutes ces semaines. Les cotsies se sont réunis en conseil des sages parce qu'ils sont inquiets pour moi. Ils t'embrassent et disent comme moi : rentre.*

Je lus et relus cette lettre jusqu'à la savoir par cœur. La tendresse que j'y lisais me fendait l'âme, tout comme de le savoir seul avec les chats, se sentant perdu sans moi. Il s'efforçait de me laisser ma liberté. Je le voyais se débattre, et j'aurais voulu pouvoir franchir les mers pour le prendre dans mes bras et lui dire que, pour moi aussi, la vie sans lui, ce n'était pas une vie. Pas une vie du tout.

La distance rendrait peut-être nos sentiments plus clairs. C'était du moins ce que j'espérais en attendant mon insigne de correspondant de guerre et mon premier sujet de reportage. Quand tout cela fut réglé, je me rendis à l'aérodrome de Woodhall Spa, dans la campagne du Lincolnshire. Sur ce terrain, les Lancaster britanniques, qui étaient les plus gros bombardiers de la guerre, décollaient et atterrissaient par dizaines, si bien qu'à certains moments les vibrations donnaient l'impression de devenir un peu fou ou qu'on allait éclater en mille morceaux. Les formations partaient, noires et vrombissantes, et revenaient une fois leur cargaison larguée, tandis que je prenais des quantités de notes sur la base aérienne. Il y avait un petit hôtel où les pilotes attendaient de partir en mission. Ils buvaient des litres de thé au lait en lisant des livres de poche, enveloppés dans d'épais cardigans et en chaussons, près d'un poêle à bois fumant. J'eus envie de parler de ces hommes qui semblaient si ordinaires, assis au chaud, prenant leur mal en patience jusqu'au signal du départ. Quand l'heure arrivait, ils passaient leur combinaison et montaient dans ces terribles et énormes oiseaux qui apportaient la mort toutes ailes déployées.

Je commençai à écrire l'histoire de ces garçons, « les gars des bombardiers », comme je les appelais, sur le chemin du retour pour Londres, mais ne pus terminer à cause d'un méchant rhume que j'attrapai en chemin et qui devint une grippe, laquelle se compliqua d'une gastro-entérite. Ma fièvre ne baissait pas, je ne pouvais rien avaler, et j'étais malade comme un chien. Pire que tout, je ne recevais plus de lettres d'Ernest.

Je savais qu'il n'était pas en mer avec son équipage car on avait provisoirement mis un terme à ses missions. Son silence m'alarmait d'autant plus qu'il m'avait envoyé ce mot si tendre la semaine précédente. Restait-il enfermé seul à la maison, submergé par sa dépression, ou sortait-il noyer sa peine au Floridita ou au Frontón ? S'était-il tant éloigné de moi que je ne pourrais plus jamais l'atteindre ? Cela me rendait folle, et je me sentais impuissante. Je savais que ma si longue absence le perturbait, mais comment juger de son état sans voir ses yeux, sans lui parler ? Je ne pouvais pas le ramener vers moi et lui dire combien il comptait, et que j'étais à lui pour toujours, où que je sois et où que mes voyages m'emportent. Je ne pouvais rien faire, sauf m'inquiéter, du fond de mon lit, la tête dans du coton, en attendant de ses nouvelles. Et en espérant qu'elles seraient bonnes, et que nous allions nous retrouver.

67

Il avait trouvé une méthode qui l'aidait à se sentir moins mal : il fallait se rendre complètement immobile, d'abord physiquement, puis mentalement. S'il s'allongeait en ne bougeant plus suffisamment longtemps, il arrivait parfois à se laisser tomber loin, très loin, jusqu'à une poche de calme qui se trouvait quelque part en lui. Elle était toujours là, cette zone paisible, mais il ne parvenait pas toujours à l'atteindre.

Le revêtement de sol qu'ils avaient choisi pour la maison était un tressage de fibres végétales bien adapté au climat, et, comme il s'avéra, agréable pour les chats et pour lui aussi. Il y avait des meubles partout dans la pièce, des sièges confortables qu'il aurait pu choisir, mais il ne se sentit vraiment bien nulle part avant de se coucher par terre, jambes contre le fauteuil, la lampe tirée de façon à placer son doux éclairage juste à côté de son épaule. La natte était dure, mais cela ne le gênait pas. Il étendit dessus une couverture comme en camping, puis il prit un coussin du canapé et fut satisfait de son installation.

Friendless arriva bientôt de son pas ondulant, et s'installa contre lui à droite, à la hauteur de la taille, sous le bras qu'il soulevait pour tenir son journal dans le cercle de lumière. Boise choisit bien sûr la meilleure place, sur sa poitrine, où il se roula en boule, masse chaude et calme qui apportait toujours une sensation d'amour à Ernest. Si la rapidité était la caractéristique des poissons, celle des chats était l'immobilité. C'était leur don, et on apprenait beaucoup en les observant quand ils entraient dans cet état. On réglait sa respiration sur la leur, et on avait l'impression de détenir un grand et très rare secret.

Il n'avait pas toujours bien compris la beauté des chats. Il ne s'était pas toujours bien compris lui-même non plus. Dans sa jeunesse, il lui avait souvent semblé que n'importe quoi pourrait le détruire. Il ressentait tout trop fort. C'était ça l'ennui. Il remarquait trop de choses dans les yeux des gens, au point qu'un repas de famille pouvait lui mettre les tripes à l'air. Ses parents avaient vite compris sa vraie nature parce qu'il n'avait pas encore appris à la cacher, mais ils avaient été incapables de l'aider. Personne n'y pouvait rien car c'était à lui d'apprendre à cautériser cette plaie ultra-sensible, une opération quasi chirurgicale qui le soulageait. Il lui avait fallu du temps pour apprendre à le faire, et beaucoup de concentration.

C'était après la lettre d'Agnès qu'il y était parvenu pour la première fois et qu'il avait compris qu'il pourrait compter sur cette méthode pour surmonter ses peines. Dans cette lettre, elle lui annonçait que tout était fini et qu'elle avait eu tort de le laisser se faire des idées. Ils avaient eu le projet de se marier, et il l'avait crue. Il avait parlé d'elle à ses amis et à sa mère, et l'idée qu'il allait falloir expliquer qu'ils s'étaient trompés, ou pire, avait été insupportable. Il avait cru impossible d'y survivre, mais il y était parvenu. Plus tard, il avait compris qu'on pouvait avoir beaucoup plus à perdre et aimer encore plus profondément. Là, on était laminé, détruit. On ne comprenait plus rien à la vie. Quand on aimait deux femmes à la fois, avec la peur panique de les perdre toutes les deux et de se retrouver sans l'une ni l'autre. Ou quand l'on n'aimait qu'une seule femme mais beaucoup trop, et qu'on ne savait plus très bien qui on était quand elle n'était plus là. C'était là qu'on avait besoin de recourir à tous les trucs qu'on avait mis au point pour s'en sortir.

Dehors, le vent se levait. Un vent d'ouest qu'il voyait sans avoir besoin d'aller à la fenêtre, son souffle dans les arbres, qui agitait les branches. Sur le chemin qui menait à la maison, et au fond, derrière la piscine, là où poussait une jungle épaisse, tout devait bouger, se mouvoir d'avant en arrière comme une eau noire. Mais rien ne dérangeait Boise, qui suivait son propre rythme. Si le chat sentait le vent, il ne le montrait pas. Il se contentait d'être encore plus lui-même, de peser plus lourd, comme s'il s'enfonçait plus profondément dans ses os. Comme s'il s'abandonnait aux choses telles qu'elles étaient vraiment. Ernest se concentra sur ces sensations et fit les ajustements nécessaires pour se mettre au diapason. Il régla sa respiration sur celle du chat, la ralentit, sentant sa poitrine et son ventre monter et descendre sous l'animal. Il s'alourdit, pesant de plus en plus sur la couverture et le revêtement de sol, sur tout ce qui était sous lui et autour de lui.

Il prit son verre et garda le whisky dans sa bouche un long moment, appréciant la bonne brûlure de l'alcool. Puis, quand il eut atteint un état vraiment très paisible, très tranquille, il conclut la manœuvre. Il se laissa pénétrer et traverser par la chaleur et la gravité du corps du chat. Alors seulement, il se sentit suffisamment fort et suffisamment calme pour s'autoriser à penser que Marty était vraiment partie. Il ne la récupérerait pas parce qu'il l'avait rejetée. Quelque chose s'était brisé entre eux, ou peut-être était-ce lui qui avait tout cassé.

Il la fit disparaître de sa tête, et jusqu'en bas, au centre de lui-même, pour voir s'il arrivait à le supporter. Elle n'était pas en voyage, se dit-il. Elle ne travaillait pas, n'était pas en reportage et n'allait pas revenir le retrouver. Elle ne prenait pas des convois militaires pour se déplacer, elle ne recueillait pas de témoignages. Elle n'était pas dans son hôtel, endormie sur le côté comme un enfant. Non, elle était partie, rayée de la carte pour de bon. Ce n'était pas sa femme, parce qu'il n'avait pas de femme.

À cette dernière pensée, il s'arrêta et ne fit plus rien d'autre que s'écouter respirer sous le poids du chat. Son cœur battait toujours. Le sol était encore là, sous la couverture, sous son dos. Boise ouvrit ses yeux d'or, les referma puis les rouvrit, ses paupières internes rapides comme un salut métallique et étrange qui lui donnait sa bénédiction.

— Si seulement tu aimais le whisky, dit-il au chat, tout irait vraiment bien.

Le chat ne bougea pas d'un millimètre, sphinx immobile sur sa poitrine. La nuit allait être très longue, songea-t-il. Il ferma les yeux et perçut la présence de la maison autour de lui et de lui-même entre ses murs. Les éléments déchaînés formaient un halo autour de la maison, et le ciel formait à son tour un halo autour des éléments, et l'océan le cernait et s'étendait vers l'horizon, vers l'est et l'Angleterre, là où elle était, bien qu'elle ne soit plus non plus nulle part. Il sentait son absence en lui, même à l'endroit qu'il avait voulu tuer. Il sentait ce vide se répandre en lui comme son propre sang. Alors oui, bon Dieu, la nuit allait être longue.

68

Parce que j'étais une femme, j'étais tenue à l'écart du théâtre des opérations en Europe, mais il y avait des gens intéressants partout loin du front, et j'en interrogeai autant que je pus. Dans les gares et les cantonnements, dans les boutiques et les pubs et les mess, je les regardais dans les yeux et leur posais des questions, puis je notais ce qu'ils me répondaient et ce que je ressentais en les écoutant. Le soir, je veillais tard à la lumière de ma lampe de chevet, ou parfois je me promenais dans les rues de Londres obscurcies par le black-out, et réfléchissais à ce que j'avais vu et entendu, tournant tout cela dans ma tête pour me construire peu à peu une image de cette guerre. J'avais toujours éprouvé le besoin de voir les choses directement. C'était ce que je faisais, en essayant de rester concentrée sur chaque jour, chaque rencontre, et de ne pas me laisser démoraliser par mes problèmes de couple.

J'écrivis beaucoup d'articles, très vite, la plupart concernant des gens ordinaires, car c'étaient les sujets qui m'avaient toujours le plus intéressée. Je les côtoyais et les observais jusqu'à ce que j'aie repéré ce qu'il y avait d'original dans leur histoire, ce qui était vrai, et qui valait la peine d'être transmis.

Le récit le plus dur à entendre fut peut-être celui d'un réfugié polonais qui venait d'échapper à la mort en réussissant à fuir son village. Les Allemands avaient envoyé la plupart des hommes au Service du travail obligatoire, et pris des femmes et des jeunes filles pour les bordels du front de l'Est. D'autres femmes avaient été mises au travail, à d'autres encore on avait ordonné de creuser une fosse où elles avaient dû descendre et dans laquelle on les avait abattues sans autre forme de procès. Certains Polonais devenaient domestiques ou serfs dans les fermes qui leur avaient été volées. La plupart des juifs étaient tués sur place, dès qu'on les trouvait.

J'observais cet homme pendant qu'il me parlait. Il était maigre comme un clou, avait le teint jaune, de profonds cernes cireux sous les yeux. Il ne devait pas avoir plus de quarante ans, et avait vu des choses que personne n'aurait jamais dû voir, quel que soit son âge.

— Ils sont en train de tuer des millions de juifs, dit-il.

J'entendis ce qu'il me disait. Ces mots résonnèrent dans ma tête comme on frappe sur une enclume, mais je ne parvins pas à les comprendre dans toute leur réalité. C'était un chiffre trop énorme, trop affreux. Une somme de souffrances presque inimaginable.

— Combien ont trouvé le moyen de s'échapper comme vous ?

Il haussa les épaules.

— On le saura peut-être un jour, mais très peu. Dans mon village, tous ceux qui donnaient même un bout de pain à un juif étaient fusillés sur-le-champ.

Son visage se décomposa encore quand il me raconta

que ses parents avaient été envoyés dans un camp de travail.

— Je ne peux pas croire qu'ils sont encore en vie. Je ne sais pas ce qu'est devenue ma fille. Elle a quatorze ans.

J'aurais voulu dire quelque chose, mais n'y parvins pas. J'avais envie de lui toucher la main, de prier, de pleurer pour tout ce qu'on lui avait volé, mais cela ne servait à rien, ce n'était pas assez. Pour finir, je le remerciai pour son honnêteté et lui dis combien je trouvais notre rencontre importante, que maintenant les lecteurs de mon journal aux États-Unis sauraient exactement quels actes abominables étaient perpétrés, dans son pays et ailleurs. Puis je le regardai s'éloigner, encore sous le choc.

Un autre Polonais me parla du ghetto de Varsovie, un quartier entouré d'un mur de trois mètres de haut et gardé par des hommes en armes. Près de cinq cent mille personnes y avaient été enfermées, et ces gens mouraient de faim, du typhus, et subissaient les caprices des nazis, qui assassinaient les gens au hasard dans les rues dès que l'envie les en prenait. Il avait pu se sauver en sautant du train qui l'emmenait dans un camp de travail en Prusse. De retour à Varsovie, il avait changé d'apparence, de nom, et acheté des faux papiers. L'homme qu'il avait été était mort. Il n'oserait pas entrer en contact avec les membres de sa famille avant la fin de la guerre.

J'avais envie de lui dire que la guerre allait finir très vite, mais je n'y croyais pas, et d'ailleurs, même si elle se terminait tout de suite, à cette minute même, il serait déjà beaucoup trop tard pour les juifs. Quand on apprenait la vérité, on avait l'impression d'avaler du poison. Mes futurs articles feraient passer ce venin sur les lèvres des lecteurs comme un baiser de la mort – c'était pour cette raison que j'étais là et non chez moi, et pour cela aussi qu'Ernest aurait dû m'accompagner. Mais il ne le pouvait pas, songeai-je avec une tristesse toute particulière. Il avait perdu une chose qui lui était absolument essentielle, et avait laissé la peur l'envahir. Peut-être que l'écriture du livre de sa vie lui avait trop apporté, et qu'il ne voulait plus prendre de risques. Ou c'était l'âge : il avait atteint le milieu de sa vie et cela lui pesait. Ou peut-être était-ce parce que Bum allait bientôt être envoyé en France, et qu'il refusait toujours de regarder cette réalité en face. Quelle qu'en soit la raison, je me rendais compte qu'à présent la guerre le terrorisait, ainsi que l'idée de mourir. Il avait peur de moi, de lui. De tout.

Je lui écrivis de nouveau, du fond du cœur, lui disant combien j'avais besoin qu'il me rejoigne, pour moi et pour tous les lecteurs, à qui il devait transmettre la vérité comme lui seul savait l'écrire.

Sa réponse n'aurait pas pu être plus claire. Il disait que j'étais peut-être exactement là où j'en avais envie, comme c'était généralement le cas, mais qu'il ne pouvait pas venir. Son travail de guerre à Cuba était trop important pour qu'il abandonne son poste. Il allait continuer à faire ce qu'il faisait parce que c'était son devoir. En attendant, il se sentait seul – terriblement, horriblement, abjectement seul, *comme quelqu'un à qui on a arraché le cœur.* Il terminait non pas en m'embrassant mais en écrivant *au revoir*, ajoutant que peut-être il me verrait bientôt, et peut-être pas.

J'étais partie depuis quatre mois, ce qui n'était encore jamais arrivé. Une trop longue absence, sans doute. Sa solitude avait tourné et ranci. Il était trop amer maintenant, et ne ferait pas un pas vers moi, parce qu'il ne le voulait ou ne le pouvait pas. Nous étions dans une terrible impasse, et il m'arrachait le cœur, lui aussi. Je ne savais ni que penser ni que faire. Alors je relus sa lettre, la tenant à bout de bras pour l'éloigner de moi, avec ses mots destinés à me faire du mal, et qui avaient déjà réussi leur œuvre.

69

À la fin janvier 1944, j'avais terminé et envoyé six des sept articles que j'avais promis à *Collier's*. Le journal était satisfait de mon travail, et me le faisait savoir. Une photo de moi fut même publiée à côté d'un court article intitulé *Notre envoyée spéciale chez les correspondantes de guerre*. Je sortais du lot, m'approchant « de près de l'idée hollywoodienne de ce qu'une grande femme reporter devrait être ». Je me moquais bien de Hollywood, qui n'avait rien à voir là-dedans, mais j'étais heureuse d'avoir de fidèles lecteurs qui avaient envie de connaître ma vision des choses, et reconnaissaient mon style quand un article leur tombait sous les yeux, un immense progrès par rapport à mes débuts.

Je décidai de partir pour l'Italie, où les Alliés se heurtaient depuis des mois à une brutale défense allemande devant la ville de Cassino. Ginny Cowles y était déjà et m'avait écrit pour me raconter qu'elle était tombée sur Herb Matthews et qu'ils m'attendaient avec une bouteille de whisky géante.

Je fus heureuse à l'idée de revoir Matthews et de retrouver notre vieille complicité. Alors que je me préparais à quitter Londres pour aller le rejoindre, je reçus une enveloppe du service de presse de mon éditeur, contenant des critiques sur *Liana* qui venait de sortir aux États-Unis. Seule l'une d'entre elles était méprisante, me désignant comme la femme de Hemingway, et ne disant rien d'intéressant sur le livre. Les autres mentionnaient mon propre nom et me couvraient de louanges. J'avais atteint la maturité artistique, disait l'une. Une autre trouvait que je caractérisais mes personnages – surtout les femmes – avec plus de délicatesse et de retenue que mon bien plus célèbre mari. L'effet incroyable que me fit cette remarque fut suivi par une lettre de Max m'apprenant que Scribner était très satisfait du chiffre des premières ventes. La première impression de vingt-sept mille exemplaires était déjà épuisée et le livre était entré dans les principales listes de best-sellers.

J'étais aux anges – vraiment –, mais ces bonnes nouvelles semblaient concerner une autre Martha Gellhorn. Moi, je bouclais un petit sac pour filer à Alger, d'où je devais m'envoler pour Naples. Là, je me joignis à un long convoi de camions et de jeeps, de chars et d'ambulances qui se rendaient au front en file indienne, roulant dans une boue épaisse et collante. Il pleuvait depuis des semaines, si bien que tout était mouillé et glissant et brunâtre. Les petits villages que nous traversions au pas étaient en ruine, détruits par de lourds tirs de mortier. Les ponts avaient sauté, les fermes avaient été pillées, et nous croisions des familles de déplacés qui descendaient vers le sud tandis que nous montions vers le nord et les Allemands.

Devant nous, il y avait les montagnes que les Français tenaient au prix de leur vie, et celles qu'ils s'acharnaient à reprendre, centimètre par centimètre. Là-bas, me répétais-je, j'allais revoir Matthews et Ginny, qui me gardaient une place dans Dieu sait quelle tente terreuse du bord de route, chauffant le whisky entre leurs mains, prêts à rire avec moi et à me régaler de leurs meilleures histoires.

Le convoi avançait sur la route détrempée, dépassait camps et champs de mines, alors que le bruit des tirs d'armes légères et de mortier se faisait de plus en plus puissant. J'avais les muscles des épaules tétanisés. Malgré ma peur, j'étais pleine d'admiration pour les soldats français qui tenaient bon et se battaient pied à pied pour rentrer chez eux – car s'ils arrivaient à percer les lignes allemandes, ils pourraient remonter en France par l'Italie.

À notre arrivée à Sant'Elia, à sept kilomètres du front de Cassino, j'appris qu'une ambulance stationnée au bord de la rivière venait d'être touchée par un obus, juste en aval du village. La femme qui en était le chauffeur avait été tuée, et son corps transporté à l'hôpital de campagne. Elle était allongée sur un lit de camp sous la tente, tenant entre ses mains quelques fleurs placées là par une de ses amies – l'une des autres ambulancières françaises venues la voir sur son lit de mort avant de retourner à leurs véhicules pour reprendre leur dangereuse mission dans la boue et sous le sifflement des obus, le visage de leur compagne encore imprimé dans leurs pensées. Elle avait des traits d'une grande beauté, des cheveux couleur de blé mûr, et elle était partie pour de bon. Elle ne dormait pas.

J'observai les médecins et les brancardiers qui

faisaient leur travail dans le froid, ne disposant que de matériel improvisé, tandis que, dans un coin, un transistor jouait un swing entraînant émis par une station de radio suisse. Voyant que l'afflux de blessés se tarissait, le chirurgien m'invita dans ses quartiers, au fond de la cave d'un immeuble voisin. Sur le sol de terre battue, on avait couché en guise de plancher quelques vieilles portes en bois récupérées ici et là dans les décombres. Elles étaient humides et froides, mais pas autant que le sol brut. Ce fut donc perchés sur les matelas qu'elles supportaient que nous nous assîmes près d'un poêle à charbon avec son chiche feu de boulets, le bruit des souris dans les murs en fond sonore.

Le chirurgien m'offrit un peu de cognac italien qu'il avait mis de côté, à l'arôme de pêche caramélisée et de lilas, qui fit couler un feu ardent sur ma langue. Je le bus avec plaisir et portai un toast silencieux à Matthews, perdu quelque part dans la région, et à Ernest aussi – regrettant de tout mon cœur que nous ne soyons pas tous les trois réunis ici, sur ces portes humides, dans cette gadoue, sous le feu des mortiers, avec Tommy Dorsey et la mort omniprésente. Si nous avions pu nous soutenir mutuellement, nous aurions pu tout supporter, vraiment tout. Rien ne m'avait jamais semblé plus juste que d'être là, et Ernest aurait gardé l'expérience en mémoire, il l'aurait assimilée, et elle aurait peut-être contribué à le sauver. Seulement, pour cela, il aurait fallu que j'arrive à le faire venir.

Avant de partir pour l'Italie, j'avais reçu une lettre de Bumby qu'on m'avait fait suivre. Il avait été envoyé en Algérie, affecté à la police militaire et chargé d'une unité spéciale. Il allait bien, m'assurait-il, mais n'était pas encore monté au front et s'impatientait.

DIEU MERCI, répondis-je par retour télégraphique, MEILLEURE NOUVELLE DE L'ANNÉE. IMPATIENTE-TOI : QUELLE CHANCE.

Il me disait qu'il allait bientôt avoir une permission, qu'il passerait à Alger, et je m'arrangeai donc pour m'arrêter là-bas sur le chemin du retour vers Londres. Même si je ne devais le voir qu'un seul soir, cela en valait largement la peine. Et je ne me trompais pas.

Dès mon arrivée à Alger, je réussis à nous faire inviter tous les deux à dîner chez Victor Rothschild. Il venait d'être décoré de la Médaille de George pour avoir désamorcé avec bravoure des bombes pendant le Blitz. Plus tard, il y eut une polémique autour de ses activités, d'aucuns disant qu'il avait travaillé pour les Soviétiques et livré des secrets britanniques, mais il était à cette époque un hôte au-dessus de tout soupçon, et très couru. Il raconta ses aventures à haut risque entre le canard au sang et le plum pudding, devant un Bumby fasciné qui buvait ses paroles.

— Ne t'avise pas de faire comme lui, recommandai-je. Papa et moi, nous tenons à te récupérer entier.

— Je l'écoute, c'est tout, répondit-il avec un clin d'œil. Ça n'est pas un crime.

Il semblait avoir vieilli de deux ans depuis la dernière fois que je l'avais vu, à Noël. La sévérité de l'uniforme, sa nuque rasée et aussi son expression le vieillissaient. Il ne voulait plus de son poste protégé, mais se gardait bien de me le dire.

Après le dîner, je le suivis alors qu'il approchait de

Victor, qui, perché sur un coin de table avec un gros cigare et un Pimm's Cup dans un grand verre à portée de main, parlait de parachutages avec Randolph Churchill, fils du Premier ministre britannique. Randolph venait d'échapper de peu à la capture, et probablement à la mort, après un saut en parachute en Yougoslavie. À l'entendre, il avait simplement vécu une aventure extraordinaire et avait hâte de repartir.

Randolph était un aussi beau garçon que Victor, si ce n'est plus. Ils auraient tous les deux pu devenir des vedettes de cinéma, même sans l'influence de leurs illustres familles. Et maintenant, il était clair qu'il n'y aurait plus moyen de persuader Bum de rester dans sa planque. Il passa toute la soirée à questionner les deux hommes, hochant la tête comme je l'avais vu faire quand Ernest lui apprenait l'art de tirer le gibier au vol ou de pêcher à la mouche. Il ne rêvait pas seulement d'accomplir des exploits : il consignait des informations essentielles dans sa mémoire.

— Je devrais t'emmener à Londres dans mes valises pour te garder bien au chaud.

— Tu voudrais que je me fasse fusiller pour désertion ? demanda-t-il, comme toujours souriant et patient avec moi.

— Simple détail. D'ailleurs, s'il s'agissait de t'arracher à un peloton d'exécution, papa viendrait peut-être à la rescousse.

— Tu t'inquiètes pour lui.

— Presque en permanence. C'est bête, non ? Je t'assure que je me ferais moins de souci s'il voulait se faire parachuter en Yougoslavie avec toi. Au moins, ce serait un comportement normal pour lui. Pardon, ajoutai-je, sentant les émotions me submerger. Je ne devrais pas te parler comme ça.

— Ne t'en fais pas. Je sais que ça n'a pas été facile, ces derniers temps.

— Tu ferais quoi à ma place ? Dis-moi.

— L'enfermer dans un grand sac pour le traîner jusqu'ici ? Sauf qu'il n'est pas du genre à se laisser faire, ajouta-t-il avec un petit haussement d'épaules faussement désinvolte.

— Je vais peut-être essayer quand même…

Je l'attirai à moi pour le serrer fort et longtemps dans mes bras, sans pouvoir le lâcher.

70

Bumby avait beau bien connaître le tempérament de son père, j'étais trop inquiète, le mois de mars venu, pour ne pas aller retrouver Ernest. Nous n'avions jamais été séparés aussi longtemps : cinq mois – deux fois plus que ma plus longue absence –, et j'arrivai dans une Finca méconnaissable. Des bouteilles d'alcool vides traînaient partout et les chats avaient pris possession de la Petite Maison, marquant leur territoire à qui mieux mieux. J'en découvris neuf ou dix que je ne reconnaissais pas. C'est aussi l'impression que me fit l'homme que je retrouvai, qui avait le visage d'Ernest, mais dont l'humeur était si noire que j'eus presque peur d'en approcher.

— Tu as oublié quelque chose ? me demanda-t-il froidement, mes bagages à peine posés.

— Ne me punis pas, Lapin, je t'en prie. Tu m'as horriblement manqué.

Il se contenta de hausser les épaules, et m'annonça qu'on avait mis un terme définitif à l'Opération Friendless. La responsabilité du contre-espionnage en Amérique du Sud avait été récemment transférée au FBI, qui, après avoir examiné ses activités, avait déclaré que c'était du « travail d'amateur ». Il fit la grimace en répétant l'expression.

— Je suis désolée, lui dis-je.

— Tu parles ! Deux ans de patrouilles incessantes et même pas un merci. Si c'est pas des bons et loyaux services, je voudrais bien savoir ce que c'est !

Le dépit et la rancœur brillaient dans ses yeux et donnaient un pli amer à sa bouche.

Il me sembla soudain avoir beaucoup vieilli. Il avait des rides autour des yeux, un regard terne, sans feu. Ses joues commençaient à s'affaisser et je vis à la lumière qu'il y avait des fils blancs dans sa barbe. Dès que je me mis à lui parler de l'Europe, du débarquement en France qui se préparait, bref de l'avenir, il eut un mouvement de recul, se ramassa et passa à l'attaque.

Il tenait absolument à me mettre le nez dans tout ce que j'avais fait de travers, tout ce qui avait pu lui déplaire. Il me débita la liste exhaustive de ce qu'il avait dû endurer par ma faute pour se plier à mes désirs : la Chine et l'Arizona, la Finlande et les Caraïbes, toutes les semaines et les mois qu'il avait dû passer seul alors qu'il m'avait dit combien il en souffrait. J'avais castré les chats, et maintenant c'était lui que je voulais émasculer, comme toutes les autres femmes. Il ragea en disant que j'étais une enfant gâtée, dépensière, ambitieuse. Mon ambition – cela semblait être mon plus grand crime.

Au début, je ne voulus pas répondre à la provocation. Je répétai que je l'aimais et que je tenais à prendre en compte nos intérêts à tous deux. Et puis ce fut trop : ses critiques me firent sortir de mes gonds.

— Tu m'accuses de quoi, en fin de compte ? lançai-je à mon tour. D'avoir continué à travailler et d'être allée sur le terrain là où il y a la guerre alors que toi tu ne faisais rien ? Comment se fait-il qu'un homme ait le droit de penser à sa carrière sans qu'on lui demande de rendre des comptes, alors qu'une femme qui ne laisse pas tout tomber pour rester chez elle est considérée comme une égoïste ?

— Ah ça oui, tu es bien égoïste ! jeta-t-il en se contentant de balayer la question au passage. D'un égoïsme sans fond ! Tu cours au-devant du danger, et s'il n'y en a pas, tu vas le chercher. C'est comme une maladie, ce besoin d'aventure et de difficultés ! J'aurais dû le comprendre tout de suite, mais j'ai dû être aveuglé par tes jambes. Tu m'as bien piégé, reconnais-le.

— Comment ça, je t'ai piégé ?

— On pourrait très bien voir ça de cette façon, c'est sûr.

Il ne lui suffisait plus d'interpréter à sa manière ce qui nous arrivait, il lui fallait aussi réinventer le passé. C'était triste et cela me rendait malade. Et il n'en avait pas fini :

— Je n'ai plus de femme ! vociféra-t-il. J'ai épousé une femme, et maintenant, me voilà coincé avec une autre.

— Coincé ? Eh bien, qu'attends-tu pour tout casser ? Ça ne serait pas la première fois. C'est ce que tu fais maintenant, d'ailleurs. Ose prétendre le contraire.

— J'essaie seulement de me défendre.

Et la bataille continua. Tout y passa : son alcoolisme – car il buvait de plus en plus et ne pouvait plus s'arrêter –, ses vantardises, son besoin de contrôler tout et tout le monde. Sans oublier la maison, l'argent, le travail, tout ce qui pouvait être saisi entre nos crocs et se faire déchiqueter avec des grondements. Autrefois, cela aurait pu nous faire du bien de nous disputer, mais cette fois je me sentais dépassée, mise en pièces, et j'avais peur. Nous commencions à nous éloigner depuis longtemps, mais le processus avait été si lent que j'avais pu me le cacher. J'avais soudain l'impression que le glacier de notre malaise, sur lequel nous vivions depuis des années, avait explosé. Ce n'était plus de la glace, c'était du feu.

Et quand je pensais aux garçons – Mouse, Gigi et Bum – que je risquais de perdre, cela me faisait si mal que c'en était presque insupportable.

— Je voudrais pouvoir m'effondrer, lui dis-je un soir, juste une semaine après mon retour. Ce serait peut-être plus facile. Est-ce que ça n'est pas pire quand on arrive à marcher, à respirer, à écrire des lettres, à aller au marché et à faire tout ce qu'on fait normalement, alors qu'on se sent tellement mal ?

— C'est de l'autopréservation, chérie.

— Alors je ne suis pas préservationniste. Ça ne m'intéresse pas. Je veux être honnête.

— Reprends un whisky.

— J'en ai déjà trop bu. Je ne sens plus mes doigts.

— Alors, c'est que ça marche.

Je ne savais plus ni que penser ni que faire. Ma seule idée fut de repartir pour l'Europe. J'appelai Charles Colebaugh et lui dis que j'étais prête à terminer le travail que j'avais commencé, mais au lieu de rencontrer l'enthousiasme habituel je perçus une étrange tension au bout du fil.

— Ernest va écrire pour nous. Il a appelé l'autre jour. Je pensais que vous étiez au courant.

— Pardon ?

Ma surprise était telle que j'en perdis la voix. J'avais une boule dans la gorge de la taille d'un étourneau. Finalement, j'arrivai à dire :

— Il ne m'en a pas parlé.

— Nous ne pouvons avoir qu'un seul correspondant officiel là-bas. Je suis désolé.

— Vingt-six articles, Charles. Vous avez publié vingt-six de mes articles depuis la guerre d'Espagne, et vous m'écartez pour me remplacer par mon propre mari ?

— Vous comprenez sûrement la difficulté. Je dois penser à notre tirage. Et n'oubliez pas que c'est lui qui est venu me trouver. Excusez-moi, Marty, mais ce n'est peut-être pas avec moi que vous devriez discuter de tout ça.

La communication terminée, je restai un long moment le combiné à la main, tâchant de faire taire le vrombissement qui emplissait mes oreilles. Si on m'avait demandé quelques années, ou même seulement quelques mois plus tôt, si je croyais Ernest capable d'une chose pareille, j'aurais éclaté de rire. Il m'aimait et m'admirait trop pour chercher à me couler. Mais c'était sa vengeance. D'après lui, c'était moi la traîtresse. Je l'avais abandonné pour faire mon travail et pour satisfaire mes besoins, et maintenant, c'était à moi de souffrir comme il avait souffert.

C'était insupportable de penser à tout ce que cela voulait dire et à la difficulté que nous aurions désormais à redevenir alliés. Je le reconnaissais à peine. Ses démons avaient repris possession de lui, et j'avais l'impression qu'il ne me reconnaissait pas non plus. Je ne voyais plus aucun amour en lui, et cela me désespérait.

Il n'aurait pas non plus pu choisir pire moment. Le débarquement allié pouvait avoir lieu à tout instant. Je m'y préparais depuis le mois d'octobre, recherchant toutes les informations qui me seraient utiles et élaborant des stratégies pour couvrir l'événement le moment venu, car je voulais que ma voix se mêle à toutes celles qui allaient rendre compte de l'événement le plus important de l'histoire de la guerre. Or, maintenant, je n'avais plus de statut officiel, et aucune garantie que ce que j'écrirais serait publié. J'avais l'impression d'être retombée à mes débuts, d'être redevenue la jeune novice sur le chemin de l'Espagne.

Pour la première fois depuis des années, mes souvenirs de ce temps-là ne m'apportaient plus aucun réconfort.

Quand je voulus discuter avec Ernest, il fronça les sourcils, mâchoire crispée, regard froid comme la pierre.

— Tu insistes pour que j'y aille depuis un an. Tu n'as pas arrêté de me tanner. Tu ne peux t'en prendre qu'à toi-même si j'ai fini par me décider.

— Tu aurais pu aller trouver n'importe quel magazine au monde, et il a fallu que tu prennes le mien, fis-je, les joues en feu. Je n'aurais jamais cru que tu puisses être aussi répugnant.

— Eh bien, avec un peu de chance je sauterai sur une mine. Ça te plairait, j'en suis sûr !

— Tu n'as aucun sentiment pour moi, alors ? demandai-je à un visage qui resta fermé.

Quand je pris le couloir pour aller me coucher, je titubais. Je tendis le bras pour toucher le mur du bout des doigts, ayant l'impression de m'être égarée dans le noir. J'étais si complètement perdue que cela tiendrait du miracle si j'arrivais à me retrouver.

71

Ernest partit presque aussitôt pour New York. Il avait trouvé un hydravion pour Shannon, d'où il s'envolerait pour Londres. Au départ, je crus qu'il lui resterait une parcelle de civilité et qu'il essaierait de me trouver une place dans le même avion que lui. Mes frais n'étaient plus remboursés, personne ne me finançait, et j'avais déjà dépensé l'avance versée par Scribner pour *Liana*. Il affirma que c'était impossible. Il s'agissait d'un appareil de la RAF, et les femmes étaient expressément interdites dans les avions militaires anglais.

Je fis marcher toutes mes relations pour trouver un moyen de transport vers l'Europe, et c'est ainsi que j'appris que Bumby avait demandé son transfert à l'OSS, le Bureau des services stratégiques, et l'avait obtenu. Quasiment à l'instant où il avait signé l'habilitation de sécurité et achevé son entraînement, il s'était porté volontaire pour être parachuté derrière les lignes ennemies en France occupée. Il n'avait jamais sauté de sa vie, mais cette envie ne lui était pas venue par hasard. Terrifiée pour lui, je me sentais très coupable de lui avoir présenté Rothschild et Churchill un soir à Alger.

J'interrogeai mes contacts pour obtenir plus d'informations, mais j'appris juste qu'il avait mis une canne à pêche dans son paquetage, jurant à son commandant que c'était une antenne radio. J'espérais de tout mon cœur qu'il ne lui arriverait rien, et regrettais désespérément de ne pas pouvoir être avec Ernest, l'Ernest d'autrefois. C'était dans de tels moments qu'on avait besoin d'amour et de soutien. Comment, autrement, allions-nous supporter notre inquiétude ?

Quand une possibilité de passage s'ouvrit enfin à moi, je faillis ne pas y croire. C'était un bateau de transport norvégien adapté pour l'acheminement de deux tonnes et demie de « Ducks » : des véhicules blindés amphibies destinés au Débarquement – ainsi que de grandes quantités de dynamite. J'étais la seule passagère. Il n'y avait pas de canots de sauvetage, pas une seule goutte d'alcool à bord car la boisson était interdite, et je n'étais pas autorisée à fumer sur le pont. La traversée devait prendre vingt jours, ce qui me laisserait amplement le temps de faire le point sur ce qui m'était arrivé et sur ce qui m'attendait.

J'étais poursuivie par mes regrets. Je pensais à Ernest pratiquement non-stop et j'avais l'impression que mon cœur m'avait été arraché. Je restais de longs moments allongée sur mon étroite couchette, le regard dans le vide. Je faisais aussi des va-et-vient entre les énormes Ducks pour me fatiguer. Quand la nuit arrivait enfin, je dormais d'un sommeil de plomb.

Nous naviguâmes pendant des jours dans un brouillard à couper au couteau. Je m'accrochais au bastingage, ne rêvant que de fumer une cigarette pour me calmer, environnée d'une atmosphère blanche et épaisse comme du ciment. Dans cette purée de pois, le cargo faisait sonner sa corne de brume à tout bout de champ pour annoncer sa présence. Chaque fois, je sursautais, sentant la réverbération se propager dans mon corps, faire vibrer l'échelle de ma colonne vertébrale, les échelons de mes côtes. L'avenir me paraissait semblable à cette brume impénétrable, ou comme un long mur d'ombres. J'étais moi-même une ombre, et je n'arrivais pas à savoir ce qui nous attendait, et s'il y avait le moindre moyen de ressouder notre lien. La tâche semblait démesurée, et je ne voyais pas d'espoir – un luxe qui n'appartenait qu'aux gens assez solides pour en soutenir le poids.

Le jour venait sûrement après la nuit, mais on s'en rendait à peine compte. Le soleil se levait et se couchait derrière un lourd rideau. Puis un jour, enfin, alors que nous approchions des côtes anglaises, le brouillard se dissipa. Je m'éveillai un matin et vis qu'il faisait jour. Un vent froid soufflait sur le pont. Il transperçait mon caban de laine et me griffait le visage, mais cela faisait du bien. Je restai là à regarder la mer, frigorifiée, parce que cette sensation pure et intense me permettait enfin de respirer. Au loin, j'aperçus des icebergs. Je ne distinguai d'abord que des traces blanches informes, comme des taches de soleil. Puis, alors que nous approchions, elles se précisèrent et devinrent plus identifiables, ressemblant à des architectures, ou à des sculptures, cristallines, lumineuses et solitaires. L'un de ces icebergs avait l'aspect d'une lampe d'Aladin, incurvé et remontant haut en spirale, comme incrusté de diamants. Un autre était une montagne, un autre semblait avoir des ailes de pigeon blanc ou de colombe, irradiant une lumière scintillante d'une beauté à couper le souffle. Je ne me faisais aucune illusion. Vraiment aucune, mais dans cet exquis moment glacé je ne pus m'empêcher d'espérer.

72

À peine arrivée à Londres, je tombai sur deux correspondants de guerre qui me donnèrent des nouvelles d'Ernest. Deux jours plus tôt, il avait eu un accident de voiture après une soirée à Belgrave Square. Le chauffeur, ivre, avait percuté une citerne à eau. Projeté contre le pare-brise, Ernest avait été blessé à la tête et aux genoux. Il avait été transporté à l'hôpital, souffrant d'un traumatisme crânien.

Je filai sans attendre à la recherche du service dans lequel il était soigné. Malgré l'état lamentable de nos relations, j'avais besoin de le voir. Et si j'allais le perdre maintenant après tout ce que nous avions traversé ? Nous avions été très bêtes de nous rejeter alors que seul l'amour avait un sens dans cette guerre des mondes.

Je trouvai sa chambre, prête à dire ou à faire n'importe quoi, mais j'eus le plus grand mal à entrer. Je débarquais en plein cocktail. Des chaises avaient été apportées pour ses amis, qui prenaient leurs aises en plaisantant et racontant des anecdotes. Une douzaine ou plus de bouteilles de whisky vides dépassaient de sous le lit d'Ernest, dans lequel il était joyeusement assis. Il ne sembla pas du tout surpris de me voir. Mis à part un énorme bandage immaculé qui ressemblait au turban d'un pacha, il m'avait l'air d'aller on ne peut mieux.

En un instant mon état d'esprit changea.

— On m'avait dit que tu étais blessé.

— Eh bien, bonjour d'abord, ma femme. J'ai cinquante-sept points de suture, si tu veux savoir. Mais tu t'en moques bien, évidemment.

Il avait lancé cela bien fort, comme si toutes les personnes présentes étaient au courant de l'état de nos relations. Bien sûr que tout le monde savait. Il leur avait rapporté la sordide histoire dans les moindres détails.

— On t'autorise à boire avec un traumatisme crânien ? Le médecin est au courant ?

— Qui m'a fourni les bouteilles, à ton avis ?

Malgré ma colère, je m'approchai du lit.

— Tu sais que Bum est en France ?

— J'ai reçu une lettre hier. Il paraît que la pêche est bonne.

J'en perdis la voix, sidérée. Sa suffisance, ses courtisans, cette légèreté, comme si nous ne nous étions pas dit des horreurs. C'était trop.

— Qu'est-ce qui nous arrive ? Renvoie tous ces gens, tu veux ? Il faut qu'on parle.

Il m'ignora et se lança dans une salve d'accusations :

— J'aurais pu mourir dans cet accident de voiture, et toi, tu n'as aucune tendresse, aucune compassion. Comme d'habitude, tu ne penses qu'à toi.

— Je suis là.

Mais je me rendis compte qu'il ne comprenait pas. Il ne me voyait même pas. À ma place, il n'y avait que de la déception, le mal que nous nous étions fait, les reproches que nous nous jetions à la tête depuis des mois. Seules des ruines nous entouraient, et s'il restait un moyen de ranimer notre relation, j'ignorais lequel. Je ne trouvais plus rien à dire, pas plus de mots d'amour que de mots de colère.

Je fermai fort les yeux, puis tournai les talons sans dire au revoir et partis. Le couloir mal éclairé était occupé par des infirmières et des soldats en uniforme. Les salles pleines de blessés sentaient l'éther et le camphre et la mort. Me ressaisissant, je ralentis, et essayai de respirer normalement, mais rien ne me semblait réel. Ni mon corps dans le couloir. Ni la scène que je laissais derrière moi. Ni la vie qui m'attendait.

Je ne sais comment je rentrai au Dorchester. Je ne me souviens pas du trajet, seulement qu'en arrivant j'avais une puissante envie de dormir.

— Ah, madame Hemingway, dit le concierge en ouvrant mon passeport. Heureux de vous revoir. La chambre de votre mari est au deuxième étage. Je vous donne la chambre communicante ?

J'étais dans un tel état de faiblesse que je sentis mes jambes se dérober sous moi. Ainsi, nous en étions là. Aussi loin de nos débuts à l'hôtel Florida que l'espoir était distant du désespoir. L'amour de la haine. Je me raccrochai au comptoir, concentrée sur mes mains pour trouver la force de rester debout.

— Non, je vous remercie, dis-je sans me soucier des larmes qui montaient ni de mon expression trop transparente. Mettez-moi s'il vous plaît au dernier étage. Le plus loin possible.

73

Ernest disait toujours qu'il y avait un temps pour tout. Un temps pour aimer et être aimé. Pour travailler et pour se reposer le corps et l'esprit. Pour rêver et pour douter, pour avoir peur et pour prendre son envol. Quelle était cette saison, alors, si ce n'était celle du désastre ? De la déroute ? Depuis sept ans, Ernest habitait mon cœur et toutes mes pensées, il imprégnait jusqu'à la plus infime de mes cellules. Désormais, j'allais devoir vivre sans lui. Comment faire ? Où apprenait-on à sortir saine et sauve de ce genre d'amputation, en restant la même ?

Les Alliés se préparaient depuis plusieurs années au débarquement en France. L'opération Overlord. D Day. En Angleterre, plus de deux millions et demi de soldats attendaient que soit lancée l'attaque-surprise par la mer. Des centaines et des centaines de journalistes et de photographes de presse étaient dans les starting-blocks, en farouche concurrence pour être les premiers. J'avais entendu dire qu'Ernest allait traverser la Manche à bord du *Dorothea L. Dix*, mais les places étaient limitées à bord des navires de transport de troupes et de matériels, et il était hors de question d'emmener des reporters de seconde zone comme moi dépourvus d'accréditation. Je dus rester à Londres avec les autres correspondants malheureux, n'ayant plus qu'à attendre la nouvelle que le Débarquement avait commencé.

Nous avions attendu ce moment si longtemps que nous n'osions plus ni respirer, ni bouger, ni nourrir trop d'espoirs. Nous avions tous assisté à la présentation à la presse, et nous connaissions donc le déroulé de l'opération à la seconde près. Nous étions là, tous ensemble, l'œil sur l'horloge, conscients que rien ne serait plus pareil après le lancement de l'offensive, et que romanciers et historiens raconteraient encore ces événements pendant un ou deux siècles. Et nous vivions cet incroyable moment.

On se serait attendu à une forme d'explosion, à entendre un grand cri s'échapper des entrailles d'un monde déchiré. Mais il ne régnait qu'un étrange silence. Ne sachant que faire de ma peau, j'arpentai Londres dans le froid ce matin-là. C'était une journée pluvieuse et maussade, et une brume tenace pénétrait dans les poumons et jusqu'à la moelle des os. Au-dessus de ma tête passaient les gros Lancaster noirs britanniques, les bombardiers qui volaient vers la Normandie dans un vacarme assourdissant. La tension était grande, et je trouvais très difficile d'être tenue à l'écart des opérations pendant ces heures décisives. Je ne pouvais pas rester à ne rien faire : il fallait au moins que je tente ma chance. J'avais besoin d'être au cœur de l'action pour récolter le matériau nécessaire au reportage auquel je pensais depuis des mois. Si le papier était bon, il faudrait bien que *Collier's* le publie, raisonnais-je. Et même si le magazine le rejetait, je me devais de ne pas abandonner. Que me restait-il d'autre ?

J'allai à la gare et réussis à rejoindre Douvres espérant trouver un bateau, n'importe lequel, qui me prendrait à son bord. Le port était plongé dans l'obscurité et je me fis l'impression d'être une voleuse. Je n'avais pas de sauf-conduit. Alors que je passais les embarcations en revue, un policier militaire me demanda mes papiers. Je brandis mon badge de *Collier's*, trop vite pour qu'il ait le temps de voir que la date avait expiré, et désignai le bateau le plus proche, un navire-hôpital reconnaissable à sa coque blanche marquée d'énormes croix rouge sang.

— Je dois interviewer les infirmières pour mon magazine, lui dis-je, le mensonge jaillissant tout seul.

Sans paraître le moins du monde étonné, il me fit signe de passer.

— Bien, allez-y,

N'en revenant pas que ce soit aussi facile, je me retins de rire et me dépêchai de monter à bord. Il était près de vingt-deux heures et le navire était silencieux. Bien consciente que si je me faisais prendre je serais reconduite à terre et que je risquais gros, je trouvai des toilettes et m'y enfermai, déterminée à me faire emmener clandestinement. Je n'en revenais pas de mon audace. Je ne voulus penser à rien, ni à ce qui pourrait arriver, ni à ce que je dirais si j'étais découverte. Je me contentai de m'asseoir par terre en me faisant toute petite, jambes ramenées contre moi, et pris ma flasque de whisky dans ma besace. Dieu merci, j'en avais sur moi. Peu après, j'entendis le grincement mécanique du grand bâtiment qui se mettait en branle :

on levait l'ancre. J'eus peur, alors. Je bus plusieurs grandes gorgées dans le noir jusqu'à n'en plus pouvoir, en me demandant ce qui allait se passer. Serais-je surprise et renvoyée en Angleterre ? Le navire serait-il pris pour cible et coulé ? Reverrais-je jamais Ernest, et la Finca, où il faisait si bon vivre ? Pourrais-je écrire aux garçons pour leur expliquer la situation, et aurais-je même l'occasion de les revoir, ou allait-il falloir que je continue seule mon chemin sans attaches, comme si ces années et tout cet amour n'avaient pas existé ?

Je dormis par terre cette nuit-là, mon bras me servant d'oreiller. À l'aube, le mal de mer me donna le courage de sortir de ma petite prison. Sur le pont, personne ne me posa la moindre question. Il se passait trop de choses. Nous avions traversé la Manche et évité ses mines, et étions arrêtés devant les hautes falaises jaunes couronnées de vert de Normandie, entourés de plus de bateaux que je n'en avais jamais vu, une armada inconcevable. Des milliers et des milliers d'embarcations, d'énormes destroyers, des navires de transport de troupes et des cuirassés. Des vedettes, des barges en béton et des Ducks transportaient les soldats sur les plages, où régnait le plus complet désordre. Une fois sur le sable, les hommes devaient franchir deux cents mètres ou davantage à découvert avant d'arriver aux falaises. Le ciel était couvert de gros nuages gris que traversaient des milliers d'avions.

C'était une scène unique, incroyable.

Il s'avéra que le bâtiment sur lequel j'avais embarqué clandestinement était le premier navire-hôpital à arriver. On nous apporta des blessés presque aussitôt, et je me rendis compte qu'on se moquait bien de savoir pourquoi j'étais là : on avait besoin de moi. Chaque paire de mains comptait. Je devins brancardière, pourvoyeuse de pansements. J'allumais les cigarettes, préparais les lits, versais le café, portais les messages des uns aux autres. Ils furent tous formidables avec moi mais je ne pris pas le temps de les admirer car il y avait trop à faire.

Tard ce soir-là, les mains et les pieds meurtris, je montai dans une péniche-ambulance avec quelques médecins et brancardiers, et nous fonçâmes dans les vagues entre les mines flottantes, éclairés par le faisceau intermittent d'un projecteur. Je devais apprendre un peu plus tard que nous avions débarqué dans le secteur américain d'Omaha Beach, mais, en cet instant, il n'y avait que l'horreur et le chaos. Nous heurtions des membres sectionnés et les cadavres gonflés des noyés. Les tirs d'artillerie déchiraient l'air de toutes parts. Des avions vrombissaient au-dessus de nos têtes, si proches que les vibrations résonnaient dans mon crâne, mais sans que nous ayons le temps de nous demander à quel camp ils appartenaient.

Il fallait sauter dans une eau glaciale à une certaine distance du bord pour rejoindre la plage. Les vagues m'arrivaient à la taille et tiraient sur mes vêtements. J'avançais en trébuchant, glacée jusqu'aux os, ne pouvant en aucun cas me permettre de tomber. Je tenais fermement mon extrémité du brancard, sans dévier des voies délimitées par les cordes blanches qui marquaient les passages déminés.

Ces cordes et leur fonction donnaient froid dans le dos, mais tout était terrifiant. Le bruit des tirs était assourdissant. Des fusées éclairantes sifflaient et explosaient, aveuglantes, baignant de leur lumière rouge des scènes qui devaient rester à jamais gravées en moi. Des grappes de soldats terrifiés courant à la mort. Des corps déchiquetés. Des yeux remplis d'une souffrance animale. Des mains agrippant désespérément ma jambe de pantalon.

Des obus s'écrasaient en haut de la falaise sur les positions allemandes. Il y avait des cages pour les prisonniers de guerre, et, là aussi, des visages hagards. Nous ramassions tout le monde, même les Allemands, et les rassemblions sur la plage pour le triage. Ils étaient jeunes, ils avaient peur, ils avaient froid et ils avaient mal, et peu importait par qui ils avaient été blessés, ni qui ils étaient.

Tout cela me nouait les tripes, et je continuai ainsi pendant des heures. Des pansements trempés de sang, des claquements de fusées qui jaillissaient comme des soies rouges au-dessus de la plage, des chars, des corps. Des soldats, encore des soldats. Des hommes aux visages d'enfants. Des enfants qui déversaient leur vie dans les flots, et les flots qui absorbaient leur sang, reculaient, se rassemblaient, et revenaient s'écraser sans répit sur le sable.

Avec l'épuisement, le sentiment d'impuissance allant croissant et les nerfs à vif, je confondais les visages. C'était peut-être une illusion, mais sur l'estran, émergeant de la fumée, parmi les cris, je reconnus, dans les traits d'un soldat mort, le Français qui m'avait montré un brin de mimosa il y avait si longtemps à Madrid. Et là-bas, un peu plus haut, l'homme qui tombait à genoux, c'était Laurent Gardet, le vigneron à l'étui de Gauloises bleues. Le soldat de Belchite qui avait évoqué Saint Louis avec moi était dans le bateau de transport, le cou enveloppé de gaze rougie, tandis que le pilote russe de la prison de Viipuri, qui avait pleuré en parlant de sa femme et de sa fille, lui étreignait la main. Ils étaient tous là, et cela ne m'étonnait même pas – je ne me demandais pas non plus en me penchant sur les blessés pourquoi chacun d'eux prenait le visage du garçon de la place Santo Domingo. Et chaque fois, j'avais envie d'éclater en sanglots en lui criant que je l'aimais, et qu'il fallait qu'il me pardonne. Je voulais lui dire qu'il était en moi depuis des années. Et qu'il ne me quitterait jamais.

Ce fut la nuit la plus étrange et la plus longue de ma vie. Plus tard, j'appris qu'il y avait eu cent mille hommes sur cette plage et une seule femme, moi. Je fus aussi le premier journaliste, les deux sexes confondus, à mettre le pied sur les plages du Débarquement et à envoyer des dépêches. Ernest avait été obligé de rester à bord de son bateau au large, comme tant d'autres – mais ce genre de petites rivalités semblaient mesquines, bien futiles à l'aune des événements qui m'avaient conduite en ces lieux. Ma vie était un champ de ruines – comment voir cela autrement –, et même si j'arrivais à m'en remettre, ce qui n'était pas sûr du tout, je n'étais pas au bout de mes peines, loin de là.

Et pourtant, personne ne pouvait me retirer ce que j'avais vu, ni l'importance de ma présence, ni mes mains et mon âme à vif, devant les flots agités et sous le ciel crépitant.

Je croisai le regard de l'homme étendu sur le brancard alors que nous le chargions dans la vedette-ambulance.

— Vous êtes drôlement jolie pour une infirmière, dit-il. Vous êtes peut-être un ange.

— Aussi bizarre que ça puisse paraître, je suis journaliste et écrivain.

— C'est vrai ?

— Oui, absolument.

— Vous allez parler de moi, alors ?

Cette pensée me rendit soudain plus forte. Son histoire serait la mienne, et la mienne serait la sienne. Nous nous souviendrions l'un et l'autre de ce moment grâce à cette rencontre. Nous étions liés, et grâce à ce lien nous n'étions pas perdus. Nous n'étions pas seuls.

— Oui, lui dis-je. Je parlerai de vous.

Puis nous le posâmes sur le pont et je lui tins la main alors que nous repartions, fendant les flots, vague après vague, vers le bateau blanc.

Épilogue

Au matin, le lendemain d'Omaha Beach, je fus arrêtée pour avoir pénétré dans une zone de guerre sans statut ni autorisation. La police militaire me confisqua mes papiers et me renvoya à Londres. En chemin, ne décolérant pas, je commençai à écrire les articles destinés à *Collier's*. J'étais correspondante de guerre depuis sept ans, ayant à mon actif l'Espagne, la Chine, la Finlande, l'Italie et la Tchécoslovaquie. J'étais aussi qualifiée que n'importe qui, et voilà que je ne pouvais plus faire mon travail ni même rester en Europe à moins de passer à la clandestinité. Mais je comptais bien trouver un moyen. Il le fallait. Je n'avais pas le choix.

Comme je voulais retourner en France, je réussis, à force de persuasion, à me joindre à un régiment canadien qui ne semblait voir aucun inconvénient à la présence d'une femme dans ses rangs. Il me suffit de flirter un peu avec les officiers supérieurs, et d'accepter de camper dans les champs et de me jeter de temps en temps dans un fossé quand les avions allemands piquaient sur nous. Plus tard, je devais m'apercevoir que les mensonges et quelques larmes faisaient aussi des merveilles. Je m'inventai par exemple un fiancé que je voulais revoir une dernière fois, sur un front ou sur un autre. J'enrageais de devoir me plier à ces subterfuges et ces petits jeux de séduction alors qu'un homme de mon expérience n'aurait jamais été obligé de s'abaisser ainsi. Mais quand le dernier numéro de *Collier's* me parvint avec un peu de retard, ce fut une grande satisfaction de voir mon nom à côté de celui d'Ernest dans l'ours, suivis du titre de « correspondants du Débarquement ». Ils avaient publié mon reportage sur le jour J et continueraient de publier ce que j'envoyais, je le savais, si seulement j'arrivais à aller sur le terrain.

Le Débarquement marquait le commencement de la marche vers la victoire, et nous en étions à présent à mi-parcours, mais il restait encore de nombreuses tragédies dont il fallait rendre compte. À Florence, tous les ponts sauf le Ponte Vecchio avaient été détruits, et la ville faisait l'objet d'un âpre combat entre les troupes allemandes et britanniques, qui se battaient rue par rue, dans la fumée des incendies. Le palais Pitti était envahi de réfugiés, et les parcs se remplissaient de morts sans sépulture, les cimetières étant encore aux mains des Allemands.

La mi-août me trouva sur la côte Adriatique, remontant vers le nord avec un régiment canadien. J'écrivais mes articles en cours de route, m'intéressant surtout à la vie quotidienne des gens et à l'avenir qu'ils imaginaient une fois la guerre enfin remportée par les Alliés. Parfois, on ne me répondait que par du silence, des mines dubitatives, mais le plus souvent c'était l'inquiétude qui dominait. Tant d'hommes étaient encore en train de lutter, et que pourrait-il arriver de pire que de mourir maintenant, alors que la fin était si proche et qu'ils étaient sur le point de rentrer chez eux ?

De mon côté, je ne songeais pas à rentrer chez moi parce qu'il ne faisait aucun doute que tout était fini. Je n'avais eu aucune nouvelle d'Ernest depuis Londres, autant dire des mois, pas une lettre, pas même un télégramme pour me mettre au pied du mur. Nous étions sûrement définitivement séparés, mais ni lui ni moi ne l'avions formulé clairement. Lorsque j'arrivai finalement à Paris, j'appris presque aussitôt qu'il s'était établi au Ritz, affirmant qu'il avait libéré l'hôtel. Il n'y était pas seul, d'après ce que l'on me dit. Dans la chambre d'à côté séjournait une journaliste exceptionnellement jolie du nom de Mary Welsh, qui écrivait pour *Time Magazine* et *Life*. Je ne la connaissais pas, et je ne voulais pas penser qu'Ernest s'était engagé dans une liaison aussi vite, exactement comme nous l'avions fait au Florida, quand nous étions tombés amoureux l'un de l'autre. C'était un coup très rude. Je pris une chambre dans un autre hôtel, le plus loin possible, et tâchai de ne pas me laisser trop abattre, et de continuer à fonctionner.

Dans certains quartiers de Paris, on aurait pu croire que rien ne s'était passé. On pouvait encore se promener sur les quais de la Seine, où les bouquinistes étaient restés ouverts, contempler les ponts, tous intacts et plus beaux les uns que les autres, se chauffer au soleil, et se raconter que l'Occupation n'avait été qu'un mauvais rêve. On pouvait aussi choisir de ne pas se voiler la face et chercher les affamés, qui n'étaient jamais très loin, et les âmes en peine, qui étaient partout. Des femmes déambulaient dans les cimetières, cherchant le nom de leur mari sur les tombes. Des dizaines de milliers de gens avaient disparu, sans doute fusillés après avoir été torturés, ou jetés dans des fosses aux abords de la ville. Dans une masure qui tenait à peine debout à Montmartre, je me baissai pour lire les mots *VENGEZ-MOI* gravés dans le panneau de bois d'une porte, et repartis les yeux embués, espérant que ce serait possible.

L'automne venait, et il n'y avait de charbon nulle part et très peu de nourriture. On trouvait encore du vrai café à l'hôtel Scribe près de l'Opéra, devenu le QG de la presse. Tous les articles que j'écrivais devaient transiter par là pour être soumis à la censure avant d'être envoyés. N'étant pas accréditée, j'eus d'abord peur de me voir refuser l'accès à l'hôtel ou pire, mais les gens avaient bien d'autres soucis en tête. J'allais et venais librement, et surprenais parfois au passage des nouvelles d'Ernest. On disait qu'il avait récemment quitté la ville avec un convoi du 22e régiment qui se rendait en Belgique, qu'il allait devoir traverser des champs de mines et des routes contrôlées par les Allemands, qui tenaient encore quelques positions. On racontait que non seulement il portait les armes mais qu'il s'en servait. Si cela s'apprenait, ajoutait-on, il risquait de passer en cour martiale et de se voir retirer son accréditation.

J'avais du mal à ne pas m'inquiéter pour lui, sa témérité me semblant frôler l'imprudence. S'il tenait à aller en Allemagne, il courrait de grands risques même en tant que civil. Cela ne semblait pas l'empêcher de jouer au petit soldat, de mener des patrouilles et de risquer sa peau. C'était étonnant de le voir déployer autant d'audace alors que pendant des années et contre vents et marées il était resté à Cuba, bien décidé à ne s'occuper que de ses propres affaires. Quelque chose le poussait à l'action, et je m'interrogeais sur ses motifs. J'aurais voulu savoir si sa blessure à la tête était guérie, et s'il dormait convenablement. Il était encore enraciné en moi. Intellectuellement, je savais que tout était fini, mais le cœur ne veut jamais rien savoir, ou s'il finit par accepter, ce n'est qu'au tout dernier moment.

Quelques mois plus tard, un rapide mot d'Ernest me parvint à l'hôtel, une invitation à dîner. J'hésitai, mais estimai qu'il était grand temps que nous ayons une discussion, et je n'avais jamais vraiment cessé de penser à lui et de m'inquiéter. J'acceptai donc avec quelques réticences, et pour me donner du courage j'allai au restaurant, situé près de son hôtel, en gardant mon manteau ouvert au vent, avec l'espoir que le froid m'endurcirait. Mais peine perdue. Dès que je le vis, toutes mes vieilles réactions incontrôlables s'emparèrent de moi, en commençant par les genoux et en remontant jusqu'aux oreilles, qui se mirent à bourdonner. *Je n'aurais jamais dû venir*, songeai-je aussitôt. Je n'avais pas encore la force nécessaire, en admettant que je l'aie jamais.

Il était assis sur une banquette rembourrée en arc de cercle avec un groupe de gens que je ne connaissais pas, et il ne se leva pas à mon arrivée. J'eus envie de fuir, mais un serveur s'approcha, insista pour que je me glisse entre les convives et me tendit une coupe de champagne. Je tâchai de reprendre contenance et de me conduire normalement, mais peinai à suivre la conversation. Ernest régalait son auditoire d'un de ses exploits, une bataille sanglante dans la forêt de Hürtgen, qui avait laissé plus de soixante-dix hommes de son bataillon sur le carreau. En l'écoutant, je ne vis au début qu'un matamore gonflé de vantardise, mais je perçus aussi autre chose sous la surface. Un petit éclair dans ses yeux que je n'avais pas vu depuis longtemps. Une vitalité qui s'était réveillée. Le risque lui avait redonné une étincelle, quelque chose de pur et de salvateur qui me rappelait celui qu'il avait été en Espagne. Cela me soulagea pour lui, quel que soit l'état de nos relations.

— Tu as eu des nouvelles de Bumby ? lui demandai-je une fois que ses admirateurs nous eurent enfin laissés seuls.

Il était porté disparu depuis des mois, et je pensais sans arrêt à lui, espérant de toutes mes forces qu'il s'en était sorti.

— Oui, je viens d'en recevoir. Il va bien, ou du moins, il est en vie. Il a été blessé par une ou deux balles et une grenade. Il est à Nuremberg, dans un camp de prisonniers de guerre.

— Mon Dieu. Il va bientôt être libéré ?

— Je crois. Essaie de ne pas trop t'en faire.

— Facile à dire.

Mon regard trouva le sien, et je fus chamboulée. Toutes mes émotions se réveillaient : l'amour, la haine, l'espoir et le désespoir, la peine, et encore de la peine.

— Il paraît que tu as rencontré quelqu'un, lui dis-je. J'espère qu'elle te rendra heureux. Je te souhaite bonne chance, Lapin.

Son visage s'adoucit juste un instant quand il

entendit notre surnom, puis il redevint lointain, son regard sursauta et s'enfuit, son cœur se referma à double tour.

— Oui. Nous allons nous marier.

— Ah, fis-je, accusant le coup. J'imagine que tu vas demander le divorce, alors.

— C'est toi qui m'as quitté, rappelle-toi. Tu n'arrêtais pas de partir. Je suppose que tu pensais que j'allais t'attendre comme un idiot.

— Tu ne crois pas plutôt que nous nous sommes quittés tous les deux ? Il le fallait ou nous aurions été réduits en cendres.

— Cela aurait peut-être mieux valu.

— Peut-être, je ne sais pas. Nous ne le saurons jamais, maintenant.

Il s'écoula un long moment avant que j'arrive à reprendre suffisamment le contrôle de mes muscles pour bouger. Finalement, je réussis à reposer mon verre, les doigts gourds, et je me levai comme je pus, attentive à ne rien laisser paraître, et sortis en luttant pour ne pas m'effondrer, ou hurler de rage, ou pleurer. Je n'avais jamais été aussi seule. Anéantie, je n'avais pratiquement plus de corps, et je me sentais si terriblement libre que je me demandais comment j'allais empêcher mon âme de s'en détacher.

Pendant sept ans, j'avais su précisément qui j'étais et ce qui comptait pour moi. Soudain, je n'avais plus rien. Plus de mari, plus de maison, rien à quoi me raccrocher, et pas d'avenir, hormis les quelques ruines qui s'étendaient devant moi. Ernest allait bientôt retourner à Cuba ; cela ne faisait aucun doute. Et il y emmènerait Mary Welsh. Elle allait tout changer dans ma maison, s'approprier le nid que j'avais fabriqué brindille après brindille de mes propres mains, avec mon cœur, pour Ernest et pour moi. Elle viderait mon bureau, renommerait les chats, cueillerait les fleurs du fromager géant et les mettrait dans un vase neuf. Elle referait les pièces les unes après les autres pour effacer toute trace de ma présence jusqu'à ce qu'il n'en reste plus rien nulle part.

Me sentant mal et vide, je restai en Europe, allai en Belgique et en Norvège, puis retournai à Londres et finalement me rendis en Allemagne, où les troupes alliées venaient de découvrir Bergen-Belsen. Pendant tout cet été et cet automne-là, j'avais entendu des rumeurs sur les camps de concentration, mais je n'arrivais pas à croire qu'une telle horreur soit possible. Un jour, je rencontrai un Français qui était parvenu à s'évader de Treblinka et avait été témoin des gazages. Il me raconta tout, l'odeur des corps qui brûlaient dans les fours crématoires et les visages dignes et incroyablement courageux de ceux qui marchaient vers les chambres à gaz. Son récit me fit trembler de rage et de dégoût, et je me dis que je ne pourrais plus jamais aimer le monde comme autrefois.

Pendant douze ans, des centaines et des centaines de milliers de gens avaient enduré des souffrances inimaginables, avaient été humiliés et torturés et assassinés et pire, et pendant ce temps les Alliés avaient attendu, se voilant la face, se racontant que cela ne pouvait pas durer. Aussi difficile que soit la tâche, je voulais parler de tout cela, décrire le mal absolu et l'horreur. Cela me tiendrait lieu de vengeance, aussi partielle soit-elle.

J'allai à Dachau, puis à Bergen-Belsen, et retournai

dans un Paris que je reconnus à peine. C'était le jour de la victoire, et les cloches sonnaient dans toutes les églises. Les rues étaient noires de monde ; dans la foule en liesse, on s'embrassait, on pleurait. On trinquait à la Libération. Je me frayai un passage jusqu'à l'hôtel Scribe, où je me jetai dans les bras du premier correspondant de guerre que je reconnus et fondis en larmes. Nous veillâmes jusque tard dans la nuit, nous racontant ce que nous avions vu, puis il alla se coucher et je sortis mon carnet et mes crayons, et me mis au travail.

J'eus plus de mal que je ne m'y attendais à relire mes notes, et j'eus encore plus de difficulté à revenir sur les derniers mois écoulés, et à prendre vraiment la mesure de ce qui m'était arrivé. Quand des pensées d'Ernest me revenaient, j'essayais de me replonger dans les phrases qui s'alignaient devant moi. Mais je songeais aussi à tout ce que j'avais perdu avec lui – les garçons, mon bureau au soleil, la Finca, le bonheur, et mes rêves de bonheur. Je devais trouver un moyen de me détacher de tout cela, même s'il fallait me l'arracher du cœur.

Au moins, je vais retrouver mon nom, me dis-je, me raccrochant à ce que je pouvais. Cette idée me redonna un peu de force. Dehors, c'était l'allégresse, les gens dansaient, et les cloches, terribles, sonnaient toujours. Je me sentais très loin de toute cette joie, désespérée, mais ce nom était une base solide, et bien à moi. Un tout petit début, mais un début quand même.

Gellhorn. Je n'avais rien d'autre, mais cela m'allait bien.

Note de l'auteure

Martha Gellhorn fut l'une des plus grandes et célèbres correspondantes de guerre du XXe siècle. Pendant soixante ans, elle rendit compte de la plupart des grands conflits de ce monde – de la guerre d'Espagne à la baie des Cochons, du Vietnam au Salvador, et au Panama, où elle couvrit l'invasion américaine à l'âge de quatre-vingt-un ans. Elle publia parallèlement cinq romans, quatorze novellas, deux recueils de nouvelles et trois volumes d'essais, sans jamais cesser de courir le monde, boulimique et passionnée de voyages. Elle visita plus de cinquante pays, et posa ses valises dans une demi-douzaine de localités, que ce soit en Afrique, au pays de Galles, ou à Cuernavaca, au Mexique.

Il semblerait que Hemingway ne lui ait jamais pardonné de l'avoir quitté – elle fut la seule de ses femmes à demander le divorce. De notoriété publique, elle passa le reste de ses jours à éviter non seulement l'homme lui-même mais aussi toute mention de son nom. Extrêmement soucieuse de préserver sa vie privée, pourchassant les rumeurs, elle redoutait par-dessus tout de devenir « une note de bas de page » de la vie de cet homme ou de tout autre, et trouvait particulièrement pénible que son style littéraire soit sans arrêt comparé à celui de Hemingway.

Et pourtant, toute tragique qu'ait été cette histoire d'amour, d'abord si ardente, si intense, puis gâchée par la rivalité professionnelle, les reproches et les trahisons, il me semble encore plus terrible qu'aucun des deux n'ait connu par la suite de bonheur conjugal pendant très longtemps. Hemingway resta marié à Mary Welsh jusqu'à son suicide en 1961, mais la plupart de ses biographes s'accordent pour juger que ce mariage fut loin d'être heureux pour l'un comme pour l'autre. Gellhorn (qui se moqua dans une lettre du rôle de « comtesse Tolstoï » qu'elle trouvait particulièrement « ingrat ») trouvait Mary intéressée et disait d'elle que c'était une imbécile. En 1954, Gellhorn épousa le rédacteur en chef de *Time Magazine*, Tom Matthews, mais leur union se termina mal après neuf ans. Elle déclara publiquement avoir trouvé leur mariage « ennuyeux », et cependant, dans les lettres envoyées à ses plus proches correspondants, elle confiait avoir ressenti une colère noire en découvrant que Tom entretenait une liaison depuis des années. Quand elle le quitta, elle jura de « ne plus jamais tenter l'exercice », c'est-à-dire le mariage. Il me semble qu'elle n'arrivait pas à être totalement elle-même quand elle était avec un homme, et qu'elle se sentait écartelée entre les exigences de la vie de famille et celles de sa carrière. Ses difficultés me touchent profondément, et me semblent bien réelles et familières.

En 1949, elle adopta un orphelin italien, Alessandro (Sandy), mais cette relation fut également marquée de difficultés. Son fils ayant de multiples problèmes

– de poids, de drogue, et d'orientation professionnelle –, elle ne sut pas refréner sa nature critique et impatiente. Ils finirent par se réconcilier, mais leur lien n'était pas aussi fort que celui qu'elle avait noué avec les fils de Hemingway, dont elle fut pratiquement séparée jusqu'à la mort de ce dernier en 1961, et avec son beau-fils, Sandy Matthews, avec lequel elle entretint une tendre correspondance pendant plus de vingt ans, et auquel elle confia plus tard la gestion de ses écrits et de sa succession.

Gellhorn aurait été très contrariée de savoir qu'elle est encore mal jugée – on dit parfois d'elle que c'était une dilettante, une coquette, une voleuse de maris (tout en détestant les rapports sexuels, d'après ce que l'on sait) –, car elle ne supportait la mesquinerie sous aucune forme. Elle détestait les menteurs et les lâches, et la nostalgie. Rien n'était plus triste pour elle que de se complaire dans le passé, aussi allait-elle toujours de l'avant, partant pour des destinations lointaines où elle pouvait nager seule dans des mers toujours nouvelles. Elle aimait ses amis, le bon whisky, pris sec, la solitude et les panoramas exceptionnels, et les mots mis à nu, qui lui permettaient de restituer la vérité au plus proche de ce qu'elle avait vécu.

Sa passion la plus forte (mis à part l'amour qu'elle portait à sa mère, Edna, son Nord géographique) fut celle qu'elle vouait à son travail. En 1998, à l'âge de quatre-vingt-neuf ans, presque aveugle, atteinte d'un cancer, incapable de lire les pages qu'elle tapait sur sa vieille machine à écrire, elle mit de l'ordre dans ses affaires, brûla des piles de papiers personnels (dont des lettres de Hemingway) puis, avalant une pilule spéciale qu'elle gardait pour cette éventualité, mit fin à ses jours, comme Hemingway l'avait fait, près de quarante ans plus tôt.

J'aurais voulu la connaître, cette « ampoule de 1 500 watts », comme disait d'elle un ami, rayonnante de « vitalité, de certitudes, et de courage ». J'admire sa voix et ses opinions, sa façon de dénoncer l'injustice, de raconter les vies des gens ordinaires, avec quel talent et quelle conviction. Elle parlait franc, était tenace, allait droit au but, et ne se laissait jamais abattre. Elle vécut pleinement et alla jusqu'au bout des défis qu'elle se lançait, quels que soient les risques, les défaites qui la guettaient en chemin. Nous n'aurons jamais assez de héros comme elle, pour autant qu'on puisse jamais l'égaler. Et si j'ai levé ma plume pour aller à sa rencontre, je lève maintenant un verre de whisky – sec, bien sûr – en l'honneur de sa vie exemplaire.

Paula McLain
(Cleveland, Ohio)

Remerciements

Quand l'idée d'écrire *Madame Hemingway* m'est venue il y a dix ans, ma carrière a pris un tournant décisif. Je suis passée de postes d'enseignante à trois quarts de temps, et de moments volés à ma famille pour écrire dans un café, au statut d'auteur à plein temps. J'ai eu un bureau chez moi, des lecteurs aussi passionnés par mes personnages et par ce que je racontais que je l'étais moi-même, et une nombreuse équipe a fait de son mieux pour que mes livres rencontrent le succès. Tout cela pour exprimer ma gratitude à tous ces gens talentueux et remarquables qui m'ont fait confiance, et dire combien j'ai de la chance d'avoir été encouragée et soutenue.

Mon agent, Julie Barer, me suit depuis le tout début de cette extraordinaire aventure, et même avant. Son instinct, ses conseils, et son amitié me sont plus que précieux. Ce livre lui est dédié pour un millier de raisons, entre autres pour le jour où elle a enfilé son tailleur rouge de tueuse et est allée se battre pour moi et négocier mon avenir. Julie, tu es irremplaçable. Merci.

Un chœur de hourras pour l'équipe de The Book Group, une extraordinaire entreprise familiale : Nicole Cunningham, Brettne Bloom, Elisabeth Weed et Faye

Bender. Des rock stars, ainsi que la merveilleuse Jenny Meyer.

Susanna Porter est mon éditrice depuis des années, mais ne cesse de m'impressionner, autant par sa sensibilité que par son investissement. Elle s'est plongée dans ce livre, jusqu'au coude, à chaque page. Elle m'a permis par la même occasion de progresser dans mon art. Mes remerciements ne suffiront jamais, mais il faut bien commencer quelque part.

Tant de gens à Ballantine Books et à Penguin Random House méritent que je leur dise merci (et merci, et encore merci) pour leur enthousiasme, leur soutien et leur excellent travail. Kara Welsh, Kim Hovey, Susan Corcoran, Jennifer Garza, Allyson Lord, Quinne Rogers, Benjamin Dreyer, Steve Messina, Anastasia Whalen, Caitlin McCaskey et Emily Hartley. Sue Betz a pris en charge la préparation de copie du manuscrit, et Dana Blanchette a de nouveau fourni une mise en pages superbe. Merci à Paolo Pepe, Robbin Schiff et l'excellent département graphique pour un beau travail bien fait, et à Anna Bauer Carr et Debra Lill pour la magnifique couverture, Gina Centrello pour son investissement durable dans mon travail, et toute l'équipe de vente qui a présenté mes livres aux libraires, les a fait parvenir aux lecteurs et a rendu visible mon travail.

Je dois beaucoup à Ursula Doyle chez Fleet, mon incomparable éditrice du Royaume-Uni ; Susan de Soissons et David Bamford chez Virago/Little, Brown UK ; Caspian Dennis chez Abner Stein ; Michelle Weiner chez Creative Artists Agency, et ma merveilleuse équipe chez Penguin Random House Canada et

Doubleday Canada, en particulier Lynn Henry, Kristin Cochrane et Sharon Klein.

Pendant que je préparais ce livre, j'ai effectué un voyage de recherche essentiel à Cuba, organisé par mon vieil ami et conseil en voyages occasionnel, Brian Groh. Luly Duke de la Fundación Amistad nous a permis de rencontrer beaucoup de personnes intéressantes, dont Esperanza García Fernández, conservatrice de la chambre de Hemingway à l'hôtel Ambos Mundos à La Havane ; America Fuentes, petite-fille de Gregorio Fuentes, capitaine de la *Pilar* ; et Gladys Rodriquez Ferrero, spécialiste de Hemingway et ancienne directrice du Museo Hemingway à la Finca Vigía. Ada Rosa Alfonso Rosales, actuelle directrice du Museo Hemingway, s'est montrée particulièrement généreuse de son temps pendant ma visite, et son personnel a fait preuve d'une patience exemplaire. Mon interprète et guide, Aixa Roche Pozas, a été d'un secours miraculeux et a fait de chaque jour de ce voyage un véritable bonheur. J'ai aussi été aidée pour les traductions d'interviews par Alejandro Jose Acosta, qui m'a permis de consulter des documents d'archives.

De nombreux amis m'ont apporté un précieux soutien pendant ces années, et je ne sais comment leur dire suffisamment ma reconnaissance : Lori Keene, David French, Greg D'Alessio, Sharon Day, Pam et Doug O'Hara, Brad Bodortha, Steve Reed, Beth Hellerstein, Michelle Lipp, Patti Henry, Laura McNeal, Eleanor Brown, Sarah McCoy, Becky Gaylord, Denise Machado et John Sargent, Terry Sullivan, Heather Greene, Jim Harms, Chris Pavone, Scott et Cherie Parsons, Karen Rosenberg et Nan Cohen. Les membres de l'East Side

Writers Group – Terry Dubow, Sarah Willis, Toni Thayer, Charlie Oberndorf, Karen Sandstrom, Neal Chandler, Lynda Montgomery et Justin Glanville – m'ont toujours encouragée. Vous me manquez, les amis !

Charlotte Fowler et Allie Lustig se sont occupées de l'intendance. Merci à toutes les deux ! Mon fils, Connor, qui a mis la main à la pâte, tour à tour nounou, cuisinier, promeneur de chien et superstar tous azimuts pendant les moments difficiles, a rendu le quotidien à peu près vivable. Il entrait tous les jours dans la cuisine où je travaillais, et où le même disque de William Fitzsimmons passait en boucle. « Tu devrais le mentionner dans tes remerciements », m'a dit Connor un jour, c'est donc ce que je fais : merci à William Fitzsimmons d'avoir joué la bande-son de, littéralement, milliers d'heures d'écriture.

J'embrasse et remercie ma mère, Rita Hinken, et aussi l'ensorcelant Tom Persinger, pour les papillons et la musique, pour m'avoir donné la lune, et pour s'être rendu généralement disponible. Qu'avons-nous fait ? Mes enfants, Beckett, Fiona et Connor, sont les personnes les plus extraordinaires que je connaisse et j'ai beaucoup de chance de les avoir. Avec mes sœurs, ce sont les piliers de mon existence.

Note sur les sources

Mon travail a toujours été un mélange de réalité et de fiction. Depuis dix ans que je m'absorbe dans la vie de femmes extraordinaires de notre histoire, je choisis mes sujets en me fiant à mon instinct, et en suivant l'inspiration ou plutôt les obsessions qui me saisissent. Ensuite commence la tâche difficile mais pour autant très amusante de repérer dans les documents historiques les anecdotes intéressantes qui illustreront la grande histoire que je veux – ou plutôt que je dois – raconter. Cette phase aussi ne fait appel qu'à l'intuition. Je vais où mon cœur me mène, et puis je laisse libre cours à mon imagination, et c'est le début du voyage.

Je sais que je ne pourrais pas accéder à la phase imaginative et sensible sans m'appuyer sur une documentation solide et des recherches poussées. Je dois donc beaucoup à de nombreux auteurs et biographes de talent. Je tiens à citer tout particulièrement Caroline Moorehead pour sa remarquable biographie de Martha Gellhorn : *A Twentieth-Century Life*, et pour avoir rassemblé et édité la correspondance de Gellhorn dans *Selected Letters of Martha Gellhorn*, deux livres qui ont donné vie pour moi à l'histoire et à la voix de MG. *The*

Hemingway Women de Bernice Kert a aussi joué un rôle très important, ainsi que *Hemingway and Gellhorn* de Jerome Tuccille.

J'ai pris beaucoup de plaisir à lire les ouvrages de Martha Gellhorn, qui ont été une révélation, surtout *The Trouble I've Seen* (*J'ai vu la misère*), *A Stricken Field*, *Liana*, *The Honeyed Peace*, *The Heart of Another*, *The Face of War* (*La Guerre de face*), *The View from the Ground* et *Travels with Myself and Another* (*Mes saisons en enfer*). J'ai aussi découvert une extraordinaire pièce de théâtre, *Love Goes to Press*, coécrite par Martha Gellhorn et Virginia Cowles, qui m'a mieux permis de me représenter la vie des correspondantes de guerre. Une comédie hilarante avec des dialogues excellents !

De nombreux textes m'ont aidée à comprendre le contexte politique très complexe de la guerre civile espagnole, et ce que cela représentait d'être là-bas et de participer à cette lutte, par exemple *The Education of a Correspondent* de Herbert L. Matthews, *The Starched Blue Sky of Spain* de Josephine Herbst, *Spain in Our Hearts* d'Adam Hochschild, *Hotel Florida* d'Amanda Vaill, *This Time a Better Earth* de Ted Allan et *Looking for Trouble* de Virginia Cowles.

Pour mieux appréhender la trajectoire de Hemingway et l'homme lui-même, si tant est que ce soit possible, je me suis référée à *Ernest Hemingway: A Life Story* de Carlos Baker, *Hemingway: The 1930s* et *Hemingway: The Final Years* de Michael Reynolds, *The True Gen* de Denis Brian, et le merveilleux et très touchant *Hemingway's Boat* de Paul Hendrickson.

Je ne me lasse pas de lire et relire Hemingway, et

mes lectures m'en apprennent à chaque fois un peu plus. Pour ce roman, j'ai puisé dans *Pour qui sonne le glas*, *Îles à la dérive*, *La Cinquième Colonne* et *En avoir ou pas*.

Enfin, il me semble important de préciser que ma Gellhorn n'est pas la Martha Gellhorn telle qu'elle a existé, ce qui serait bien sûr impossible. C'est une femme difficile à cerner, comme nous tous, surprenants pour nos amis, notre famille et les êtres chers, et même pour nous-mêmes. Et pourtant, plus je la découvrais en tâchant de la comprendre en profondeur, plus je l'ai admirée. Quels qu'aient été ses défauts, c'était une femme profondément originale à la personnalité incandescente, que je n'oublierai jamais.

Au cours de mes recherches, j'ai trouvé de nombreux points sur lesquels les biographes se contredisent, et des endroits où la mémoire de Gellhorn elle-même la trahissait. Parfois, il ne s'agit que de détails. Par exemple, elle est allée en Finlande à bord d'un bateau nommé le *Westernland*, comme on peut le vérifier sur les listes de passagers, mais elle écrit *Westenland* dans ses lettres. Il aurait été facile de la corriger sur ce point ainsi que sur quelques autres, et sans doute d'autres auteurs auraient-ils préféré le faire. Pour ma part, j'ai trouvé plus important et symboliquement fort de donner à lire une vérité incarnée dans l'émotion plutôt qu'une version « correcte » de sa vie. Quelles que soient mes erreurs, mes faiblesses, mes idiosyncrasies, j'espère que ma tendresse admirative et ma sympathie pour elle – ainsi que pour Hemingway – seront clairement sensibles dans ces pages.

DE LA MÊME AUTEURE
CHEZ LE MÊME ÉDITEUR :

L'Aviatrice, 2015.

PAPIER À BASE DE
FIBRES CERTIFIÉES

Le Livre de Poche s'engage pour
l'environnement en réduisant
l'empreinte carbone de ses livres.
Celle de cet exemplaire est de :
630 g éq. CO_2
Rendez-vous sur
www.livredepoche-durable.fr

Composition réalisée par Soft Office

Achevé d'imprimer en Octobre 2021 en Espagne par
LiberDuplex
Dépôt légal 1re publication : Novembre 2021
LIBRAIRIE GÉNÉRALE FRANÇAISE
21, rue du Montparnasse – 75298 Paris Cedex 06

80/9436/0